AF279839

Satans geile Träume
Thriller aus der Drogenszene

von Kurt Koch

Band 1

Bibliografische Information der Deutschen Nationalbibliothek: Die Deutsche Nationalbibliothek verzeichnet diese Publikation in der Deutschen Nationalbibliografie; detaillierte bibliografische Daten sind im Internet über dnb.dnb.de abrufbar.

Veröffentlicht durch: Klar Web Services (www.klar.ws)

Verlag: BoD · Books on Demand GmbH, Überseering 33, 22297 Hamburg, bod@bod.de
Druck: Libri Plureos GmbH, Friedensallee 273, 22763 Hamburg

ISBN: 978-3-8192-0072-4

Akteure im Direktorium der *Stiftung zur Bekämpfung der Drogensucht*:

Eduardo Ribadeneira Cheftechniker in Valencia aus der Technischen Überwachungszentrale.

José-Maria Gilberto Gallardo de Acevedo y Tortosa, der Vorsitzende des Direktoriums.

Pedro-Ricardo Cesar Fonseca Hidalgo, ein mehr cholerischer Direktorentyp.

Henrique Ignacio Jerónimo Sepúlveda, der Direktor für interkontinentale Beziehungen.

Ambrosio Hermenegildo de BizcainoThompson ein Kollege von Henrique Ignacio.

Sá Benedicto Xavete Evaristo Direktions-Kollege und Freund.

Roberto Sebastiano Pizarro Ribadeneira ein Direktionskollege - sensibel.

Tavira Fernandez - Leiter der spanischen Drogenbekämpfungsbehörde

Prolog

„Honorige" Herrschaften hatten europaweit eine Organisation zur Drogenverteilung aufgebaut. Die Zentrale befand sich an der Mittelmeerküste im spanischen Valencia. Ihre „Residenz" war zu einer praktisch uneinnehmbaren Festung ausgebaut. Die sichtbaren, oberirdischen Aufbauten dienten ausschließlich der legalen Seite ihrer Geschäftstätigkeiten, stellten somit eine Art Feigenblatt ihrer wahren Umtriebe dar. Unterirdisch wurde das Drogengeschäft gemanagt.

Zur Tarnung war die Firma in eine weltweit mustergültige *„Stiftung zur Bekämpfung des Drogenmissbrauchs"* integriert.

Die Tarnfirma *Stiftung* verteilte jährlich mindesten 65 Tonnen Kokain an die Großabnehmer auf dem europäischen Kontinent. Sie wurden auf verschiedenen Transportwegen aus Kolumbien in Valencia angeliefert. Der Großteil davon auf dem Seeweg auf eigenen *schwimmenden Transportmitteln*. Diese Definition sprach aber den tatsächlichen Verhältnissen Hohn, war eine wirklich schreckliche Verniedlichung der Tatsachen. In Wahrheit arbeiteten sie mit einer hochkriminellen eigenen Transportversion und -organisation und betrieben dazu auch hochseetaugliche Luxusyachten.

Darüber hinaus gab es eine ausgeklügelte Infrastruktur für Beschaffung und allgemeine Transportsysteme. Die Behörden waren machtlos, zumal die *honorigen Herren* in vielfacher Hinsicht mit Politikern verbandelt waren. Zudem unterstützte und förderte die Stiftung tatsächlich finanziell, dem Kampf gegen Drogen verpflichtete Kliniken, Entzugsanstalten und ähnliche andere Einrichtungen in Europa.

Bis die DEA und NSA in gemeinsamen Bemühungen einen Weg austüftelten, um die hochkriminelle Organisation zu infiltrieren. Sie hatten sich zum Ziel gesetzt diesen Weg konsequent zu Ende zu bringen. Letztendlich standen sie der geballten Macht der Drogenkartelle in Kolumbien und der unheimlich effizienten mysteriösen Leistungsfähigkeit der *Stiftung* gegenüber.

Erst als die Kette der Versorgung und des Nachschubs der Drogen einen Bruch bekam, ergaben sich Möglichkeiten den Verbrechern nahe zu kommen.

In einer überaus spektakulären Aktion wollten sich in einem günstigen Moment die spanischen Drogenfahnder ein Denkmal setzen.

Aber!

Band 1 und 2 - 29 Kapitel

1

„Richard, möchtest du einen Kaffee?"

Die Anfrage seiner Frau kam auf wundersame Weise direkt aus dem Küchentrakt der Luxusyacht. Ein Bau der Superlative, wie der Skipper fand. Ein Traum.

Sie befanden sich mit 24 Knoten auf dem Atlantik unterwegs. Ihr Kurs: West-Süd-West, 255 Grad. Richard saß äußerst bequem in einem oberen Aufbau in der Steuerzentrale. Eigentlich wäre die Anwesenheit des Skippers Richard in dieser Zentrale gar nicht in Person erforderlich gewesen. Das Fahrzeug fuhr die eingestellte Route und Kurs vollautomatisch. Bei Sichtkontakt mit anderen Verkehrsteilnehmern würde es unüberhörbare Alarmsignale geben. Dann wäre die Anwesenheit des Skippers, zwar nicht zwingend, aber bei dieser Geschwindigkeit doch empfehlenswert gewesen. Bei nächtens stark reduzierter Geschwindigkeit würde Richard ruhig schlafen können.

Und er und seine Frau glaubten das Glück mit diesem Traum zu leben, die Wirklichkeit traumhaft zu erleben.

Die Stimme seiner Frau mit dem Kaffeeangebot schien irgendwie aus den Wänden zu ihm zu sprechen. Aber das war wahrscheinlich der geringste Aufwand im Geflecht der technisch höchstgerüsteten schwimmenden Luxus-Herberge.

Richard, auf seinem Kommandostuhl, im Cockpit, wie er

inzwischen seinen Arbeitsplatz in der Frontpartie des oberen Decks bezeichnete, bewunderte unterdessen einmal mehr seine Instrumente. Etwas gedankenverloren, nahm er nach kurzem Zögern das Angebot dankend an. Irgendwo und irgendwie nahmen scheinbar die Wände seine Worte auf und wurden in der Küche wieder reproduziert. Seine Frau war im Bilde.

Nun meinte er das Aroma der Wohltat bereits wahrzunehmen. Der einzigartige Duft von perfekt geröstetem Kaffee aus dem kolumbianischen Hochland.

Die Kombüse - welch ein ordinärer Begriff für dieses professionell, funktionell und auch elegant gestylte Küchenappartement! Sicherlich verfügte dort seine Frau auch über Luxusausgaben von technischen Geräten zur Herstellung von Genussmitteln aller Art. Die Grundstoffe dafür hatten sie in größeren Mengen in den Gefrier- und Kühlräumen gelagert.

Vom ersten Moment an konnten Richard und seine Frau ihre Gefühle nur immer wieder als „*traumhaft*" ausdrücken. Sie fühlten sich immer noch überwältigt vor dem geballten Komfort, kombiniert mit einer allgegenwärtigen, modernsten Technik.

Die Eheleute Richard und Erna glaubten, dass sie nun endlich das so lang geträumte, doch stets so unendlich ferne Glück, buchstäblich unter ihren Füßen spüren, mit ihren Händen fühlen, mit ihren Augen bewundern konnten. Den Lauf der perfekt isolierten und ebenso perfekt schwingungsdämpfend aufgehängten zwei Dieselaggregaten konnte man eigentlich nur erahnen, zu hören oder zu spüren waren sie nicht. Nur eine überschaubare Anordnung von Diagrammen und elektronischen Anzeigen belegten den Stand und die wirkliche Kapazität eines kräftigen Antriebs mit den in V-Form angeordneten 12-Zylindern. Das gedämpfte Geräusch des aufgewühlten Wassers, klang vom Heck her wie schöne Musik.

Eigentlich waren ihre „feuchten Träume", wie sie den Wunsch nach einer eigenen Yacht intim unter sich bezeichnet hatten, niemals den Dimensionen dieser Yacht nahegekommen. Sie wären auch glücklich gewesen mit einer bedeutend kleineren Version.

Es war einfach wie ein Wunder, dass dieses Fahrzeug jetzt ihr Eigentum war.

Dass sie im großen Stil als Kokainschmuggler im Einsatz sein könnten - von dieser Möglichkeit konnten sie oder wollte das Ehepaar verständlicherweise nichts wissen. Die leisen Mahnungen aus ihrem Unterbewusstsein unterdrückten sie einvernehmlich.

Sie hielten sich an das unausgesprochene Motto, dass nicht sein konnte, was nicht sein durfte.

„Eine schöne Zeit einen ... um deinen guten Kaffee zu genießen", rief Richard noch, nachdem er wiederholt seinen Standort per GPS überprüft hatte. Es war eigentlich kein Überprüfen, es war seine Bewunderung für diese technisch ausgefeilte Navigationshilfe. Die ihm alles Wissenswerte über seine Route, ständig aktualisiert und in real time, vermittelte.

Ein ausgeklügeltes Frühwarnsystem würde ihn an jedem Platz, an jeder Stelle auf dem schwimmenden Palast auf Gefahren aufmerksam machen. Er könnte demnach gut und gerne seinen Posten im Cockpit verlassen, wie zu einem Kaffeeplausch.

Seine Frau kam mit dem Kaffee.

Gefühlsbetont und immer noch voller Bewunderung legte sie ihre linke Hand einmal wieder auf die Schulter ihres Mannes. Durch die dünne Stoffschicht seines kurzärmeligen Hemdes massierte sie leicht die lokale Muskulatur. Mit sanfter und leiser Stimme fragte sie:

„Wie lange sind wir schon unterwegs?"

„Du meinst von **Palma**?"

„Ach, die Strecke **Valencia-Palma** habe ich längst abgehakt. Ich hoffe, dass wir auf der vor uns liegenden Strecke bis **Barranquilla** ruhigeres Wasser haben werden."

„Im September muss man schon einmal mit einigen Überraschungen rechnen. Aber der Wetterbericht zeigt zurzeit für die gesamte Überfahrt günstiges Klima, ruhiges Fahrwasser und angenehme Temperaturen an. Also machen wir uns keine Gedanken und genießen wir unsere Reise solange wir können."

„Ich hatte gefragt, wie lange wir bereits unterwegs sind, von **Palma** natürlich."

Richard warf einen Blick auf die verhältnismäßig große Uhr auf dem Steuerpult, „etwas mehr als eine Viertel Stunde."

„Es sieht alles so romantisch aus. Die Silhouette der Bergketten verschwimmen vor dem Licht der aufgegangenen Sonne. Das Licht scheint nicht von dieser Welt."

Richard hatte dafür im Moment keinen Sinn. Wiederholt hatte er die Position und den Kurs überprüft. Eben wieder nicht so sehr aus einem Verantwortungsgefühl heraus, sondern schlicht, weil es riesigen Spaß machte die Technik in ihrer Perfektion zu bewundern. Auf dem hochauflösenden großen Flachbildschirm wanderte ein kleiner grüner Kreis, westlich der großen Insel Palma, langsam auf einer unstrukturierten Fläche in Richtung südamerikanischem Kontinent. Am unteren Rand des Monitors wanderte ständig eine Infozeile mit Angaben zum jeweiligen Standort. Diese Angaben wechselten sich ab mit technischen Daten aus dem Maschinenraum, der Lufttemperatur, der Wassertemperatur, Luftfeuchtigkeit, Windrichtung und -geschwindigkeit, Uhrzeit, Tage und Stunden bis zur Ankunft im Zielhafen, Treibstoffverbrauch und die Strecke die sie mit dem verbleibenden Rest noch fahren konnten - ach, und noch einige andere Mitteilungen.

Seine Erna wiederum wollte ihren Blick nicht von dem hinter ihnen liegenden Lichterspiel wenden, in das sich die Wasserwirbel ihres kräftigen Antriebs verloren.

Der sympathische ältere, leicht ergraute Herr, mit seinen ramponierten Knochen, der sie auf der Überfahrt vom kolumbianischen Hafen **Barranquilla** nach **Valencia** begleitete, hatte ihnen, notariell und steuerrechtlich einwandfrei, seine Yacht kostenfrei vermacht. Unglaublich! Eben dieses wunderbare Wasserfahrzeug, von dem sie ihr Leben lang träumten, das sie sich aber bei aller Begeisterung niemals hätten leisten können. Eben dieses besaßen sie aber nun als ihr verbrieftes Eigentum, unter recht einfach zu erfüllenden Bedingungen. Wundersame 14 Tage hatten sie hinter sich.

Die Bedingungen für die Überlassung der Yacht waren einfach zu erfüllen. Das entsprechende Schriftstück war kurz und enthielt präzise Anweisungen.

Sie transportierten jetzt eine unscheinbare Urne. Keine Allerweltsurne. Eine Urne mit der Asche des in Spanien verblichenen ehemaligen Yachteigners.

Sie durchlebten immer wieder diesen Traum. Eine andere Einstellung oder gar negative Gefühle zu diesem Geschenk wollten sie nicht zulassen. Hätten sie aber sollen, jedoch die überschäumenden Glücksgefühle ließen sie nicht zu.

Richard hatte schon seit über 15 Jahren ein Kapitänspatent erworben, die Prüfungen mit *gut* bestanden. Yachten wie diese durfte er fahren. Nun wusste er, dass es damals die richtige Entscheidung war. Es hatte damals - ja damals, Zeit und eine schöne Stange Geld gekostet. Aber er war stolz auf dieses Dokument. Seine Arbeitskollegen auf der Werft beneideten ihn deshalb.

Sie waren Großeltern. Ihre einzige Tochter lebte noch in Kiel. Dort wo Richard in der Werft jahrelang als Meister seinen guten Lebensunterhalt verdiente. Dann kam die Kurzarbeit, dann eine Abfindung und das Aus. Und sie fühlten sich noch so jung.

Schiffe hatte Richard gebaut - nun ja, mitgebaut. Schiffe, die vielfach auf der Route Südamerika fuhren. Diesen Teil der Welt wollten sie auch kennenlernen. Erna und Richard. Seine Frau mit ihm. Die Reiserouten seiner Schiffe.

In Bogotá waren sie gelandet. In ihrem Hotel, dem Tequendama, lasen sie in einer Werbebroschüre von einem phantastischen Ereignis, einer nächtlichen Prozession in Barranquilla. Sie lasen die deutsche Übersetzung mit der Beschreibung des Ereignisses und dem geschichtlichen Hintergrund.

Da gab es eine grandiose Prozession aus Dankbarkeit für die wiederholte Rettung des Hochseehafens. Der Heiligen Jungfrau schuldete man diese Dankbarkeit. Sie hatte die Wunder bewirkt, immer wieder einmal. Immer dann, wenn der Hafen am Magdalenafluss total versandet war. Jahr um Jahr hatte sich stetig die Tiefe der Fahrrinne verringert. Zuerst waren es die ganz großen Pötte, die nicht mehr flussaufwärts bis zu den Hafenanlagen fahren konnten. Dann blieben auch bald die mittleren und schließlich auch die kleineren aus. Die Nabelschnur zum Rest der Welt war gekappt. Wieder einmal grassierte Arbeitslosigkeit für alle im wichtigen kolumbianischen Hafen Beschäftigten.

Elend überfiel dann große Teile der Stadt. Die Arbeit im Hafen war für viele Familien die Existenzgrundlage überhaupt. Die Frachten wurden dann alternativ in der konkurrierenden Nachbarstadt **Cartagena** gelöscht. Bis dann nach einer dieser Bittprozessionen die Heilige Jungfrau dafür sorgte, dass sich die Ablagerungen im Fluss inmitten gigantischer, gefährlicher Strudel, mit einer gewaltigen Flutwelle selbst in die karibische See verfrachteten.

So kamen dann nach dem großen Wunder wundervolle Jahre. Rasch kamen nach und nach wieder die großen Pötte. Die Männer hatten im Hafen ihre Arbeit, die Familien zu essen, viele Kinder konnten dann wieder - keine Selbstverständlichkeit - die Schulen besuchen.

Dann versandete und verdreckte der Fluss in zwei bis drei Jahrzehnten wieder aufs Neue. Der Hafen verlor fast seine Existenzberechtigung. Not kehrte wieder bei den Hafenarbeitern ein.

Die Heilige Jungfrau wurde zurzeit wieder gebraucht. Auf sie war Verlass. Sie würde wiederkommen und das Wunder der Reinigung vollbringen. Bittprozessionen sollten sie daran erinnern, dass die Menschen in Barranquilla sie brauchten.

Der Rhythmus dieses Naturereignisses bestätigte sich schließlich wieder einmal. Die Ablagerungen im Mündungsgebiet des größten kolumbianischen Flusses reichten von Jahr zu Jahr weiter hinaus in die Karibische See. Sie bildeten dort, über dem steilen unterseeischen Abgrund der Karibischen See, eine Masse aus Erde, Pflanzen aller Art, dazwischen unzählige entwurzelte Bäume oder auch einmal ein Autowrack und verrosteter Kühlschrank. Es entstand ins Meer hinaus eine Art Überhang, eine gewaltige Landzunge, die immer weiter in die dort recht tiefe Karibische See hineinragte. Dann brachen eines Tages diese Millionen Tonnen ab und rauschten in die Tiefe. Die dadurch entstehenden gewaltigen Wirbel reinigten das Flussbett kilometerweit bis tief in das Mündungsgebiet des Flusses, bis tief in die Küstenlandschaft Kolumbiens. Die Tiefe dieses größten Flusses Kolumbiens, die zuletzt kaum noch zwei Meter betragen hatte, vergrößerte sich wieder auf die schiffbare Tiefe von 13 bis 18 Meter.

Doch von diesen technisch-physikalischen Vorgängen wollten die Menschen nichts wissen. Die Jungfrau Maria war es und damit basta.

Ergo: Nach der Selbstreinigung des Flusses kamen wieder die Dankesprozessionen.

Heutzutage, in einer neueren Zeit, so lasen es Erna und Richard, war die Jungfrau Maria selbst entlastet. Wundertätigkeiten waren nicht mehr erforderlich, denn der Staat hatte Bunen bauen lassen. Der Fluss floss dadurch in seiner Mitte schneller und hielt sich seine Fahrtrinne eigenständig sauber und tief genug, auch für die immer größer werdenden Containerschiffe. Im Hafengebiet selbst arbeiteten bei Bedarf die Bagger. Sie hielten die Anlegeplätze frei von Untiefen.

Die Bitt- und Dankesprozessionen waren zu folkloristischen Ereignissen umgewidmet worden und zogen Touristen mit ihren Devisen an.

Die dazu vom städtischen Tourismusbüro in **Barranquilla** erstellte Werbeschrift, war in grellen Farben bebildert. So grell, wie auch die Prozession selbst abzulaufen pflegte. Und laut, vor allem laut.

„Fangen wir in **Barranquilla** an. Besuchen wir die Hafenstadt." Das Ehepaar war sich einig.

-2-

In **Barranquilla** wanderten Erna und Richard am ersten Tag ziel- und planlos umher. Sie wurden schier von den neuen Impressionen erdrückt. Das Leben und Treiben war hier schon wieder so total anders, verglichen mit dem, was sie gerade in den zwei Tagen in der Hauptstadt Bogotá erlebt hatten. Hier waren die Tropen. Bogotá lag auf einer Hochebene, rund 2600 Meter hoch. Dort kühlte es in der Nacht ab. Hier, am Rande der karibischen See, schwitzte man auch in der Nacht. Ohne sich dafür anstrengen zu müssen.

Unglaublich erschien es ihnen, dass dort ganze Straßenzüge, die von den Bergen herunter in die tiefer liegenden Stadtteile verliefen, als Kanäle ausgebaut bzw. ausgelegt waren. Die wurden bei kräftigen Regengüssen zu reißenden Wasserläufen. Die Bürgersteige lagen zum Teil 60 cm über dem Straßenniveau. Nur über Treppchen konnte man an Kreuzungen hinab zur Straße und auf der anderen Straßenseite wieder hinauf auf den angepeilten Bürgersteig steigen.

Ein Überqueren der Straße war dann bei Regen vorübergehend völlig unmöglich. Es passierte immer einmal wieder, dass Autos in den Fluten bis in den Magdalenafluss mitgerissen wurden. Fahrer und Auto verschwanden dann auf Nimmerwiedersehen.

Erna und Richard waren natürlich am Hafen und sahen sich auch die Marina an. Dort, gegenüber der Anlage aßen sie guten Fisch und Muscheln und verdarben sich den Magen an sogenanntem frischen Salat. Frisch war er schon, aber auch die darin enthaltenen Bakterien. Sie hatten es irgendwann gelesen, nun hatten sie auch direkt Bekanntschaft mit der <Rache des Montezuma> gemacht. Escherrichia colli 2, ein Kollibakterium, auf das europäische Eingeweide sehr „schroff" und vor allem mit aktiver, vehementer Abweisung reagieren. Nichts wie raus mit dem Zeug, so schnell es geht, und zwar aus allen Körperöffnungen.

Vorsorglich hatten sie sich noch in Deutschland mit Tabletten gegen diese unangenehme und auch gefährliche, ja gar nicht selten tödliche Durchfallerkrankung eingedeckt. So konnten sie diese Lehre schnell hinter sich lassen. Aber andererseits, die schmerzhafte und kräftezehrende Erfahrung würden sie nicht so schnell vergessen. Sie hatten gelesen: Innerhalb einer halben Stunde ist es möglich, dass dabei ein Mensch derart durch Flüssigkeitsverlust entkräftet wird, dass auch das letzte bisschen Lebenswille aus dem Körper verschwinden kann.

In der Nacht verlief die Prozession in der Innenstadt. Sie brauchten nicht einmal aus dem Hotel zu gehen. Von einem Balkon hatten aus hatten sie die beste Über- und auch Draufsicht. Die Jungfrau war auf das Trefflichste herausgeputzt. Sie stand aufrecht auf einer tragbaren Plattform. Um sie herum wurden laufend Feuerwerkskörper in den städtischen Nachthimmel gejagt. Manche zischten verwegen dicht an dem himmlisch naiven Gesicht der Muttergottes vorbei. Sie trug eine ziemlich unwirkliche Bekleidung, die über und über mit Goldfäden bestickt war.

Begleitet wurde das Ganze von einer um einen Tick zu langsam gespielten, aber vor allem verwegen grausam intonierten Marschmusik. Sie kam von einer voraus- und einer hinterhertrottenden Bläsergruppe. Beide wechselten sich beim Lärmen ab. Sie intonierten unterschiedliche Fantasiekreationen, was zu Überlagerungen und grotesken Tonschüben führte. Die mit eingeübten feierlichen Schritten stolzierenden Männer, mit der allerheiligsten Wundertätigen der Hafenstadt auf ihren Schultern, blickten überaus ernst und genossen doch sichtlich ihr Privileg. Sie schienen sich von der verzerrten Verzauberung der Blaskapellen nicht stören zu lassen.

Erna und Richard überlegten am nächsten Tag lange, ob sie es dann nochmals wagen sollten in einem Restaurant bei der Marina zu essen. Schließlich aber, zu diesem weisen Entschluss kamen sie, konnte ihnen gegebenenfalls in einem neu ausgeguckten Restaurant noch Schlimmeres widerfahren. Aufgrund ihrer Erfahrung würden sie jetzt doch lehrbuchmäßig auf Rohkost verzichten.

Im Eingangsbereich des Restaurantbetriebes war ein schwarzes Brett mit allerlei aufgehefteten Zetteln.

Einer fiel ihnen sofort auf. Schon in einer geschätzten Entfernung von zwei bis drei Schritten konnte man lesen, dass da ein Skipper gesucht wurde.

Das Angebot war in drei Sprachen abgefasst.

„Richard, das wär doch was für dich. Hast du dein Patent dabei?"

„Ich geh doch nicht auf Weltreise ohne mein Patent", griente Richard.

So lasen sie auch das kleiner Gedruckte und erfuhren, dass ein Yachtbesitzer durch eine unfallbedingte Verletzung außerstande war, seine Yacht selbst nach Valencia in Spanien zu bringen. Gesucht wurde ein Skipper, der das gegen gute Bezahlung machen konnte oder durfte, je nach Sichtweise. Die Kosten für einen Rückflug würden selbstverständlich auch übernommen, nämlich Valencia - Madrid - Bogotá - Barranquilla.

Erna und Richard schauten sich an. Die sich anschließende Essenszeit war dann außergewöhnlich einsilbig verlaufen. Es wurde schließlich bis zum Nachtisch kein Wort mehr über das Thema gewechselt.

Doch vergessen war es nicht. Beide versuchten es vorübergehend auszublenden.

„Aber das könnte schon etwas für dich sein“, sagte Erna zögerlich, ohne von der geschälten Mangofrucht in ihrem Teller aufzusehen.

Richard schaute seine Frau nicht an und schnitt weiter wie lustlos an seiner Frucht herum.

„Ich meine, du bringst doch die Voraussetzungen mit“, setzte Erna nach einer kleinen Pause hinzu.

„Kann sein“, antwortete Richard in einem unbestimmten Tonfall. Es war mehr ein starkes Brummen. Er räusperte sich und wiederholte die beiden ominösen Worte. Aber, und das war doch bemerkenswert, er schaute immer noch nicht von seiner Mango auf.

„Na gut, dann vergessen wir es.“ Erna kannte ihren Mann ganz gut und setzte nun eine besonders raffinierte Waffe ein.

Es hatte gewirkt, augenblicklich schaute Richard auf.

„Weshalb vergessen? Ich habe mir das auch überlegt. Ist vielleicht ´ne Changse.“

„Changse für was“? hielt Erna das Thema am Köcheln.

„Ich mein´, wir sind in Urlaub, auf Weltreise, wenn man so will. Und letztendlich wär´ das weiter nichts als ein Teil davon.“

„Fragen kost´ ja nix“, fuhr Erna fort, „ich denke schon, dass es dir Spaß machen würde.“

„Ich bin ja dann nicht der einzige Betroffene, du hast ja auch noch 'n Wort mitzureden. Du langweiligst dich sicher. Es dreht sich ja nicht nur mal um eine Hafenrundfahrt. Das heißt, tagelang auf streng begrenztem Raum zusammenleben. Und mit wem, das wissen wir auch nicht."

„Ach Richard, ich glaube schon, dass es mir auch Spaß machen würde."

Das Eis war aber gebrochen. Die Eheleute hatten sich, vorsichtig tastend, dorthin manövriert, wo sie sich sehen wollten. Keiner der beiden hatte gedrängt, beide hatten es vermieden vorzupreschen, um die Entscheidung einseitig herbeizuführen, aber beide wollten das Gleiche. Nur einseitig drängeln, das wollten sie nicht.

Würde es sprachliche Schwierigkeiten geben? Nach einem Telefonanruf traf man sich gegen vier Uhr nachmittags in einer Bar. Man hatte sich rasch auf Englisch als Umgangssprache geeinigt. Spanisch konnte weder Erna noch Richard. Sie hatten zwar für ein paar Wochen in der Volkshochschule einen Kurs belegt. Doch für viel mehr als die einfachen Begrüßungsformeln, für Fahrten im Taxi oder zum Bestellen von Essen und Trinken im Restaurant, reichte es nicht.

Der Gesprächspartner kam in einem Rollstuhl, geschoben von - nun es würde wohl ein Pfleger sein.

Ihr Partner konnte kein deutsch sprechen. So hatte man sich ganz schnell auf Englisch geeinigt, das beide Parteien gleich gut oder auch gleich schlecht sprachen. Ihr Partner hatte einen starken spanischen Akzent, die Deutschen einen entsprechenden deutschen. Ihr Besucher versuchte seine englische Aussprache in einem an das Spanische angelehnte Sprachtempo zu sprechen. Das gab gewisse Verständigungsprobleme, die aber nicht ernster Natur waren.

Erna und Richard betonten ihre Sprachweise in einem recht

langsamen Rhythmus. Man fand sich dabei sympathisch.

Ihr Gegenüber war nicht mehr der Jüngste. Doch man war sich ja auch nicht nähergekommen, um sich gegenseitig nach dem Alter zu fragen.

Der Herr hatte ein Bein und einen Arm in Gips. Klar, dass man damit kein Boot mehr führen konnte, besonders eines in einer besonderen Größenklasse, um damit den Atlantik zu überqueren.

„Nennt mich Zacharias" stellte er sich vor.

Erna und Richard erfuhren, dass der gute Mann vor bald zwei Wochen seine Frau - *Gott hab´ sie selig* - bei einem grässlichen Autounfall verloren hatte. Und er erzählte ungefragt, dass sie sicher zu retten gewesen wäre, hätte im Hospital nicht diese sprichwörtlich südamerikanische Schluderei geherrscht. Nun hatte er sie auf dem Hauptfriedhof beerdigen müssen. Er habe nur noch ein Ziel, zurück nach Spanien, in seine Heimat. Dort wohne seine Tochter Esperanza, verheiratet, drei Kinder. Seine Enkelkinder zu sehen, freue er sich, auch unter den gegebenen traurigen Umständen. Er sei sich beklemmend bewusst, dass er diese überaus traurigen Berichte vom Tode ihrer Großmutter sicher immer wieder in allen Einzelheiten würde erzählen müssen.

Erna und Richard waren gerührt. Aus Gefühlsduselei wagten sie nicht danach zu fragen, weshalb er seine Frau, die Großmutter seiner Enkel, nicht in einem der heute üblichen Zinksärge per Luftfracht nach Spanien fliegen ließ.

Zögerlich kam man den Details des Geschäftlichen näher.

„Meine Yacht ist mein Ein und Alles - nach meinen Enkelkindern, natürlich", setzte er gleich nach. „Aber so wie es aussieht, bin ich nach diesem Unfall womöglich überhaupt nicht mehr in der Lage sie weiterhin selbst zu führen. Nur Gott allein weiß das." Er machte ein weinerliches Gesicht. Erna und

Richard fanden sich in einer Welle tiefen Mitgefühls wieder. Das was der Mann an Gefühlen zeigte, konnte unmöglich Heuchelei oder Schauspielerei sein.

„Ich hätte nicht gedacht, dass ich meine Yacht einmal ... übrigens sie heißt „Ernestina", wie meine Frau, wie meine verstorbene Frau." Und so als hätte er sich plötzlich auf die Etikette besonnen, fügte er nach einer kurzen Weile noch hinzu: *„Gott hab´ sie selig."*

Das hofften und wünschten nun auch von ganzem Herzen Erna und Richard.

„Denken sie daran", hatte er noch gesagt, „dass ich auf einer möglicherweise von ihnen geleiteten Überfahrt nach Valencia, weiter nichts als Ballast bin. Ich bin wirklich zu nichts nutze. Ich kann mir nicht mal ein Frühstück zubereiten."

„Dann würde ich mich freuen, wenn ihnen das, was meine Frau zubereitet, schmecken würde."

„Kommen sie, schauen sie sich zuerst einmal mein Boot an." Er benutzte absichtlich den Begriff Boot und beabsichtigte damit doch eine gewisse Bescheidenheit auszustrahlen. Auf keinen Fall sollten seine Gäste den Eindruck bekommen, es mit einem Großkotz zu tun zu haben. „Vielleicht gefällt es ihnen ja gar nicht. Dann gehen wir als Freunde auseinander, wenngleich ich es bedauern würde. Schließlich ist jeder Tag, den ich mit den eingegipsten Gliedmaßen weiterhin in dieser feuchten Gluthitze verbringen muss, scheußliche, verlorene Zeit."

Erna und Richard litten mit ihm und bedauerten den armen reichen Mann.

Zacharias hatte einen jungen, kräftig gebauten Mann mit einem merkwürdig verkniffenen, finsteren Gesichtsausdruck verpflichtet, der bisher noch nicht in Erscheinung getreten war. Er stand die ganze Zeit mit vor der Brust verschränkten Armen im offenen Vorraum des Restaurants. Ihn winkte Zacharías nun herbei. Der half ihm bis zu einem Gefährt, das, spektakulär genug, halb Rollstuhl und halb Strandliege war.

„Freddy wird nicht mitfahren. Seine Aufgabe endet in dem Augenblick, wenn die Leinen losgemacht sind." Zacharías hatte kurz mit dem Daumen nach hinten gezeigt, wo der junge Mann die Schiebegriffe des Invalidengefährts fest gepackt hielt.

Bei einer Biegung auf der Mole wäre es beinahe zu einem weiteren Unfall des Invaliden gekommen. „Pass doch auf, du Idiot, willst mich wohl zu den Fischen schicken." Obwohl er das in Spanisch heruntergerasselt hatte, glaubte das Ehepaar den Sinn seiner Ansprache zu kennen. Das Wort *Idiota* interpretierten sie eindeutig.

Die Schelte war an Freddy gerichtet. Es kam aber auch noch etwas für den Skipper und seine Frau. Das aber in englisch.

„Könnte mich nicht mal dagegen wehren, so ein Blödmann, selten dämlich! Die lernen's aber auch nie."

Freddy sagte kein Wort, veränderte auch sonst keinen einzigen seiner finsteren Gesichtszüge. Vielleicht verstand er gar kein englisch.

Dann kamen sie zur *Ernestina*. Sie lag direkt neben einem fast gleichartigen Boot - einer Yacht natürlich. „Boot" müsste eigentlich nun, wenn man sie so vor sich hatte, eine schwerwiegende Beleidigung für dieses kompakte schwimmende Luxusmodell sein. Beide, Erna und Richard, nahmen sich vor, nicht einmal mehr in Gedanken den Begriff Boot zu verwenden. Die Ehrfurcht vor diesem Monstrum aus Fiberwerkstoffen, Plastik, Chrom und Plexiglas gebot es. Doch so ganz würden sie sich doch nicht an ihre Vorgaben halten können.

Die Yacht hatte zwei weit ausfahrbare Antennen und, ebenso

ausfahrbar, die doppelte Radaranlage, wie Richard richtig bemerkte. Darüber hinaus gab es, neben zwei Parabolantennen, noch verschiedene andere Auffälligkeiten, denen Richard keine Funktion zuordnen konnte.

„Schaffst du das bis nach oben?" Die Frage hatte Zacharías an seinen Helfer gerichtet.

Ohne ein Wort zu sagen, brachte er den behinderten Mann an Deck. Wo sie sich alle wieder zusammenfanden.

„Machen wir's doch so", sagte Zacharías, „nehmen sie sich Zeit, schauen sie sich um. Tun sie es ausgiebig und wenn etwas verschlossen ist, nun dann..."

Er drehte sich zu Freddy um, hielt ihm einen kleinen Schlüsselbund hin und gab ihm offensichtlich eine Anweisung. Freddy nickte, machte Erna und Richard mit dem Zeigefinger ein Zeichen ihm zu folgen. Beide wollten jetzt begriffen haben, weshalb Freddy bisher nichts sagte. Offensichtlich sprach er doch nur spanisch. Nun, dementsprechend war die Schelte von vorhin nur noch als relativ zu bewerten. Er hatte sie geschluckt. Trotzdem war es dem deutschen Ehepaar aus Kiel peinlich. Finsterer Typ hin, finsterer Typ her. Der ehemalige Meister und Abteilungsleiter war gegenüber Menschen und besonders gegenüber seinen Untergebenen ein ganz anderer Ton gewohnt.

Freddy schloss irgendwo eine in die Wand eingelassene Klappe auf, zeigte auf den Inhalt, ließ die Tür offen, den Schlüssel stecken und entfernte sich nach draußen auf Deck.

In dem Schränkchen waren, sauber geordnet, mit spanischen Beschriftungen versehen, eine Anzahl von Schlüsseln.

„Der hat aber ein gesundes Gottvertrauen", sagte Richard zu seiner Gattin.

„Wir sehen ja auch sicher nicht wie Ganoven aus. Insofern dürfte ihm seine Entscheidung pro Vertrauen nicht schwer gefallen sein."

„Aber dennoch", hakte Richard nach.

Als sie nach gut fünfzehn Minuten wieder beim lädierten Eigner ankamen, meinte dieser: „Aber bitte nehmen sie sich doch Zeit. Sie brauchen nichts zu überstürzen. Wenn sie mein Angebot annehmen, sollten sie auch wissen, erstens mit wem sie es zu tun haben und zweitens mit welchem Gerät. Haben sie die beiden Maschinen gesehen? Der Minipalast läuft gut und gerne über 40 Knoten. Der fährt manchem Atomunterseeboot der US-Marine davon. Der Küstenwache sowieso. Aber die interessieren uns ja nicht", fügte er noch schnell hinzu, so als hätte er seine Bemerkung am liebsten wieder zurückgeholt.

„Im ersten Schlafraum links logierten meine Frau und ich." Ihre Seele Gott zu empfehlen vergaß er diesmal. „Die Suite im Bugbereich sollten sie belegen. Haben sie sie besucht?"

Erna und Richard bejahten. „Ein großartiger Platz, aber als Skipper fürchte ich, dass wir wenig gemeinsame Zeit darin verbringen dürften."

„Nun, wenn sie mir behilflich sind mich hochzuschaffen, werde ich schon zeitweise die automatische Steuerung kontrollieren und die Radardarstellungen beobachten können. Sie müssen ja auch schlafen und nicht nur die Instrumente checken. Ich darf ihnen jedoch versichern, dass der Autopilot ausgezeichnet seinen Dienst versieht. Annäherungen an ein anderes schwimmendes Objekt, wird vom Radar bereits in respektvoller Entfernung lautstark signalisiert. Insofern sind wir hier allemal sicherer als auf den Straßen von Kolumbien."

„Wenn ich jetzt meine Dienste zusage, wie wird das Abkommen besiegelt?"

„Wir setzen einen Vertrag mit den wesentlichen Punkten, die sie und mich interessieren, auf. Ich denke, dass wir dazu keinen Rechtsanwalt benötigen."

„Das denke ich auch“, bemerkte Richard und wendete sich Erna zu, „was ist deine Meinung?“

„Besonders gute Erinnerungen an Rechtsanwälte habe ich nicht. Wenn wir es vernünftig unter uns hinbekommen, bin ich damit einverstanden.“

„Also, ich biete ihnen 5000 Euro für die Überfahrt, in **Valencia** frei und bar auf die Hand. Sie erhalten zwei Flugscheine, mit denen sie von **Valencia** über **Madrid** nach **Bogotá** und zurück nach **Barranquilla** kommen. Wenn es ihnen Spaß macht, auch in der Business-Klasse. Reicht ihnen das?“

„Wir brauchen nicht nach **Barranquilla** zurückzukommen“, bemerkte Richard, „nicht wahr Liebes?“

„Wie sie vorhin für sich anmerkten, sind auch wir von der feuchten Hitze nicht übermäßig begeistert“

„Dann lassen sie die nicht benutzten Flugscheine einfach verfallen, sich gutschreiben oder sich ausbezahlen, aber ich verpflichte sie in **Barranquilla** und bringe sie auch wieder hierher zurück, so wie ich es ihnen bei unserem ersten Gespräch gesagt habe.“

Zacharías bemerkte richtig, dass seine beiden Geschäftspartner von so viel Freigiebigkeit und ernsthaft dargestellter Geschäftigkeit beeindruckt waren. Aber wer wäre es nicht gewesen? Keiner der bisher mit der gleichen Masche angeheuerten Skipper hatte mit Fragen allzu tief gebohrt. Die Ausstrahlung des Luxusgefährts selbst hinterließ bisher bei jedem Interessierten, ohne großartige Erläuterungen, immer einen tiefen nachhaltigen Eindruck. Man konnte, ohne zu übertreiben, von *„die Sprache verschlagen“* sprechen.

Die Tarnung Zacharías´ hatte bis heute immer tief beeindruckt. Also, er würde sich auch für *diese* Überfahrt keinen Kopf machen müssen.

„Es besteht noch die Frage nach einem Schiffskoch." Zacharías schaute zu Freddy, seinem jungen Begleiter, wohl wissend, dass dies als Wink mit dem Zaunpfahl verstanden werden würde. Und er hatte sich nicht getäuscht. Besonders Erna hatte den Blick erkannt und sofort darauf geschlossen, dass der finstere Geselle eventuell, neben seinen Verpflichtungen als Krankenpfleger, auch der Kochkunst frönen könnte-würde - eventuell. Es wäre dies ein Grund, um den anvisierten Vertrag ernsthaft zu überdenken, ihn bereits vor der Niederschrift seiner ersten Zeile platzen zu lassen. Trotz aller anderen Verlockungen. Aber diesen Typen mochte Erna nicht in ihrer Nähe wissen.

Sie sagte: „Ich hoffe, dass ihnen meine Kochkunst zusagt. Ich behaupte keine schlechte Köchin zu sein. Ich würde gerne glauben, dass sie mit mir zufrieden sein werden. Ich werde nichts unversucht lassen."

„Großartig", meinte Zacharías, „dann sind wir uns ja einig." Er sagte etwas in Spanisch zu Freddy. An dessen Miene ließ sich nicht ablesen, ob ihm die Idee gefiel oder ob er verärgert, vielleicht wenigstens enttäuscht war.

Auch Richard war ob dieser Lösung erleichtert. Das hatte seine Frau großartig, in diplomatischer Weise hingekriegt.

„Ich veranlasse, dass das Schiff seeklar gemacht wird, Betankung, Wasser, Lebensmittel und Sie checken ob das alles, erstens ihren Vorstellungen entspricht und zweitens, keine Sicherheitslücken verbleiben."

Zacharías interessierte sich in keinem Moment, ob auf Erna und Richard vielleicht Familienangehörige warteten. Fragen danach hätten vielleicht Misstrauen erregen können. Alles in dieser Richtung musste er vermeiden. Die leichtgläubigen Leutchen sollten sich in Sicherheit wiegen, in keine Richtung Verdacht schöpfen. Und wenn da Familienmitglieder existierten? Na, wenn schon. Wäre ja nicht das erste Mal.

Sie machten aus, dass sie sich am nächsten Morgen um neun Uhr an Bord treffen würden.

„Lassen sie sich vom Hotel ein Taxi kommen. Stellen sie sich nicht winkend an den Bordstein. Bei so viel Gesindel.“

Der Mann war um ihr Wohlbefinden besorgt. Ein angenehmes Gefühl für einen zu früh aus dem Arbeitsleben herausgerissenen Mann erwünscht, mehr sogar, benötigt zu werden. Hätte es besser laufen können für Richard?

Den Jackpot in einer Lotterie zu gewinnen, war die Hoffnung vieler. Aber das Glück wählte unter vielen Millionen meist nur einen aus. Richard und Erna wähnten sich im Moment vom Glück regelrecht zugeschissen.

Im Nachhinein kann man immer klüger sein. Davon wusste zwar auch Richard ein Lied zu singen. Doch, wo konnte hier der berüchtigte Haken sein? Er würde die *Ernestina* nach **Valencia** bringen und in rund 14 Tagen würden sie wieder in **Bogotá** sein. Ihre Reisebörse um 5000 Euro aufgefüllt.

Ganz schlicht und einfach: Er würde eine Dienstleistung erbringen und dafür entsprechend bezahlt.

3

Mit einer kleinen Zeremonie unterzeichneten die beiden Vertragspartner das vereinbarte Abkommen. Das gut bezahlte Abenteuer konnte beginnen.

Das Roll-Liegestuhlgefährt war auf dem offenen Deck festgezurrt. Der Krankenpfleger stand auf dem Kai, bereit die Leinen loszumachen.

„Freddy wird nicht mit uns sein. Allzu enttäuscht war er von dieser Entscheidung offenbar nicht. Wird ihm sogar recht sein, so braucht er sich nicht von seiner Freundin zu trennen. Die paar Tage bis **Valencia** werde ich ohne seine Pflege überstehen können. Zudem werde ich den hinderlichen Gips am Arm abnehmen, war ja kein vollständiger Bruch, sondern nur angebrochen und der Gips eine reine Vorsichtsmaßnahme. Den Knochenbrechern im Hospital ist sicher nichts Besseres eingefallen. Danach werde ich mir schon viel besser selbst helfen können.“

Umso besser, dachte sich Richard. Den finsteren Kerl hätte ich nicht gerne Tag und Nacht an Bord erlebt. Weder als Krankenpfleger noch als Koch oder in einer Kombination aus beidem. Außerdem erweckte er den Eindruck, dass er im Waffengebrauch nicht unerfahren war.

Richard dachte an Erna, die sich über diese Entscheidung besonders gefreut hatte. *Bei seinem Anblick hätte man auch*

*allzuleicht auf unangenehme, finstere Gedanken kommen kön-
nen.* Thema also erledigt. Alles ist sauber. Ein sauberer Deal.
In spätestens in 14 Tagen, würden sie wieder in Bogotá sein.
Dann würden sie weitersehen, die nächste Etappe planen.

Barranquilla war eine oder sogar *die* Hochburg der Organisationen rund um Kokain und seine Barone. Davon hatte Richard
keine oder nur vage Kenntnis. Sollte er haben? Lieber mach
ich mir darüber keine Gedanken. Ich habe ein sauberes Geschäft abgeschlossen und ich werde den Vertrag im Sinne der
christlichen Seefahrt erfüllen. Das waren die Gedankengänge
Richards, kurz bevor die Nabelschnur zum südamerikanischen
Kontinent getrennt und an Bord geholt wurde. Richard verstaute das Tau in seinem, dafür vorgesehenen Fach und verschloss es.

Er hatte Schiff und Besatzung noch ordnungsgemäß beim
Hafenmeister abgemeldet. Ziel und voraussichtliche Ankunftszeit in Valencia wurden registriert. Es konnte losgehen.

Zunächst ging es mit kleiner Fahrt auf den Rio Magdalena
hinaus. Wenn sie erst einmal außerhalb des Stadtgebietes wären, würde Richard langsam und mit der gebotenen Vorsicht
die Geschwindigkeit erhöhen. In zehn bis fünfzehn Minuten
würden sie dann das offene Meer, die Karibische See erreicht
haben. Erna hatte im Steuerstand neben ihrem Mann Platz genommen. Sie genoss es. Ihr Mann beherrschte dieses prächtige Fahrzeug. Sie war stolz.

Unten sprach Zacharías über unsichtbare Mikrofone zum
Kommandostand hinauf: „Passen Sie auf das Treibholz auf.
Es kommt immer eine Menge aus den Bergen, wenn es dort
ausgiebig Niederschlag gegeben hat."

Richard bedankte sich für diese Warnung. Er hatte aber
bereits selbst entdeckt, dass das keine Krokodile waren, was
sich da ebenfalls in der träge fließenden gelbbraunen Brühe

der offenen See zutreiben ließ. Das Wasser wirkte mit viel Erde verfrachtet. Es war allgemein ziemlich dreckig. Bis sie die offene See erreichten sah Richard Grasbüschel, größere Fetzen ineinander verfilzte Pflanzen, irgendeinen aufgedunsenen Tierkadaver, er begegnete einem zerbeulten Artefakt, das ihn entfernt an einen ausgedienten Kühlschrank erinnerte, einem Bündel Bambus. Kleinere Teile mochte er nicht beachten oder gar identifizieren. Er zog es vor dann doch weiterhin kleine Fahrt zu machen.

Ein Kanonenboot der kolumbianischen Kriegsmarine kam ihnen entgegen, ein uniformierter Kerl winkte herüber. Die Yacht schaukelte anschließend leicht im Heckwasser des Kriegschiffes.

Das GPS signalisierte, dass er sich nur noch eine Meile von der offenen See entfernt befand. Der Fluss war hier schon weit mehr als einen Kilometer breit. Es gab Strudel, die Mischung von Süß- mit Salzwasser, von Wasser unterschiedlicher Temperatur hatte begonnen. Er schob den Regler für die Antriebsmotore leicht nach vorne.

Nach weiteren zehn Minuten war der flache Küstenstreifen Steuerbords schon in ziemlicher Entfernung. Das Wasser war klarer geworden.

Es war kurz nach zehn Uhr vormittags.

Fünf bis sechs Tage bis nach Europa. Dann nochmals einen Tag bis **Valencia** und die schöne Zeit, seine schöne Zeit als Skipper, würde vorüber sein. Unterdessen war er hier auf der Yacht der Chef. Zwar kein Eigner, aber Chef.

Er rief den Wetterbericht ab. Ließ sich die Isobarenkarte für die südliche Karibik, West-Venezuela und den nächstgelegenen Atlantikbereich ausdrucken. Nichts zeigte auf eine Ausnahmesituation hin. Es war September. Eine angenehm ruhige Spätsommerzeit. Zwar war auch gerade diese Zeit die Brutzeit für neue Wirbelstürme. Aber in der ausführlichen Vorhersage gab es keinen Anhaltspunkt für derartige Unwetter.

Je nach Einstellung konnte er auf dem Radarschirm allerhand Verkehr beobachten. Auf Backbord kam ihm ein dicker Tanker entgegen. Er war offensichtlich nicht komplett beladen.

Tag- und Nachtrhythmus lösten sich ab. Auf der Yacht verlief das Zusammenleben problemlos, harmonisch.

Richard versuchte penibel ein Logbuch zu führen. Viel gab es da nicht einzutragen.

Die Atlantikquerung war dann ohne Zwischenfälle verlaufen. Das Wetter brachte in keinem Moment unangenehme Überraschungen. Es war wie fliegen, nur noch schöner, dachte Richard.

Erna hatte per Satellitentelefon mit der Tochter gesprochen. Dann näherten sie sich den Hafenanlagen von **Valencia**.

Zacharías dirigierte Richard an den vorgelagerten Liegeplätzen vorbei in eine Art Kanal. Offenbar waren diese schmaleren Liegeplätze für kleinere Fahrzeuge vorgesehen.

Nach einem geschätzten halben Kilometer öffnete sich ein weites Becken. Vor ihnen und mitten in dieses hinein reichte T-förmig eine Anlage mit Liegelätzen für größere Fahrzeuge. Zacharías wies Richard an, einen Liegeplatz an Steuerbord anzulaufen.

„Der Liegeplatz für die *Ernestina*.“

Vor Erreichen ihres Liegeplatzes fuhren sie an den Ein/Ausfahrten des großen Hafengebietes vorbei und steuerten dahinter nach Backbord, wo sie alsbald in die Marina einfahren konnten.

Ernestina kam am Ziel neben einer fast spiegelbildlich gebauten Yacht zum Anlegen.

Richard dirigierte, von Zacharías mit guten Ratschlägen bedacht, die *Ernestina* ganz langsam und vorsichtig bis zum

Kontakt mit dem Kai. Erna machte große Augen, sie waren wieder in Europa, das sie eigentlich in den nächsten drei Monaten nicht mehr zu sehen gedachten.

Wenn er da ein bisschen Übung hätte, dachte Richard, musste es ein Kinderspiel sein, diese Yacht zentimetergenau zu steuern. Sie reagierte höchst sensibel auf die Kommandos.

„Aha, da steht mein Schwiegersohn bereit. Recht aufmerksam von diesem Jungen. Und er hat mir die gewünschten Gehhilfen mitgebracht. Das wird mir reichen. Allein der Gedanke an meinen Rollstuhl macht mich schon kränker als ich tatsächlich bin."

In der Tat, da winkte ein braungebrannter, unauffälliger, aber doch sommerlich elegant gekleideter Mann mit einem schmalen Oberlippenbart mit zwei Krücken. Er mochte in den mittleren Jahren sein.

Zacharías zeigte nun offen seine Freude. Dass dabei schon wieder eine hochgradige Portion Schauspielerei mit im Spiel war, durfte und konnte Richard nicht auffallen. In den Augen Zacharías lief auch diesmal alles wie am sprichwörtlichen Schnürchen. Auch diesmal freute er sich auf die bevorstehende Entfernung seines Gipsverbandes von seinem Bein. Erleichtert dachte er an die bevorstehende Zeit in der er wieder einmal einige Wochen ohne diesen beschissenen Gipsverband plus Rollstuhl auskommen konnte. Aber gut, sagte er sich. Es war ja seine eigene Idee gewesen. Und bisher ist alles gut gegangen - ja, sogar ausgezeichnet.

Geschickt half der Schwiegersohn bei der Vertäuung der Yacht. Dann kam er an Bord. Schwiegervater und Schwiegersohn begrüßten sich wie zwei liebe Familienmitglieder, die sich längere Zeit nicht gesehen hatten. Ob der Schwiegersohn nach

seiner Schwiegermutter fragte, konnte weder Richard noch Erna
erkennen. Auch war der kurze Wortwechsel in Spanisch nicht
so ausgiebig, als hätte sich der Opa im Detail nach seiner Tochter und seinen Enkeln erkundigt.

Doch dann wurde der Schwiegersohn von Zacharías vorgestellt. „Antonio heißt er." Er sprach englisch, besser als alle
drei zusammen.

„Sagen sie einfach Toni. Ich bin ihnen so dankbar, dass sie
meinen Schwiegervater wohlbehalten in der alten Welt angelandet haben." Er schaute auf das immer noch eingegipste Bein.
Richard entging nicht ein schiefes Grinsen Tonis, mochte sich
darauf aber keinen Reim machen.

„*Esperanza* hat heute mit der Ältesten einen Termin in der
Schule, konnte nicht zu deinem Empfang mitkommen. Sie
freut sich auch auf deinen Besuch. Aber das mit ihrer Mutter,
meiner lieben Schwiegermutter, das hat sie ganz schön mitge-
nommen."

„*Esperanza* ist meine Tochter", unterrichtete Zacharías
nochmals seine Freunde.

„Nun Schwiegervater, wie sieht die Praxis aus? Ich meine,
was wirst du jetzt unternehmen - wobei ich denke, dass diese
Frage noch verfrüht ist, das können wir in den nächsten Tagen
besprechen. Was ich, und sicher auch dein Skipper mit seiner
Frau wissen möchte ist, wie die allernächste Zukunft aussieht."
Der Schwiegersohn versuchte offenbar Nägel mit Köpfen zu
machen. Der höhnische Unterton fiel Erna und Richard nicht
auf, konnte schon allein deshalb nicht auffallen, weil dieser
Toni sich so perfekt in Englisch auszudrücken verstand.

„Zunächst einmal", Zacharías wurde geschäftsmäßig, „müssen wir damit rechnen, dass uns der Zoll oder die Drogenfahndung, vielleicht auch beide, ganz intensiv unter die Lupe
nehmen. Wir kommen schließlich aus Kolumbien, dem Mut-

terland aller Drogenübel. Der Skipper und auch der Eigner müssen Fragen beantworten. Aber damit haben wir ja beide keine Probleme." Er klopfte Richard gönnerhaft auf den Rücken. Wenigstens soweit er sich aufrichten konnte.

„Rufst du an"? fragte er seinen Schwiegersohn.

Zacharías schaltete sich wieder ein und erklärte. „Sie sollten wissen, dass es in **Valencia** zwei Organisationen gibt, die sich um Schmuggelware und Drogen kümmern. Das eine ist die Drogenfahndung und die andere Seite, sozusagen die Gegenseite, ist der eigentliche Zoll. Beide sind sich traditionell nicht grün. Sie versuchen sich stets gegenseitig die Schau zu stehlen, sind wahnsinnig eifersüchtig aufeinander und versuchen mit allen Mitteln ihren eigenen Zuständigkeitsbereich in den Vordergrund zu stellen. Verstehen sie? Was ich damit sagen will ist, dass wir keiner Gruppe sagen sollten, dass die anderen bereits vor ihnen hier gewesen sind, wenn dieser Fall eintreten sollte. Die könnten nämlich dann versuchen auf Teufel komm raus doch noch etwas zu finden, nur um ihren lieben Kollegen eins auszuwischen. So nach dem Motto <ihr habt nur nicht richtig gesucht, vielleicht nicht richtig suchen oder finden wollen>".

„Ich denke, dass ich verstanden habe. Wir sollten beide Seiten respektvoll behandeln und niemandem eine Gelegenheit geben, uns mit einer Überaktion auf die Nerven zu gehen."

„Genau das wollte ich damit sagen", antwortete Zacharías und eine gewisse Erleichterung hätte ein Insider heraushören können.

„Die Drogenfahnder werden in ein paar Minuten hier sein", sagte Toni.

Zacharías fand das großartig.

„Der Zoll wird sich Zeit nehmen, hat keine Angaben gemacht. Sie sind oder fühlen sich einmal wieder völlig überarbeitet. Da sei noch etwas zu erledigen, bevor sie zu uns kommen wollten. Unterdessen dürfen wir, wie üblich, nichts von Bord bewegen.

Skipper und Eigner, sofern ebenfalls an Bord, müssen so lange zur Verfügung stehen. Die machen es sich leicht, ist ja nicht ihre Zeit, die verloren geht." Das Letztere sagte er mehr Richard zugewandt.

Richard fühlte sich richtig als Teil der Mannschaft. Innerhalb dieser war er bis hierher der Macher in der Gruppe. Wenn sich etwas als faul herausstellen sollte, es Probleme geben sollte, dann war er der erste Verantwortliche. Der Eigner musste nicht immer und unbedingt für Gesetzesübertretungen gerade stehen.

Den Steg entlang, der mehr wie eine Zufahrtstraße ausgebaut war, kam ein Jeep. Vier Männer stiegen aus und entluden Gepäck. Es war ihre Taucherausrüstung mit der sie auf die *Ernestina* zusteuerten.

Zacharías kommentierte „die kommen mit ihren Taucherausrüstungen. Wollen sicher einmal wieder die geheimnisumwitterte Unterwasserseite unseres Kreuzers bewundern, so wie die Engländer einmal ein russisches Kriegsschiff heimsuchten, das in ihrem Hafen auf Besuch war. - Der Schuss ging damals allerdings nach hinten los, die Russen hatten etwas dagegen."

Es sollte ironisch klingen, aber effektvoll hatte das Zacharías, teils Toni und teils Richard zugewandt, gesagt. Er wollte signalisieren - <keine Sorge, das macht den Jungs halt Spaß, nun gut, dann sollen sie halt>. Zacharías war auch ein guter Schauspieler. Was auf seinem illegalen, zumindest aber ausgeprägt dubiosen Geschäftsfeld durchaus von Vorteil war.

Dann fügte er etwas ernster hinzu: „Wenn die Jungs da unten sind", er machte eine theatralische Geste Richtung Erdmittelpunkt, „und die vom uniformierten Zoll sollten aufkreuzen, dann lassen wir es uns nicht anmerken, dass ihre Kollegen bereits am Werk sind. Das Thema hatten wir ja schon, ich wollte das nur noch einmal anmerken."

„Klar" sagte Richard. Es war für ihn einleuchtend und wer mochte sich gern mit uniformierten Autoritäten anlegen. Im Gegenteil, ihnen sollte man nach Möglichkeit sogar einen Gefallen erweisen, ihnen entgegenkommen, sich kooperativ zeigen - sowas würde sich bei anderer Gelegenheit immer auszahlen. Soweit die Meinung Richards und aus deutscher Sicht durchaus vertretbar. Aber ... natürlich konnte er nicht ahnen welche Absichten und Strategien hier und heute hinter den Aktivitäten dahintersteckten.

Die vier Männer kamen an Bord. Einer stellte sich bei Zacharías und Richard vor. Toni schienen sie seltsamerweise nicht zu beachten. Einige Worte, zwischen den Tauchern gewechselt, hörten sich wie Kommandos an. Alle machten sich für einen Tauchgang fertig, hakten Werkzeugtaschen ein und verschwanden gekonnt vom Heck der Yacht im nicht ganz klaren Hafenwasser.

„Jetzt heißt es warten. Manchmal sollen sie sich bis zum vollständigen Verbrauch ihrer Atemluft da unten aufhalten - habe ich mir sagen lassen." Das war Toni.

„Wie wäre es, wenn wir uns unterdessen eine gute Tasse Kaffee zu Gemüte führen. Erna kann das hervorragend." Zacharías hatte Erna mit einem gütigen Opablick bedacht.

Von ihrer Arbeit oder von dem, was immer die vier Spezialisten unter dem Boot machten, war an Deck nichts wahrzunehmen. Richard schien das unverdächtig und auch durchaus plausibel. Die suchten halt das berühmte Haar in der Suppe. Es war ja auch, wie vom Gesetzgeber vorgegeben, ihre hoheitliche Aufgabe.

Was aber wirklich geschah, hätte ihn in höchstem Maße beunruhigen müssen.

Zunächst tranken sie im Salon Kaffee. Zacharías hatte es

sich in seiner bekannt ungemütlichen Lage sichtbar bequem gemacht. Er erzählte Belanglosigkeiten von der Überfahrt. Einem aufmerksamen Zuhörer hätte auffallen müssen, dass er die Zeit streckte. Aber, da Richard mehr oder weniger immer im Mittelpunkt seiner Schilderungen stand, konnte er gar nicht ahnungsloser sein.

Das Kaffeekränzchen dauerte nun bereits eine knappe Stunde. Dann sichtete Toni die uniformierten Zöllner. Mit überbetonter Gleichgültigkeit informierte er Zacharías und Richard. „Na, die hatten aber ein Einsehen und lassen uns nicht allzulange warten.“

Toni sagte, „bin gleich zurück“, und verschwand im Innern der Yacht.

Dreimal hörten Richard und Erna ein etwas weit entferntes <plopp-plopp-plopp>, wie ein ferner, dreifacher, dumpfer Schlag lief der Schall durch das Boot. Sie dachten sich nichts dabei. Zacharías setzte unmittelbar darauf an, von dem schönen herbstlichen Wetter in **Valencia** zu sprechen. Seine Worte sprudelten weiter, ob es ihnen bekannt sei, ob sie schon in Spanien waren, in welcher Gegend und dass letztendlich die Mittelmeerseite des Landes doch am allerallerschönsten sei. Er warf einige Brocken in Spanisch in das Gespräch.

Die Männer in ihren Taucherausrüstungen unter der Yacht stellten ihre Arbeit nach dem vereinbarten Klopfzeichen daraufhin ein. Sie würden auf ein weiteres Zeichen warten, untätig bleiben, bis die Luft, bzw. das Wasser um sie herum wieder rein war.

Toni kam zurück. „Hab nur mal geschaut, ob du auch dein Bett gemacht hast, Schwiegervater. Wenn die in dein Schlafgemach reinschauen, sollen sie nicht glauben, dass unsere Familie unordentlich ist.“ Toni grinste.

„Zollkontrolle“, rief ein Offizier vom Kai.

„Ich bitte sie an Bord meines bescheidenen Transportmittels", rief Zacharías aufgekratzt.

Richard war nicht zum Jubeln zumute. Zoll, das war Obrigkeit. Uniformierte Obrigkeit noch dazu. Seine innere Einstellung als gesetzestreuer und ordnungsliebender Deutscher setzte sich durch. Er war etwas unruhig, vielleicht innerlich etwas zu unruhig, als dass er es vor den Augen der sicher auch psychologisch geschulten Beamten vollständig verbergen konnte.

Doch die, sollten sie etwas bemerkt haben, ließen dies nicht erkennen. Zumal Zacharías anbot sie zu bewirten, wenn sie denn bei ihrer langweiligen Arbeit einen Kaffee wünschten...

Zacharías stellte den Skipper vor und bemerkte gleich, dass er kein spanisch spreche. Dann sagte er: „Meine Herren, das Boot gehört ihnen. Schauen sie sich nach Belieben um." Zacharías sagte das in einem selbstsicheren Ton. Richard war stark beeindruckt über den lässigen Tonfall. Der genaue Wortlaut erschloss sich ihm nicht, aber der Sinn ergab sich schon aus der Ausdruckweise und den verständlichen Hand- und Armbewegungen. Er wünschte sich, dass auch er sich vor der Obrigkeit so unbefangen geben könnte. Aber er wurde nicht gefordert.

Zwei Mann verschwanden unter Deck, der dritte inspizierte Aufbauten und Kommandostand.

Nach kaum zehn Minuten versammelten sie sich wieder an Deck. Einer wandte sich an Zachrias:

„Sie kommen aus Kolumbien?"

„Ja."

„Sie sind das erste Mal in Valencia?"

„Mit *diesem* Boot, ja."

„Waren sie vorher bereits mit einem anderen Boot hier?"

„Ja, mein Vorgängerschiff war aber kleiner. Und weniger auffällig", setzte Zacharías noch hinzu. „Das sollte aber nicht zu falschen Schlüssen führen. Dieses hier war ein Gelegenheitskauf."

„Waren sie jemals in ein Drogendelikt verwickelt?"

„Gott bewahre. Mit diesem Scheiß habe ich nichts zu tun." Er sagte das mit einem solchen Abscheu in seiner Stimme, und sein Gesichtsausdruck begleitete ihn entsprechend, dass eigentlich der gewiefteste Zöllner überzeugt sein musste. Zacharías war halt eben auch ein guter Schauspieler. Dito.

„Sie kennen die Gesetze unseres Landes und der Europäischen Union. Wir müssen ihnen diese Fragen stellen."

„Ich fühle mich nicht ungerecht behandelt, im Gegenteil, ich habe volle Hochachtung davor, wie sie ihre Aufgabe erfüllen." Zacharías versuchte noch mehr Pluspunkte zu machen.

Er bekam ein abgestempeltes Papier. Die Herren wünschten noch einen guten Tag und angenehmen Aufenthalt in Spanien. Dann verschwanden sie wieder.

„Ich muss doch mal nachschauen, ob noch alles an seinem Platz ist", sagte Toni lachend.

Wieder kam ein leises dreifaches <Plopp>, diesmal aber nicht rasch hintereinander, sondern gedehnt, individuell, jedes Klopfzeichen in einem größeren Zeitabstand.

Was Richard nicht wissen konnte war, dass es das vereinbarte Zeichen für die ungestörte Weiterarbeit unter Wasser war. Für einen Moment dachte Richard, dass dies vielleicht doch ein Liebesdienst gegenüber den Drogenfahndern in den Taucheranzügen gewesen sein könnte oder war. Scheinbar erlebte der Schwiegersohn diese Untersuchungen nicht zum ersten Mal.

Für einen kleinen Augenblick legte Richard instinktiv und ohne Selbstkontrolle seine Stirn in Falten. Er verspürte eine innere Unruhe, die ihm einen kurzen, aber heftigen Schauer den Rücken hinunterjagte.

Toni kam wieder, lachte und sagte zu seinem Schwiegervater gewandt: „Da ist ein guter Kumpel dabei", er zeigte wieder nach unten, „wir spielen jeden Donnerstag Karten. Den kann ich doch nicht hängen lassen, so haben wir ein Signal ausgemacht. Ich habe ihm gerade gemorst, dass die Luft hier oben sauber ist, sauber von seinen ungeliebten Kollegen." Sein Lachen schien noch breiter als bisher.

Dass dies auch doppelsinnig gemeint war, konnte Richard nicht wissen. Aber es beruhigte ihn. Wenn Toni damit so locker umging, dann brauchte auch er sich keine weiteren Sorgen zu machen.

Aber Richard wusste noch viel mehr nicht. Ganz Wesentliches wusste er nicht. Zum Beispiel was sich da wirklich unter seinen Füßen an der Yacht tat.

Dort nämlich hatten die tauchenden, vermeintlichen Drogenfahnder an einem, in der Form einem Stabilisator gleichenden, Kielaufsatz herumgeschraubt. Ähnliches hatten sie an dem Nachbarboot veranstaltet. Sie entnahmen den Hohlräumen der angekommenen Yacht stabile Plastikbeutel und schafften sie zu dem Nachbarboot. Der Inhalt, insgesamt 3004 Beutel zu je einem Kilogramm Kokain vom Feinsten.

Nachdem alle Beutel an ihren Plätzen in einem doppelten Boden des Nachbarbootes verstaut waren, wurden beide Yachten wieder in den Originalzustand versetzt. Niemand konnte so ohne weiteres den wahren Zweck dieser seltsamen Verformungen im Kielbereich erkennen. Auch auf den Konstruktionszeichnungen waren sie vollständig unverfänglich aufgeführt. Hohlräume waren als zusätzliche Balastplätze deklariert. Was da aus diesen Stellen hervorgeholt wurde, war aber alles andere als Balast. Es war hochprofitable, illegale Ware, giftige Konterbande.

Zu einem späteren Zeitpunkt würde man alle Beutel über einen Zugang aus dem Inneren der neu befrachteten Yacht entnehmen und der Verteilung zuführen. So hatten die Drogenhändler einen idealen, unverdächtigen Lagerplatz. Gleichzeitig hatten sie jederzeit Zugriff und blieben kurzfristig lieferfähig. Aber auch fluchtbereit.

Von Zeit zu Zeit benutzten die Drogenbarone den Luxuskreuzer an Wochenenden, fuhren mit ihren Frauen für stets relativ kurze Ausflüge hinaus. Sie entfernten sich niemals allzuweit von der Küste, dies für den Fall, dass Fahnder die Vorgänge beobachteten. Man wünschte, ja man hoffte sogar, beobachtet zu werden.

Natürlich führte man sie trotzdem an der Nase herum. Wasserdichte Plastikbehälter, mit fünf oder zehn Kilo Kokain, waren an vereinbarten Stellen - GPS sei Dank - im Wasser des Mittelmeeres deponiert. Besondere Schwimmkörper, wie sie als Markierungen für den Fang von Schalentieren benutzt wurden, zeigten die „Fangstellen" an. „Zufällig" vorbeikommende Fischerboote zogen sie an Bord, lagerten sie, man kann ja nie wissen, in ihren Plastikkörben unter dem Fang. Derart unterfüttert konnte der Wert einer dieser mit dem Fang gefüllten Plastikkörbe, statt der herkömmlichen 50 bis 80 Euro für die Fische allein, plötzlich auch einmal weit mehr als 20 000 Euro betragen. In der Regel wurden Fischerboote, wenn sie mit ihrem Fang einliefen, nicht kontrolliert. Zumal sie durchweg kleine, unbedeutende Fischerbasen anliefen. Bisher war das jedenfalls so.

Unterdessen gaben sich die Ausflügler auf der Yacht nach außen als die biederen, braven Ehemänner. Sie achteten streng darauf, dass sie immer die Ehefrauen dabei hatten, niemals Geliebte oder sonstige Gespielinnen zu ihrem Vergnügen. Wie sie auch andernorts diszipliniert streng diese selbstauferlegte Regel beachteten. Gegenseitig kontrollierten sie sich, damit niemand über die Stränge schlage. Kontrollierter Alkoholgenuss gehörte dazu. Dies sowohl in eigener Regie, als auch untereinander und mit einer rigorosen Kontrolle von Kollege zu Kollege, von Partner zu Partner. Ein Ausbrechen aus diesem Reglement, das wussten alle, konnte „*die Gesundheit und das Wohlbefinden*" aller *Familienmitglieder* auf schlimme Art beeinträchtigen. Alle waren sich im Klaren, was dann auf sie zukommen würde. Alle kannten, wenngleich teils nur gerüchteweise, die extrem scharfen Regeln und brutalen Urteile, die von ihrer eigenen illegalen Organisation rücksichtslos vollstreckt wurden.

Sie waren nach außen und in ihren gesellschaftlichen Kreisen die respektierten Geschäftspartner und seriösen oder auch disziplinierten und vorbildlichen Familienväter. Was natürlich bei anderen guten Beobachtern nachgerade als Indiz dafür gewertet wurde, dass da etwas nicht stimmte, nicht stimmen konnte. In Spanien! Sie fragten sich zu Recht, wer in solchen Kreisen denn wohl ein wirklich seriöser und vorbildlicher Familienvater sein konnte. So gänzlich ohne die gemeinhin üblichen Geliebten, Mätressen und gefügigen Prostituierten? Man kannte ja auch die einschlägigen soziologischen Studien. Es war verdächtig zu viel des Guten zur Schau gestellt. Das auch noch in einem Land, in dem der Machismus als oftmals sogar geachtete Lebensart Geltung hatte. In dem es von Fall zu Fall die Ehefrau mit einem gewissen Stolz erfüllte, wenn der Gatte die fianzielle und geschlechtsspezifische Potenz besaß, noch die Geliebte zu befriedigen. Jedenfalls so lange, als die Familie und die Dame des Hauses höchstselbst nicht darunter zu leiden hatte, die Familie versorgt war.

Homosexuelle wurden nicht in die „rechtschaffende" Gemeinschaft aufgenommen.

Den wirklichen Drogenfahndern war diese, wie sie es ausdrückten, *etwas ungewöhnliche oder zumindest gewöhnungsbedürftige besondere Lebensart*, nicht entgangen. Nur, einen erfolgversprechenden Ansatz zu finden, um in die wirkliche, die hervorragend verdeckte Struktur einzudringen, das war ein interessantes und oft genug ein spannendes Puzzlespiel. Sie waren bei diesem Spiel schon seit längerem dabei. Aber immer, wenn sie glaubten ein neues Puzzleteil gefunden zu haben, passte es einfach nicht in das Gesamtbild.

Dieses abgeschottete System hatte sich, aus der Sicht der Stiftungsmitglieder bis jetzt bestens bewährt. Es mutete den Mitglieder-Machos Einiges zu, aber wenn sie die Geschäftszahlen sahen, fühlten sich alle, trotz der Entbehrungen, belohnt. Es hatte noch keine Ausfälle gegeben.

Und sie waren stolz, sie waren wie eine Familie und kein Außenstehender und besonders keine Außenstehende konnte Interna weitergeben. Und so standen die Fahnder vor dem bestaunten Problem, dass sie sogar keine Singvögel rekrutieren konnten. Es gab einfach keine.

Die falschen Zollfahnder kamen wieder an Bord geklettert. Sie entledigten sich der Tauchutensilien. Der Anführer wandte sich in Englisch an Richard: „Sie sind der Skipper?"

„Für die zurückliegende Fahrt war ich es."

„Nun, dann sagen sie dem Eigner Bescheid, dass das Logstaurohr beschädigt ist. Vielleicht sollten sie in unbekannten flachen Gewässern mehr auf Untiefen achten. Aber nichts für ungut. Ist ja nicht unsere Angelegenheit. Sonst alles in Ordnung."

Alle taten, als wäre Zacharías für sie Luft, einfach nicht anwesend.

Der Sprecher drückte Richard die Hand. Die vier Männer gingen von Bord und schleppten ihre Ausrüstung mit.

Hatte die Yacht überhaupt ein Logstaurohr oder war es eine Messstation für diverse Daten? Richard wurde von Zacharías aus seinen angedachten Überlegungen herausgerissen.

„Ja, damit wäre jetzt die Überfahrt als solche abgeschlossen. Sie sind ihrer Verantwortung entbunden. Sie haben sich die ausgesetzte Löhnung redlich verdient. Und darum werde ich mich jetzt zu kümmern haben. Übrigens, ich hätte mir keinen besseren Skipper vorstellen können. Sie waren nach meinen unglückseligen Erlebnissen in Kolumbien, ein wirklicher Glücksfall.

Richard machte aus Höflichkeit einige schwache, abwehrende Handbewegungen. „Sie sollten besser nicht übertreiben Zacharías, ich habe doch nur das gemacht, was ich gelernt habe und damit das abgeliefert was sowieso meine Pflicht war.“

„Na, na, na, nun mal nicht so bescheiden, wenn das mein Schwiegervater sagt, dann muss es stimmen. Er ist sehr anspruchsvoll. Ich weiß wovon ich rede. Zu mir hat er solch lobende Worte jedenfalls noch nicht gesagt.“ Dieser Einwand kam vom Schwiegersohn.

Auch Erna hörte gerne die Schmeicheleien. Sie war schließlich Teil der Besatzung. Sie hatte auf ihre Art zum Erfolg der Mission beigetragen.

„Ich werde sie, aufgrund der organisatorischen und zeitlichen Gegebenheiten, bitten, noch zwei Tage auf meiner Yacht zu verbringen. In aller Ruhe betrachten sie sie wie ihr Eigentum. Wir haben nämlich jetzt Freitagnachmittag. Die Banken haben geschlossen, ich kann die 5000 Euro in bar erst am Montag früh beschaffen. Ich hätte es ihnen schon früher sagen sollen, aber dann hatte ich doch noch gehofft es vor Schalterschluss der Banken zu schaffen. Es tut mir leid, wenn ihnen das ungelegen kommt.“

„Nun zunächst einmal Dankeschön für ihr Angebot. So ungelegen kommt uns dieser Umstand nicht. Wir wollten uns sowieso noch ein bisschen in **Valencia** umschauen. Nicht wahr Erna?“ Wenn sie gewusst hätte! Richard lächelte seiner Frau zu.

„Prächtig. Unterdessen schreiben Sie mir nochmals ihre persönlichen Daten auf, damit ich wenigstens noch die Flugbillets kaufen kann. Für wann würden sie die Abreise planen?“

Nach einer kurzen Zwiesprache mit Erna entschied Richard: „Dienstag wäre uns recht.“

„Ich sehe, was sich machen lässt. Damit sie sich unterdessen frei bewegen können, gebe ich ihnen gerne einen Vorschuss, sie sollen ja nicht hier auf der Yacht eingesperrt sein."

„Schwiegervater, die Chipkarten für den Eingang."

Toni erinnerte damit daran, dass der Skipper und seine Frau den abgesperrten Innenbereich der Marina gar nicht betreten konnten, wenn sie nicht eine besondere Autorisierung besaßen.

„Das erledigen wir gleich. Hilf mir hoch, gehen wir zur Verwaltung. Gib mir die Krücken."

Zacharías hatte bereits einige unbeholfene Gehversuche mit den Krücken gemacht.

Richard bewunderte den Herrn mit den leicht ergrauten Haaren, der so schnell lernte, wie man am geschicktesten mit den Krücken umzugehen hatte. Für das erste Mal, alle Achtung, dachte Richard. Er konnte ja nicht wissen, dass es nicht das erste Mal war, dass sich Zacharías bei einem Autounfall in Kolumbien ein Bein brach, dazu einen Arm lädierte und dabei stets auch noch seine geliebte Frau verlor - Gott hab sie selig, und zwar allesamt, durch die Reihe.

Er sprach Zacharías an: „Das mit dem Vorschuss ist nicht erforderlich. Wir haben ja unsere Eurocards und können Geld abheben. Trotzdem vielen Dank für ihr Angebot."

„Geht in Ordnung. Wir werden uns jetzt zur Verwaltung begeben, damit ihnen dort eine Chipkarte ausgestellt wird, mit der sie dann jederzeit unbehelligt die Marina verlassen und wieder betreten können. Trotzdem, wenn sie weggehen, vergessen Sie nicht abzuschließen."

„Ist doch klar. Machen sie sich keine Sorgen Zacharías. Danke für ihre Mühe."

„Mein Gott, wo sind wir denn. Ich belästige sie, beanspruche sie und sie danken mir. Es kann doch nur umgekehrt sein. Noch Etwas, eine gutgemeinte Mahnung. Wenn Sie in den Stadtbereich gehen, achten Sie auf ihre Wertsachen. Eine Menge Spitzbuben haben es auf Touristen abgesehen. Diebstähle sind an der Tagesordnung."

So einem guten Mann muss man vertrauen, dachte Erna. Es wäre schändlicher Verrat gewesen, ihm auch nur eine Minute schlechte Absichten zu unterstellen.

Aber genau das, nämlich einen untadeligen Eindruck zu hinterlassen, das wollte der ältere Herr Zacharías mit seinen bestens einstudierten, Vertrauen einflößenden Umgangsformen bewirken. Er hatte sie in letzter Zeit bis zur Perfektion üben können.

„Ach Toni, sei doch so gut und gib Richard meine Handynummer. Ich schreibe mir auch ihre auf. Bei Bedarf können wir uns dann schnell kurzschließen. Wäre sonst noch etwas zu bedenken"? fragte er den anderen hochkarätigen Schwerenöter, seinen Schwiegersohn.

„Denken kann ich schon, aber ein Hellseher bin ich nicht", antwortete Toni trotzdem voll und ganz despektabel.

Sie hatten sich verabschiedet. Valencia und die Yacht gehörte nun für das lange Wochenende Richard und Erna. Sie sahen es als eine Verlängerung ihrer Glückssträhne.

4

In einem schweren Großraumfahrzeug waren Al und Toni unterwegs in das innere Stadtgebiet.

„Verfluchte Scheiße, dieser vermaledeite Gips. Ihr könntet euch doch mal was anderes einfallen lassen."

„Nun, mit einem Schnupfen, Halsschmerzen oder Ohrensausen kann man ja keinen Eindruck schinden."

„Wenn ich über diesen Witz nur lachen könnte."

„Wie wäre es mit einem Genickbruch, dann hätte dein Arsch Ruhe und endgültig Feierabend."

„Dann doch lieber vorübergehend in Gips, als für immer im Sarg. Aber nach der nächsten Aktion mache ich dann Schluss. Es gibt ja andere, die das auch einmal erleben können."

„Du bist halt immer noch unser Bester."

Es gab einen Moment des Schweigens, dann fuhr Toni fort.

„Bevor du dieses Thema einmal wieder anschneidest, schalte deinen Denkapparat ein, du hast kaum eine Alternative. Wer sollte es denn sonst machen? Hast dir ja keinen vernünftigen Nachfolger herangezogen. Du könntest dich ruhig einmal darum kümmern."

„War ich vielleicht untätig?"

„Jetzt komm mir bloß nicht schon wieder mit diesem Freddy. Der ist doch im Grunde weiter nichts als ein verschissener Kleinkrimineller, als Großkotz verkleidet. Und mit dem Gesicht und

51

Gebaren? Al Capone hätte den nicht einmal als Schuhputzer genommen."

„Freddy war bisher immer loyal. Und er hat ohne große Allüren die Rückführungsaktionen der Yacht mitorganisiert."

„Warst du dabei? Weißt du wie er die Dinge erledigt hat? Ich sage dir, der Kerl ist ein Sadist. Dem genügt es nicht jemandem eine Kugel zu verpassen, nein, er will seine höchstpersönliche Hinrichtung genießen. Er will seine Opfer leiden sehen. Daran hat er seine Freude. Es gibt die auch dir bekannten Beschwerden und Berichte. Wenn wir ihn schon beauftragen Drecksarbeit zu machen, dann sollte er sich innerhalb eines von uns markierten Rahmens bewegen. Aber was tut der Schweinepriester, dem man schon auf einen Kilometer bei Mondschein den Gangster ansieht? Er macht mir einfach zu viel eigenmächtig. Das stört mich Al."

Aus Zacharías war Alvarado geworden, im Endstadion eben das kollegiale <Al>.

„Ich denke, wir sollten die Unterhaltung an einem anderen Platz fortführen. Du kennst unsere Regeln. Ein Auto ist kein guter Platz. Vor Ungeziefer ist man hier niemals ganz sicher."

Toni, der nun wirklich Toni geblieben war, aber beileibe kein Schwiegersohn, gab einen Grunzlaut von sich. Das war vorerst alles an Konversation. Der Dissens aber blieb.

Nach einer Weile des Schweigens meldete sich der neue Al fluchend. „Scheißgips!"

„Iss ja gleich vorbei!"

Das war's. Toni fuhr ein enges Parkhaus am Rande der Altstadt an. Hier stellte Toni den SUV auf einem reservierten Parkplatz ab.

Sie liefen einen grell erleuchteten, unterirdisch angelegten Gang entlang. Das heißt, Toni lief und passte sich in seinem Tempo dem humpelnden Al an.

Der Gang, bestückt mit einer respektablen Anzahl von Überwachungskameras und einigen dunkel getönten, in die Wand eingelassenen Panzerglasscheiben, machte zwei Biegungen, dann kam eine metallene Tür in Sicht.

Toni markierte auf einem kleinen Tablet eine Folge von 6 Zahlen. Sorgfältig hatte er mit seiner linken Hand den Markiervorgang verdeckt. Dann bewegte er sich einen Schritt zurück. Die Tür schwenkte in ihre Richtung. Beide traten dann in einen hell erleuchteten Raum, einer Hotellobby nicht unähnlich. Hinter einem Schreibtisch sprang ein seltsam uniformierter Mann hoch und salutierte mit der Hand an seiner Dienstmütze. Dann bewegten sie sich auf eine Doppeltür zu.

Toni steckte eine Chipkarte in einen Schlitz, legte dann die vier Finger seiner rechten Hand auf ein bläulich schimmerndes Feld in der Wand. Gleich darauf ertönte ein Gong in dezenter Lautstärke und ein grünes Lämpchen leuchtete auf.

Nach einer kleinen Wartezeit öffnete sich die Fahrstuhltür. Toni drückte einige Knöpfe hintereinander und legte wieder seine Hand auf ein beleuchtetes Feld. Alle sichtbaren Ziffern wiesen obere Geschoße aus. Aber, nachdem sich die schwere, doppelte Tür geschlossen hatte, fuhr der Fahrstuhl eine längere Zeit nach unten. Als sie angekommen waren, standen sie in einem kahlen Vorraum. Auffällig waren auf zwei Seiten die zwei schwer bewaffneten Typen. Sie befanden sich etwas erhöht auf einer Art Balkon mit massiver Brüstung. Die Besucher oder Bewohner dieser seltsamen Bleibe nannten ihre Burschen liebevoll Schwalben oder <unsere Vögel im Schwalbennest>.

Noch einmal musste die Chipkarte als *Sesam öffne* dich herhalten. Dann kam noch eine ganz einfache, aber sehr elegante reichlich beschnitzte Tür. Hier brauchten sie keinen Chip mehr.

Drinnen, in dem Raum, einem abhörsicheren, und wie sich

die Herren Nutzer gegenseitig versicherten, geheimen Lage-
oder Besprechungszimmer, erhoben sich drei Herren. Sie
hatten in bequemen Ledersesseln auf die Ankömmlinge gewartet.

Sie umarmten nacheinander Al. „Klasse alter Gauner, hast
es mal wieder geschafft", sagte ein Graukopf. Die beiden anderen Herren schienen, dem Aussehen nach, wesentlich jün-
ger.

„Verschone mich mit dem altbekannten Geschwafel, hilf mir
den Scheiß von Gips von meinem Bein zu bekommen, bevor
meine Stimmung total in den Arsch rutscht."

Sie taten das dann mehr gemeinsam. Erkennbar war, dass
es nicht das erste Mal war, dass sie diese *Entgipsung* an Zacharias Bein vornahmen.

„Verdammte Sauerei in unsrer Sakristei." Die Gipsreste
erfuhren dann, wie jeder Müll hier tief unter der Stadt, eine
Sonderbehandlung. Niemand fand jemals im ordinären Ab-
fall einen verwertbaren Hinweis auf die Aktivitäten, denen diese Katakomben dienten. Die Organisation betrieb ihren eigenen Entsorgungsdienst. Nur Vertrauenspersonen durften sich
damit befassen. Zweimal die Woche fuhr ein firmeneigener,
als Fischerboot getarnter Kahn auf das offene Meer und kippte alles einfach über Bord. Die Ballen und Behälter, ganz gleich
was sie enthielten, wurden versenkt. Sofern sie nicht das nö-
tige Eigengewicht besaßen, um unterzugehen, wurden sie zusätzlich mit mitgeführten Steinen beschwert.

Al stand dann nach seiner Befreiung in Unterhosen auf, bewegte das zwei Wochen lang stillgelegte Bein zunächst vorsichtig, machte einige ungelenke Schritte. „Dass du mir ja
niemals deine Tabletten für die Blutverdünnung gegen Trombo-
sen vergisst."

„Ja, Herr Doktor Besserwisser. Und dass du ja niemals

vergisst meine Unterhosen zu waschen." Al grummelte etwas Unverständliches vor sich hin. Er war immer noch nicht zu Späßen aufgelegt"

„Ich hatte dir doch einen praktischen Rat gegeben. Hast du es immer noch nicht mit einer aufgeschlitzten Unterhose und einem Klettverschluss probiert? Damit wäre es doch leichter selbige zu wechseln und nicht ..."

Weiter kam er nicht. Al hatte ihn mit einem bitterbösen Blick bedacht.

Einer der Jüngeren reichte ihm einen Kleiderbügel mit einem Anzug, „von meiner Frau ausgesucht, ohne Umtauschrecht, hat sie gesagt."

Jetzt schmunzelte Al. Er kannte sie sehr gut. Sie wusste um seinen Geschmack.

„Duschen kannste später." Das hatte der andere, nicht mehr ganz taufrische Kollege gesagt, der sich bereits wieder auf seinem Ledersessel räkelte. „Reden wir kurz übers Geschäft."

Al war einverstanden, hatte es jetzt aber nicht mehr eilig in die Hosen, die Weste und die Jacke zu kommen. Er setzte sich dann nicht in einen der überaus gepflegten Sessel, sondern marschierte langsam auf und ab. Immer wieder massierte er seine Waden und ganz besonders die bisher eingegipste. Und noch einmal zischte er: „Scheiße!" Dann berichtete er in kurzer Form.

„Der Aushang mit der Suche nach einem Skipper hing zwei Tage. Ja, und dann kamen die Leutchen und zeigten Interesse daran, etwas zu erleben. Den Gefallen haben wir ihnen getan. 3004 kg sind jetzt am sicheren Platz. Ansonsten sehe ich keine Hindernisse, die einem Vorgehen, wie üblich, im Wege stünden."

„Wir haben jetzt Wochenende", sagte der Graukopf, „das heißt du wirst spätestens am Montag Selbstmord begehen. Zumindest müssen wir den Skipper und seine Frau bis dann, das heißt bis gegen Montagmittag, über die neue Lage informieren. Ein Bote wird routinemäßig die traurige Nachricht von Als - ich meine Zacharías´ - traurigem Ableben überbringen. Diese Nachricht zusammen mit einem netten Abschiedsbrief und 5000 Euro. 5000 bar auf die Hand, so wirst du als Ehrenmann deinem Versprechen buchstabengetreu nachkommen. Auch über deinen Tod hinaus."

„Die werden beeindruckt sein. Dann konfrontieren, ähh, manipulieren wir sie mit der nächsten Nachricht nachmittags so gegen vier Uhr. Dabei kündigen wir deinen letzten Willen an und dass deine Urne spätestens am Dienstag an Bord gebracht werde. Die dürften dann auch diesmal problemlos zustimmen. Zumal wenn sie die Schenkungsurkunde verinnerlicht haben." Das war Toni, der sogenannte Schwiegersohn.

„Sind wir uns einig, dass wir die zuletzt verwendete Formulierungen übernehmen?" Einer der Jüngeren hatte diese Frage gestellt.

„Ich sehe keinen Grund von Bewährtem abzuweichen. Jedenfalls sollten wir darüber abstimmen." Es war der Graukopf und alle hoben die Hand.

Der angekündigte Selbstmord Als fand am Montagvormittag statt. Er hatte, wie bei seinen vorangegangenen Selbsttötungen, einen handschriftlichen Brief an den verehrten Skipper und Freund nebst Frau verfasst. Der Inhalt war in erstaunlich gutem englisch geschrieben.

Al beschrieb darin, wie er sich gefreut habe seine Tochter und die Enkelkinder wiederzusehen.

Dass dann aber die Empfindsamkeiten und Emotionen eine unkontrollierbare Wendung genommen hätten. Seine Tochter habe zunächst den Verdacht geäußert und schließlich behauptet, dass er den Tod ihrer Mutter mit Absicht herbeigeführt habe. Dass er sich dabei ein Bein und einen Arm gebrochen habe, sei nicht eingeplant, aber hochwillkommen gewesen. Dadurch hätten die Behörden die Beerdigung der Mutter handstreichartig durchsetzen können. Er sei dann mit der Entschuldigung verblieben, dass er sich, aufgrund seines verletzten Zustandes, nicht angemessen um die Beschaffung eines Zinksarges und die Überführung in die Heimat kümmern konnte. Unterlegt durch die tragischen Ereignisse und in Anbetracht der beträchtlichen Hektik, habe seine Tochter nicht einmal eine Reise zur Beerdigung machen können. Das habe sie extrem tief betroffen gemacht.

Das familiäre Verhältnis sei jetzt derart auf Dauer zerrüttet, dass er keine Chance mehr sehe, unter diesen Umständen seinen Lebenstraum weiterzuleben. Ohne Rückhalt in der Familie und dazu noch die haltlosen, über alle Maßen verletzenden Anschuldigungen, könne und wolle er das Leben nicht mehr ertragen.

Er habe eine sofortige Feuerbestattung schriftlich angeordnet. Niemand aus seiner Familie solle ihm noch einmal begegnen. Ja, so hatte er geschrieben. Dann aber:

Er habe eine große Bitte.

Er möchte in **Barranquilla** neben seiner Frau beigesetzt werden. Er habe sie doch so geliebt. Darum möge doch Richard und seine Frau seine allerletzte Bitte erfüllen und die Urne mit der Asche nach **Barranquilla** überführen und die korrekte Beerdigung neben oder bei seiner Frau veranlassen.

Jedesmal, wenn eine solche Aktion bevorstand, kamen die altbekannten Bedenken auf den Tisch. Es gab nämlich zwei schwache Punkte in ihren Planungen. Bei genauerem Hinsehen müsste man erkennen, dass nach einer Selbsttötung die Behörden eine forensische Überprüfung anordnen würden. Die musste in der Regel zehn oder mehr Tage erfordern, bis eine Freigabe der Leiche und die Erlaubnis erteilt werden würde die sterblichen Überreste zu beerdigen. Auf keinen Fall würde eine sofortige Einäscherung stattfinden können. Und zweitens, würden die zuständigen Behörden in **Barranquilla** keiner Beerdigung zustimmen, besonders nicht, wenn die „Rückstände" aus dem Ausland kamen. Da gab es Regeln und auf keinen Fall würde es eine Erlaubnis zum „Verscharren" einer Leiche oder deren Asche geben, wenn nicht eine ganze Reihe von Vorschriften mit Dokumenten und anderen Voraussetzungen eingehalten wurden.

Bei Richard und Erna bestand aber kein Vorbehalt. So wie die beiden gestrickt sind, würden sie ohne Zaudern in die Überführung und die Beerdigung Zacharia´s einstimmen - und um ihn trauern. Sie würden von Herzen gern glauben wollen, dass alle gesetzlichen Vorgaben erfüllt worden waren.

Al, alias Zacharías, argumentierte und war sich sicher, dass die beiden guten Leute keine Ahnung von spanischen Gesetzen haben würden. Dazu auch, schon wegen der sprachlichen Barriere, keine Nachforschungen über die Rechtmäßigkeit der Transaktion und die Ausfuhr einer Urne mit Asche anstellen würden. Und dann erhielten sie ja, zur Beruhigung und prophylaktisch, einen verschlossenen Briefumschlag mit einem erfundenen Formblatt in Spanisch. Dieses war an eine, wenn auch fiktive Friedhofsverwaltung in Barranqilla adressiert.

Erna und Richard sollten sich auf den Weg machen und die Überfahrt starten. Alles andere war die altbekannte Augenwischerei.

Er lasse, wie in vorhergegangenen Abläufen, einen Schenkungsvertrag mit zwei Rechtsanwälten als Zeugen legalisieren, der sie, Richard und Erna, als die neuen Eigentümer seiner Yacht *Ernestina* ausweise. Seiner Familie solle nichts weiter als die gesetzlich verbrieften Rechte verbleiben. Auch weitere 10 000 Euro als Kostenbeitrag für die Überfahrt möchten sie doch bitte entgegennehmen. Er wünsche ihnen alles Gute mit seinem Traumschiff und für ihr weiteres Leben.

Wie üblich wurden zwei Rechtsanwälte, Mitglieder in ihrer Organisation, beauftragt das „Übliche" zu veranlassen und zu erledigen.

Al ließ sich am Samstagvormittag von einem Fahrer des Unternehmens bis vor den säulenbestückten protzig gestalteten Gebäudeeingang einer Stiftung kutschieren. Ein großes, blank poliertes Messingschild zeigte, von der Straße und von vorübergehenden Personen gut wahrnehmbar, dass hier eine Stiftung ihren Hauptsitz hatte. Es war eine Stiftung, die sich zum Ziel gesetzt hatte, den Drogenkonsum in allen seinen Erscheinungsformen zu bekämpfen.

Ein hehres, höchst löbliches Unterfangen.

Al hatte bereits in der Früh die üblichen Schreiben an Richard und Erna verfasst, das heißt von einer älteren maschinengeschriebenen Vorlage abgeschrieben.

Mit dem einzigen Aufzug, der nur in die Tiefe führte und über mehrfach kompliziert gesicherte Türen fand er sich wieder in der Gesellschaft vom Vortage. Es war das offizielle beschlussfähige Vorstandskollegium.

Die Schenkungsurkunde für die Yacht *Ernestina* wurde ebenfalls nach vorangegangenen Mustern neu verfasst. Die ID-Daten wurden dem Skipper-Vertrag entnommen. Dann wurde nach Sekretären gerufen. Um Konflikte, wie sie besonders in den Machogesellschaften latent waren vorbeugend auszuschließen, hatten sie in der Stiftung keine Frauen beschäftigt.

Selbstverständlich waren alle Mitarbeiter, besser gesagt, alle, die in irgendeiner Form mit der Stiftung zu tun hatten, nach besonders strengen Kriterien ausgewählt und ausnahmslos verheiratet. Für ihre Integrität mussten ihre Familien bürgen. Es bestand eine fest etablierte Sippenhaftung. Mit jedem Einzelnen stand und fiel die Organisation. Sie konnten sich keinen einzigen Verräter erlauben. Sie gehörten alle einer eingeschworenen Gesellschaft an, die sich intensiv mit Drogen beschäftigte. Keinesfalls aber immer und überall in dem Sinne, den das Aushängeschild vortäuschte.

Sie hatten selbstverständlich Abteilungen, die sich mit Statistiken, mit Fördermitteln, Spenden, Zuwendungen, Vergünstigungen, vorbeugenden Maßnahmen, dem Entzug usw. beschäftigten. Sie waren finanziell an Spezialkliniken beteiligt oder hatten sie selbst gebaut bzw. managten sie. Aber der wirkliche Zweck des Unternehmens war die Beschaffung und Verteilung von Kokain im großen Stil. Sie waren als Drehscheibe damit bisher noch nicht aufgefallen. Wenigstens noch nicht im negativen Sinn. Ihre belastbaren Beziehungsfäden reichten bis direkt in die Herstellerkreise in Kolumbien. Sie waren Kunden und auch bei den clandestinen Herstellern aktiv. Kokabarone aus einem Kartell waren an dem Unternehmen <Stiftung> beteiligt und nutzten es nach allen Regeln der Kunst als Geldwaschanlage. Ihre Tentakelarme reichten in Kolumbien, wie selbstverständlich, bis in hohe Regierungsstellen. Sie hielten sich die Polizei gefügig. Sie wussten, dass gerade der Transport im Land Kolumbien selbst ein sehr sensibler Bereich war. Und der ohne die Mithilfe von Polizei und teilweise auch dem Militär, nicht ohne größtes Risiko geschultert werden konnte. Die Versuchung aller Beteiligten, an diesem Milliardenwerk mit abzuschöpfen, war verständlicherweise recht groß. Und wer wäre besser geeignet, für den benötigten Schutz zu sorgen, als die Sicherheitskräfte des kolumbianischen Staates selbst? Die Gehaltsliste in dieser Richtung war besonders lang.

Positiv machten sie von sich reden, dass die Stiftung von honorigen Kaufleuten geleitet wurde. Auch, dass sie sich nicht kleinlich zeigten, wenn die Finanzierung eines erfolgversprechenden humanitären Projektes anstand. Der Kampf gegen die Drogen allgemein stand nach außen immer im Vordergrund. Die Stiftung besaß den allerbesten Leumund, wenigstens bei denen, die keine Ahnung von der Wirklichkeit hatten.

Jeder Name der Vorstandsmitglieder drückte Ehrbarkeit aus. Sie waren in der besseren Gesellschaft gern gesehene Mitglieder oder Gäste.

Nun vereinbarte die kleine Gesellschaft noch die Details einer teuflischen organisatorischen Finesse. Noch heute sollte die Mannschaft, für das auf **La Palma** liegende Schnellboot, auf Zuruf reisebereit sein. Je nachdem, wie sich die Situation mit Richard und Erna entwickelte, sollten sie möglichst kurzfristig losfliegen können.

An Bord der *Ernestina* waren an den verschiedensten Stellen Abhörmikrofone und ausgiebig Überwachungskameras installiert. Über redundante, bordeigene Sendersysteme wurde so ein hochgradig besetztes Speziallabor über fast alle Vorgänge auf dem Laufenden gehalten. In jedem Moment waren sie über die Tagesabläufe, Aussprachen zu Überlegungen und geplanten Handlungsweisen der jeweiligen Personen im Bilde. Ein Analyst stand immer bereit, wenn es galt nach der automatischen Übersetzung, Gesprächsfetzen zu interpretieren und ohne Verzug an die Schaltstelle des Unternehmens weiterzuleiten. So gut wie kein Wort, keine Absicht und kein Vorgang blieb somit der Organisation verborgen. Selbstverständlich sorgte das GPS ununterbrochen dafür, dass die Ernestina sich keine fünf Meter bewegen konnte, ohne ihre genaue Position an die Zentrale, an das Speziallabor zu übermitteln.

Mit ihm waren auch zwei Spione verbunden, die im Hafen, in der Nähe des Yachtliegeplatzes, einer unverfänglichen Tätigkeit nachgingen. Die *Ernestina* und ihre Besatzung konnte sich hier kaum bewegen, ohne dass dies sofort Alarm ausgelöst hätte. Hätten sie es gewollt, sie hätten unter Umständen die Yacht ganz offiziell vorübergehend am Auslaufen hindern können. Da standen gewisse Freunde bei den Hafenautoritäten ebenfalls auf einer speziellen, natürlich verschlüsselten Gehaltsliste.

„Ist die Technik gecheckt? Ist die Redundanz gesichert und bestätigt? Sind die beiden Peilsender an Bord aktiviert? Immer wieder diese Anmahnungen, ja alle technischen Funktionen unter Kontrolle zu halten. Nicht dass uns das Prachtstück durch die Lappen geht.“

„Wir haben gestern und auch heute bereits, wie auch in der Vergangenheit üblich, zwei Mal die Funktionen überprüft. Ich hoffe, dass die auf dem Schnellboot in **Palma** ebenfalls ihre Hausaufgaben machen werden. Der gute Skipper erhielt, wie üblich, die Empfehlung auf **La Palma** seinen Stopp einzulegen. Er wird dann tanken und frisches Obst und Gemüse aufnehmen. Dann ist der Kahn ja in Sichtweite unserer Leute. Wenn nicht, kriegen wir ihn schon, wir haben das technisch unter voller Kontrolle.“

„Da hört man doch immer wieder den Techniker heraus. Wenn der Toni den Mund aufmacht, dann kann er seine Herkunft und Bildung nicht verschleiern“, bemerkte einer der Jüngeren in der Vorstandsrunde.

„Das Thema Freddy, ich hätte das gerne mal wieder auf der Tagesordnung“, bemerkte der Grauhaarige.

„Nach dieser laufenden Operation nehmen wir uns dieses Thema vor und überprüfen Details aus den letzten Erkenntnissen. Es wäre überstürzt jetzt wieder eine neue Mannschaft zusammenzustellen.“ Das war Al, der damit vermeiden wollte, dass gerade *ihm* seine Pläne umgeworfen werden konnten.

Der Grauhaarige: „Du weißt, welches Risiko wir eingehen?“

„Ich kann es verantworten“, sagte Al. „Ich bin sicher, dass ihn sein Onkel, ohne zu zucken, beim geringsten Anzeichen artfremder Aktivitäten bzw. firmenschädigenden Verhaltens, höchstpersönlich in die Gruft schicken wird.“

Freddy gehörte zu der bewaffneten Mannschaft, die für die wichtigen Operationen des wirklich sehr schnellen Schnellbootes vorgesehen war. Er würde dann von Kolumbien nach **La Palma** kommen. Dieses Schnellboot war eine Sonderanfertigung, war insgeheim raffiniert bewaffnet und hatte einen großen Aktionsradius. Es hatte sozusagen die Funktion der Überwachung des traditionellen Seeweges der Stiftung von Europa nach Lateinamerika und umgekehrt. Es konnte als verdammt effektive Waffe eingesetzt werden.

Sowohl im Hauptquartier in **Valencia** als auch in einem unscheinbaren Büro in **Santa Cruz de la Palma** auf **La Palma** waren sie in jedem Moment informiert, wo genau sich jeder ihrer Transporte auf dem Atlantik befand. Das Büro auf der Kanareninsel koordinierte auch den Einsatz des Schnellbootes. Und diese Einsätze mussten stets mit der Präzision eines Uhrwerkes ablaufen. Jeder Fehler konnte die gesamte Organisation in Gefahr bringen. Schon von daher war es wichtig über jeden, besonders über jeden aktiv an einer Operation Beteiligten, bestens Bescheid zu wissen. Jeder, und ausnahmslos jeder, war in ein raffiniertes Überwachungssystem auf Gegenseitigkeit eingebunden.

Operationen waren ständig am Laufen.

Vieles war bereits Routine. Aber alle wussten, dass darin die besondere Gefahr lag. Man konnte allzu leicht Kleinigkeiten übersehen oder als nicht so wichtig erachten. Die Folgen konnten sich dann aber schnell zu einer veritablen Katastrophe auswachsen.

„Ich will über die zuständigen Kanäle sichergestellt wissen, dass die Papiere für die neue Registrierung in Ordnung und an der üblichen Stelle deponiert sind. Wenn da was schief geht, werde ich mich persönlich um das Rollen verantwortlicher, besser gesagt, unverantwortlicher Köpfe kümmern." Das war nochmals Al, alias Zacharías, der damit das Thema definitiv in eine andere Richtung lenkte.

Einer der unteren Chargen wurde herbeizitiert und beauf-

tragt den besonders gehätschelten und gut bezahlten Notar ein-
zubestellen. Es galt noch die Schenkungsurkunde zu beglaubi-
gen.

„Wie sieht es mit dem Vorrat an Urnen mit eingefüllter Asche
aus?"

Die Frage war an ein mehr untergeordnetes Talent gerichtet.
Er bestätigte, dass noch drei in der Bevorratung seien. Unauf-
gefordert legte er sich fest, dass er sich rechtzeitig um Nachschub kümmern werde. „Wie üblich reine Holzasche der Stein-
eiche. Natürlich entrindet." Die sei stets für diese Täuschung
am besten geeignet.

„Vergiss die Namensgravur nicht. Hast du die Details?"

„Alles geklärt. Ist bereits in Arbeit."

„Gute Leute muss man eben in einer guten Stiftung haben."
Es war Toni, der das von sich gab und alle lachten herzhaft.

Dann fuhr er fort: „Also Übergabe Punkt halb vier am
Montagnachmittag. Das muss einfach klappen. Ein Umschlag
mit 5000 und ein anderer mit 10 000 Euro Kleingeld. Eine
Spende der Stiftung für einen guten Zweck.", setzte er noch
hinzu. Wieder kam es zu einem Heiterkeitsausbruch.

„Ist ja kein hinausgeworfenes Geld."

„Sozusagen ein durchlaufender Posten."

„Oder eine aus den Tiefen des Ozeans wieder auftauchen-
de Rückvergütung."

Und nochmals Heiterkeit in der Runde.

Ein Bote überbrachte gegen halb elf Uhr am Montag Vormittag die Nachricht. Richard und Erna waren bereits in Sorge, denn sie hatten Zacharías früher erwartet. Doch auf Fragen an den Überbringer, zuckte der nur mit den Schultern und
brammelte irgendetwas - wahrscheinlich in Spanisch und verschwand.

Nach der Lektüre der Schreiben waren Richard und Erna

natürlicherweise total verwirrt. Wie gerne hätten sie jetzt jemanden gehabt, um sich auszusprechen. Aber alles, was sie sich jetzt sagen konnten, förderte nur noch die gewaltige Verwirrung, die ihr Inneres und Äußeres erschütterte.

So dauerte es eine lange Weile, bis sie erfassen konnten, in was sie da hineingeschlittert waren. Plötzlich Besitzer dieser Millionenyacht zu sein! Diese Tatsache drang noch nicht so tief in ihr Bewusstsein, als dass sie sich freuen konnten. Sie hatten beide Angst sich ihre jeweilig eigene gegenseitig einzugestehen.

Heftige Gefühlsausbrüche rissen sie von einem Extrem ins andere.

Und sie hatten Angst aus einem bösen Traum zu erwachen.

Um die Mittagszeit waren sie so weit, dass sich die Erkenntnis mit dem entsprechenden Gefühl durchgesetzt hatte, Eigentümer dieses Monstrums zu sein. Aber die Angst kroch immer offener in ihnen hoch. Der Magen schmerzte. Sie hätten sich am liebsten übergeben. Aber da war doch nichts, was sie aus ihren Mägen hätten hochwürgen können.

Erna sagte mit schwacher Stimme zu ihrem Mann: „Aber die laufenden Kosten können wir doch nicht finanzieren."

Wie in Gedanken verloren nickte ihr Mann. Vernehmlich für die Überwacher in Valencia sagte er: „Nun ja, wir können sie ja verkaufen..."

„... und uns dann etwas Kleineres zulegen", unterbrach ihn Erna.

In der Zentrale vermerkte einer der Überwacher: „Das würde dir so passen, Alter!"

„Was ist, wenn dieser Toni, der Schwiegersohn auftaucht, vielleicht mit einer Pistole fuchtelt oder vielleicht auch gleich mit der Polizei kommt, um die Vorrechte seiner Familie einzufordern? Ich kann mir kaum vorstellen, dass die sich so einen fetten Braten direkt vom Tisch wegnehmen lässt."

Erna nickte und schüttelte abwechselnd mit dem Kopf. Daran dachte sie nicht so intensiv. Aber sie dachte an die Tragödie, die vor dem Entschluss eines Mannes gestanden haben musste. Eine Tragödie, die so überdimensional gewesen sein musste, dass der keinen anderen Ausweg mehr sah, als sich selbst das Leben zu nehmen.

Eine Yacht würden sich die Enkelkinder wahrscheinlich wieder finanzieren können. Einen Opa konnten sie sich nicht kaufen. Besonders nicht einen so guten Mann wie Zacharías.

An ein Mittagessen war nicht zu denken. Was würde der Nachmittag bringen?

Um halb vier erschien am gleichen Tag vor der *Ernestina* ein kräftig gebauter aber offenbar schüchterner junger Mann. Richard und Erna hatten ihn mit nervöser Spannung erwartet. In Englisch begann er einen regelrechten Vortrag.

„Mein Name ist Javier Ignacio Chávez Mendoza, ich bin Sekretär vom Notarbüro Henriquez und Martíns. Meine Aufgabe ist es Ihnen eine Schenkungsurkunde und eine Urne mit der Asche des verstorbenen, er schaute auf ein bereitgehaltenes Papier, Herrn Zacharías Sepúlveda zu übergeben. Auch zwei versiegelte Umschläge werden ihnen ausgehändigt. Darf ich an Bord kommen?"

Javier Ignacio schwang sich eine Dokumentenmappe über die Schulter und ergriff die schwere Urne. Mit vorsichtigen Schritten kam er über den Laufsteg an Bord.

Ein perfekter Gentleman und ausgezeichneter Bürohengst, dachte einerseits Erna und andererseits auch Richard.

„Darf ich sie bitten mir diese Bescheinigung über den einwandfreien Empfang der Urne zu bestätigen. Zudem sind hier noch die zwei Umschläge. Einer mit 5000 Euro, die ihnen der Verstorbene für ihre Dienste als Skipper schuldet. Der andere Umschlag enthält eine Pauschalentschädigung über 10 000

Euro für die vor ihnen liegende Überfahrt nach Südamerika. So hat es der Verstorbene verfügt. Die aktuellen Liegekosten sind bezahlt. Es sollten sich auch in diesem Umschlag die näheren Angaben zur Lage der Grabstätte für die verunglückte Frau Sepúlveda befinden. Dazu noch einen Brief an die zuständige Friedhofsverwaltung in Barranquilla. Bitte kontrollieren sie. Dann mögen sie mir bitte auch diese Übergabe bestätigen."

Der Junge sprach besser Englisch als Zacharías. Richard überflog mit leicht zitternden Händen die Schriftstücke, was den Überbringer zu einem deutlichen Grinsen veranlasste. Um nicht mit diesem Gefühlsausbruch entdeckt zu werden, drehte er den Kopf und hüstelte in die vorgehaltene Ellenbeuge.

Als er dann mit seinen, übrigens sinn- und wertlosen Bestätigungen wieder in seinem Auto saß, musste er erst einmal laut lachen. Doch auch dafür machte er einen Buckel, duckte sich über das Lenkrad, denn wer weiß, wer ihn da gerade beobachtete. Möglich, dass sogar die Stiftung, seine eigenen Kollegen, ihm ihre Spione hinterherschickte.

Eine Blöße würden sie bei ihm nicht so schnell entdecken, das schwor er sich. Bei den gesellschaftlichen und geschäftlichen Aufstiegschancen, die er vor sich wusste, brauchte es schon ein gewisses Maß an harter Disziplin. So wie ein Deutscher, murmelte er nicht zum ersten Mal. Zack-zack. Und er übte sich voller Spott in deutscher Aussprache: Achthundertachtundachzig - jedes <ch> kam kehliger, reizte seinen Hals, dann spuckte er den imaginären Auswurf aus. „Achtung", sprach er noch halblaut, wiederum das <ch> tief in seinem Hals kratzend, ein Kehllaut, der angeblich typisch deutsch sein sollte. So hatte man es ihm vor ein paar Tagen in einer Bar beigebracht. Nicht nur er fand das witzig. Diese Deutschen!

Trotzdem, scheiß auf die *Ernestina* und seine Tripulation.

Deutsche! Er würde weder sie noch die Tripulation wiedersehen. Gut, was die *Ernestina* anbetraf, nun ja, in ca. vier Wochen. Wenn alles gut lief, würde er sie auch vorher wiedersehen. Die Yacht, aber nicht die *Ernestina*.

Er begann einen modischen Schlager zu pfeifen.

Richard und Erna beschlossen die Nacht auf den Dienstag noch in der Marina an Bord zu verbringen. Beide wussten, dass aufgrund der Aufregung der letzten zehn Stunden an einen Schlaf nicht zu denken war. Dann fiel ihnen auch ein, dass sie sich noch um so allerhand kümmern mussten. Sie mussten tanken. Doch das war nur die Nahrung für die verfressenen Diesel.

Sie selbst brauchten auch Trinkwasser.

„Den Toiletteninhalt können wir ...“

„Richard“, sagte Erna, „das sind ja auf einmal ganz neue Züge. Die kenn´ ich ja gar nicht bei dir.“

„Ich wollte sagen, dass wir das auch bei unserem Stopp auf **Palmas** erledigen können. So jedenfalls habe ich mir das gedacht. So lernen wir auch eine Insel der **Kanaren** kennen.“

„Du tust schon, als gehöre dir jetzt die ganze Welt.“

Dann erinnerten sie sich, dass sie den ganzen Tag noch nichts Substantielles gegessen hatten.

„Weiß du was, wir gehen heute Abend aus zum Essen.“

„Das finde ich keine so gute Idee Richard. In der Dunkelheit zurück auf das Schiff, in Valencia? Denk daran, dass uns Zacharías gewarnt hatte, Kriminalität und so! Ich weiß nicht. Ich denke, dass wir doch genügend Futter an Bord haben, um unsere Bedürfnisse für mindestens die nächsten zehn Tage zu stillen. Ich möchte ungern das Boot gerade jetzt alleine lassen. Feiern können wir noch später.“

5

Richard und Erna waren auf See. Mit der eigenen Yacht. Sie konnten ihr Glück auch jetzt noch nicht fassen. Zwischen ihrem Verstand und ihrer Gemütsverfassung hatten sie, teilweise bewusst und teilweise unbewusst, eine Barriere aufgebaut. Ja nicht darüber nachdenken, wo sich bei der ganzen Geschichte ein Haken befinden könnte. Sie wollten einfach ihr Glück genießen. Das unbeschreibliche Glück, mit der eigenen Yacht auf großer Tour nach Lateinamerika zu sein. Freie Fahrt. Mit einer Kostenpauschale in einem Umschlag. Zwischenstopp auf den Kanarischen Inseln, genauer gesagt auf La Palma. Treibstoff bunkern, Wasser aufnehmen, Entsorgen, Lebensmittel besorgen - viel Obst und Gemüse. Sie wollten jetzt ganz gesund leben, um noch lange etwas von ihrem Leben zu haben. Das hatte jetzt erst begonnen, so sahen sie die neueste Entwicklung.

Ohne Hektik wollten sie sich in vier Tagen, wie sie es ausdrückten, zu ihrem Zwischenstopp <schaukeln lassen. Dies auch um Treibstoff zu sparen und damit auch umweltschonend handelnd. Der Autopilot berechnete die günstigste Route. Per GPS waren sie jederzeit punktgenau über ihren jeweiligen Standort informiert. In den Nächten wollten sie sich bei geringer Fahrt ganz auf die automatischen Steuer- und Warnanlagen verlassen. Das Fahrzeug war natürlich personell hoffnungslos unterbesetzt.

So lange sie noch in Landnähe fuhren, konnten sie sich per Handy mit ihrer Tochter unterhalten. Doch die Unterhaltungen machten immer weniger Spaß. Die Tochter suchte nach den Haken bei der Geschichte. Schließlich drohte sie ihnen mit ihren Einwänden den ganzen Spaß zu verderben. So fuhr Richard, nach der Gibraltarpassage, eine mittlere Route zwischen Portugal und Marokko. So waren sie aus dem Empfangs- und Sendebereich für ihre Handys.

Sie hatten ein paar Schwierigkeiten in der zwar übersichtlichen aber auch etwas engen Marina von **Santa Cruz de la Palma.** Beiden fiel ihnen in der hinteren Reihe ein sonderbar bemaltes Boot auf. Erna kommentierte dann, dass es ähnlich dekoriert sei, wie weiland die VW-Bullys der Hippies. Nur dass dieses sonderbare Fahrzeug sehr flach im Wasser lag und eine außerordentliche stromlinienförmige Form besaß. Und sich eben mit den sonderbaren Bemalungen krass von übrigen Booten, alle in Weiß, abhob.

Richard hatte keine Übung mit den organisatorischen Abläufen bei einem Zwischenstopp mit Liegeplatz, Liegegebühren, tanken usw. Erschwert wurde die Operation, weil sie nicht spanisch sprachen und die Einheimischen sich offenbar einen Spaß daraus machten, schlecht oder gar kein englisch zu sprechen. Alle, mit denen sie es zu tun hatten, lachten viel, während es ihnen selbst gar nicht zum Lachen war.

Sie waren vormittags angekommen, hatten sich zwischen drei und halb sechs in der Frühe des Tages antriebslos treiben lassen. Undenkbar mitten in der Nacht, bei Dunkelheit, in die Hafenanlage einzufahren.

Sie wurden sich mit dem Hafenmeister oder -verwalter einig, dass sie am übernächsten Tag weiterfahren würden. Die Besatzung im Technikbüro der Stiftung *Kampf dem Drogenmissbrauch*, wusste über jeden Schritt der Besatzung auf der

Ernestina sicher besser Bescheid als die Hafenbehörde selbst. Sie waren über die bordeigenen Überwachungsanlagen sogar über manche Gedanken informiert, Gedanken, wie sie nur zwischen vertrauten Personen ausgetauscht werden. Sie konnten nicht nur mithören, sondern, von Fall zu Fall, auch ihre Mimik mitverfolgen. Insgesamt blieb ihnen nicht einmal die Gemütsverfassung der Beiden an Bord verborgen.

Freddy und Lucas waren schon vor drei Tagen auf Teneriffa gelandet. Von dort nahmen sie unter einem falschen Namen die Fähre nach **La Palma**. Dort trafen sie sich mit der ständig vor Ort in Bereitschaft stehenden Stammbesatzung des Schnellbootes.

Es war für die Techniker im Kontrollraum der *Drogenbekämpfer* natürlich ein Leichtes die genaue Route der *Ernestina* zu verfolgen. So wussten sie wahrscheinlich besser über die Ankunftszeit auf der Insel Bescheid als Richard, der Skipper und neue Eigner.

Über die auf der Relaisstation der Insel mitgehörten Unterhaltungen und die entsprechenden Übermittlungen aus **Valencia**, wussten die Einsatzkräfte vor Ort, dass die Ernestina ihren Hafen, **Santa Cruz de la Palma** anlaufen würde. Also Volltreffer.

Es würde einfach werden. Man würde der *Ernestina* bei der Hafenausfahrt einen Vorsprung geben und sie dann knapp außer Sichtweite der Insel einholen. Keine lange Wellenreiterei auf dem Atlantik. Möglicherweise würde die Stammbesatzung des Schnellbootes bereits wieder ihr Mittagessen im Städtchen einnehmen können. Im Restaurant ***Antonio,*** mit Meeresblick,

6

Richard schlürfte seinen heißen Kaffee. Sein Blick war nun nach vorne, nach Westen gerichtet. Erna, die ihn von Zeit zu Zeit von der Seite beobachtete, erinnerte sich an einen alten Piratenfilm. Der Angriff war gestartet, der Blick des Käpt'n war auf sein Opfer fixiert.

Nur, wer hier in der gegenwärtigen Situation und geografischer Position Opfer und Verfolger sein würde, davon hatten sie keine Ahnung. Doch das Schicksal war bereits aus den Startlöchern heraus. Weder Richard noch Erna hatte eine Idee oder auch nur eine *grobe* Vorstellung dessen, was ihnen in Kürze bevorstand.

„Du Richard, ich glaube da kommt ein Boot hinter uns her. Hat so eine sonderbare Form, anders als unseres, beinahe wie ein Flugzeug ohne Flügel, ist aber wahrscheinlich kleiner.

Richard stellte sich und schaute ebenfalls zurück und sah die Aussage seiner Frau bestätigt. Er setzte das Fernrohr an und erkannte, trotz blendendem Gegenlicht, die Umrisse des Bootes, das, den Bugwellen nach zu urteilen, mit ziemlich hoher Geschwindigkeit rasch aufholte.

„Wenn der den gleichen Kurs fährt und überholen will, kann er das ruhig tun. Ich lasse mich auf ein Showrennen nicht ein. Ich bleibe bei meinen 20 Knoten."

„Vielleicht ist das ein Pirat, Richard."

Beide schauten sich belustigt an.

„Auf dieser Route ist von Piratentum nichts bekannt."

In der Technikabteilung in **Valencia** schmunzelten die diensthabenden Spezialisten ebenfalls belustigt.

Erna sah das andere Boot rasch aufkommen. Die Distanz verringerte sich ganz schnell. Nach einem weiteren prüfenden Blick bemerkte Richard, dass die in weniger als einer viertel Stunde gleichauf sein würden und überholen konnten.

Auf einem flachen, etwas überhöhten, stromlinienförmig ausgebauten Führerstand oder Brücke konnte sie zwei Männer bereits erkennen. Erna konnte sich immer noch nicht für einen dieser Fachausdrücke entscheiden. Nun, dachte sie, man wird sich zuwinken, Richard würde die Pressluftsirene betätigen. Danach würden sie wahrscheinlich für ein paar Tage keinen anderen Menschen mehr aus der Nähe sehen. Vielleicht höchstens aus der Ferne auf einem Containerschiff oder einem Tanker. Das war dann aber nicht dasselbe, denn der Reisende hier, würde sicher ganz nah an ihnen vorbeifahren.

Der aber dachte nicht an Vorbeifahren.

„Das ist ein extra schnelles Boot mit sehr starken Motoren, wahrscheinlich auch in seiner Form speziell gebaut, um sich an Rennen beteiligen zu können", sagte Richard noch, nachdem er es mehr aus der Nähe betrachten konnte. „Bei all unserer Kraft, dem wären wir sowieso doch nicht gewachsen."

Das schnelle Boot war jetzt dicht hinter ihnen, schaukelte einige Male in den Heckwellen der Yacht.

Verdammt, ist der dicht bei, dachte Richard noch, dann war das Schnellboot auch schon neben ihnen und verlangsamte die Fahrt, passte sich rasch der Geschwindigkeit ihrer Yacht an.

War das nicht? ... Erna erinnerte sich an das farbenprächtig bemalte Boot in der Marina von Santa Cruz de Palma. Sie würde es bei Richard kommentieren.

Für einige Momente fuhren beide Boote auf parallelem Kurs. Noch war ein Abstand von gut fünf Metern zwischen den beiden schwimmenden Sonderausführungen. Sie hätten wirklich unterschiedlicher nicht sein können. Schon rein äußerlich unterschieden sie sich nicht nur durch ihre Konstruktionsart. Die Yacht war weiß, fast komplett weiß. Das andere Boot war himmelblau aber auch übersäht mit Blumenbildern, Käfern, Fischen, Vögel, ein richtiger Hippiekahn, hätte man vermuten können. Am Bug stierten, künstlerisch treffend platziert, riesengroße Augen in Fahrtrichtung.

Erna war nach unten gegangen und dachte noch etwas verschmitzt und weiterhin komplett ahnungslos, ob sie denen vielleicht einen Kaffee anbieten sollte.

Dann sah sie die beiden Typen, denen man auch auf diese Distanz ansehen konnte, dass ihnen beileibe nicht nach einem Kaffee zumute war. Sie hatten Maschinenpistolen im Anschlag. Ihre Absichten schienen damit klar definiert.

Seeräuber? Piraten?

Erna spürte einen Drang schnell zu Richard zurückzulaufen, um ihn vor diesen tatsächlichen Piraten zu warnen. Aber ein Schrecken, der sich im Bruchteil einer Sekunde unangenehm in ihrem ganzen Körper verbreitete, ließ sie wie angewurzelt stehen bleiben. Sie konnte keinen Warnlaut absetzen und hätte auch überhaupt kein Wort hervorgebracht. Die Kehle war wie fest zugeschnürt.

Dann erhielten die Yachtbesitzer Klarheit über die wahren Absichten der „Beifahrer“.

Dann erschien auch noch ein dritter Kerl mit einem, eigentlich nicht erforderlichen Megafon in der rechten Hand. Er setzte es vor sein Gesicht und brüllte: „Wir kommen jetzt rüber, machen sie keine Dummheiten. Rühren sie den Notruf nicht an, sonst schießen wir sofort gezielt. Nehmen sie die Fahrt weg Richard!"

Erna schien es, als wollten jetzt ihre Beine unter ihr wegbrechen. Das waren also doch wirkliche Piraten und was da ablief war kein schaurig schöner Film, den man zwar bibbernd aber auch entspannt vom Sofa aus betrachten konnte.

Richard schaute immer noch ungläubig aus seinem Führerstand nach hinten unten und hinüber auf das teilweise durch die Aufbauten verdeckte Hippieboot.

Eine Schießerei musste unter allen Umständen vermieden werden. Das war Theo und Freddy, den beiden Piraten, mit den offensichtlich feuerbereiten Maschinenpistolen im Anschlag, bis zur Erschöpfung eingetrichtert worden. Sie bürgten mit ihrem Leben. Es hieß: Kein Blut und keine Einschusslöcher. Dieses Gesetz ihrer Stiftungsmanager war unumstößlich. Beides wäre gleich fatal gewesen. Bei einer offiziellen Reparatur der Beschädigungen, was nur in dafür ausgestatteten Fachbetrieben möglich war, hätte man pflichtbewusst die Polizei eingeschaltet. Die hätte dann, in jedem zivilisierten Land, auch nach Blutspuren gesucht, die sich niemals voll und ganz beseitigen ließen. Es war aber in der Stiftung eines der höchsten Gebote: Nicht bei der Polizei ins Gerede kommen.

„Letzte Warnung Richard, nimm die Fahrt weg." Der Typ mit der Flüstertüte hatte sehr rasch von einer Bitte auf Befehlston umgeschaltet. Sehr schnell vom <sie> auf <du> gewechselt.

Es war für Richard ein äußerst unangenehmes Empfinden, von einem wildfremden Mann, den er vorher noch niemals gesehen hatte, derart angesprochen - angebrüllt zu werden. Und das mitten auf dem sonst menschenleeren atlantischen Ozean. Doch für weitere Reflexionen und Überlegungen blieb ihm keine Zeit mehr.

Eine kurze Salve aus einer Maschinenpistole über die Yacht unterstrich die Forderung. Richard hatte diese <letzte War-

nung> sehr wohl mitbekommen und mit einem Griff schaltete er die Motore auf Leerlauf. Die Yacht sackte nach vorne weg, das gleiche konnte Richard auch auf dem Nachbarboot erkennen. Dieses verkürzte den Abstand zur ERNESTINA.

„Wir kommen rüber", rief der Mann jetzt ohne Flüstertüte. Machen sie keine Dummheiten.

Sie warteten noch eine Weile, während sich das Schnellboot mit den Piraten dichter heranschob. Der Kerl hatte die Flüstertüte weggelegt, beförderte und schob nun geschickt einige unförmige Körper zwischen die beiden Boote. Sie sollten die unterschiedlichen Bewegungen abpuffern.

Es gab einen spürbaren Kontakt. Richard wollte noch protestieren, wenigstens rufen, dass sie vorsichtig sein sollten, doch er brachte kein Wort mehr heraus.

Die beiden Bewaffneten sprangen fast gleichzeitig auf die *Ernestina*, griffen geschickt nach dafür vorgesehenen Bügeln, bis ihr Stand auf der Yacht gesichert war.

Richard und Erna erkannten fast gleichzeitig Freddy, der sich auch als Erster mit einem höhnischen Unterton zu Wort meldete: „Willkommen an Bord, so begrüßt man seine Gäste." Sein Englisch hatte einen unüberhörbaren Akzent. Es kam auch recht abgehackt. „Scheiß Gringos", setzte er noch hinzu, „immer dasselbe, keine Idee von Höflichkeit."

„Bitte an Bord kommen zu dürfen" - das ging Richard durch den Kopf, aber niemand sprach es aus.

„Runter mit dir, Richi", rief Freddy höhnisch, er schrie es beinahe hysterisch. Dann in aller Seelenruhe: „Du hast fünf Sekunden, dann schieß ich dich ab wie einen unnützen Vogel."

Also doch Piraten und Freddy ein Verräter. Offensichtlich hatte er Zacharías´ Vertrauen erschlichen und nutzte nun seine Kenntnisse für einen Überfall. Wegen den paar tausend Euro, dachte Richard noch?

Mit schlotternden Knien kam er auf das hintere Deck.

„Dann wollen wir doch einmal sehen, ob er nicht gleich in die Hosen scheißt“, das war wieder Freddy. Mit einem zur Fratze verzerrten grinsenden Gesicht hatte er sich an seinen Begleiter gewandt. Unter seinem Lippenbart bleckten gelbliche Zähne, ein breiter Streifen Zahnfleisch wurde sichtbar, Doch dann meldete sich knapp der andere Typ.

„Hör endlich auf mit deinem ewigen sadistischen Gehabe. Erfülle deine Aufgaben und Basta.“

„Scheiß drauf, nicht das kleinste Vergnügen kannst du mir gönnen.“

„Wir sind nicht zum Vergnügen da, und jetzt halts Maul.“

Richard hatte diese Auseinandersetzung höchst erstaunt mitverfolgt. Für weitere Gedankenspiele blieb ihm aber keine Zeit.

Erna war in Tränen ausgebrochen, sie wankte, hielt sich an einem Bügel fest.

„Fräulein möchte sich vielleicht ausruhen, kriegst gleich ausgiebig Gelegenheit“, fuhr Freddy weiterhin höhnisch und recht laut fort.

„Es reicht“, rief der Kumpan mit Kommandostimme. „Halt endlich dein Maul. Dir muss doch bewusst sein, dass die in Valencia alles mithören und -schneiden.“

Freddy schlug Richard mit dem Kolben seiner Kalaschnikow von der Seite an den Hals. Richard kippte erwartungsgemäß um.

Erna fiel gleich mit um, das heißt, sie sackte in sich zusammen, obwohl ihr noch niemand etwas zuleide getan hatte. Richard lag lang da wie ein gefällter Baum. Das nächst Folgende bekam Erna gnädigerweise nicht mit. Freddy sagte mit seiner unsympathischen Stimme in ihre Richtung noch: „Sie verpassen etwas, gnädige Frau.“

Der andere Typ gab einen Schuss in die Luft ab. Er sagte dann noch: „Eigentlich hätte ich diese Kugel für dich aufheben sollen, dann wäre sie bestens investiert gewesen. Scheiße, mach weiter."

„Verdammt Freddy, Theo hat Recht, jetzt mach schon." Das kam von dem dritten Kerl auf dem anderen Boot.

Diese Auseinandersetzung bekamen Erna und Richard nicht mehr mit. Auf dem Piratenboot erschienen jetzt noch zwei weitere, ähnlich ungepflegte Typen. Sie stellten sich, mit in die Hüften gestemmten Armen neben dem Kerl auf, der offenbar die Befehlsgewalt bei dieser Aktion hatte.

Freddy drehte Richard mit dem Fuß in eine Bauchlage. Er legte die Maschinenpistole neben Richard und bückte sich, um den linken Arm unter dem Körper herauszuzerren.

Mit geübter Hand fesselte er beide Hände Richards mit Kabelbinder hinter dem Rücken. Dann holte er aus und gab Richard noch einen heftigen Tritt in die Rippen. Es gab ein grässliches Geräusch.

Jetzt nahm er seine Maschinenpistole wieder an sich.

„Das war die letzte Reise, die ich mit dir mache, du sadistisches Dreckschwein", rief Theo. „Ganz gleich wie die in der Zentrale darüber denken oder entscheiden werden. Du bist unausstehlich. Habt ihr das gehört?" Das rief er in eine Richtung, in der niemand war. Es war ausdrücklich für die Ohren der Horcher in Valencia gedacht.

„Mann, jetzt mach dir nicht in die Hosen. Vor allem, nehm den Mund nicht so voll. Ich hab ja nur mit meinem linken schwachen Fuß gezuckt. Wär´s der rechte gewesen, hättest du zu Recht meckern können."

Theo blies die Backen auf und pustete vernehmlich.

Freddy hängte sich die MP um und machte plötzlich eine hektische Bewegung. Er hatte sich blitzartig umgedreht und stand jetzt Theo gegenüber. Dann machte er als ziehe er mit beiden Händen Revolver aus imaginären Halftern und richtete dann seine ausgestreckten Zeigefinger auf den Freund - und

Mittäter. Zweimal ließ er die Luft aus seinen aufgeblasenen Backen pulsartig entweichen. - Puff-puff artikulierte er und grinste maliziös.

Theo aber, scheinbar an die Eseleien Freddys gewöhnt, zuckte nicht einmal mit einer Wimper.

Dann wandte sich der offensichtlich aufgekratzte Freddy wieder seiner Aufgabe zu.

Mit einem Fuß bewegte und drehte nun Freddy den bewusstlosen Richard in Richtung Heck. „Tschau", rief er, dann beförderte er den Skipper über die dicht über dem Wasser befindliche Plattform. Richard kullerte erwartungsgemäß in den Atlantik.

„Liebes Frauchen", setzte Freddy wieder an. Doch Theo unterbrach ihn.

„Kein einziges Mätzchen mehr. Aus jetzt! Den Rest der Arbeit erledigst du ohne auch nur noch einmal zu mucken. Ich schwör dir, dass ich dich ummähe und wenn ich dafür mein Leben verwirke." Die ganze Mimik Theos deutete darauf hin, dass er es ernst meinte, todernst.

Freddy hatte sich gebückt und schaute ihn schräg von unten an. „Du hast doch sicher nicht vergessen, dass wir Befehl haben, keinen einzigen Blutstropfen an diesem schönen Schiff zu hinterlassen. Idiot."

„Ich darf dich erinnern, dass es da einige Tricks gibt."

Freddy hielt jetzt seinen Mund.

Er hatte seine MP wieder abgelegt und schmiss Erna regelrecht in Bauchlage. Im Nu hatte er sie ebenfalls gefesselt, zog sie an den Beinen Richtung Heck und warf sie mit einem Schwung ins Wasser.

„Ist es recht so"? fragte er mit unverkennbarem sadistischem Unterton in Richtung Theo. Niemand antwortete ihm.

Der Rest wurde mit eingespielter Routine und diesmal mit

Gleichgültigkeit erledigt. Der Kumpel oder Anführer war vom Schnellboot hinzugekommen. Gemeinsam suchten sie das Boot nach allem ab, was einen Hinweis auf die nun beendete Existenz von Richard und Erna sowie der Luxusyacht ERNESTINA geben könnte. Sie packten alles, inklusive Logbuch, in eine mitgebrachte durchlöcherte Metallkiste und versenkten das Ganze sofort. In die beiden Koffer wurden Gewichte, mitgebrachte dicke Steine gepackt und versenkt. In einem Bad rafften sie alles zusammen, steckten es in eine durchlöcherte Plastiktüte. Auch das ging in den Atlantik. Dann wurden Lappen mit Alkohol getränkt und überall dort gewischt, wo man vermuten konnte, dass Fingerabdrücke hinterlassen wurden.

Auch die Urne wurde pietätlos einfach über Bord geworfen. Es war nicht das erste Mal, dass sie das Boot zu säubern hatten.

Bettwäsche und Handtücher wurden auf zwei Waschmaschinen verteilt und die Waschgänge eingeschaltet.

Papiere wurden eingesammelt und nach einer kurzen Prüfung dem Meer anvertraut.

Dass Freddy den Vertrag zwischen Zacharías und Richard an sich nahm, wurde von keinem der Begleiter bemerkt. Auch nicht von einer Überwachungskamera. Von den insgesamt 5 000 Euro Bargeld, fanden sie noch 2 350,oo. In einem anderen Umschlag waren die 10 000 Euro noch komplett. Sie steckten das Geld in einen wasserdichten Beutel und zeichneten zu dritt auf einem einfachen Papier die Summe ab. Der Beutel wurde als Spende für die Stiftung deklariert.

Unterdessen war der Skipper auf dem Schnellboot nicht untätig gewesen. Er war losgefahren und peilte die im Wasser treibenden Erschlagenen bzw. Ertrunkenen an. Mehrmals überfuhr er sie, bis er sie, von den Schrauben zerhackt, nicht mehr erkennen konnte.

Damit waren Richard und Erna so verschwunden, wie es die

Ernestina auch bald sein würde. Nur ganz anders. *Verschollen auf hoher See*. Niemand hatte einen Notruf empfangen. Es gab keinerlei Spuren. Es gab nur die Häscher und Henker. Und eine neue Yacht, die der verflossenen *Ernestina* zum Verwechseln ähnlich sah. Diese neue Yacht würde unter einem anderen Namen neu registriert werden. Dafür musste die neue Besatzung planmäßig eine Insel in der Karibik ansteuern, dort wo die Registrierung ein einfacher Akt war, ein ordentliches Schmiergeld würde den Vorgang ölen.

Wie üblich. Der fast monatliche gleiche Ablauf hatte sich bewährt. Der Gouverneur und seine weitläufige Kreolenfamilie war bei Banken auf Antigua ein gern gesehener Anleger. Und auch dort gingen Gelder im Monatsrhythmus auf Konten.

Theo leitete die folgende Aktion, das heißt er würde die Yacht in die Karibik bringen. Er hatte die vorbereiteten Dokumente. Er würde die Registrierung veranlassen.

Doch jetzt war er damit beschäftigt eine Checkliste abzuarbeiten.

Peinlich genau gingen die drei Männer auf der ansonsten verwaisten Yacht Punkt für Punkt durch, kontrollierten und hakten ab. Freddy hatte sich und seine sadistischen Kapriolen jetzt scheinbar im Griff. Praktisch jeder Handgriff, jeder Vorgang war vorprogrammiert und auf der Checkliste vermerkt. Die Mission dufte nicht daran scheitern oder auch nur in eine Gefahr geraten, dass sie eventuell etwas vergaßen vom Schnellboot auf die <noch> *Ernestina* umzuladen. Wenn sie einmal den Kurs Karibik eingeschlagen haben würden, musste alles seine Ordnung haben. Nichts durfte fehlen, alles musste entsprechend der Planung im Hauptquartier ablaufen. Sie bürgten mit ihren Köpfen für das perfekte Gelingen und unterzeichneten alle auf den dafür vorgesehenen Stellen.

Alle wussten von dem Fall Charly, der sich vor ca. neun

Monaten abgespielt hatte. Charly, sein Deckname, beging einen leichtsinnigen Fehler, womit er gleichzeitig sein Todesurteil besiegelte. Seine Freunde mussten ihn in ähnlicher Art „entfernen", wie es Erna und Richard ergangen war. Seitdem tanzte niemand mehr aus der Reihe.

Der Führer des Schnellbootes erinnerte noch einmal eindringlich Theo und Freddy an ihre Aufgabe zu denken und in allen Bereichen zusammenzuarbeiten. „Ihr wisst, wir wissen und erfahren alles", sagte er noch zum Abschied.

Freddy verzog sein Gesicht zu einer Fratze, was er offenbar, bestens eingespielt, beherrschte.

Dann folgten geheuchelte oder echt herzliche Umarmungen. Der Abschied auf hoher See war gekommen.

„Wir sehen uns dann spätestens in vier bis fünf Wochen.

Die beiden Kriminellen des Schnellbootes konnten ihr Mittagessen tatsächlich bei **Antonio** auf **La Palma** einnehmen. Sie genehmigten sich einen besonders guten, zumindest aber teuren Wein.

Auf der *Ernestina* begann eine Routinearbeit. Freddy und Theo kannten ihre Stellung und Aufgaben.

Theo, jetzt als Skipper, hielt ca. zehn Knoten Geschwindigkeit. Freddy bereitete derweil seinen Außenbordeinsatz vor. An im Schiffskörper versenkten Halterungen auf dem seitlichen Bugteil, befestigte er eine Art schmale Plattform und klinkte sich selbst in die Sicherheitsösen.

Beidseits des Bugs schraubte er das in Bronze gegossene und polierte Schild mit dem Namenszug *Ernestina* ab. Beide Namensschilder ließ er einfach ins Meer fallen. An dieser Stelle, das wusste Freddy, würden die Metallteile erst nach über 3000 Metern auf uralten Sedimenten zur Ruhe kommen. <Für immer, für alle Ewigkeit, Amen>, so nannte er es.

Neue, gleichgroße, ebenfalls in Bronze gegossene Namenschilder schraubte Freddy an gleicher Stelle an. Die Stiftung gab sie jährlich im Dutzend in Auftrag. Sie waren zwar mit unterschiedlichen Namen aber ansonst stets in der gleichen Gussform geschaffen worden. Vor jeder Reise wurden die beiden neuen Schilder in einem Versteck auf der Yacht eingeschlossen. Nur der neue Skipper und sein Begleiter wussten davon und hatten die einzigen Schlüssel.

Der Name, der jetzt am Bug prangte war *Esperanza*. In den, für eine Registrierung notwendigen, natürlich gefälschten Papieren waren alle neuen Daten eingesetzt worden. Richard wäre aufgefallen, dass Zacharías von Esperanza als seiner Tochter sprach. Die natürlich auch nicht existierte. Wenn dann doch, dann wenigstens nicht unter diesem Namen.

Theo und Freddy wechselten sich auf der Überfahrt in den nächsten Tagen am Steuer ab. Sie gingen sich sonst weitgehend aus dem Weg, so gut es eben auf einem relativ eng begrenzten Raum möglich war. Sie wechselten nur die absolut notwendigen Worte. Sie aßen nicht einmal zusammen. Sie hätten sich am liebsten gegenseitig umgebracht.

Über all das war man in der technischen Überwachungszentrale der Stiftung in **Valencia** bestens informiert. Gespannt verfolgten die dazu eingesetzten Spezialisten jede der Bewegungen an Bord. Jedes Wort wurde protokolliert. Jede Bewegung elektronisch abgespeichert. Selbstverständlich kannte man den stets genauen Standort, alles war aufgezeichnet, bis zu den Drehzahlen der Diesel oder der Temperatur in der Kombüse.

7

Zur vorausberechneten Zeit, am fünften Tag nach der feindlichen Übernahme, erreichte die neue Yacht ein Eiland am Rande der Karibischen See. Ein Inselstaat der sich selbst gerne als ernstzunehmendes Mitglied der internationalen Staatengemeinschaft sah. Andererseits ist es aus nachvollziehbaren Sicherheitsgründen verständlich sie nicht mit Namen zu nennen. Scließlich sahen sich die Mandatsträger gerne als Saubermänner, die sie aber ausnahmslos nicht waren. Im Gegenteil, das pro Kopf Bruttosozialprodukt des Inselstaates war vergleichbar mit dem eines typischen Drittweltstaates. Die Einwohnerzahl aber reichte nicht einmal an die einer der kleineren Großstädte Europas heran. Dementsprechend waren die Hüter der Gesetze, sowie anderweitig im Namen selbigen Staates Beschäftigte, auf *außerordentliche Zuwendungen* angewiesen. Mit ebendiesen Argumenten verteidigten sich die Betroffenen. Sie stellten unlautere Machenschaften in Abrede. Das mussten sie auch im Eigeninteresse, denn...

Unter anderem boten sie Doktortitel feil, zertifizierten prächtige Uniabschlüsse, ließen Fantasiebriefmarken drucken und vertreiben, vergaben Konsulatstitel, stellten gerne Zertifikate aus, die naturgemäß vom Rest der Welt, wie man aus Erfahrungen wusste, zumindest mit äußerstem Misstrauen betrachtet wurden.

Alles Exotische und Prestige verleihende Denkbare war gegen gutes Geld zu haben.

Ein feister, pockennarbiger, verschwitzter M***tte empfing Theo freundlich und das bereits seit einem Jahr vereinbarte und festgelegte Schmiergeld mit Begeisterung. Das Weiß in seinen Augen war völlig verschwunden. Dafür gab es reich-lich Bluteinfärbungen. Sein Polohemd wies markante Streifen um den Ärmelansatz auf. Zum Teil arbeiteten sich frische, feuchte Schweißflecken in Richtung der vorhandenen Dreck- und Salzränder voran. Der Raum war fliegenfrei, eine Seltenheit in diesen Breiten. Offenbar war das auf seinen überstrengen Körpergeruch zurückzuführen, sodass sogar die Fliegen flüchteten.

Sein Büro im „Regierungssitz" war ein kahler Raum, der ehemals wahrscheinlich mit glänzender, altmodischer Ölfarbe hellgrün gestrichen war. Die Pracht war inzwischen längst dahingewelkt. An vielen Stellen hingen suppentellergroße Flappen Farbe an bröckelndem Putz. Wie riesige Pockennarben gab es diverse freiliegende Mauerstellen. Die Tür war ausgehängt, verschwunden, vielleicht gestohlen. Wahrscheinlicher aber war sie niemals eingebaut worden, wenigstens nicht im Gouverneurspalast. Die Zusatzbezeichnung „Palast" war der schiere Hohn auf alles, was in anderen Teilen der Welt als solches buchstabiert wurde.

Die spartanische Ausstattung schien auf dem Sperrmüll aufgesammelt. Allerdings war dieser Begriff für die Insulaner ein Fremdwort. Wer würde hier schon ein Artefakt aus seiner Behausung vor die Tür stellen? Alles hatte irgendwie immer noch eine Funktion und es gab immer auch noch Ärmere, denen man es großzügig überlassen konnte.

In einem nicht verschließbaren Blechschrank, mit einer total verbogenen Tür, offenbar stammte er aus einer Konkursmasse, hatte Echeverría einige Stempel versteckt. Echeverria war der Chef der Behörde für Transportangelegenheiten. Ein idealer Posten, um Bestechungsgelder von Hinz und Kunz einzusacken, eben um reich zu werden. Er drückte jetzt die Stempel gebührenpflichtig an den Stellen ein, die ihm Theo anwies. Dann zündete er eine Kerze an, erwärmte daran eine Stange Siegelwachs, ließ eine kleine Menge auf das Zertifikat laufen und drückte einen Metallstempel hinein. Das Siegelwachs erkaltete rasch, die Registrierung der funkelnagelneuen Yacht war rechtskräftig vollzogen. Einmal wieder und immer auf den gleichen Eigentümer, allerdings mit einem neuen Namenszug am Bug.

Freddy musste auf der *Esperanza* bleiben. Theo ging mit Echeverría am späten Nachmittag in eine Kaschemme. Im Vorderteil funktionierte eine Bar, wie man sie im ärmeren Teil des Karibischen Raumes immer wieder antreffen konnte. Im hinteren Teil funktionierte ein Puff. Bis in die frühen Morgenstunden hielt Theo seine Excellenz, wie er in der Bar und im Puff angesprochen wurde, frei. Beinahe wäre es zu einem folgenschweren Streit gekommen, weil ein anderer Freier Echeverría seine Lieblingsnutte über Gebühr beanspruchte. In einem, vielleicht als Warteraum zu bezeichnenden, fensterlosen Raum, konnte man die Nutte durch dünne Bambuswände feixen hören. Immer wieder trieb sie ihren Freier an, er möge doch endlich zum Abschluss kommen. Sie habe noch mehr zu tun in dieser Nacht.

Bis dann Echeverría aufstand, die Tür zu dem Etablissement auftrat und offenbar einen Koitus Interruptus provozierte. Und das ausgerechnet bei einem Seemann, der gewaltig geladen hatte. Es gab ein ordentliches Geschrei, bis dann Echeverría mit einer Pistole, die er plötzlich in den Händen hatte, einen Schuss in die Decke, oder was man als solche bezeichnete, abgab. Der Seemann zerschlug noch einen Stuhl, was bei der leichten und primitiven Bauweise dieses Möbels, durchaus keine ausgesprochene Meisterleistung war. Nach einer knappen Stunde kam Echeverría und präsentierte Theo mit Stolz seine Errungenschaft. „Sie ist die Beste und immer für mich da“, lallte er. „Aber ich geb´ sie dir, wenn auch nur für eine halbe Stunde“, bot er sie Theo gönnerhaft an.

Gegen neun Uhr in der Früh machte Freddy die Leinen los. Auch er hatte einen dicken Kopf und war auch sonst nicht in Hochform. Er hatte die Nacht mit zwei braunen Weibern gehurt und gesoffen. Bis es dann zu einem Streit kam. Bei dem auch Blut floss. In der technischen Überwachungszentrale, bei der Stiftung in Valencia, verfolgten die Techniker das Treiben in allen Einzelheiten. Meist hatten sie über eine der versteckten Kameras sogar ein Lebendbild, eine Lifeübertragung.

In ihrem Bericht vermerkten sie lediglich: Freddy die Nacht allein an Bord. Zwei einheimische Schönheiten verkürzten ihm die Zeit. Dann machten sie noch einen Anhang in Klammern - <Freddy schlug einer der Ortsschönheiten offenbar einen oder mehrere Zähne aus.>

8

Am späten Nachmittag des nächsten Tages kamen Theo und Freddy mit der Yacht in **Barranquilla** an. An dem von der Stiftung in der Marina dauerreservierten Liegeplatz machten sie die nigelnagelneue *Esperanza* fest. Theo ging zur Hafenmeisterei und akkreditierte das schöne und gute Stück.

Freddy ging zu einer Bank und deponierte in einem Schließfach möglicherweise, welche Tiefstapelei, die Stiftung kompromittierenden Dokumente. Das Wichtigste in seiner Sammlung war dabei der Vertrag zwischen Zacharias und Richard. Zu gegebener Zeit, so plante er, wären diese Papiere gut für eine hochprofitable Erpressung. Als er seinen Schlüssel umdrehte, hatte er wieder sein sadistischstes Grinsen aufgesetzt.

Auch bei mehreren vorangegangenen Überfahrten hatte er sich, nach der „Übernahme" und den anschließenden Killerorgien auf der Yacht, die entsprechenden kompromittierenden Unterlagen insgeheim angeeignet. Sie vor dem Reißwolf und der endgültigen Versenkung im Atlantik gerettet. Das hatte er natürlich nicht wegen einem gut entwickelten Gerechtigkeitssinn gemacht. Er plante schlicht und einfach einen Coup, der ihn mit einem Schlag in die Profiliga der Drogenbarone katapultieren sollte.

Das war sehr riskant und er spielte wirklich mit seinem Kopf und Kragen. Aber es war bisher gutgegangen, niemand von seinen Spießgesellen hatte Verdacht geschöpft. Und auch bei der Organisation in Valencia hatte niemand eine Ahnung, dass sie eine Natter an ihrer Brust nährten. Bis hierhin war Zacharías immer als Bürge für ihn gut genug.

Es wurde hin und wieder über einen Nachfolger Zacharias spekuliert. Aber, wenn man die rigorosen Grundregeln der Gesellschaft zugrunde legte, darauf verwies und sie konsequenterweise zur Anwendung bringen wollte, ging man mit dieser, doch außerordentlichen Personalfrage viel zu lasch um. Immer wieder wusste Zacharás aufkommende Bedenken oder Kritiken zu zerstreuen oder eine Lösung aufzuschieben.

Anscheinend nahmen sie es an der zuständigen Stelle der Organisation schlicht als gegeben an, dass Freddy und Kumpane auch diese Papierschnipsel, zusammen mit anderen, im alles vergessen machenden Atlantik versenkt hatte. Es war eine eklatante und, wie sich zeigen sollte, gefährliche Lücke im System.

Doch diesmal sollte es das letzte Mal gewesen sein. Das, was er bis jetzt an brisanten Schriftstücken besaß, reichte allemal für Millionen. Millionen, darunter würde er es nicht machen. Wie viele Millionen, nun, das würde er im richtigen Moment entscheiden. Nämlich dann, wenn er die Initiative an sich gerissen und alle Optionen in der Hand hatte. Aber nicht genug mit Millionen. Sie, diese Bonzen, der Anteil der Bonzen, die ihn in **Valencia** so geringschätzten, würden vor ihm zu Kreuze kriechen müssen.

Und Al? Ach, zur Scheiße mit Al. Den musste er einfach als Kollateralschaden abtun. Der hatte ihn zwar immer protegiert, er hatte zu ihm gehalten. Aber war es doch nicht reines Eigeninteresse? Hatte er doch seine schützende Hand nur über ihn gehalten, weil er wusste, dass sein Freddy leicht zu handhaben war? Dass er mit Lust und Laune seine Aufgaben erledigte? Die Drecksarbeiten ordentlich, das heißt ohne Skrupel erledigte. Profimäßig und pflichtbewusst, auch wenn seine Kumpels mit seinen Methoden nicht immer einverstanden waren. Das war doch in seinen Augen und in Wirklichkeit nur Scheinheiligkeit - und denen würde er es auch mit Zins und Zinseszinsen heimzahlen.

Die Großkopfeten in der Stiftung konnten, nein, sie mussten zufrieden sein. Es hatte nach außen noch keine Probleme gegeben, die in seinem Aufgabenbereich die Endlösung von Personalfragen betrafen. Weder aus dem Diesseits noch aus dem Jenseits, wo seine Opfer sowieso keine Beschwerden mehr vorbringen konnten. Freddy grinste.

Die Zeit der Entscheidungen rückte näher. Dann würde er das Heft in der Hand halten. Keine Hin- und Herschubserei und keine Querelen mehr. Freddy drückte seinen Rücken durch. Er hatte ein gutes Gefühl. Er würde der Chef sein, er würde diktieren. Sein Plan, wie er dorthin gelangen würde, stand. Er schäumte von Zeit zu Zeit regelrecht über, voll von krimineller Energie. Ja, er fühlte sich gut. „Bald", murmelte er vor sich hin.

Andererseits hatte er den „*Überfliegern*", diesen ewigen Rechthabern in **Valencia**, ihren Reichtum geneidet, der doch nur auf seiner Basisarbeit ruhte. Was er noch mehr hasste war, dass sie sich wie die saubersten Ehrenmänner gebärdeten. Sie heimsten, neben gewaltigen Reichtümern, Ruhm, Ehre und gesellschaftliche Anerkennung ein. Alles, was ihm verwehrt war. Aber er würde es auch noch so weit bringen. Großkopfete würden auch noch vor ihm zu Kreuze kriechen. Banken würden ihn mit Ehrerbietungen überhäufen. Exklusive Clubs würden ihm die Mitgliedschaft anbieten. Ein Blick auf seine Konten würde genügen. Wer sonst, wenn nicht er, hatte es in dieser Organisationskette voller sogenannter Ehrenmänner verdient vom Leben belohnt zu werden?

Er würde sich beides holen, Anerkennung und Geld. Besser noch, Anerkennung durch Geld.

Das Sesamöffnedich dazu sah er in den kompromittierenden Papieren, die sicher in einem Bankschließfach in **Barranquilla** verwahrt waren. Er drückte liebevoll den metallenen Schlüssel zu seinem Banksafe. Zum wiederholten Male ereiferte er sich, indem er sich aufrief über ein ungefährdetes Versteck nachzudenken.

Er war sich bewusst, dass ihn sein Onkel, der für ihn gegenüber der Stiftung gebürgt hatte, höchstpersönlich umlegen müsste. Nein, musste, umlegen würde, wenn auch nur ein Teil seiner Schurkereien vor der geeigneten Zeit ruchbar wurden. Ein flüchtiger Verdacht konnte schon ausreichen, um ihn kaltzustellen. Im besten Falle nur an eine Stelle abzuschieben, auf der er wirklich nur Drecksarbeit erledigen musste, ohne Chance auf ein berufliches Weiterkommen. Wahrscheinlich verdammt werden irgendwo im Dschungel ein Depot mit Chemikalien zu bewachen - zusammen mit anderen, die auch ihn bewachen würden. Aber dazu durfte es nicht kommen. Sein Plan war gut durchdacht, es konnte nichts schiefgehen. „Es sollte eigentlich nichts schiefgehen", fügte er halblaut etwas realistischer hinzu.

Allein war er nicht in der Lage das „Ding" durchzuziehen. Aber seinen Komplizen dazu hatte er alleine ausgesucht. Seine Vita eignete sich besonders gut ihn dazu zu benutzen, wozu er ihn ausersehen hatte. Bei diesem Gedanken malte er einige unsichtbare Fragezeichen in die Luft. Wenn es um Geld geht, kannst du niemals deiner selbst sicher sein, geschweige denn einem Kumpel, so sehr er auch auf dich angewiesen ist. Dann verbesserte sich Freddy, <speziell, wenn du auf ihn angewiesen bist>. Je mehr, desto gefährlicher kann er dir werden.

Aber auch dafür würde er eine Lösung haben, eine altbewährte. Seine altbewährte. Wenn es denn dazu kommen sollte, würde er schon Abhilfe schaffen können. Vertrauen? Nein!

Vertrauen ist etwas für Idioten. Zudem, nicht einmal seiner Großmutter würde er vertrauen.

Aber Henry? Der ausersehene Kumpel. Ich glaube, dass ich eine gute Wahl getroffen habe. Der Kerl durfte sich nicht mehr in der Öffentlichkeit zeigen. Er hatte Blut an seinen Händen, Yankeeblut. Er war aus einem Hochsicherheitsgefängnis ausgebüchst. Sein Lebenslauf davor konnte sich sehen lassen. In einschlägigen Kreisen natürlich. Drogenhandel in großem Stil, Erpressung, schwere Körperverletzung, Totschlag, Tötungsdelikte - unter anderem. Unter seinen Opfern war sogar ein alter Bekannter aus Freddys bewegter Vergangenheit.

Jetzt wurde Freddy von der DEA gehetzt. Um so loyaler würde Henry in sein Unternehmen einsteigen. Zumal er ihm ja auch einen schönen Batzen Geld angeboten hatte. Allerdings, wenn dieser Henry hinter den wahren Werteumfang seines geplanten Unternehmens kommen würde - wer weiß!? Die Ambitionen wachsen mit den Gelegenheiten. Er würde Augen und Ohren offenhalten. Und am Ende der Reise ... am Anfang seiner gloriosen Zeit ... weshalb sollte er dann teilen, wenn er alles haben konnte? Allerdings, wenn er nochmals über dessen Lebenslauf sinnierte!

Wie weit er schon die Stiftungsorganisation provoziert hatte, wie weit er es auf einer ihrer schwarzen Listen gebracht hatte, konnte er nicht überblicken. Er hielt sich zwar für intelligent, verwechselte aber offenbar Begriffe. Sicherlich war er mehr gerissen und damit doch wieder in einem gewissen Grad intelligent. Jedenfalls war er außerordentlich, überproportioniert, mit krimineller Energie geladen.

Sein Ding musste baldmöglichst starten. Das Vorhaben sollte eigentlich bereits angelaufen sein. „Na und!" rief er sich lautlos zu.

War er auch vorsichtig genug? Man konnte sich in diesem

Geschäft niemals ganz sicher sein. Und wieder suchte er nach einem gewissen Haken an seinem ausgesuchten Komplizen Henry. War nicht alles zu perfekt in seinem Lebenslauf? Da würde er nochmals darüber nachdenken müssen.

Beide von der neuen ESPERANZA, Freddy und Theo, trafen sich dann mit Zacharías, alias Alvarado, der vor drei Tagen schon in **Barranquilla** eingeflogen war. Sein Bein und sein Arm waren noch nicht lädiert. Theo übergab alle Dokumente, die der neu eingetragene und alte Eigner für eine neuerliche Überfahrt nach **Valencia** benötigen würde.

Im Beisein von Freddy sagte dann sein bisheriger Kumpel zu seinem Chef, dass er mit diesem sadistischen Typen Freddy nicht mehr fahren würde.

Freddy ballte unter dem Tisch die Fäuste. Diesen Theo würde er sich in besonderer Weise vorknöpfen. Wenn die Zeit, seine Zeit gekommen war. Er wünschte sich, dass sich ihre Wege, während oder nach seinem erfolgreichen Coup, nochmals kreuzen möchten. Er würde sich eine ausgefuchste Sonderbehandlung für ihn vorstellen können.

Al schaute ihn mit einem nichtssagenden Blick an. Doch auch ein solcher Blick konnte bei Al vielsagend sein. Alles Mögliche bedeuten. Verständnis bis hin zu Mordlust. Hatte er nicht doch auch so ein leichtes, verräterisches Flackern in den Augen? Ein Mundwinkel hatte, beinahe unbemerkt, gezuckt. Es gab halt nicht das absolute Pokergesicht. Freddy hatte in Gesichtern lesen gelernt. Lernen müssen, denn in seinem Geschäftsumfeld war das überlebenswichtig.

9

An der Anlegestelle waren Taucher damit beschäftigt runde 3000 Kilo reines Kokain, oder ganz genau 3004 kg, von einer Nachbaryacht in die geheimen Unterbauten der neuen *Esperanza* umzuschichten.

Diese Lieferyacht, in der Marina von **Barranquilla,** ebenfalls hochwertig, fuhr öfter aus und gehörte offiziell reichen Geschäftsleuten. Sie fuhr dann meistens weiter westlich, Richtung Panamakanal, ein Stück in den Rio Sinú ein. Manchmal nur bis **San Bernardo del Viento** und manchmal auch bis nach **Lorica**. Dort kümmerten sich erfahrene Taucher um die Beladung unter dem Kiel.

Alle offiziellen Uniformierten und auch eine Reihe Nichtuniformierter waren dabei auf die eine oder andere Weise behilflich. Alle waren auf die eine oder andere Art gegenüber einem einheimischen Kartell und/oder der Gutmenschstiftung in **Valencia** verpflichtet. Ohne sie lief nichts und sie waren, ohne die Zuwendungen der Narcos ziemlich beschissen arme Säcke. Weiter nichts als unterbezahlte, schlecht ausgebildete, oftmals strafversetzte sogenannte Regierungsbeamte aus dem Sicherheitsbereich. Weit und tief im ansonsten unbedeutenden Irgendwo. Die Narcos hatten insgesamt ein leichtes Spiel sie als aktive oder zumindest passive Helfer zu rekrutieren.

Dazu kam die innere Einstellung der Betroffenen <Beamten>. Sie hassten, wie die Mehrzahl der Kolumbianer, die Yankees, die Amis. Yankee, das war ein allgemeiner Begriff für Ausländer, die sich überheblich, arrogant und vorlaut gaben. Aber ursprünglich zielgerichtet auf den typischen Nordamerikaner. Es ging um Menschen, die sich alles leisten oder gar erlauben konnten. Auch in den zwischenmenschlichen Beziehungen. Wobei nicht immer sicher war, ob diese Yankees in manchen Kolumbianern auch wirklich Menschen sahen oder sehen wollten.

So verhielt sich, auch aus der Sicht des schlichten Kolumbianers oder vom Hörensagen eben der typische Amerikaner. Eben wie ein typischer Yankee - ein Synonym für einen ungeliebten Bevormunder aus einem anderen, weit besseren Lebensumfeld. Verachtenswert. Wenn man dem ein Schnippchen schlagen konnte, oder allgemein Probleme machen konnte - nun jeder einfache Mann machte da gerne mit. Und besonders, wenn es sich um Drogen drehte, die, wie sie wussten doch überwiegend in diesem Yankeeland landeten. Selbst schuld, wenn sie das Zeugs konsumierten.

Die Posten in den lokalen Behördenstellen waren trotz aller Weltabgeschiedenheit begehrt. Sie konnten Macht ausüben, wenn auch nur im passiven Sinne. Gegen gutes Entgelt achteten die mehr der Stiftung gegenüber treuen Beamten, uniformiert und oft auch zur Tarnung in Zivil, dass die Beladungen störungsfrei ablaufen konnten. Sie leisteten auch den einen oder anderen Handlangerdienst.

Nach dem Beladen der Zubringeryacht an einer leicht zu bewachenden und durch den Dschungel geschützten Stelle, kam die fröhliche Ausflugsgesellschaft wieder zu ihrem Liegeplatz in **Barranquilla** zurück. Und der war für einen Nichteingeweihten rein zufällig immer wieder in direkter Nachbarschaft zu einer fast baugleichen, aber größeren Yacht.

Am nächsten Tag heftete ein leicht ergrauter älterer Herr, mit einem eingegipsten Bein, einen Zettel an das schwarze Brett eines Restaurants, direkt vor den Toren der Marina. Den linken Arm trug er in der Schlinge. Zacharías wollte nicht noch einmal vollkommen unnütz, das heißt mit doppeltem Gipseinband so gut wie paralysiert sein. Er wurde ständig von Theo und Freddy beobachtet oder bewacht, wie immer man die Situation beurteilen wollte. Als Krankenpfleger würde diesmal Theo fungieren. So wollte es Zacharías alias Al. Freddy sah dies als kein gutes Zeichen an. Er nahm es trotzdem nicht mehr so tragisch. Scheiß drauf. Der Tag, der Moment des Handelns, seines Handelns, rückte ja näher, ja, stand bevor.

Zacharías beobachtete von der Terrasse des Restaurants, wie ein Mann und eine Frau, in typischem Touristenoutfit, seine Notiz lasen. Die besagte, dass wegen einer Erkrankung ein Skipper für eine Überfahrt nach Valencia gesucht werde. „Gute Bezahlung!“

Der Mann und die Frau schauten sich an. Was sie dabei sagten, konnte Zacharías, wegen der Entfernung nicht verstehen. Die Sprache wäre ihm auch fremd gewesen. Er konnte sich aber den Gesprächsgegenstand denken. Und er würde es aus ihrem Mund erfahren. Jedenfalls konnte er aus ihrem Verhalten und aus den unterschiedlichen Gesichtsausdrücken lesen, dass sie Interesse hatten. Zacharías war sich ziemlich sicher, dass sie die nächsten „Yachteigner“ werden würden. Vorher natürlich die Atlantikquerung mit Ziel **Valencia**.

„Sind die Papiere für euren Flug nach **Madrid** und **Valencia** fertig? Übrigens, wo *ist* Freddy?“

„Ich komme ganz gut ohne ihn aus - bitte entschuldige Al. Ich habe Freddy seine Flugscheine ausgehändigt. Wird wohl jetzt in irgendeiner Kneipe sitzen und seinen Frust ertränken. Al, der Mann ist gefährlich."

„Wir werden zeitnah umorganisieren."

„Dazu wäre es höchste Zeit. Meine Haut steckt ja auch in diesen ganzen Operationen drin. Aus meinen persönlichen Erfahrungen weiß ich jetzt definitiv, dass Freddy ein untragbares Risiko ist. Seine schon abartig bösartige Veranlagung wird uns irgendwann, möglicherweise bald, alle in Gefahr bringen. Wenn in diesem Geschäft kein hundertprozentiges Vertrauen vorhanden ist, verbunden mit einer gut fundierten Sicherheitsgarantie, sollte man besser aussteigen. Deine Verpflichtungen gegenüber seinem Onkel hast du ja wohl ausgiebig zurückbezahlt. Ich muss eingestehen, dass ich deine Geduld mit Freddy niemals hätte aufbringen können."

Ein unmissverständlicher Hinweis.

Zacharías schaute, nach dieser ungewöhnlich langen Einlassung, recht nachdenklich. Dann antwortete auch er ziemlich ausführlich.

„Wollen wir mal den Teufel nicht an die Wand malen. Pass auf. Auch du kannst durch deine offen zur Schau getragene Abneigung und Kritik Probleme heraufbeschwören. Dagegen sind wir ja alle allergisch. Take it easy, verhalte dich ruhig. Das Problem Freddy wird gelöst werden."

„Du weißt sehr gut Al, dass meine Kritik gegenüber der Stiftung ausschließlich konstruktiv ist. Niemals würde ich mich illoyal verhalten. Besonders vertraue ich auf deine Erfahrung, deinen Einfluss und Menschenverstand. Zudem bist du für mich wie ein Vater."

Die *Esperanza* war bereit zum Auslaufen.

Zacharías und Theo umarmten sich auf dem offenen Hinterdeck in offen zur Schau getragener Herzlichkeit. So gut es eben zwischen einem Krüppel und einem sportlichen jungen

Mann ging. Theo ging von Bord und machte die letzte Leine
los. Der neue Skipper, ein Holländer mit seiner Lebensge-
fährtin, rollte sie auf, verstaute sie in dem dafür vorgesehenen
Fach und verschloss es.

10

Die markierte Fahrrinne im Magdalenafluss lag hinter ihnen. Die Yacht hatte die Karibische See erreicht. Der holländische Skipper, seine Freundin und Zacharías waren seit knapp vier Stunden unterwegs. An Steuerbord würden sie jetzt **Santa Marta** sehen, aber einerseits waren sie bereits zu weit von der Küste entfernt, andererseits war die Luft mit Feuchtigkeit gesättigt, die Sicht entsprechend eingeschränkt. Das Messgerät zeigte 98% relative Luftfeuchtigkeit. Aus meteorologischer Sicht ein normaler Tag in der zweiten Septemberhälfte.

Der Skipper erhielt gerade eine neue Wetternachricht mit der Isobarenkarte. Es gab keine Warnung vor Wirbelstürmen, die sich in der Regel aber in dieser Jahreszeit weiter östlich, weiter draußen auf dem Atlantik auszubilden pflegten. Der Weg Richtung Europa wies für die nächsten Tage keinerlei wetterbedingte Einschränkungen auf. Für die nächsten zwei bis vielleicht drei Tagen würden sie demnach keine Schwierigkeiten oder Probleme mit dem Wetter allgemein zu erwarten haben.

Die Daten aus dem Maschinenraum waren o.k. Die See war ruhig, die Yacht fuhr mit leicht gehobenem Bug ohne zu schaukeln, rollen, stampfen oder vibrieren. Die Freundin des Skippers war in der Kombüse, um ein Vesperbrot zuzubereiten. Er freute sich auf die Matjes-Heringe, die sie in einem Delikatessengeschäft in **Barranquilla** ergattern konnten. Sie waren zwar in Nordi-

99

scher Art, das war nicht so sein Geschmack, aber es waren
wenigstens Matjes.

Keine Probleme also und er würde gleich seine Lieblings-
speise bekommen.

Und doch gab es Probleme.

Freddy hatte sich zwei Stunden vor der Abreise mit einem
Kumpan auf die Esperanza geschlichen und an Bord versteckt.
Er kannte sich ja bestens aus. Er wusste wo er mit seinem
Kumpan vor der Abfahrt nicht gesucht und gefunden werden
würde.

Jetzt kam er aus seinem Versteck, erfasste schnell die Lage.
Zacharías war in einem Liegestuhl mit hochgeklappter Lehne
unter einem ausgefahrenen Sonnendach. Seinen Blick hatte
er auf die schnurgerade Schaumbahn hinter dem Heck gerichtet. Er hatte in seiner <gesunden> Hand ein Glas, sog eine
Flüssigkeit durch den abgeknickten Trinkhalm.

In der Kombüse hörte Freddy Geräusche, das musste die
Frau sein.

Der Skipper befand sich am Steuer.

Freddy hatte sich einige Stücke Klebeband auf den behaar-
ten linken Unterarm gepappt. Zielsicher steuerte er rasch hintereinander drei Überwachungskameras an und verschloss damit ihre Optik. Die Kameras waren blind.

Autsch, die Klebeschicht der Scheißdinger hatten sich in den
Haaren festgesetzt.

Dann hechtete er zur Kombüse. Die junge Frau, er sah sie
zum ersten Mal, ordnete gerade exquisite Porzellanteller von
Rosenthal und teure Designer-Bestecke von WMF.

Sie sah ihn kommen, aber es ging alles so schnell. Bevor
sie realisieren konnte, dass Gefahr im Verzug war, erlebte sie
bereits buchstäblich ihre letzten Sekunden.

Er hatte eigentlich vor die Frau mit einer Stahldrahtschlinge zu erwürgen. Dann registrierte aber seine Nase ihr sicher teures und verführerisches Parfüm. Vielleicht auch gemischt mit dem Duft eines besonderen Haarpflegemittels und fand sich urplötzlich in einer starken sexuellen Erregung. Sein Plan geriet ins Wanken. Die Erregung und seine latente Mordlust rangen um die jeweilige Vorherrschaft. Freddy musste in Sekundenbruchteilen entscheiden und Prioritäten setzen. Der Profi in ihm siegte schließlich.

Der Eindringling schlang ihr die vorbereitete Drahtschlinge um den Hals und zog brutal zu. Es war vorbei.

Doch es war noch nicht vorbei. Die Frau zuckte noch unter Freddys erbarmungslosen Händen. Arme und Beine bewegten sich ruckartig. Sie hatte aber nicht die geringste Chance. Der Draht hatte ihr auch schlagartig die Blutzufuhr zum Kopf abgeschnitten. Damit war es auch mit ihrem Leben schnell vorbei. Sie sackte zusammen. Extremitäten zuckten noch weiter. Ihr ganzer Körper vibrierte. Aber Freddy wusste, dass kein Leben mehr in ihr war. Und es drängte sich wieder kraftvoll die sexuelle Erregung, seine Lust, sein Verlangen auf Sex, in den Vordergrund. Entsprechend sciner abartigen Veranlagung würde er die Tote in seinem Sinne mit roher Gewalt nehmen. So hatte er es am liebsten. Entkleiden, was heißt hier entkleiden, er würde ihr die Kleider vom Leib reißen. Viel war es ja auch nicht, und dann in sie eindringen. Mir roher Gewalt, so konnte er den Akt am besten genießen.

Aber noch einmal siegte der Profi in ihm. Er hatte ein höheres Ziel. Er durfte diese einmalige Chance nicht vermasseln, nicht verpassen. Es gelang ihm weitgehend seine Gefühle und das fast übermächtige Verlangen zurückzudrängen. Und tröstete sich. Sex konnte er noch so viel haben wie er wollte. Auch solchen seines Geschmacks. Mit toten, mit von ihm getöteten Frauen.

Andererseits hatte ihn das schiere Erdrosseln der Frau auch

sexuell derart erregt, dass er sowieso auf seine Kosten kam. Nun ja, nicht unbedingt gleichwertig zu einer richtigen klasse Vergewaltigung, wie er dann beiläufig feststellte.

Die junge, sportlich gut durchtrainierte Frau hatte noch versucht ihm ihren Ellenbogen in die Magengegend zu rammen. Geübt hatte sich Freddy zwar nach hinten weggebogen, aber einen Teil der Wucht bekam er dann doch noch zu spüren. Der Schmerz vermischte sich sozusagen mit seinem Lustgefühl, das der Todeskampf seines Opfers bei ihm auslöste und wirkte sich sogar verstärkend aus.

Freddy hielt sie noch mehr als eine halbe Minute in der festgezogenen Schlinge in Hüfthöhe. Dann konnte er absolut sicher sein, dass sie nicht mehr lebte. Er ließ sie zu Boden sacken.

Mit einem kurzen Griff drehte er ihr die flexible Litzendrahtschlinge aus Stahl vom Hals. Er brauchte sie ja noch.

Er schaute sie kurz an. Dann murmelte er vor sich hin: „Schöne Titten, unter anderen Umständen hätte ich dich schon gerne vernascht. Aber jetzt habe ich keine Zeit, verstehst du?" Ein wohlig warmes Gefühl durchströmte seinen Körper.

Er ging jetzt zum Versteck seines Kumpans. Er konnte sich ja jetzt bereits mehr oder weniger frei bewegen, ohne eine vorzeitige Entdeckung befürchten zu müssen. Der Skipper war auf der Brücke, Zacharías war in seine verträumt entspannten Betrachtungen vertieft. Vielleicht war auch gelangweilt. Jedenfalls schaute er immer noch bewegungslos achteraus. Und dann Freddys Gedanken an die in Valencia. Nun die konnten ihn mal, die waren jetzt blind.

Er flüsterte: „Henry, die Frau ist weg. Nimm die Pistole, geb´ mir Rückendeckung. Mensch, ich hatte dir doch gesagt, dass du den Schalldämpfer aufschrauben sollst. Oder willst du, dass die in **Valencia** die Knallerei mitbekommen? Wir wollen doch verschwinden und keine Visitenkarte mit der Adresse unseres Aufenthaltsortes hinterlassen."

Henry hieß eigentlich Henrique mit Vornamen. Aber weil er, wie es bekannt wurde, bereits in den Staaten gearbeitet, das heißt Drogen unter die jungen Yankee-Studierenden gebracht hatte, führte man ihn in den einschlägigen kolumbianischen Drogenkreisen unter dem Namen Henry. Viel mehr Positives, im negativen kriminellen Verständnis, war von ihm nicht bekannt. Jedenfalls war es das, was man von ihm wusste. In anderen Kreisen war er als der <Ami> bekannt. Nur Eingeweihte wussten, oder glaubten sich sicher zu wissen, dass er in den Staaten unter blutigen Umständen aus einem Knast ausgebrochen sein sollte.

Freddy drehte sich noch einmal zu Henry um, nur um überflüssigerweise anzumerken: „Mit der Entsorgung der Frau warte bis ich den Kerl da oben erledigt habe." Er zeigte kurz mit dem ausgestreckten Daumen in Richtung Brücke.

Freddy hatte ebenfalls einschlägige Erfahrungen mit dem USA-Drogenmarkt. Eigentlich war er in einem Kaff nahe Medellin geboren und auf den christlichen Namen Frederico getauft. Wie er gerne bemerkte, war sein Name jetzt yankeeisiert. Damit spielte er nach seinem Selbstverständnis, nomen est omen, in der Oberliga des Drogenhandels mit. Er stand, wie er es gerne sehen mochte, sozusagen mit einem Bein in diesem ungeliebten, verhassten und doch so sehnsüchtig beäugten Land. Alle hassten es, aber alle würden auch gerne dorthin auswandern. Nicht um zu Yankees, aber um reich zu werden.

Nun lief er flott und mit seinen Sportschuhen auf den Textilbelägen völlig lautlos zum Achterdeck. Die dünne, geschmeidige, aber äußerst reißfeste Stahlschlinge vor sich hertragend. Die drei mittleren Finger hatte er in den schmalen, mit einem Gummibelag geschützten Endschlaufen eingehakt. Im Bruchteil einer Sekunde schlang er sie um den Hals des ahnungslosen

Zacharías und zog sie mit aller Wucht zusammen. Blut spritzte an der linken Halsseite. Verdammt, das wollte er vermeiden. „Scheiße", entfuhr es ihm. Allerdings hatte er sich noch in der Lautstärke beherrschen können. Die Mikrofone waren auf der Yacht noch nicht ausgeschaltet.

Damit die blutige Sauerei, so der Jargon Freddys, keine größere Ausmaße annehmen konnte, wollte er Zacharias von seiner Liege reißen und so schnell wie möglich ins Meer befördern. Das Gipsbein verhakte sich, die Liege stellte sich quer. „Scheiße", wiederholte er und hielt aber die Schlinge weiterhin fest gespannt. Zacharías hatte nicht die Spur einer Chance sich mit Erfolg zu wehren, zumal er ja nur einen Arm voll frei bewegen konnte. Der linke hatte sich zudem bei dem Ruck Freddys unter seinem Körper verklemmt. Wie ein nasser Lappen fiel jetzt der rechte Arm, mit dem sich Zacharias wehren wollte, herunter.

Dann zuckte Zacharías noch, als Freddy rasch die Schlinge an sich zog, die Liege drehte und die Holmen ergriff. Mit einem wütenden Schwung beförderte er Zacharías in das warme Wasser der Karibische See. „Glotz mich nicht so blöd an, Arschloch", sagte er leise, als sich seine Augen für einen Moment mit den aus den Höhlen hervorquellenden Augen des Meisters trafen.

Henry stand noch im Innern der Yacht. Er hatte aber die volle Übersicht über den Ablauf der Tötung. Er schnitt Freddy eine Grimasse, die dieser auf seinem Weg zum Kommandostand gern als Anerkennung interpretiert haben wollte.

Wieder näherte er sich geräuschlos, diesmal dem Skipper, der gerade wieder einmal mit Begeisterung die Wetterkarte studiert hatte. Dann stand er neben dem jungen Mann. Freddy hatte eine großkalibrige Pistole mit Schalldämpfer in der Hand. Den Zeigefinger der linken Hand hielt er vor dem Mund. Mit dem gleichen Zeigefinger zeigte er dann zu den Hebeln der

Motorensteuerung und machte ein zusätzliches Zeichen, dass sie abzustellen seien.

Der Skipper verstand, machte große Augen, sein Mund stand vor Überraschung oder auch fragend offen. Er hielt sich aber an das Verlangen Freddys und gab keinen Laut von sich.

Freddy winkte mit der Pistole und machte ein unmissverständliches Zeichen mit der Waffe. Der Skipper folgte dem Hinweis, stieg von seinem Sessel und begann langsam zur Heckplattform hinunterzugehen.

Dort angekommen sah er den anderen Kerl. Dann drehte er sich zu Freddy um und fragte in Englisch, wo seine Begleiterin sei.

Freddy grinste und sagte nur, ebenfalls in fließendem englisch: „Frag mal in der Hölle nach.“ Dann schoss er dem Mann zweimal in die Magengegend. Das zweimalige Plop der schallgedämpften Pistole konnten die in Valencia nicht hören. Vielleicht würden sie später, bei ihren umfassenden Analysen die Wahrheit herausfinden. Aber dann wäre die Yacht bereits weit vom Tatort entfernt.

Der Skipper taumelte zwei kleine Schritte nach hinten, neigte langsam seinen Kopf und schaute nun mit einem überaus überraschten Gesichtsausdruck auf die Einschusslöcher. Um diese herum saugte sein Polohemd das austretende Blut auf.

Freddy trat auf ihn zu und trat ihm mit voller Wucht die Beine weg. Der Mann schlug hart der Länge nach auf das Deck.

Dann steckte er seine Pistole auf seinem Rücken in den Hosenbund. „Ab mit dir.“ Der schwer verletzte Skipper erlebte noch, wie er von seinem Mörder weiter nach hinten gezogen wurde und ins Wasser fiel. Er musste kraftlos ertrinken.

Als Freddy sich umdrehte war Henry bereits mit der toten Frau erschienen. Er trug sie auf den Armen, wie ein Frischvermählter seine Angebetete über eine Türschwelle tragen würde. Dann legte er sie fast zärtlich auf den Bodenbelag. Sein Gesichtsausdruck schien eine Mischung aus Abscheu, Verwunderung und Mitleid.

„Ich muss mich wohl wundern" zischte Freddy, „hast scheinbar sentimentale Anwandlungen. Die ist doch tot, tot, tot - töter geht gar nicht."

Es dauerte eine Weile, bis Henry antworten konnte. Freddy schaute ihn herausfordernd an. Er wartete auf die Reaktion Henrys.

„Eigentlich schade sie einfach so wegzuwerfen." Es war weiterhin leise gesprochen. Beide schauten sich noch eine Weile mit lauerndem Blick an. Dann sagte Freddy ebenso leise wie bestimmt, „los komm, wir haben keine Zeit."

Henry ergriff ihre Beine, Freddy ergriff den Kopf. „Mit Schwung", sagte er noch halblaut. Doch dann entglitt die Frau Freddys Händen. Henry glaubte sicher erkannt zu haben, dass Freddy dies absichtlich gemacht hatte. Mit einem dumpfen Plopp schlug ihr Kopf auf Deck. Henry glaubte sich jetzt sicher. Der Mörder hatte das bestimmt mit Absicht getan. Sie umzubringen reichte ihm nicht. Er musste noch sein zusätzliches, sadistisches Spielchen treiben.

„Henry, die will nicht." Freddy hatte es mit einer gekünstelt, weinerlichen Stimme - ganz leise gesagt.

„Los, los, los", zischte Henry. Kalter Schweiß brach bei ihm aus. Trotz einer Lufttemperatur von weit über dreißig Grad und mit mittlerweile nur noch 90% Luftfeuchtigkeit, fröstelte er. Und er befürchtete, dass er sich erbrechen würde, wenn die Vorstellung nicht bald vorüber war.

Dann klatschte die Frau ins Wasser und trieb noch eine Weile nah dem jetzt still liegenden Boot in der ruhigen See.

Henry sah die typische Haifischflosse in einem Bogen um die Leiche des Skippers gleiten. Eigentlich nur für ihn selbst hörbar, bemerkte er, dass diese Tiere nun dem holländischen

Skipper auch nicht mehr schaden konnten. Dann schaute er angewidert weg. Freddy war dieser Schwächeanfall, wie er ihn interpretierte, nicht verborgen geblieben. Hab ich mir da ein Weichei angelacht, dachte er noch kurz. Nach allem, was er wusste, war das doch nicht seine erste Leiche. Oder? Was soll dann dieses verweichlichte Gebaren?

Freddy machte noch einmal das Zeichen, noch still zu sein und eilte in Richtung Kommandostand. Er öffnete zuerst den Schalterkasten auf der rechten Seite. Dann drückte er alle Schalter auf <off> und betätigte noch zusätzlich die automatischen Sicherungen. Der Energiefluss war in diesem Bereich definitiv unterbrochen.

Das Gleiche machte er dann noch auf der gegenüberliegenden Seite mit einem anderen Schaltkasten. Dann versicherte er sich noch mit einem Blick auf die Armaturen, dass alle Anzeigen für Antennen und Peilsender oder sonstige Signalabstrahlungen wirklich auf null standen.

„Alles klar", rief er nun mit lauter Stimme nach unten Henry zu. Sie brauchten die Lautstärke ihrer Stimmen nicht mehr zu senken.

„Nichts ist klar, was ist mit den Blutspuren?", kam die Antwort.

Freddy war wieder neben ihm. „Scheiße, die müssen weg."

Er öffnete eine Klappe, hinter der ein Schlauch aufgerollt war. Er zog einige Meter hervor, dann betätigte er einen Schalter. Gleich darauf kam ein kräftiger Wasserstrahl.

„Das ist Seewasser", für einen kurzen Moment richtete er den Wasserstrahl auf Henry, der daraufhin, jetzt wieder hellwach, laut schimpfend nach oben flüchtete.

Freddy bearbeitete ausgiebig den Bodenbelag. Es war nicht viel Blut, aber, wie Zacharías/Al immer wieder warnte - *die finden die kleinste Spur.*

11

In der technischen Überwachungszentrale der *Stiftung Kampf gegen den Drogenmissbrauch* in **Valencia** hatten die Techniker bemerkt, dass die Yacht gestoppt hatte. Umgehend wurde ein Protokoll erstellt. Man würde zunächst mit den zur Verfügung stehenden Mitteln versuchen den Grund so schnell wie möglich in Erfahrung zu bringen. Die Vorschriften für einen solchen Fall besagten explizit, dass sie später die Angaben, besonders in Bezug auf die eingetragene genaue Uhrzeit im Logbuch, mit der im Protokoll verzeichneten vergleichen mussten. Unstimmigkeiten würden zu Misstrauen führen und das wiederum wurde als Sargnagel für <unsere Organisation> bezeichnet. Dagegen musste man mit aller Schärfe und rücksichtslos aufklärend vorgehen.

Die Vorschriften und Bestimmungen für die Untersuchung des Logbuchs und der Vergleich der Eintragungen mit den in der Kontrolle gesammelten Daten, verlangten eine besondere Sorgfalt. Jede Unstimmigkeit musste sofort, <*auf der Stelle*>, lautete dazu der Wortlaut, dem Exekutiv-Komitee oder dessen zuständigen Vertreter gemeldet werden. Dazu gab es eine eigene Rohrpostverbindung.

Während der beauftragte Techniker noch mit den Aufzeichnungen beschäftigt war, den Vermerk gerade der Rohrpost übergeben wollte, verschwand die Yacht. Sie war weg. Das heißt, alle laufenden Informationen. Total alle laufenden Informationen. Plötzlich und ohne Vorwarnung weg.

Das war eine noch niemals dagewesene Situation.

Die verschiedenen Übertragungen der lebenden Bilder der Videokameras wurden in der Regel nur sporadisch direkt beobachtet. Alle Bilder wurden ja aufgezeichnet. Bei Bedarf konnte man alle Details aus dem Speicher aufrufen und analysieren. So war es ein paar Minuten vorher niemand aufgefallen, dass die Bilder plötzlich weg waren. Aber jetzt waren die Monitore ebenfalls tot. Nicht nur dunkel, sondern echt ohne Empfang. Ein Techniker vermerkte: -*erschreckend dunkel*-.

In kurzen Zeitabständen fiel nacheinander das gesamte System aus. Auch alle Ersatz- oder Hilfssysteme, die gesamte Redundanz war wie ausgelöscht. Einige Geräte gaben grelle Warntöne von sich. Die drei Techniker schauten sich ratlos an. Dieser Fall war noch niemals eingetreten und es gab auch keine explizite Handlungsanweisung. Offenbar hatte niemand in der Organisation mit einem Totalausfall gerechnet. Die meisten Systeme waren ja in bis zu dreifacher Redundanz verbaut.

Sie bestätigten sich gegenseitig, dass es zunächst die Sendeanlagen der Steuerbordseite, dann kurz darauf auch die Backbordseite war, die für alle Daten Funkstille anzeige. Das hatte es wirklich noch niemals gegeben.

Allerdings verstieg sich der leitende Techniker auch zu der optimistischen Feststellung, dass damit ein Untergang eigentlich ausgeschlossen werden könne. Ebenso eine Torpedierung. Denn dabei hätten beide Systeme ja gleichzeitig ausfallen müssen. Aber welchen Wert hatte im Moment für sie diese Feststellung? Die betretenen Gesichter sprachen Bände. Jeder dachte für sich: <Jetzt ja nichts falsch machen>. Aber auch, was richtig machen, was überhaupt machen?

In dem kleinen, aber technisch ähnlich ausgestatteten, hochgerüsteten Raum auf **La Palma** war der wachhabende Techniker nicht auf seinem Posten. Als er zurückkam, waren alle Verbindungsdaten tot. Sofort schwante ihm, dass er es somit auch bald sein könnte. Wie sollte er diese Pflichtvergessenheit schriftlich begründen, plausibel begründen? Es war bei Höchststrafe verboten, die Geräte und die Verbindungen auch nur für einen kleinen Moment aus den Augen zu lassen. Auch jeder Toilettenbesuch musste mit einem Vertreter abgesprochen werden. Dabei galt sein Ausflug nur einer Kaffeemaschine, bei der sich dann ein kleiner Schwatz, *ein wirklich ganz kleiner Schwatz*, bestätigte er sich selbst, ergeben hatte. Dies mit einer neuen Mitarbeiterin. Aber sein nach den Regeln unverzeihlicher Fehler war, dass er den Kaffee nicht in Auftrag gegeben hatte. Er hatte sich persönlich von seinem Posten entfernt. Eine Todsünde. Und nun war die ESPERANZA von seinen Geräten entfernt.

Er würde versuchen, als Begründung seiner Abwesenheit, die Kaffeemaschine im Kontrollraum in den Vordergrund zu stellen. Sie war kaputt. Aber, der Schuss konnte auch noch nach hinten losgehen, denn sie war es nicht und das Argument war schwach - grottenschlecht. Doch dem konnte er abhelfen. Und das tat er denn auch in aller Hektik und stellte einen Kurzschluss auf einer Platine her. Damit war er aber noch lange nicht aus dem Schneider, denn er hatte sich entfernt, unerlaubt von seinen Maschinen entfernt, er hatte ein ehernes Gesetz gebrochen. Mit angedrohten schlimmsten Folgen.

Klar, es war schon öfters vorgekommen, dass die Station für eine kurze Zeit unbesetzt war. Jeder seiner Kollegen hatte es auch schon praktiziert. Aber ausgerechnet ihn hatte jetzt das schlimmste Szenario voll erwischt. Für sich begann er zu lamentieren, sich zu bedauern, dass doch bis jetzt noch niemals etwas fehlgeschlagen war. Noch niemals gab es eine ernste Panne. Und jetzt - Scheiße - jetzt brach mit einem Schlag die gesamte Kommunikation zusammen, sie war zuammengebrochen.

Dann fiel ihm ein diese Panne sofort der Zentrale in Valencia zu melden. Und um Rat zu fragen. Was sollte er jetzt tun? Er hatte die Vorschriften auswendig gelernt, aber von einem solchen Fall stand nichts drin.

Seine Beine wurden ihm weich, stand da wirklich nirgens etwas? Oder hatte er es, noch schlimmer, übersehen?

Die beiden Wachhabenden am Mittelmeer, in ihrem abgeschotteten Bunker, tief unter der Altstadt von **Valencia**, schauten sich für einen Augenblick fragend an. Dann tippte einer nacheinander an verschiedene Metallkästen. Er und sein Kollege wussten aber, dass dies völlig nutzlos war. Es war eine Handlung aus Verlegenheit. Integrierte Schaltungen konnte man nicht durch Anklopfen oder gutes Zureden wieder funktionstüchtig machen. Aber beide fühlten sich plötzlich so abgrundtief nutzlos. Auf diesen Fall hatte sie niemand vorbereitet. Ihre Stimmung erreichte ungebremst den absoluten Tiefpunkt.

Ratlos stierten sie nacheinander die Bedienungskonsolen an. Auf den Monitoren war eine kurze Fehlermeldung angezeigt. Jeder Versuch über irgendeine Taste oder einer Kombination derselben sie zum Leben zu erwecken, waren vergebens.

Einer sagte das verteufelte Wort: „Notstand!"

Dann reagierte der Kollege, klappte auf der Mittelkonsole eine kleine Abdeckung hoch und drückte den darunter liegenden großen roten Knopf. In ihrer Aufregung hatten sie ihn total vergessen, vielleicht auch weil es noch niemals eine Situation gegeben hatte, in der er gedrückt werden musste, oder sollte. In diesem Augenblick schnarrte ein Lautsprecher und gab einen hässlichen Warnton von sich. Auf **La Palma** wurde nun ebenfalls ein roter Knopf gedrückt. Damit war auch bestätigt, dass es sich nicht nur um eine banale und exklusive Panne in der Zentrale handelte.

Binnen einiger Sekunden weiter war klar, dass es sich um einen Großalarm handeln musste. Was aber noch keiner laut sagen wollte, es drehte sich aber ohne Wenn und Aber um einen GAU.

Es gab keine Verbindung mehr zur Esperanza und es gab keine Möglichkeit über ihr Schicksal etwas in Erfahrung zu bringen.

In den Direktorenzimmern blinkte jeweils eine grellrote Lampe. Akustisch wurde das Ganze durch einen tiefen und durchdringenden Brummton untermalt. Es war aber in diesem Moment, jetzt am Spätnachmittag, nur *ein* Direktorenzimmer besetzt. Der anwesende Mann mittleren Alters, in besten Zwirn gekleidet, war in der Stiftung zuständig für Vertragsangelegenheiten im südeuropäischen Raum, treffender ausgedrückt für *besondere Absprachen*. Er telefonierte gerade mit dem Chefarzt einer von der Stiftung gesponserten Entzugsklinik bei **Verona**, als seine Warnlampe, nein, es war ja eine Alarm- oder noch klarer ausgedrückt, eine Katastrophenanzeigenlampe, anfing zu blinken.

Er stotterte noch etwas in die Sprechmuschel. Seine Hand begann zu zittern. Dann starrte er das intermittierende Licht an und legte langsam den Hörer auf. Der Chefarzt am anderen Ende der Verbindung wunderte sich.

Der anwesende Direktor schaute auf seine Bürotür. Nackenhaare stellten sich auf. Kalte Schauer liefen ihm den Rücken hinunter. Den Blick starr auf seine Bürotür gerichtet, erwartete er jeden Augenblick, dass diese aufgerissen wurde und ein Schwarm bewaffneter Männer seine Bleibe stürmen würde.

Sie hatten sich daran gewöhnt, dass alles, was sie organisiert hatten, reibungslos ablief. Nun der plötzliche GAU. Was hatten sie vereinbart, wie würden sie reagieren in einem solchen Fall? Es rächte sich, dass sie mit der Zeit gar nicht mehr an eine solche Situation glaubten. Und in letzter Zeit nicht mehr die Modalitäten für den Ernstfall, einen ultimativen Ernstfall durchgespielt hatten. Alles lief in den letzten Jahren im wahrsten Sinne wie *geschmiert*. Doch die technischen Einrichtungen reagierten nicht auf *Schmier*geld. Sie waren am besten in der Lage die Wirklichkeit darzustellen.

In seinem Kopf purzelten die Gedanken durcheinander, denn dass es für diesen Fall einen Notfallplan gab, geben sollte, daran konnte er sich erinnern. Ein Plan? Aber, wie sah der aus? Wo hatte er ihn verwahrt? Er riss die oberste Schreibtischschublade rechts von ihm auf, warf einen kurzen Blick hinein, knallte sie regelrecht wieder zu und riss die nächste auf. Doch da konnte der Plan auch nicht sein. Hier standen drei Flaschen sehr teuren Whiskys und auf einem Karussell hingen vier noch teurere Kristallgläser. Die Schublade knallte er nicht zu. Er nahm sich sogar die Zeit sie fast liebevoll wieder zu schließen.

In der untersten befanden sich verklausuliert geschriebene Willensbekundungen, bestenfalls Absichtserklärungen, die in irgendeiner Form auf Verträge Bezug nahmen. Die wirklich maßgebenden Unterlagen, die man auch in ihren Kreisen als Verträge bezeichnen konnte, lagerten in einem besonders gesicherten Raum. In ihn kam man nur als wirklicher Insider. Und niemals allein. Der Raum war so ausgelegt und präpariert, dass beim Öffnen und Betreten Unbefugter alles in einem Plasmafeuer verglühte. Samt Eindringling/e. Eine zusätzliche elektronische Sicherung war derart verschlüsselt, dass alle maßgeblichen Herren der Stiftung angstfrei in die Zukunft schauen konnten, beziehungsweise gerne schauen mochten.

Zudem lagen die wichtigen Einrichtungen tief unter der Erde der Stadt. Nicht nur ein zwei Stockwerke, nein fast genau 37 Meter. Der Zugang war erstens gut getarnt und nur vorbestimmten Personen bekannt und der Zutritt erlaubt.

Den Teilhaber und Nutznießer der Stiftung an seinem Schreibtisch überkam ein Anflug von Panik. Ein nochmaliger Blick auf eine kleine elektronische Anzeigentafel, die als Anwesenheitsliste der wichtigen Mitglieder diente, überzeugte ihn jetzt vollends, dass er allein in den <Katakomben> war. Auf ihn würde es jetzt ankommen. Er musste den Katastrophenalarmplan finden. Verdammt, verdammt, verdammt. *Mierda*, murmelte er recht leise, denn er erinnerte sich, dass nach Auslösen des Alarms Mikrofone und Kameras alles aufzeichnen würden.

Sollte er womöglich den Cheftechniker herbeizitieren, der musste doch auch einen solchen Plan haben. Nein, musste er nicht, verwarf er die Idee. Dann bemerkte er, dass auf einer Telefonanlage abwechselnd eine gelbe Leuchte einmal und dann eine rote dreimal aufleuchtete. Der Alarm kam also tatsächlich aus der technischem Überwachungszentrale. In der Panik hatte er sich an dieses Detail nicht erinnert.

Dann schloss er daraus, dass somit jeden Augenblick der Cheftechniker oder sein Stellvertreter bei ihm aufkreuzen würde. Er würde ebenfalls Kenntnis haben, dass er der einzig Anwesende des Direktoriums war. Und er hatte immer noch keinen Schimmer, wo er seinen Notfallplan gelassen hatte. Schwach erinnerte er sich daran, dass er mit ihm zusammen, bestimmten Vorschriften gemäß, eine Informationskette bedienen musste.

Er schaute auf den Safe, der in einem wunderschön geschnitzten Holzmöbel untergebracht war. Sollte ...? Dann riss er nochmals die oberste Schublade auf. Hastig vergrößerte er das dort sowieso herrschende Chaos, dann zog er ein Bündelchen Papiere heraus. In diesem Moment kündigte der Cheftechniker an, dass er gemäß höchster Dringlichkeitsstufe mit ihm zusammenkommen müsse. Er drückte auf einen Knopf unter der Schreibtischplatte, die Tür ging auf und der Cheftechniker stürzte herein. Nicht einen Augenblick zu früh. Der plastifizierte rote

Wisch mit den Anweisungen wurde sichtbar. Der Macher riss ihn aus seiner Verwahrung.

Alles lief doch so schön reibungslos. Der Kundenstamm konnte sich auf zuverlässige Lieferungen verlassen. Selten gab es Qualitätsbeanstandungen bei ihrem Kokain. Es gab nicht einmal undichte Stellen im Vertrieb. Der Betriebsablauf klappte wie am Schnürchen. Sie belieferten nach einem sehr diskreten System Großhändler. Die wiederum machten sich schon manchmal die Hände schmutzig, opferten auch schon mal hie und da Unterverteiler oder Detailverkäufer. Aber die Organisation war, nach all den Jahren der Erfahrung, von einem Außenstehenden nicht oder kaum zu durchschauen. Man war gegenüber den Drogenfahndern wachsam aber auch belustigt, wenn sie einmal wieder erfuhren oder gar verfolgen konnten, wie sie im Dunkeln tappten.

Und, wenn die einmal Licht zu sehen glaubten, konnte man das Problemchen meist schnell durch eine gezielte Spende aus der Welt schaffen. Dabei setzten sich sogar höchste Ermittlerstellen ein und, ganz selbstverständlich, einige gewisse Politiker oder hohe Entscheidungsträger. Man war in politischen Kreisen stolz darauf eine solche Organisation in **Valencia** zu haben. Die ließ man sich nicht so ohne weiteres kaputt machen.

Wenn ein Leck im europaweitern Koka-Vertriebsnetz auftauchte, eine Unzulänglichkeit bemerkbar wurde, disponierten sie um, aber das betraf praktisch niemals die Stiftung. Die Probleme verliefen sich unterhalb ihrer Ebene. Eine Rückverfolgung aus den Niederungen des Einzelhandels waren durchweg dort am Ende, wo jene saßen, die sich nicht selbst die Hände schmutzig machten. So konnte man sie auch nicht mit <las manos en la masa>, mit „dem rauchenden Colt“ in ihren Händen erwischen. Sie waren von den vorherrschenden Gesetzen sogar geschützt. Wo von den Strafverfolgungsbehörden keine eindeutigen Beweise vor Gericht zu bringen waren, hatten es besonders die ihnen verpflichteten, gewieften Rechtsanwälte leicht ihre Klientel straffrei zu bekommen beziehungsweise zu halten.

Aber, die Probleme führten, bisher jedenfalls, niemals bis in die Spitze, der auf jeder Ebene streng abgeschotteten, pyramidenartig aufgebauten Organisations-Struktur. Die Stiftung existierte jenseits von Gut und Böse, unantastbar. Mit diesem eingefahrenen System und den rechtlich immer restriktiven Möglichkeiten, mit denen andererseits die Strafverfolgungsbehörden zu kämpfen hatten, würde man an diese wirklichen Großverbrecher niemals herankommen. Sie hatten immer saubere Hände und Westen und auch weiße Kragen. Und saßen bei ihren Kungeleien unsichtbar tief unter **Valencia**.

Undenkbar, dass ein Richter in Valencia einen Durchsuchungsbeschluss gegen diese feine Firma unterschreiben würde.

Zu den Führungsköpfen in der Geschäfts-Ebene gab es keine direkte, nachvollziehbare Verbindung. Unterhalb der Manager- und Macherebene mussten Heerscharen von Verteilern Kopf und Kragen riskieren. Und diese hatten keine Ahnung, wer letztendlich die Fäden ihrer Aktivitäten zog, sie an einer kurzen Leine steuerte. So konnten noch so viele von ihnen aus dem Verkehr gezogen werden, die Gesetzeshüter standen immer schnell vor verschlossenen Türen. Sie kamen nicht weiter, während draußen auf dem Marktplatz der Drogen die Nachfolger der gerade Gefassten schon wieder die Geschäfte fortführten.

Bei ihnen in der Stiftung konnten keine mitgeschnittenen Telefongespräche Erkenntnisse bringen, keine E-Mails und keine SMS abgefangen werden. All diese Typen waren aalglatt, einfach nicht zu fassen. Obwohl eine Sondereinsatzgruppe schon des Öftern an einem Zipfelchen des geheimnisvollen Schleiers zogen. Aber lüften konnten sie so gut wie nichts. Zudem wurden diese Typen in Maßanzügen von Institutionen bis hinauf nach Brüssel geschützt und als spendable Ehrenmänner hofiert. Kein Ermittler durfte sich auch nur einen kleinen Fehltritt ihnen gegenüber erlauben, ohne damit rechnen zu können, dass seine Akte jemals wieder sauber werden würde.

Und nun das. Der einzige anwesende Direktor, ein Frauenschwarm, natürlich mit dem für spanische Machos typischen und hier sehr gepflegten Schnauzbärtchen, musste seine Kollegen *benachrichtigen*. Das Wort <alarmieren> wollte er noch nicht benutzen. Eine kleine Technische Störung? Nein, er würde doch schon von dem sprechen, was wirklich geschehen war. Nämlich von einem plötzlichen und unerklärbaren Totalausfall der Kontrolle über eine ihrer Nachschublinien. Der Wichtigsten.

Eine Katastrophe, die Lebensader ihrer so glänzenden Organisation war durchtrennt. Keiner ihrer Experten konnte auch nur schätzen, weshalb und vor allem, wie lange das andauern würde.

Sie hatten ein doppeltes, teils dreifaches technisch ausgeklügeltes Überwachungs- und Informationssystem laufen und alle gingen gleichzeitig verlustig. Das war das Gravierendste an der Angelegenheit. Wäre *ein* System ausgefallen, gut oder schlecht, würde man fast sofort über das andere Informationen anfordern und erhalten. Die Ursache wäre immer relativ leicht zu ermitteln und der mögliche Schaden zu beheben.

Dem Platzhalter in der Organisation gingen nun in rascher Folge mögliche Konsequenzen durch den Kopf. Die Lieferanten, die Transporteure, die Produzenten, die allseits geschmierten sogenannten Autoritäten. Es überfiel ihn ein Gefühl des Schwindels. Einen Fluss konnte man ja auch nicht so mir nichts dir nichts stoppen. So war das auch hier. Die Geschmierten könnten, jeder für sich, auf den Gedanken kommen, dass man sie absichtlich ausklammerte, nur ihn oder seine Vertriebsstelle. Sie konnten, ja sie würden, auf seltsame Gedanken kommen, mit all den folgenden rachsüchtig geprägten Aktionen. Wenn man jetzt nicht umsichtig, aber auch mit aller Energie vorging, würde man bald vor einem riesigen Trümmerhaufen stehen. Es könnte womöglich zu kriegsähnlichen Zuständen kommen. Der Markt wäre letztendlich nicht mehr zu kontrollieren und damit jede Attraktivität verlieren.

Und fürs Erste ruhte die Verantwortung ausschließlich auf seinen Schultern.

Aber es bestand ja noch die Hoffnung, dass das alles nur eine vorübergehende Panne sein könnte. In diesem Sinne würde er seine Mitdirektoren, Freunde, Stiftungsmanager und Kollegen informieren. Der Techniker zuckte mit den Schultern. Das war nicht sein Bier.

Dann schauten sie sich doch gemeinsam das auf roten Karton notierte und in eine Plastikfolie eingeschweißte Prozedere an.

Sollte er alle für die anstehenden Entscheidungen zusammenrufen? Er würde müssen, entschied er sich, nachdem ihn der Techniker auf einen entsprechenden Passus hingewiesen hatte. Entschließe er sich für die falschen oder zu laschen, vielleicht auch unvollständigen Maßnahmen, könnte das ernsthafte Konsequenzen für ihn haben. Es lief ihm bei diesem Gedankenspiel wieder kalt den Rücken hinunter. Er war halt auch nur ein Mensch und nicht eine Maschine.

Also, Alarmstufe doppelrot.

Einer kam vom Golfplatz, ein anderer im Privatjet sofort aus Madrid, ein weiterer von einer Geburtstagsfeier einer Enkelin, der letzte im Entscheidungsgremium, lag mit einer Erkältung im Bett, aber auch er versprach sein sofortiges Erscheinen. Neben dem offenkundigen Problem war das seiner Gesundheit offenbar von nachrangiger Bedeutung. Solange man nicht tot war, hatte man zu erscheinen.

Sie trafen sich im Lageraum, eine Ebene unter dem technischen Kontrollraum. Unterdessen hatte der Alarmgeber immer noch gehofft, dass sich plötzlich wieder alles einrenken würde. Die Signale würden fließen, alles käme dann wieder unter Kontrolle. Eine Technische Panne, peinlich aber durchaus im Bereich der Möglichkeiten. Köpfe würden rollen, aber keiner aus ihrem Kreise. Sie waren zu viert, als sie beschlossen in dieser außergewöhnlichen Sitzung, ohne weitere Zeremonien, mit der Arbeit zu beginnen. Der fünfte Mann war noch mit dem Flugzeug unterwegs und würde auf dem schnellsten Weg zu ihnen stoßen.

Der verantwortliche Chef-Techniker aus der technischen Überwachungszentrale war unterdessen ebenfalls eingetroffen. Er war zunächst die Hauptperson, sollte so viel Einzelheiten wie möglich beisteuern. Auf diesen aufbauend würden dann die Entscheidungen getroffen werden. Einstimmig mussten sie sein. So weit hatten sie zu einer vorläufigen Organisation gefunden. Einer der wachhabenden Techniker, der dabei war, als sich die Panne manifestierte, war ebenfalls anwesend.

Er schilderte kurz den erlebten Ablauf. Aber was gab es da auch viel zu schildern, Ja, also plötzlich seien die eingehenden Informationen erloschen, dann habe gleich der Alarm aus **La Palma** geschnarrt. In ihrer Hilflosigkeit hätten beide auf eine kleine Technische Panne gehofft. Sie hätten Verbindungen durchgecheckt, Module ausgetauscht, dann das System teilweise wieder hochgefahren. Es sei aber keinerlei Erfolg eingetreten. Kein einziger Piepser aus der elektronischen Welt der Kommunikation.

Einer der Direktoren vermerkte bitterernst, dass doch bitte sachlich argumentiert werden sollte. Es war mehr eine Bemerkung, entstanden aus der allgemeinen Verlegenheit.

Auf die Frage nach der möglichen Ursache, konnte der Techniker nur mit der Schulter zucken. Dann sprach er doch noch ein paar mehr Worte. Ein Blitzschlag käme nicht in Frage, denn das Wetter sei zur Zeit des Signalabbruchs und an dem Ort, wo sich die Yacht befand, vollkommen klar gewesen. Zwar die übliche hohe Luftfeuchtigkeit, gepaart mit tropischen Temperaturen, aber ein Gewitter müsse definitiv ausgeschlossen werden. Es wäre ja auch zu schön, zu einfach gewesen.

Ob sie auf eine Mine gelaufen sein könnten - „schaut mich nicht so entgeistert an, wir wollen doch wirklich alle Möglichkeiten ohne Tabus ansprechen."

„Eine Monsterwelle, ein Tsunami?"

„Mit Verlaub, ich sagte doch bereits, dass die meteorologischen Verhältnisse einen solchen Schluss nicht zulassen. Es gab auch kein Seebeben."

„Piraten?"

„Dann hätten wir eine Warnung bekommen, wir hätten es hören und sehen müssen. Das Schiff, Verzeihung, die Yacht ist doch mit Mikrofonen geradezu gespickt - gewesen" - fügte er noch an. „Dazu die Überwachungskameras. Aber hier muss ich bemerken, dass es bereits vorher zu einem Ausfall dreier Überwachungskameras gekommen ist. Die Monitore waren kurz nacheinander plötzlich dunkel. Allerdings, die Sendesignale kamen weiterhin sauber und klar herein, nur dass sie keine Bilder übertrugen. Und auch das ist nicht ganz richtig, denn drei Kameras sendeten weiter Bilder, Standbilder, ohne jede Bewegung. So als hätte man vor den Linsen eine Fotografie aufgebaut, die die normale Umgebung wiedergibt. Wir haben die entsprechenden Protokolle ausgefertigt, die dann mit den Notierungen im Logbuch verglichen werden. Ich meine, verglichen werden sollten, *müssen*", ergänzte die Fachkraft.

„Moment, das wird mir zu kompliziert. Was heißt das, die

Kameras sind eine nach der anderen ausgefallen? Nicht gleichzeitig?"

„Das kann man so genau noch nicht sagen, wir werden, wie ich bereits erwähnte, eingehende Untersuchungen anstellen müssen und Experimente fahren. Schließlich übertragen die Kameras nur ein Bild pro Sekunde, das heißt jede der sechs an Bord installierten Kameras."

„Und weshalb nicht so wie das normale Fernsehen?"

„Weil die Datenfülle nicht vernünftig zu bewältigen wäre. Und die Geschwindigkeit für eine normale Überwachung vollkommen ausreicht. Es besteht aber die Möglichkeit bei Bedarf auf 16 Bilder pro Sekunde umzuschalten. Das können aber nur wir aus dem Kontrollzentrum veranlassen. Es gab aber keine Veranlassung zu dieser Maßnahme zu greifen."

„Und weshalb habt ihr das nicht trotzdem getan?"

„Weil es sinnlos war. Wenn die Monitore schwarz sind, macht es keinen Unterschied, ob *ein* Bild oder 16 pro Sekunde den Bildschirm schwarz halten."

„Die Maschinen könnten ausgefallen sein."

„Wir haben genug Batteriekapazität an Bord, um das für lange Zeit auszugleichen. Die Kommunikationsgeräte erhalten immer Energie. Mehrere Wochen, wenn der Strom nicht in der Küche verbraucht wird."

„Ist im Vorfeld des Ausfalls ebenfalls nichts bemerkt worden?"

„Wir werden zunächst die letzten 12 Stunden der Filmaufzeichnungen genau untersuchen. Das braucht halt ein bisschen Zeit, wenn wir es genau nehmen und somit Ergebnisse liefern sollen."

„Ja nun, dann fangt mal an."

„Wir sind bereits dabei. Jede Kraft, die wir rational einsetzen können, ist eingesetzt."

„Dann heißt es also warten?"

Der Direktor, der aus Madrid gerufen wurde, kam dazu. Sie gaben nacheinander den Stand der Dinge an. Das verwirrte auch den Neuankömmling doch sehr.

„Freunde, bitte, eine Stimme und sehr kurz."

Sie einigten sich auf den einzigen Freund, der beim Eintreten der Panne, in seinem Büro anwesend war. Seine Nervosität hatte sich mittlerweile gelegt. Letztendlich hatte er tatsächlich alles richtig gemacht. Allerdings dachte er mit einem sehr unguten Gefühl an diese verwirrenden Augenblicke. Er schwor sich alles, was mit der Sicherheit ihrer Organisation zusammenhing auswendig zu lernen. Niemals mehr wollte er in eine solch hochsensible, ach scheiß drauf, beschissene Lage gebracht werden.

Dann versuchte er zusammenzufassen. „Was soll ich sagen? Der Alarm blinkte auf, ich sprach gerade mit Dr. Rasmussen, da fällt mir ein, ich hab ihn vielleicht brüskiert, ich glaube ich legte einfach auf."

„Das tut jetzt nichts zur Sache. Das sind jetzt in unserer Lage die absoluten kleinen Nebensächlichkeiten. Die können wir jederzeit wieder ausbügeln."

„Der Alarm kam von der Technik. Ich griff also zur Anleitung, die für diese Fälle ausgearbeitet war. Dann traf Felipe ein und gemeinsam folgten wir den Vorschriften. Er leitete die Überwachung zur Zeit des Ereignisses. Alles, was er mir über den Vorfall erklären konnte war, dass beide Signalleitungen der Esperanza, und auch die verfügbaren dritten Reserveverbindungen, in einem sehr kurzen Abstand nicht mehr standen. Das Gleiche sei von **Las Palmas** gemeldet worden. Er sagte, dass sofort alle denkbaren Möglichkeiten in Betracht gezogen wurden und die geeigneten Maßnahmen eingeleitet seien. An der Gewinnung weiterer Details wird nach Felipes Information fieberhaft gearbeitet."

„Frage: In welchem Zeitabstand genau wurden die beiden Signalleitungen blind?" Die Frage war an Eduardo gerichtet, der Leiter der technischem Überwachungszentrale. Er wurde von Felipe assistiert. Er forderte ihn auf diese Frage zu beantworten.

„Wir sind dabei dies aus den vorhandenen Daten herauszuziehen. Nach meinen, allerdings subjektiven Beobachtungen, vergingen höchstens fünf Sekunden. Genau werden wir es erst wissen, wenn die Daten ausgewertet sind."

José-Maria Gallardo de Acevedo, der Vorsitzende des Direktoriums der Stiftung, ergriff das Wort: „Wieviel Zeit war seit dem ersten Alarm vergangen bis du uns anpieptest."

„Mein Gott, das mögen Sekunden oder höchstens auch ein paar Minuten gewesen sein, ich war ja auch völlig überrumpelt."

Er hakte nach: „Dieses Kleingehackte bringt uns nicht weiter. Wie also stehen die Chancen wieder eine Verbindung, und damit auch die Kontrolle zu erlangen?"

Der Technikerchef sagte dann, dass dies unmöglich vorauszusehen sei. Schließlich drehe es sich mit höchster Wahrscheinlich nicht um einen technischen Defekt. Die Ursache des Totalausfalls sei mit höchster Wahrscheinlichkeit direkt auf der Yacht zu suchen und zu finden. „Ich meine, dass es bemerkenswert ist, dass zeitgleich auch **La Palma** ausfiel. Auf der Yacht muss etwas Außergewöhnliches passiert sein."

„Also, wir wissen gar nichts?"

„So ist es."

„Und sie haben mit welcher Art Analyse begonnen?"

„Wie ich schon vorhin sagte, die komplette Besatzung, einschließlich der Reserve ist jetzt hier und sucht nach allen denkbaren Lösungsansätzen. Nur befürchte ich, dass wir wahrscheinlich zu keinem akzeptablen Ergebnis kommen werden. Kommen können. Ich komme hier wieder zu meiner Einschätzung zurück, dass auf der Yacht ein außergewöhnlicher Vorfall stattgefunden haben muss. Wir wurden, ohne eine eigene Initiative, vollkommen abgenabelt. Entschuldigung, ich kann ja nur Daten auswerten, die ich besitze. Und bis zum Blackout schien alles in Ordnung zu sein. Eine Möglichkeit ist, und das ist eine Hoffnung, dass meine Mannschaft auf den zurückliegenden Stunden der aufgezeichneten Videodaten einen Hinweis findet. Wie und was auch immer. Darin setze ich meine ganze Hoffnung."

„Wie lange kann das dauern?"

„Darüber kann ich jetzt beim besten Willen keine Prognose erstellen. Eine Möglichkeit besteht, das ist allerdings nur eine vage Hoffnung, dass meine Jungs in der letzten halben Stunde Sendezeit erleuchtende, brauchbare Anhaltspunkte finden. Wenn es allerdings schlecht läuft, müssten wir eventuell 24 Stunden zurückgehen."

„Wie können wir das beschleunigen?"

„Es ist, wie ich sagte, fast die gesamte Mannschaft damit beschäftigt. Wir haben auf dem Boot sechs Überwachungskameras. Jede liefert einen Film, wir müssen also jeden Film einzeln analysieren und das Bild für Bild, damit uns ja nichts entgeht. Das sind, lassen sie mich kurz nachrechnen, das dürften für 24 Stunden über 85 000 Sekunden sein, und das mal sechs."

„Verdammter Mist. Und sie glauben, dass dies der einzige Weg ist die Ursache zu finden?"

„Absolut, nach dem gegenwärtigen Stand der Dinge. Wir könnten natürlich auch alle Aufnahmen der Lauschmikrofone überprüfen. Doch ich denke, dass meine Männer jede Besonderheit, abweichend von der Routine, augenblicklich bemerkt haben würden. Und es gab keine besonderen Vorfälle. Deshalb bin ich mir zu 95% sicher, dass wir nur über die Analyse der Filme weiterkommen."

„Wissen wir etwas über oder von Zacharias?"

„Seit der Bestätigung der Ausfahrt aus **Barranquilla** nichts."

„Könnte eine Nachricht von ihm überhört beziehungsweise übersehen worden sein?"

„Auch dazu kann ich nur auf die laufenden Detailuntersuchungen verweisen. Sobald wir eine Spur haben, werden sich meine Leute unverzüglich melden. Die Anweisungen dazu sind erteilt. Keiner wird in absehbarer Zeit Feierabend machen können. Es wird durchgearbeitet, bis wir ein Ergebnis gefunden haben. Mehr Aktivität fällt mir im Augenblick nicht ein."

„Noch eine Frage: Könnten die Sendeanlagen auf der Esperanza absichtlich abgeschaltet worden sein?"

„Technisch ist das kein Problem. Aber dann stellt sich die nächste Frage, wozu - weshalb? Es ist doch hinreichend bekannt, und Al *war* - Entschuldigung - *ist* natürlich der Garant für unsere ununterbrochenen Verbindungen."

Ein weiteres Argument im Zusammenhang dazu konnte niemand vernünftigerweise beisteuern. Bei jedem stellte sich ein bedrückendes Gefühl ein.

„Kann die Überwachung in **La Palma** etwas dazu beitragen, wozu wir hier nicht in der Lage sind?"

„Die haben die gleichen Daten, einschließlich der GPS-Signale. Sie haben uns übrigens die von uns recherchierten Wetterdaten bestätigt. Zu ihrer Frage. Sie suchen ebenfalls fieberhaft, wie wir. Und sie werden uns augenblicklich informieren, wenn sie in den Aufzeichnungen etwas Sachdienliches entdecken."

Fast alle Direktoren hatten sich mittlerweile die Krawatten weit gelockert, die Jacken ausgezogen, sie schwitzten mehr oder weniger stark. Aber nicht weil es in dem klimatisierten Raum zu heiß wäre. Die Lage wurde von Minute zu Minute unklarer. Jeder im Raum glaubte auf seine Art um die Gefahren, die sich über ihnen zusammenbrauten, zu wissen. Sie zumindest zu erahnen. Das wirkte schweißtreibend. Eine Krawatte erweckte das Gefühl bereits einen Henkersstrick um den Hals zu haben.

„Eine andere Frage. Welche Stellen aus unserer Organisation oder auch Kunden, Lieferanten oder wen auch immer, sollten wir beim gegenwärtigen Stand der Dinge schon benachrichtigen?“

„Ich denke, wir sollten zunächst einmal Ruhe bewahren. Es kann sich ja noch alles aufklären, dann wäre es verkehrt, wenn wir jetzt schon die Pferde scheu machten. Dann hätten wir uns eine unnötige Blöße gegeben. Das könnte das Vertrauen in unsere Perfektion schon in dem einen oder anderen Fall erschüttern.“

Man war allgemein der gleichen Meinung.

Dann aber, wie sollten sie sich verhalten, jeder von ihnen, alle Entscheidungsträger. Sollten sie in permanenter Sitzung zusammen bleiben?

Immerhin, sie sollten sich auf allerhand Überstunden gefasst machen. Man werde zusammenbleiben, bis die Krise gelöst sei. „Hoffentlich nicht bis zu einem zu bitteren Ende“, bemerkte einer der Herren.

„Schwarzmalerei ist nicht erlaubt“, sagte José-Maria Gallardo de Acevedo.

12

Gemeinsam überprüften Henry und Freddy die abgespritzte, gesäuberte Heckpartie. Sie waren sich einig, dass da keine Gefahr mehr drohte.

„Jetzt werden wir uns für eine längere Zeit heimisch einrichten.“

„Und denen in **Valencia** die Hölle heiß machen“, sagte Henry.

„Worauf du einen lassen kannst. Ich würde gerne zusehen, wie die sich in die Hosen scheißen...“

„...und zu unseren Gunsten möglichst rasch ihre Entscheidungen treffen.“

„Darauf kannst du noch einen lassen. Aber jetzt wird zunächst in die Hände gespuckt. Wir laufen das Fischernest an und setzen unsere absolut schönsten Forderungen per E-Mail ab.“

Beide Kumpane waren jetzt zum Führerstand hochgegangen. In etwa zwei Kilometer Entfernung sahen sie, wie an Backbord ein vollbeladenes Containerschiff vorüberzog.

Freddy setzte sich in den bequemen Ledersessel des Skippers. „Schauen wir uns doch zunächst einmal unsere genaue Position an. Dann werde ich den Zielhafen suchen, auswählen und das GPS den Weg und die Zeit berechnen lassen.“

Nach einer Weile der technischen Spielereien bemerkte er - „ich denke, dass wir **Las Flores** nehmen sollten.“

127

„Ich kann mich daran erinnern, dass wir dieses Fischernest bereits bei unseren Planungen in die engere Wahl einbezogen hatten."

„Gut aufgepasst, Kumpel, hast ein schlaues Köpfchen", antwortete ihm Freddy gutgelaunt.

13

In der Verwaltung der Stiftung in **Valencia** hatte man unterdessen die Direktoren aller Resorts sowie die Abteilungsleiter alarmiert. Die Firma war damit handlungsfähig. Sie beschlossen bevollmächtigte und mit zusätzlichen Kompetenzen ausgestattete Aktionskomitees zu bilden. In der Mehrzahl bestanden diese aus Einmannzellen. Dazu kam noch eine Koordinierungsstelle, die ständig über einzelne Erkenntnisse informiert werden musste. Alle Fäden sollten dort zusammenlaufen. Sie wäre dann in der Lage, jedem Komitee oder jeder Zelle zeitnah die jeweils relevanten Daten als Entscheidungshilfe zu liefern. Dadurch, darüber waren sie einer Meinung, würde man es vermeiden, die mit Spezialaufgaben betreuten Komitees mit Nebensächlichkeiten zu belasten. Sie würden sich auf das Nötigste und Wichtigste bei den ihnen zugedachten Aufgaben konzentrieren können.

Es stand eine Organisation mit vielerlei Aufgabenbereichen. Es fehlten nur noch die Aufgaben. Doch es gab immer noch keinen einzigen Hinweis auf ein mögliches Problem, das mit dem Verschwinden der ESPERANZA in Zusammenhang gebracht werden konnte. Alle Einsatzkräfte standen, bildlich gesprochen, mit dem Gewehr bei Fuß. Sie waren zur Tatenlosigkeit verurteilt. Und gewaltig frustriert.

Nicht einmal ein einziges Komitee konnte innerhalb der zugedachten Aufgaben aktiv werden. Solange man nichts Greifbares, oder wenigstens einen Anhaltspunkt hatte, gab es nichts zu bereden, zu beschwichtigen oder zu erklären.

So sollte sich eines der Komitees um die notwendigen Schritte beim Cali-Kartell, bei den Herren der Labors und der kolumbianischen Logistik kümmern. Ein anderes Einmann-komitee würde sich um die Pflege der guten Beziehungen zu den Autoritäten vor Ort kümmern und ein anderes zu ebensolchen in Kolumbien. Dann musste ein Komitee die Beziehungen zu den europäischen Abnehmern pflegen. Die Logistik im hiesigen Hafen und die Umverteilung im Mittelmeer musste bedacht, die Verbindungen zu Mittelsmännern aufrecht erhalten werden und diese mit neuen Instruktionen versehen werden.

Doch alle saßen mit verschränkten Armen auf ihren eingerichteten Plätzen und warteten auf ein Startzeichen. Es würde kommen, es musste kommen. Hoffentlich!

Über eine weitergehende Strukturierung der nun eingeleiteten Maßnahmen würde man bei Bedarf reden, aber immer schnellstens reagieren, um auf neueste Entwicklungen sofort eingehen zu können.

Wieder wurde die Möglichkeit einer Entführung angedacht. Aber keiner mochte an die Möglichkeit und damit bevorstehenden Konsequenzen denken, z.B. einer Erpressung ausgeliefert zu sein.

Sie hatten die Transportform mit dem Anheuern immer wieder neuer, unbedarfter Menschen gewählt, um sich aus der Grauzone von Erpressungsmöglichkeiten herauszuhalten. Und auch die DEA und andere Drogenfahnder sollten dabei niemals eine Angriffsfläche finden. Es waren immer wieder neue Personen und jedes Mal ein neues Transportmittel, eine andere Yacht im Spiel. Der Skipper verschwand nach jeder Überführung spurlos - samt mitwissendem Anhang. In der Regel wussten die Fahnder nicht einmal über einen neuen Skipper Bescheid. Und bevor sie überhaupt eine neue Spur aufnehmen konnten, waren Skipper und Yacht auch schon spurlos verschwunden. Sie waren sich immer einig, dass dies die sicherste Methode war, jeder Fahndung stets mehrere Schritte voraus zu sein.

Das System schützte auch vor möglichen Erpressern.

Trotzdem, es gab eine neue Situation, auch wenn noch Vieles spekulativ war. Es war ihnen klar, dass ein potentieller Entführer es wohl kaum nur auf die Yacht abgesehen haben konnte, als Wert an sich. Was konnte er oder sie mit einer Spezialanfertigung von Yacht machen? Über kurz oder lang würde er beziehungsweise würden sie auffliegen. Die Yacht würde irgendwann erkannt werden. Dann würde sie sich in keinem Hafen mehr blicken lassen können. Da musste also mehr dahinterstecken.

Wenn aber aus der Kiel-Ladung Profit geschlagen werden sollte, dann würde der Schuss mit größter Sicherheit nach hinten losgehen. Diese Menge zu vermarkten würde viel Staub aufwirbeln und nicht ungesehen oder unbemerkt über die Bühne gehen können.

Zudem könnte dann nur ein Entführer mit Insiderwissen infrage kommen. Aber wer? Und ein Insider musste wissen, dass die Stiftung überall, Tentakeln gleich, ihre Verbindungen und Verpflichteten hatte. Wo auch nur ein geringes Risiko für die Stiftung bestand, saßen Menschen, aus allen Ebenen der Gesellschaft und öffentlichen Administrationen, die letztendlich der Organisation verpflichtet waren.

So konnten oder wollten sie sich nicht für weitergehende

Planspiele erwärmen. O.k. Erpressung denkbar, aber dass es auch an die Substanz der Organisation gehen könnte, alle in der Organisation in Gefahr waren, so weit mochte keiner gehen. Ein Außenstehender hätte trotzdem festgestellt, dass es nach Pfeifen im Walde aussah. Dementsprechend wurde keine der gegründeten Zellen, der so bezeichneten Komitees, mit dieser eigentlich undenkbaren Aufgabe betraut. Warum denn auch, denn alle die in die allgemeinen Geschäftspraktiken eingeweiht waren, befanden sich hier in ihren Katakomben.

„Frederico Batistuta und dieser Theo, wann werden sie hier zurückerwartet?"

Ein etwas nervöser junger Mann aus der Verwaltung schaute kurz in einen Ordner und teilte mit, dass die beiden nach seinen Erkenntnissen kurz vor 15 Uhr morgen Nachmittag ankommen sollten, „sie werden dann spätestens gegen 15 Uhr 45 hier erwartet."

„Sind sie erreichbar? Können wir vielleicht von ihnen etwas erfahren?"

Der angesprochene junge Mann schaute auf seine Uhr und war der Meinung, dass sich die beiden wahrscheinlich gerade auf einem Flug befinden könnten. „Jedenfalls werde ich es versuchen."

„War es nicht so, dass wir mit Al bereits besprochen hatten bezüglich diesem Batistuta eine grundlegende Änderung herbeizuführen?"

„Es gibt Vermerke, die es rechtfertigen würden, gegen ihn drastische Maßnahmen zu ergreifen. Al hat aber bisher seine schützende Hand über ihn gehalten." Jeder im Raum wusste, was es bedeutete, wenn man in Bezug auf einen Mitarbeiter von <drastischen Maßnahmen> sprach.

Der junge Mann meldete sich nochmals zu Wort. „Ich habe hier einen Vermerk, von dem ich nicht weiß, ob er von Wichtigkeit ist. Ich sprach vor etwa gut anderthalb Stunden, um genau zu sein, vor 105 Minuten mit Theo. Alles sei nach Plan verlaufen. Fristgerechte Ausfahrt, Ladung, Skipperauswahl, alles o.k."

„Hast du nur mit Theo oder auch mit diesem Batistuta gesprochen?"

„Ich sprach nur mit Theo. Er erwähnte auf Anfrage, dass es ihn einen Dreck interessiere, was Freddy, also Batistuta gerade treibe. Er habe ihm seine Flugscheine ausgehändigt. Aus und basta, das sagte er wortwörtlich. Und, ich erwähne es ungern, aber er fügte noch hinzu, dass nur ja niemand auf die Idee kommen möge, um ihn zu verpflichten, nochmals mit diesem Kerl auf Tour zu gehen."

Einer der Direktoren machte eine Schnute und nickte einige Male.

Ein anderer gab zu Protokoll: „Ein unhaltbarer Zustand, der so schnell wie möglich geheilt werden muss."

„Beide haben sofort nach ihrer Ankunft hier auf der Matte zu stehen. Ist das klar?"

Damit war dieses Thema abgehakt. Das meinten sie, und waren allesamt auf dem Holzweg.

Beschluss: Alle Beziehungen, Informationsquellen und Einflussnahmen würden jetzt in einem Großraum **Karibische See** und Anrainern aktiviert werden. Und zwar auf dem kürzesten Weg. Im karibischen Raum würde die Yacht nirgends anlegen können, ohne in den Katakomben von Valencia einen Alarm auszulösen. Und auch die schönste Yacht hatte, bedingt durch den Treibstoffvorrat, einen begrenzten Aktionsradius. Sie könnte auch bis nach Europa gefahren werden oder auch die Ostküste der USA hoch. Aber das dürfte jedem potentiellen Entführer klar sein, dass dies eine Sackgasse wäre. Und damit das Ende aller kriminellen Illusionen.

Die Ostküste Südamerikas mit ihren vielfachen Versteckmöglichkeiten in Flussarmen zu wählen, wäre sogar noch risikoreicher. Dort hatten sie überall Beziehungen, die bis in lokale Behörden, auch Polizeikräfte, reichten. In so gut wie keinem Hafen würden sie anlegen können ohne aufzufallen, ohne Alarm auszulösen. Und ohne aufzutanken hätten sie auf diesen gewaltigen Strecken stets die schlechteren Karten. Also diese Route, so dachte man es sich, konnte man etwas vernachlässigen. Freilich, sie wollten auf alles vorbereitet sein, doch die Konzentration würde sich im Wesentlichen auf den karibischen Raum beschränken.

Alles blieb bis zu diesem Moment Spekulation. Sie mussten versuchen auf möglichst alle Eventualitäten vorbereitet zu sein. Wieder und wieder gingen sie ihre Auflistung durch und glaubten schließlich, dass sie nichts ausgelassen hatten.

Wenn sie sich da mal nicht geschnitten hatten?

Letztendlich musste eine weitere Abteilung Unternehmungen zusammenfassen und voranbringen, die in irgendeiner Form mit der Suche, dem Aufspüren der *Esperanza* zu tun hatten. Sie waren also schon geschlossen der Meinung, dass die Yacht noch existierte, nicht spurlos für immer verschwunden war. Und sie mussten zwar außerhalb der Legalität arbeiten, dafür aber so weit es sich machen ließ, Gesetzeshüter vor Ort einspannen.

Ausgehend von der letzten Standortmeldung der Yacht, mussten jetzt eine Menge Verbindungen zu Häfen im Umkreis von zunächst 1000 Kilometern aufgenommen werden. Der dafür zuständigen Abteilung oblag es auch, alle möglichen offizielle und auch inoffizielle, sprich illegale Institutionen oder Organisationen, zwecks Kontaktaufnahme aufzulisten und ständig für eine Ansprache bereitzuhalten. Immer unter der Prämisse, dass man keine Pferde scheu machen wolle, so lange es sich vermeiden ließ. *<So lange es sich umgehen ließ>*, wiederholten einige Macher.

Der Koordinierungsstelle wurden Kommunikationsexperten zugeordnet, die in kurzen Intervallen Zusammenfassungen der laufenden Arbeiten zu den Direktoren zu bringen hatten.

Das Räderwerk setzte sich in Bewegung. Es war mittlerweile 21 Uhr 31, MEZ.

In der Karibik hatten Freddy und Henry noch gut zwei Stunden Tageslicht vor sich.

Die beiden Piraten an Bord der Esperanza kamen überein Zeit zu schinden, um dann kurz vor Sonnenuntergang in **Dibulla** einzulaufen. Es war ein unbedeutender Fischerhafen. Sie würden zu dieser Stunde kein Aufsehen mehr erregen. Henry hatte ihn vor ein paar Wochen ausgekundschaftet. Ebenso wie den anderen, einen alternativen Fischerhafen, der möglicherweise infrage kommen konnte, **Don Diego**.

In **Dibulla** würde sich dann Freddy zu einem, von der Gemeinde betriebenen Internetzentrum begeben und seine vorbereitete Botschaft an die Stiftung absetzen. Auf dem kürzesten Wege würde er dann wieder auf der Yacht sein und sie würden in die Nacht verschwinden. GPS sei´s gedankt.

Durch die Nutzung des öffentlichen Internetzentrums in **Dibulla** würde es der Stiftung nicht möglich sein, ihren Standort unmittelbar zu erfahren, zumindest würde es eine zeitlang dauern. Sie wären unterdessen schon wieder weit entfernt.

Freddy hatte auch schon das Internetzentrum ausgekundschaftet und sich die Lage notiert. Er suchte kurz nach dem Zettel, den er sich eingesteckt hatte. Ja, hier stand es. Freddy las es angeberisch seinem Kumpel vor: Calle 4 mit carrera 2.

Wenn ich an Land bin, geht es einen breiten Pfad bis zu einem Verkehrskreisel, dann folge ich dem Fahrweg nach rechts bis zur zweiten Einmündung links. Dann ... ach das schaffe ich schon.

Es gab da noch eine nicht zu unterschätzende mögliche Komplikation. Freddy setzte sie Henry auseinander.

Der Fischerhafen ist eigentlich gar keiner. Es ist ein größerer Wasserlauf, der im Mündungsbereich in die Karibische See von eben dieser verbreitert war. Die Fischerboote sind am Ufer in diesem Wasserlauf vertäut. Wir laufen in diesen Wasserlauf ein, der in der Mitte genügend Tiefgang für unsere Yacht hat. Wir rufen dann einen der Fischer, die sich zu dieser Uhrzeit fertigmachen zur Ausfahrt und ich lasse mich die paar Meter übersetzen. Wenn ich mit ein paar Scheine winke, werden sie sich um meinen Auftrag prügeln.

Es war in **Valencia**, kurz nach zehn Uhr abends. Bis jetzt hatte sich, trotz aller Bemühungen in vielen Richtungen, noch nichts Neues ergeben. Die Spannung erhöhte sich, sie wurde immer greifbarer. Jeder in den Büros in den Stockwerken über der Erde und sowieso alle in den Katakomben sehnte sich nach irgendeinem Signal, irgendeinem Hinweis auf das Schicksal der *Esperanza*. Sie konnten nur hoffen, dass sich diese Situation nicht noch tagelang hinziehen würde. Leicht konnte es in einem solchen Zustand zum Flattern oder auch zum Zerreißen von Nerven kommen. Das wäre gleichbedeutend mit Chaos. Das musste unter allen Umständen vermieden werden.

Die Truppe der Techniker für die Filmauswertung war personell verstärkt worden. Es hatte sich herausgestellt, dass diese Arbeit sehr ermüdend wirkte. Eine einzelne Person vor einem Monitor konnte da schon einmal was übersehen. So war jeder Monitor doppelt besetzt worden.

Die Ereignisse begannen sich aber jetzt zu überstürzen.

In der Koordinierungsstelle war eine Internetbotschaft übergeben worden, eine E-Mail, mit einer Forderung nach fünf Millionen Euro. Kein Hinweis darauf, dass damit im Gegenzug die Yacht zurückgegeben werden würde. Es standen die Daten einer Empfängerbank im Raum und dazu die Drohung, dass man im Falle einer Weigerung oder Ignorierung verschiedenen Behörden Dokumente übergeben werde. Sie würden den Behörden in vielfacher Form Beweise für die wirklichen, aber finsteren Machenschaften der Stiftung liefern. Um das abzuwenden, musste das geforderte Geld bis 15 Uhr Ortszeit, am kommenden Tag, auf dem angegebenen Konto der genannten Bank auf den **Caymans** sein. Von oder über Zacharías ebenfalls kein einziges Wort. Es gab keinen Absender und kein technisch verwertbarer Hinweis auf den Ort, an dem die Botschaft aufgegeben war.

Das Letztere war das kleinere Problem.

Es war nun genau 22 Uhr und 13 Minuten in **Valencia.** Folglich waren es, vier Stunden zurückgerechnet, 18 Uhr und 13 Minuten an dem Ort, an dem sich augenblicklich die *Esperanza* aufhielt oder aufhalten musste. Die Esperanza konnte in der Zeit seit ihrem Verschwinden nicht die Zeitzone gewechselt haben. Der erste ziemlich konkrete Hinweis auf ihren Standort konnte damit festgeschrieben werden.

Die Fachleute überprüften die Möglichkeiten, stachen mit dem Zirkel die Strecke ab, die die Yacht seit dem Verschwinden maximal zurückgelegt haben konnte. In diesem Bereich lagen auch die Orte **Dibulla** und **Don Diego.** Doch der wirklich angenommene Aufenthalt wurde weit davon entfernt vermutet. Man ging von **Venezuela** aus. „Die sind sicher bereits in **Venezuela.**" Alle waren sich einig, dass die Entführer die bisher abgelaufene Zeit genutzt haben würden, um so weit wie möglich von Kolumbien wegzukommen. Kolumbien, das mussten er oder sie wissen, war das Land, in dem die meisten Menschen oder auch Organisationen nach ihnen suchen würden. In Venezuela, davon mussten sie ausgehen, würde natürlich auch jeder Hafen überwacht werden, aber bei weitem nicht so lückenlos wie in Kolumbien. Dem Land der Drogenkartelle. Das Land in dem sich die Geschäftsinteressen der Stiftung in **Valencia** mit denen weiter Kreise dieses südamerikanischen Landes deckten.

Andererseits, wer überhaupt sind <sie>?
Die E-Mail besagte lediglich:
Für die Direktoren:
Hallo meine herren von der honorigen stiftung. In meinem besitz befinden sich einstmals abgeschlossene verträge mit skippern, die allesamt entsorgt wurden. Soll ich deutlicher werden? Wunderschöne beweisstücke für jeden richter. Ich übergebe sie zuständigen Behörden, wenn bis morgen 15 uhr ortszeit keine 5 mio Euro auf folgendes konto überwiesen wurden: Caiman Inseln, Banco del Progreso y Desarollo, konto Nr. xs-16-0445-129. Ende. Keine weiteren nachrichten.

Eilig wurden die sichtlich ermüdeten Direktoren gerufen. Dringlichkeitssitzung.

Kaum waren sie im Lageraum beisammen, übrigens schlagartig hellwach, als ein Läufer kam und eine wichtige Notiz ankündigte. Er las vor: „Theo hat gerade vom Flughafen in **Bogotá** angerufen. Freddy ist verschwunden, er hat die Rückreise nach **Valencia** nicht angetreten. Fehlte bereits beim Flug von **Barranquilla** nach **Bogotá**. Bisherige Nachforschungen ergebnislos. - - Das ist alles."

„Haben Sie ihn über die neue Lage unterrichtet?"

„Nein, ich habe ihm nur mitgeteilt, dass er hier sehr dringend erwartet wird, er möge keine Zeit verlieren."

„Gut!" --- „Oder doch nicht gut. Ich fürchte, dass diese Nachricht Theos bereits eine Tür der Erkenntnisse für unser Problem aufgestoßen hat."

„E-Mail und Telefonanruf passen zusammen. Passen irgendwie zusammen. Verdammte Scheiße - verdammteste Scheiße."

Der Ton dieser etwas deftigen Analyse war noch nicht verklungen, da kam auch schon der nächste Besucher buchstäblich hereingestürzt. „Wir haben einen Hinweis", rief er erregt.

„Wo kommst *du* her?"

„Wir durchsuchen in der Technischen Überwachungszentrale die Filmaufnahmen der *Esperanza* vor ihrem Verschwinden. Die Videofilme, die in den letzten 24 Stunden auf der *Ernesti....* auf der *Esperanza* gedreht wurden, äh, aufgenommen und gesendet wurden."

„Was habt ihr, nun mal im Klartext."

„Kommen sie doch bitte mit und schauen sie sich das selbst an." Das war vernünftig.

In der Technischen Überwachungszentrale erwartete sie Eduardo Ribadeneira, der Cheftechniker oder Oberüberwacher, *Oberüber*, wie er vor den katastrophalen Ereignissen auch halb belustigt tituliert wurde. Doch nun herrschte bitterer Ernst.

So dozierte er: „Meine Herren, wir stellen gerade eine komplette Dokumentation zu einem Film zusammen. Das ist insoweit unspektakulär, weil darauf der normale Tageslauf der Besatzung an Bord der *Esperanza* zu sehen ist. Das heißt Alvarado, der Skipper und seine Frau, oder was sie auch immer war bzw. noch ist. Bis zu ihrem, ich würde mal so sagen, bis zu ihrem Schweigen, oder Verschwinden, so könnte man es auch sagen. Das muss nach meiner Einschätzung noch nicht das Schlimmste bedeuten, verstehen sie mich daher bitte nicht falsch.“

Niemand verstand ihn falsch, aber alle spürten, dass die Dramaturgie eine andere war. Jede Hoffnung, Al lebend wiederzusehen, war verschwindend gering. Wie die Geschichte auch ausgehen mochte, immer würde er eine Gefahr für die Entführer darstellen. Kein Erpresser lässt sich gerne von einem Kronzeugen vorführen und identifizieren. Wenn Freddy dahinter steckte, und alle Indizien deuteten ja jetzt leider darauf hin, dann würde er mit der Besatzung so verfahren haben, wie er und Theo es bereits mit anderen verpflichteten Skippern, nebst Anhang, praktiziert hatten.

„Meine Leute sind zwar noch dabei die Qualität aufzumotzen, aber ich denke, dass wir ihnen doch schon im Vorab das eine oder andere interessante Detail präsentieren können. Den O-Ton haben wir aus Zeitgründen noch nicht aufsyncronisiert. Sie werden etwas Zeit und Geduld benötigen.“

„Hmmm“, knurrte einer.

„Nun mach schon“, sagte ein anderer.

Auf dem großen Flachbildschirm erschien ein Ausschnitt. Es war erkennbar, dass Al zwei Menschen begrüßte. Sie ruckelten ins Bild.

In diesem Moment kam ein Zuruf von einem anderen Technikerpaar.

„Wir haben da etwas!“

Der Cheftechniker zwängte sich durch die Gruppe von Männern, die sich um den Monitor geschart hatten, ihm aber jetzt etwas zögernd einen schmalen Durchgang öffneten.

Das Interesse der Direktoren mit ihren Stellvertretern und einigen Abteilungsleitern an dem ablaufenden Film mit Al und seinen <Gästen>, war jetzt nur noch halb so groß. Gedanklich hatten sie sich schon dem neuen, angekündigten Ereignis zugewandt.

Dort hatte sich Ribadeneira, eben der Chefüberwacher, auf den Sessel direkt vor das Steuerpult für den Film gesetzt. Einige von den Kollegen durften ihn Rib nennen, das war weitaus praktischer, angesichts der fünf, Zungenfertigkeit verlangenden Silben in seinem kompletten Namen.

Er ließ eine kurze Sequenz vor- und rückwärts laufen. Das aufgenommene Material schien für den Laien erbärmlich. Aber der Fachmann konnte sich bereits ein Bild von dem machen, was der abschließend bearbeitete Film an Informationen auch für den unbedarften Zuschauer bringen würde. Er entschied dann. „Das kann etwas Wertvolles sein. Männer, macht euch an die Arbeit. Ich will erstklassige Ergebnisse sehen."

Rib ging die paar Schritte rüber zu den Chefs. „Da ist etwas aufgetaucht, das könnte vielleicht ein Durchbruch sein."

Inzwischen hatten die Techniker die entdeckte, verräterische Sequenz bereits herauskopiert und waren bei den ersten Stufen der Weiterbearbeitung.

Rib merkte an, dass man noch einige Augenblicke benötige, um die Wiedergabequalität zu optimieren.

„Ja, und du hast echt einen verwertbaren Hinweis gefunden?"

„Ja, das habe ich."

Der erste Lichtblick? Oder würde damit die Katastrophe jetzt erst richtig beginnen? Jedenfalls, ein erkannter Feind ließ sich leichter bekämpfen.

„Kollegen sind dabei auch auf den anderen fünf Filmen, um die nun bekannte, ungefähre Uhrzeit, ebenfalls nach Hinweisen zu fahnden. Da kommt sicher in kurzer Zeit noch etwas mehr."

Die Spannung war unter den im Kontrollraum vollkommen versammelten Direktoren fast unerträglich. Verschiedene Abteilungsleiter waren ja ebenfalls hinzugekommen und warteten nervös vor dem momentan dunklen Monitor auf die ersten Bildzeichen der Neuentdeckung. Ein zweiter Monitor wurde dazugeschaltet.

Es war recht eng in dem für solche Menschenansammlungen nicht vorgesehenen Raum. Überall standen Maschinen, Rundum blinkten Leuchtanzeigen. Lüfterkühler summten. Zahlen wanderten auf Konsolen. Die Klimaanlagen arbeiteten nun unter Volllast.

„Nach etwa acht Minuten, die allen wie eine Ewigkeit vorkam, kündigte der technische Leiter die Übertragung an.

Was sie zunächst sahen, war eine Art Flur, alles ungewöhnlich grauweiß und in den Kontrasten hart, was eben auf die Nachbearbeitung des Films zurückzuführen war. Für die Techniker war es wichtig, dass die Protagonisten bzw. der Hauptdarsteller, so klar wie irgend möglich auf den Bildschirm kam.

Zunächst tat sich nichts, man sah nicht einmal ein Ruckeln des Films, war doch jeweils von der unveränderlichen Perspektive des Flurs nur ein Bild pro Sekunde verfügbar. Am unteren Rand des Monitors standen Zahlen eingeblendet, für die sich aber im Moment niemand interessierte.

„Achtung jetzt kommt´s", sagte der Techniker halblaut.

Plötzlich erschien, offensichtlich etwas weit entfernt, eine Person, leicht gebückt, von eben dieser, seiner Körperhaltung her, erkennbar in rascher Vorwärtsbewegung. Das Bild ruckte und plötzlich war der Oberkörper und Kopf einer männlichen Person voll im Bild.

„Anhalten", rief jemand.

Das Bild stand nun länger als drei Sekunden still.

„Scheiße, was ist denn *das*"? hörte man gedämpft in der Runde.

„Mir unbekannt", raunte ein anderer.

„Mir ebenfalls", kam es innerhalb weniger Sekunden in einem ungewohnten Durcheinander von den versammelten Herren.

Der Techniker fragte dann noch in die Runde, ob das nicht den Erwartungen entsprach.

Nur ein unwirsches Brummen kam aus den Reihen der Anwesenden. Sie hatten jetzt, nachdem sie wussten, dass Freddy nicht nach Valencia zurückkommen würde, alle mit dem Erscheinen des Konterfeis dieses Schurken und Verräters gerechnet. Eventuell auch noch Al zu sehen, wiederzusehen gehofft. Aber dieser Unbekannte?

„Wir haben ja noch die anderen fünf Filme. Wir suchen weiter."

„Können die Bilder noch verbessert werden? Einige gute Fotos dieser Person ausdrucken lassen. Verschicken, versenden, verteilen an alle in der verdammten Verteilerliste. Vielleicht ist der Kerl doch von jemandem zu identifizieren."

Ein anderer: „Sollten wir vielleicht vorrangig an ausgewählte Stellen in Kolumbien schicken. Der muss doch irgendwie ein Vorleben haben."

„In irgendeiner Gruppierung muss der doch bekannt sein. Aus dem Nichts zu kommen, geht nicht."

„Meine Herren", ließ sich José-Maria Gilberto Gallardo de Acevedo y Tortosa, der aktuelle Vorsitzende des Direktoriums vernehmen, „das hier ist doch nicht der Konferenzraum." Alle wussten, was er damit sagen wollte. Jene aus dem Direktorium und alle Anderen. Die einen, dass gewisse Meinungen und Ausführungen nur für ihre Ohren bestimmt waren, die Anderen, dass sie gewisse Meinungen und Ausführungen nichts anzugehen hatte.

Henrique Ignacio Jerónimo Sepúlveda, einer der Direktoren, sprach dann doch noch Klartext.

„Das wollen wir uns doch noch einen Moment überlegen.

Sprechen wir zunächst darüber. Los, gehen wir zurück in den Lageraum."

Im Lageraum wollten sie zuallererst die Zahlungsaufforderung des oder der Entführer beziehungsweise Erpresser besprechen.

„Keinem Cent werde ich zustimmen", die aufgebrachte Stimme von Pedro-Ricardo Cesar Fonseca Hidalgo, eines mehr cholerischen Managertyps, überschlug sich beinahe. „Keinem Cent", wiederholte er.

Für einen Moment des Schweigens schauten ihn die anderen an. Dann sprach doch wieder José-Maria Gilberto Gallardo de Acevedo y Tortosa.

„Wir werden erst nach ausgiebiger Diskussion der Sachlage darüber befinden." Dieser Mann hatte das Zeug, die natürliche Ausstrahlung und Autorität für einen Diskussionsleiter.

„Stellen wir also fest, dass der Erpresser Dokumente in der Hand hat, gestohlen natürlich, die uns stark belasten können. Gehen wir also einmal davon aus, dass der Erpresser Frederico Batistuta ist, genannt Freddy, Was wissen wir über ihn?"

„Ziehen wir den Personalchef zu Rate."

„Dem will ich aber auch nicht unser ganzes Problem auf die Nase binden." Es war Pedro-Ricardo Cesar Fonseca Hidalgo, der mürrisch und herrisch zugleich seine Meinung vermittelte.

„Wir müssen aber Näheres, am besten alles, über diesen Freddy wissen. Erst dann sind wir hoffentlich in der Lage unsere Position realistisch einzuschätzen. Hoffentlich - ich hoffe es wenigstens."

„Ohne Außenstehende jetzt auf eine Spur zu setzen, die wir selbst noch nicht als gesichert einschätzen, frage ich zunächst einmal in die Runde, was wissen wir über ihn? Wer kann über seine vita etwas beisteuern? Wenn wir alle unser Wissen zusammenlegen, könnte es doch sein, dass wir eine Art Psychogramm zusammenbekommen.“

Nacheinander kamen Fragmente zu dem Leben Freddys zusammen. Man konnte sagen, dass die wenigen, dabei noch vorsichtig geäußerten Darstellungen, schon eine recht gruselige Gemengelage über den Charakter dieses Freddys ergaben. Und das war ja beileibe noch nicht alles.

„Al wurde nach einem ernsthaften Problem von einem Anwalt des Cali-Kartells aus den Händen der Hauptstadtpolizei geholt. Soll eine schöne Stange Geld und zwei bestellte Cleanings gekostet haben. Und der gleiche Anwalt hat Al so reingewaschen wie einen Engel. Dazu konnte er noch garantieren, dass sich die Autoritäten Kolumbiens nicht mehr an ihm vergreifen würden. Al bekam einen <paz y salvo>.“

„Was soll das denn bedeuten?“

„Wenn du so einen Wisch hast, der dich als Besitzer eines Titels <Paz y salvo> ausweist, steht jeder Staatsbeamte des Landes vor dir stramm. Keiner kann dir etwas anhaben. Du stehst beinahe auf einer Stufe mit dem Präsidenten. Die nächsthöhere Stufe eines Freibriefes ist der <rompefilas>. Wenn du den hast, dann bist du nicht nur nicht mehr angreifbar, sondern du kannst dich bei den Militärs blicken lassen und auch die stehen dann stramm. Das geht dann so weit, dass diese sogar verpflichtet sind, dich in besonderer Weise zu schützen und zu unterstützen. Alles klar?“

„Und Al hatte den Wisch - wie? ...?“

„Paz y salvo.“

„Gibt es so etwas auch hier in unserer madre patria?“

„Bei Franco hat es sowas gegeben. Heute haben wir leider unter der sogenannten Demokratie zu leiden - wie ihr seht.“

„Ja und was hat das alles mit dem Verhältnis Al zu diesem Freddy zu tun?“

Henrique Ignacio Jerónimo Sepúlveda, der Direktor für interkontinentale Beziehungen führte dann weiter aus. „Wie unschwer zu erkennen ist, stand Al in besonderer Schuld dieses Winkeladvokaten des Cali-Kartells. Was wir nicht wissen ist, ob es da eine Planung gab und Absicht dahintersteckte oder es reiner Zufall war, was da abgelaufen ist. Ich persönlich neige dazu anzunehmen, dass man Al absichtlich das Problem mit der Polizei in Bogotá eingebrockt hat. Dahinter könnte die Idee stecken die Bindungen zwischen unseren Organisationen zu straffen und abzusichern. Könnte so sein. Es wäre bis zu einem bestimmten Punkt plausibel.“

„Aber was hat diese ganze Vorgeschichte, wie wir sie nun erfahren haben, mit Freddy und seinen makabren Machenschaften zu tun?“

„Ganz einfach. Freddy ist der Neffe dieses erwähnten Winkeladvokaten.“

„Bei mir beginnen die Zusammenhänge Formen anzunehmen.“ Es war Pedro-Ricardo Cesar Fonseca Hidalgo, der sich oft so kompliziert wie möglich auszudrücken beliebte.

„Weiter!“

„Al stand in der Schuld des Advokaten und der drückte unserem Mann seinen Neffen sozusagen als Praktikanten aufs Auge. Al hatte offenbar keine Chance nein zu sagen. Freddy wurde integriert.“

„Aber der wurde doch durchleuchtet? Hat man da nichts bemerken können? Ich gehe immer noch davon aus, dass wir kompetente Mitarbeiter haben, denen angefressene Charakter auffallen müssten.“

„Die Dokumente geben da nichts her.“

Diese Antwort löste heftiges Kopfschütteln bei José-Maria Gilberto Gallardo de Acevedo y Tortosa aus.

„Und so wie ich das jetzt sehe, hat ihn Al als seinen Vertrauensmann aufgebaut. Na, das ist ja eine verdammt nette Scheiße." Es war wieder Pedro-Ricardo Cesar Fonseca Hidalgo, der sich so ausgewählt ausdrückte.

„Was ich dann noch sehen konnte ist, dass sich dieser Onkel Freddys als Bürge und Garant für sein Protegé anbot und eintragen ließ."

„Wie hat er seine Aufgaben in unserem Sinne erledigt?"

„Da kann man nur sagen <effizient>. Aber, es gab immer mehr Beschwerden wegen seines sadistischen Charakters. Mehrfach bestätigten Berichten zufolge, quälte er seine Opfer, bevor er sie phantasievoll tötete. Dieser Ausdruck <fantasievoll> stammt nicht von mir, ich zitiere lediglich."

„Hatten wir also einen Kranken in unserer Mitte?"

„Theo, sein Partner hat angeblich vorgehabt niemals mehr mit Freddy zusammenzuarbeiten. Al hat das angedeutet, so steht es in einem Vermerk."

„Cielo, culo, terremoto", - *Himmel, Arsch und Erdbeben* - entfuhr es Pedro-Ricardo Cesar Fonseca Hidalgo. „Und der ... der - nun ja, es ist ja noch nicht bewiesen. Nur, dass es aufgrund der Indizienlage kaum noch Zweifel geben kann, dass er es ist, der uns jetzt Feuer unter den Arsch macht."

„Da bleibt noch eine Frage und zwar nach dem Bürgen für Freddy. Dieser Winkeladvokat. Welche Möglichkeiten haben wir da in der Hand?"

„Der Mann hat eine hohe Einflussposition im Kartell. Und wir können gut mit denen. Da müssen wir mit Feingefühl handeln. Was ich mir aber vorstellen kann, ist, dass dieser Advokat *dann* besonders zu gebrauchen ist, wenn es um die Abtragung von Ehrenschulden geht. Das heißt, er schuldet uns jetzt etwas. Zu gegebener Zeit werden wir ihm unsere Rechnung präsentieren können. Immer vorausgesetzt dieser Freddy ist es, dem wir das Problem zu verdanken haben. Ich würde also schon einmal dafür plädieren, erst einmal abzuwarten, bis wir alle Beweise in der Hand haben. Das kann vielleicht ein wenig Zeit kosten, Zeit, die wir nicht haben. Aber durch Vorpreschen gewinnen wir ebenfalls nichts. Doch wir können viel verlieren."

„Wir sollten, wenn sich unsere Vermutungen bestätigen, das Kartell mit allen seinen Möglichkeiten einspannen, um die Geschichte zu bereinigen."

„Die müssen uns helfen. Mit allem, was sie mobilisieren können. Und die können eine ganze Menge."

Sie sahen also in der Stiftung kaum noch Lücken im Lebenslauf von diesem Freddy Batistuta. Wenigstens reichten die bisherigen Informationen aus, um sich die Täterschaft - zumindest die maßgebliche Mittäterschaft dieses Typen recht konkret vorstellen zu können. Er hatte seinen Onkel verraten. Ihn quasi zum Abschuss freigegeben. Er hatte seinen Arbeitgeber verraten.

Es erging das Todesurteil. Nur, ohne den Delinquenten konnte man keines vollstrecken.

„Von diesem wissen wir im Moment noch nicht einmal, mit welchen Beweisstücken er uns bedroht."

„Wir wissen auch nicht, welchen kompetenten oder offiziellen Dienststellen er sie wann und wo zur Verfügung stellen will. Das ist ein ernsthaftes Hindernis, wenn wir preventiv tätig werden wollen. Und jeder weiß, was ich damit ausdrücken will."

„Soweit ich das interpretiere, ist er im Besitz der Skipperverträge beziehungsweise von Skipper-Al Verträgen. Die ja Al für die verschiedenen Überfahrten, zumindest der letzten Zeit, unterzeichnet hat. Spitzfindige Polizisten könnten dann eins und eins zusammenzählen und Zusammenhänge zwischen dem

Vertragspartner und den gesuchten bzw. verschwundenen Personen aufdecken.“

„Halten wir doch eine Pointe fest. Wenn Freddy Dokumnte wie gedroht an Autoritäten übergibt, dann ist es doch, korrigiert mich, wenn ich etwas Falsches sage, dann lassen sich doch Vorgänge rekonstruieren. Dann ist Freddy doch selbst in der Schusslinie und zwar ganz vorne. Wenn er dumm wäre, was ich nicht unbedingt voraussetze, dann würde er belastende Dokumente übergeben. Egal an wen, die DEA würde sie baldigst auch in Händen halten. Dann hätten nicht nur wir, wie von Freddy angedroht, Probleme.

Wenn er nicht dumm ist, dann müsste er merken, dass er sich mit einer Übergabe dieser belastenden Dokumente selbst ins Knie schießt. Diese Erkenntnis sollte uns doch helfen die Erpressung doch mehr differenziert zu behandeln.

„Diese belastenden Dokumente sollten aber doch vorschriftsmäßig und stets nach Abschluss einer Operation vernichtet werden, in der Blechkiste. Das war doch die Vorschrift? Oder?“ Es war wieder der leicht erregbare Direktor.

„Womit wir wieder beim höchst oder gar krankhaften kriminellen Verhalten dieses Freddy wären. Al hatte ihm vertraut. Trotz aller Warnungen.“

„Inwieweit kann man Al, also Zacharías, mit uns in Verbindung bringen? Kann es nicht sein Privatgeschäft gewesen sein. Und wenn er dann doch jetzt so unverhofft nicht mehr unter den Lebenden weilen sollte. Was würde es uns jucken?“

„So weit, da bin ich mir ziemlich sicher, hat dieser verfluchte Freddy auch gedacht. Wenn der sich die Verträge unter den Nagel gerissen hat, dann dürfte es so gut wie sicher sein, dass er auch andere, uns weit mehr belastende Dokumente besitzt.“

„Zum Beispiel?“

„Die Aktionen, die wir zum Umschreiben auf dieser beschissenen Karibikinsel nach jeder Fahrt starten mussten.“

„Das bedeutet, dass wir definitiv in einen Strudel von Ermittlungen hineingezogen werden können. Genau das aber, das können wir bei Gott und allen guten Geistern, nicht gebrauchen. Oder ist da jemand anderer Meinung?“ Diese Frage war so überflüssig wie ein Kropf.

Trotzdem bemerkte noch einmal Pedro-Ricardo Cesar Fonseca Hidalgo: „Schöne Scheiße!“ Dann brüllte er fast noch einmal hinterher: „Scheiße!“

„Klar, auf den Umschreibungsdokumenten wird man den feinen, hilfsbereiten, netten und sorgenfreien Notar wiederfinden. Zu viele Spuren führen dann zu uns.“

„Und wenn wir den Notar aus dem Weg schaffen? Es passiert heutzutage doch so viel.“

„Diese Bemerkung ist in zweierlei Hinsicht unangebracht. Erstens wird keiner hier im Raum zum Scherzen aufgelegt sein und zweitens, müssten wir in diesem Falle sein gesamtes Büro ausrotten. Dokumente, Archive und insbesondere konsequenterweise alle seine Mitarbeiter. Ein undenkbares Modell.“ Das war mehr als klar und damit als Thema abgehakt. Einesteils, andernteils führte eben ein direkter Weg von diesem Schwachkopf und Geldgeier bis hierher in die Stiftung.

„Auch wenn dieser Schwachkopf die Schmiergelder sicher gebunkert hat. Die werden ihn auf den Kopf stellen und dann plaudert der.“

„Kein Fahnder wird sich einen Arm ausreißen müssen. Ein Notar hat für alles Belege, irgendwie und irgendwo. Ich bin sicher, dass dieses Arschloch einen Aktenordner angelegt hat, in dem unsere sämtlichen Zuweisungen fein säuberlich, nach Summe, Datum, Motiv der Zahlung und Ortsangaben aufgelistet sind.“

„Und solch einem Typen haben wir vertraut. Menschenskind, da bin ich aber enttäuscht.“

„Das soll, wenn ich noch klar denken kann, im Klartext heißen, dass wir angeschissen sind. Wir zahlen die fünf Mios und nach einer Woche oder so, kommt der Kerl bzw. kommen die Kerle und wollen weitere zehn. Ein Teufelstanz. Das kann sich jedes kleine Kind an fünf Fingern zusammenrechnen.“ Pedro-Ricardo Cesar Fonseca Hidalgo ließ sich tief in seinen Sessel fallen, warf theatralisch die Hände nach oben, so als wollte er den Beistand das Allerhöchsten erflehen.

„Jammern, nichts als Jammern höre ich. Wo sind Lösungsansätze?“

„Bis jetzt versuchen wir immer noch den möglichen Schaden mit den jeweils entsprechenden Schlussfolgerungen auszumessen. Obwohl die Druckmittel, die sich in dieser beschissenen Hand Freddys bereits mit ziemlicher Sicherheit befinden ausreichen, um möglicherweise unser Gebäude zumindest gefährlich zum Wanken zu bringen, müssen wir leider davon ausgehen, dass er noch mehr in petto hat.“

„Yacht weg, Ware weg, Lieferanten verprellt, Kunden verärgert, Geschäftsmodell aus und vorbei. Meine Herren, können wir es uns überhaupt erlauben fünf Mios springen zu lassen? Wenn unser Geschäftsmodell sowieso im Eimer ist? Sollten wir nicht besser das Geld in unseren Sparstrumpf stecken und uns unsichtbar machen?“

„Da gibt es, wie so oft, zwei Möglichkeiten. Entweder wir stecken auf und verschwinden sang- und klanglos mit unseren Ersatzlebensläufen, oder...“

„Oder was?“

„Oder wir zahlen und hoffen, dass damit die Kuh vom Eis ist, jedenfalls vorübergehend.“

„Eine herrliche Aussicht, einem Haufen schlechter Millionen noch ein dicker Batzen guten Geldes hinterherzuwerfen. Ich weiß nicht, ob ich dann noch einmal glücklich werden könnte. Tag und Nacht müsste mich der Gedanke verfolgen, wann kommt die nächste Forderung. Das ist ein Fass ohne Boden, wie es schulbuchmäßig bei den meisten Erpressungen abläuft."

„Das sind ja schöne Aussichten. Ich sehe wie sich scheinbar eine Mehrheitsmeinung bildet, die da heißt: Schwanz zwischen die Beine und ab durch die Mitte. Das sage ich euch, mit mir nicht. Ich will den Kerl haben der uns das eingebrockt hat. Und ich will auch wieder das Geld haben, das Boot, die Ware und, wie gesagt, vor allem den Kopf dieses Banditen." Pedro-Ricardo Cesar Fonseca Hidalgo war aufgesprungen und hämmerte jetzt mit seinen Fäusten auf den schweren Mahagonitisch.

„ ... der zu dir kommt und dir alles auf einem silbernen Tablett serviert, einschließlich sich selbst."

„Nun, das Lösegeld einfach zu zahlen, das ist lächerlich. Aber haben wir denn in Wirklichkeit noch eine andere Lösung als zahlen, auf Zeit zu spielen, nicht den Kopf in den Sand zu stecken, alle unsere Verbindungen auszuspielen? So ein großes Schiff kann doch nicht einfach verschwinden. Es ist doch kein U-boot. Und, darüber sind wir uns doch im Klaren. Versenken wird er es mit der Ware nicht. Der will Kasse machen. Besonders Kasse machen mit der Ware. Sich damit selbst ins Spiel der Großen in die Handelskette bringen. Ich sage euch, irgendwann kriegen wir ihn dann am Arsch. Irgendwo. Wir stöbern ihn auf, und wenn es am Ende der Welt ist. Verdammt, wo bleibt eure Fantasie?" Pedro-Ricardo Cesar Fonseca Hidalgo war immer lauter geworden.

Es folgte eine Weile des Schweigens. Dann wieder der Diskussionsleiter:

„Wir alarmieren Hintz und Kuntz, alle unsere Freunde" ...

„ist bereits geschehen" ... „und bringen sie dazu in einer Art Kettenbriefaktion ihre Freunde und die wieder ihre Freunde zu aktivieren. Wo wollte sich dann dieser Typ Freddy noch verstecken können. Der ist ein toter Mann, bevor er auch nur zehn Kilo an den Mann bringen kann."

„Also, das heißt, wir zahlen und setzen gleichzeitig die gewaltigste Suchaktion in Gang. Und wenn wir es schlau anstellen, lassen wir noch die Obrigkeit für uns suchen. Es geht ja um Menschenleben, oder?"

„In dieser Richtung, Stichwort Obrigkeiten, würde ich nicht gerne aktiv werden. Damit laufen wir Gefahr, uns selbst ein Bein zu stellen. Da kommt dann irgendwann die Presse dazwischen, und wo das endet, kann sich jeder an seinem eigenen Hintern abfingern."

„Kannst du dich auch gewählter, vielleicht verständnisvoller ausdrücken?"

„Kommen wir damit einem Ergebnis näher?"

„Ich denke, dass wir so weit sind, Nägel mit Köpfen zu machen."

Dann war es wieder José-Maria Gilberto Gallardo de Acevedo y Tortosa mit dem offensichtlich klareren Kopf: „Wir stellen die beste Organisation auf die Beine, mit dem Ziel, diesen Freddy mit der Yacht zu finden. Ich sage Freddy, weil es sonst keine neuen Erkenntnisse gibt. Weitere Zielsetzung: Es muss verhindert werden, dass die Ware in falsche Hände kommt. Und drittens, wir holen uns das Geld wieder, das uns dieser Freddy abknöpfen will - und wie es aussieht, auch vorübergehend abknöpfen wird. Und viertens, nun, das kann sich jeder selbst denken."

„Und wir beten herzerweichend zum lieben Gott, dass eben dieser Freddy unterdessen keine Dokumente an Behörden weitergibt. Ich könnte in die Tischplatte beißen, wenn ich nur diese Gedanken weiterverfolge." Pedro-Ricardo Cesar Fonseca Hidalgo hatte wieder die plastischsten Gefühlsausbrüche.

„Und du glaubst, der würde sich ins eigene Fleisch schneiden? Der behält fein säuberlich sein Druckmittel in seiner Hand. Der kann es sich, verdammt nochmals, sogar leisten auf Zeit zu spielen, im Gegensatz zu uns. Und dass diese Dokumente auch für ihn gefährlich sein würden, sind ... nun, das hatten wir doch schon."

„Wenn wir dann mit unseren Organisationsmöglichkeiten stümperhaft vorgehen und ihm die entsprechende Zeit lassen sie vorteilhaft zu verwerten, dann könnte es heiß werden. Wenn wir es aber so anstellen, dass wir den Kerl schnappen, ohne ihm eine Chance zur Weiterverwertung seiner Erkenntnisse zu geben, dann haben wir gewonnen. Ich will nicht glauben, dass der Kerl so dumm ist, die Dokumente vorzeitig aus der Hand zu geben. Das ist seine Lebensversicherung. Sind wir uns in dieser Einschätzung einig?"

„Sie ohne weiteres einem Bullen persönlich in die Hand zu drücken, das kann er wirklich nicht, denn bei all den Überführungsaktionen spielte er doch eine wichtige, wenn nicht gar die Hauptrolle. Besonders dann, wenn es buchstäblich um Leben und Tod ging. Da wird er sicher nachdenklich. Der steckt doch nicht freiwillig seinen Kopf in eine Schlinge."

„Auch das hatten wir in einem anderen Duktus doch schon."

„Ja, aber wir müssen weiter darüber sprechen und denken - oder umgekehrt. Er kann die kompromittierenden Dokumente vielleicht in einem Bankschließfach verstecken - versteckt haben. Dass er sie einem Dritten aushändigt, ihn schön höflich bittet, die Papiere bei sich aufzubewahren, bis er sie wieder benötigt, das dürfte höchst unwahrscheinlich sein. Meine Herren, der gibt die nicht aus der Hand, der ist doch der Letzte, der einem anderen Vertrauen entgegenbringen würde und, wie gesagt, er legt sie höchstens in ein Schließfach. Und wenn wir diesen Scheißkerl haben, dann kommen wir auch an das Schließfach. Oder zweifelt da jemand?" Erstaunt registrierte die Runde, dass José-Maria Gilberto Gallardo de Acevedo y Tortosa einen erstaunlichen Gefühlsausbruch hatte. Er schlug dreimal hintereinander mit der flachen Hand auf die Tischplatte.

„Wären wir uns so weit einig?"

In diesem Augenblick kam ein Bote in den Raum und sagte ziemlich unvermittelt, dass man den Freddy habe.

„Einen Moment", rief José-Maria Gilberto Gallardo de Acevedo y Tortosa, „wenn der auf dem Film ist, dann läuft der uns nicht weg. Aber wir werden nicht aus diesem Raum gehen, ohne eine einstimmige Entscheidung getroffen zu haben. Es ist weit nach Mitternacht. Unsere Kräfte lassen nach und am Ende treffen wir deshalb noch eine Fehlentscheidung. Also kommen wir zu einem Ergebnis."

„Wir zahlen."

„Wir zahlen und organisieren in einem Dreipunkteprogramm, so wie bereits besprochen. 1. Freddy finden, 2. Ware und Yacht sichern, 3. Unser Geld zurück. Der vierte Programmpunkt ist nur noch Formsache. Hat jemand noch einen Zusatz anzumelden."

„Ich denke auch, dass wir es erstmal dabei belassen."

„Und ich denke, dass wir die Komitees, wie sie seit ein paar Stunden arbeiten, fürs Erste unverändert weiterarbeiten lassen. Zur gegebenen Zeit erweitern wir lediglich ihren Aufgabenbereich."

„Gute Idee, guter Ansatz."

„Die Überweisung. Wann, wie, von welchem Konto, usw."

„Können wir sie aus dem Reptilienfonds entnehmen?"

„Die Idee findet meine Zustimmung. Über das Zahlungsmotiv können wir uns bis morgen Vormittag Gedanken machen. Wir haben ja theoretisch bis gegen 19 Uhr Zeit.“

„Bitte meine Freunde, wir müssen die Belegschaft noch einmal vergattern. Alles, was nach Selbstverständlichkeit aussieht, birgt im Grunde immer die berüchtigte dumme oder unschuldige Kleinigkeit, die eine unaufhaltsame Lawine zum Rollen bringen kann. Kein Wort nach draußen. Wir müssen jedem zum wiederholten Mal in seinem Leben klarmachen, dass dies im Interesse jedes Einzelnen liegt. Zuwiderhandeln bedeutet Höchststrafe.“

„Wir sollten einen Plan verabschieden, der vorsieht möglichst alle, die in diesem Moment im Hause sind, zu internieren. Sie sollten effektiv von der Außenwelt abgeschnitten sein.“

„Nächster Antrag: Alle Kommunikationsmittel, die nicht für die Durchführung von organisatorischen Arbeiten benötigt werden, müssen stillgelegt werden.“

„Dazu würde es aber auch passen, dass alle Handys eingesammelt werden. Jede Verbindung nach draußen sollte im Einzelnen von den Komitees genehmigt und kontrolliert werden.“

„Das Verlassen des Gebäudes ist nur mit einer schriftlichen Erlaubnis möglich. Es hat dementsprechende Anweisung an die Loge zu ergehen.“

„Mich erstaunt, dass wir noch keinen Plan in der Schublade haben, der in dieser Richtung die organisatorischen Details festgelegt hat. Ich könnte mir in den Arsch beißen. Wieso sind wir nicht auf einen solchen Fall vorbereitet?“ Es war Pedro-Ricardo Cesar Fonseca Hidalgo mit dieser drastisch-plastischen Bemerkung.

„Damit werden wir uns aber jetzt nicht im Einzelnen befassen. Wir haben Wichtigeres zu tun.“

„Jeder Einzelne kümmert sich darum in seinem Bereich.“

„Es ist bereits Vormittag, wir werden bald Tageslicht haben.“ Es war eine wertefreie Bemerkung und kein Hinweis auf eine schwächelnde Konstitution. Ein Außenstehender hätte gut und gerne den Eindruck erhalten können, den zutreffenden Eindruck, dass die Herren insgesamt doch noch recht fit beieinander waren und jeder auf seine Weise hellwach an der Diskussion beteiligt war.

„Ich hätte da noch eine Anregung zur Zahlung. Was hält ihr davon, erst einmal noch eine Nachricht, sozusagen eine Mahnung zur Zahlung abzuwarten. Vielleicht erhalten wir dann sogar einen Hinweis über den Standort dieses Hurensohns Freddy. Das wäre doch auch schon ein möglicher, weiterer Vorteil.“ Ambrosio Hermenigildo de Bizcaino Thompson hatte diesen Vorschlag gemacht.

„Wer in diesem Raum ist der gleichen Meinung, dass dieser Freddy uns noch einmal, sozusagen eine zweite Mahnung zukommen lässt? Und wer wäre mehr der Meinung, dass der Kerl die belastenden Dokumente, sofort nach Ablauf des Ultimatums, an Autoritäten übergeben würde?“

„Kein Ultimatum läuft so rigoros ab. Ein geldgeiler Kerl, wie dieser, wird ein neues setzen. Das ist meine Meinung. Der kann doch seine Schätze, die Dokumente, nicht ohne die geforderte Gegenleistung aus der Hand geben. Aber auch das hatten wir bereits.“

„Zudem, seine Dokumente aus der Hand geben? Was würde er dafür bekommen? Nichts. Dem sind fünf Millionen Bargeld viel zu wichtig. Die von uns zu kriegen, damit rechnet der konkret. Denn so viel kann der Kerl ja auch nicht auf der hohen Kante haben, als dass er ohne Bargeld längere Zeit den Yachteigner spielen könnte.“

„Das hatten wir aber ebenfalls schon, oder?“

„Gewinnen wir etwas, wenn wir die Zahlung verzögern?“

„Nun, wie bereits erwähnt, vielleicht einen Hinweis auf seinen Standort oder irgendeine andere brauchbare Information.

Vielleicht damit auch seine weiteren Reiseabsichten, seine Routenpläne kennenzulernen. Vielleicht ergibt sich die Möglichkeit mit ihm zu korrespondieren. Dann müssen wir versuchen den Betrag herunterzuhandeln. Er wäre möglicherweise der erste Erpresser, der nicht mit sich handeln ließe.“

„Und wir machen ihm damit klar, dass es nicht ausreicht einmal zu pfeifen und schon machen wir Männchen bzw. das verlangte Geld sprudelt. Es wird ihm somit signalisiert, dass er durchaus mit unserem Widerstand rechnen muss. Wir zeigen ihm, dass wir im Spiel bleiben. Und, dass wir nicht auf seinen ersten Wink sofort in die Hosen scheißen. Vielleicht stellt er sich dann darauf ein, kommt zu der Einsicht, dass wir Verhandlungspartner sind und keine Kuh, die man einfach zu einer bestimmten Zeit melken kann.“ Es war wieder die Einlassung von Pedro-Ricardo Cesar Fonseca Hidalgo.

„Wo immer er sich befindet und wo immer er hin will, wir sollten vor ihm dort sein. Beispiel Hase und Igel.“

„Wenn der sich meldet, auch wenn es nur ist um seine Forderung zu wiederholen, dann ist der bereits ein gutes Stück weiter unterwegs. Der bleibt doch nicht am gleichen Ort. Dann, aufgrund einer neuen Ortung können wir seine Reiserichtung erkennen. Wir bekämen einen Vorteil. Wir bekämen ganz neue Möglichkeiten.

„Der ist sicher auf hoher See. In einem Hafen auf unsere Antwort zu warten, das kann sich der nicht leisten. Andererseits, von See aus, von der Yacht aus, wird er über keine geeignete Möglichkeit zur geschützten Nachrichtenübermittlung haben. Er wird sich also tatsächlich entschließen müssen in einem Hafen anzulanden, um seine Drohung an uns zu konkretisieren oder auch zu wiederholen. Und unsere Freunde sind inzwischen dann in jedem halbwegs bekanntem Kaff unterwegs und warten nur, dass der Kerl auftaucht.“

„Und wie sollte er wissen, ob das Geld auf seinem Konto angekommen ist?“

„Er wird es per Satellitenfunk machen, seine Bank verschlüsselt ansprechen.“

„Und wenn er das Gleiche mit uns macht?“

„...dann haben wir ihn im Sack. Dann verrät er seinen Standort. Er muss befürchten, dass wir mit irgendeiner Technik oder vielleicht über den Satellitenbetreiber, seinen Standort ermitteln können. Er ist ja kein ausgewiesener Fachmann in der Telekommunikationsbranche. Also schätze ich, dass er erst mal wieder einen Hafen anlaufen wird, um eine E-Mail abzusetzen. Damit hätten wir die erwähnte weitere Chance, ihn ausfindig, vielleicht auch dingfest zu machen.“

„Er wird etwas Zeit brauchen, bis er nach dem Ablauf des Ultimatums in einem Hafen ankern kann. Bis er dorthin kommt, sicher ein paar Stunden. Wir brauchen dann Geduld und unsere Nerven.“

„Also sollten wir es wagen, die 15 Uhr-Frist verstreichen zu lassen. Er könnte sich unter Umständen zusammenreimen, dass seine erste E-Mail eventuell gar nicht bis zu uns durchgedrungen ist. Wir von seinen Forderungen also noch gar nichts wissen.“

„Und seine E-Mail bestätigen? Bringt ihn das vielleicht aus der Reserve.“

Ambrosio Hermenigildo de BizcainoThompson legte seine Stirn in Falten. War das ein Zeichen seiner Missbilligung? Dann sagte er: „Nachdem wir seinen Standort, von wo er die E-Mail abgeschickt hat, nicht identifizieren konnten, wird eine Rückmeldung auch nicht bis zu ihm kommen. Aber auch mit Sicherheit nichts nutzen, denn der geht ja nicht zweimal an den gleichen Ort. Der weiß, dass Beweglichkeit sein bester Schutz ist.“

Wieder kam der Bote und sagte, dass die Vorführung bereitstünde.

„Wir kommen in etwa einer Sekunde", was in Spanien so viel bedeutete, dass diese Zeitangabe so gut wie nichts wert war. Allerdings auch, dass man irgendwann schon noch kommen werde bzw. der Wille zu kommen nicht gänzlich ausgeschlossen werden könne.

„Ich denke, dass wir es riskieren sollten, das erste Ultimatum verstreichen zu lassen. Ich stimme mit der Meinung überein, dass der so geldgeil ist und nicht gleich der Ente, die ihm goldene Eier legen soll, sofort den Hals umdreht."

„Zudem wir, wie bereits aufgezeigt, eventuell Glück haben könnten, bei seiner nächsten Verbindung mit uns, seinen augenblicklichen Standort kennen zu lernen. Tatsächlich wüssten wir auch über seinen geplanten Kurs oder auch seine Absichten in Bezug auf die Ladung Bescheid."

„Und können die Meute auf ihn hetzen."

„Gehen wir uns jetzt die Filmvorführung anschauen."

14

„Auf gleich drei Filmen, an verschiedenen Stellen auf der Yacht aufgenommen, konnten sie Freddy sehen. Sein Kumpan war nicht mehr dabei. Auf einem Bild war klar zu erkennen, dass Freddy in seinem Hosenbund eine großkalibrige Pistole stecken hatte. Dem einen oder anderen Betrachter lief, trotz oder wegen seines Wissens um den Charakter Freddys oder seiner einschlägigen Erfahrungen, ein Schauer über den Rücken.

Die Sache schien jetzt jedem so weit klar. Da war Freddy, der sich vor der Ankunft Alvarados und dem Skipper, mit einem Kumpan an Bord geschlichen und versteckt hatte. Er war bewaffnet, und möglicherweise war er mit dem einen oder anderen elektronischen Gerät ausgerüstet, mit dem er direkt über Satellit kommunizieren kann. Das wäre logischerweise erforderlich, wenn er nicht über die bordeigenen Sendeantennen arbeiten und damit augenblicklich seinen Standort preisgeben würde.

Der Chefüberwacher Ribadeneira ergriff jetzt das Wort.

„Die Tragödie muss folgendermaßen abgelaufen sein: Der Kerl konnte drei Kameras ausschalten. Wie? Ich denke, dass er zunächst die Optik abgeklebt hat. Von den anderen drei Kameras wusste er wahrscheinlich, dass sie ihm, aufgrund ihrer Platzierung, bis zum Abschalten der Antennen nicht gefährlich werden konnten. Dass er deren Standort nicht kann-

161

te, scheint mir eher unwahrscheinlich. Er war ja, so weit ich informiert bin, oft und lange genug auf der Yacht.

Auf hoher See, knapp vier Stunden nach dem Auslaufen, kam Freddy, zunächst allein, aus seinem oder ihrem Versteck hervor und tötete alle. Wenn er geschossen hatte, dann hat er sicher einen Schalldämpfer benutzt. Wir haben jedenfalls keine entsprechenden auffälligen, akustischen Signale ausfindig machen können. Wenigstens bis jetzt nicht.

Er hatte aus verschiedenen Gründen alle Vorteile für sich. Al war kein Gegner, da er ja in Gips steckte. Die Begleiterin des Skippers war sicher leicht zu überrumpeln. Und den Skipper, nun ja, unbewaffnet und gegen eine Pistole war auch er machtlos. Ich denke, dass Freddy alle im Ozean entsorgt hat.

Den Kumpan hat er wahrscheinlich erst aus seinem Versteck geholt, als er die Antennen und die Peilsender ausgeschaltet hatte. Dazu war er nur in der Lage, nachdem ihn niemand mehr von der Besatzung daran hindern konnte. Deshalb war von dem anderen Burschen kein Bild mehr aufgetaucht und meine Männer haben sich in der Technik große Mühe gegeben, um eine weitere Spur von ihm zu finden. Anzunehmen ist auch, dass er im Hintergrund bereitgestanden hatte, falls etwas schief gehen und er gebraucht werden sollte. So stelle ich mir den logischen Ablauf des Geschehens vor.“

Es war kurz nach drei Uhr in der Früh, als die Direktionsmitglieder auseinandergingen. Sie versprachen sich, so zu tun, als wäre es ein ganz normaler Arbeitstag gewesen, nur halt ein bisschen stressiger als gewöhnlich. Kann ja vorkommen.

Alle anderen Mitarbeiter wurden nochmals angewiesen unter keinen Umständen die Anlage zu verlassen. Sie waren isoliert. Essen und Trinken wird zur geeigneten Stunde über Catering kommen. Zum Schlafen hatten sie zwar beengte Verhältnisse, aber ganz so schlecht war es nicht. Und zudem rechnete man jetzt, nach den letzten Ereignissen, dass der Spuk bald vorüber sein würde. Wie weit sie sich irren sollten, stand noch frei im Raum. Vorläufig Glück für sie.

„Wir treffen uns wieder um elf Uhr", es war der Diskussionsleiter und Vorsitzende José-Maria Gilberto Gallardo de Acevedo y Tortosa, der diesen Vorschlag machte. Er erwartete zu Recht keinen Widerspruch.

Sehr pünktlich, ja für iberische Verhältnisse geradezu rekordverdächtig überpünktlich, eigentlich auch unanständig pünktlich, waren alle Direktoren und Abteilungsleiter im Lageraum versammelt. Es war noch nicht einmal 11 Uhr und 7 Minuten. Keiner hatte in dem Nachtrest Schlaf, nicht einmal Ruhe gefunden. Man sah es ihnen an. Sie hatten ein Gefühl, das sich immer fester setzte, dass es wirklich um Alles oder Nichts ging. Sicher, sie würden kämpfen, aber sie waren alles andere als siegesgewiss.

Zwei der Abteilungsleiter waren bereits seit halb elf anwesend und hatten sich bei verschiedenen Aktionskomitees informiert.

Es gab absolut nichts Neues. Weder hier in Europa, noch auf dem Sektor der Welt, auf dem die Stiftung allgemein aktiv war. Auch **La Palma** konnte nichts berichten, was sie hier in Valencia nicht ohnehin wussten. Es würde ein langer Tag werden und viel Nerven kosten. Der eine oder andere hatte bereits prophylaktisch Tabletten genommen. Gegen oder für was? Egal. In diese Richtung hatte mancher Verstand begonnen Sperenzien zu machen.

Die Speedyacht in **La Palma** war vollgetankt und für Wochen auf hoher See ausgerüstet. Man hatte auch eine ganze Menge Reservetanks an den dafür vorgesehenen Plätzen eingebaut. Eine Jagd sollte nicht an Treibstoffmangel scheitern. <Die Jungs seien heiß auf Aktion>, berichteten sie von den Kanaren.

Nach der ungewöhnlich knappen Begrüßung, bat José-Maria Gilberto Gallardo de Acevedo y Tortosa um Vorschläge und Ideen. „Wir benötigen etwas das uns voranbringen kann" - dann relativierte er - „voranbringen *sollte*."

„Wie wäre es, wenn wir unsere Jungs auf **La Palma** verstärken würden? Scharfschützen, Raketenspezialisten, Experten für Nervengas, Kampfschwimmer oder..."

„Ein Raketenspezialist ist vor Ort. Aber ich denke auch, dass ein paar gut ausgebildete, zusätzliche Männer eine Reise wert sein können. Zumal sie im Augenblick hier entbehrlich sind."

Ein Abteilungsleiter bekam den Auftrag Vorschläge zu machen und für eine baldmögliche Reise Sorge zu tragen.

„Sollten wir uns Gedanken machen, ob dieser Hurensohn bereits nach Europa unterwegs ist?"

„Oh, Oh. Das wäre aber schlecht für seine Gesundheit."

Auf dem einen oder anderen Gesicht zeigte sich ein schiefes Grinsen.

„Meine Freunde, daran glaube ich nicht", sagte José-Maria, „der weiß nur zu gut, dass er hier sofort auffallen würde. In den Mittelmeerraum kommt er sowieso nicht. Die Meerenge Gibraltar beherrschen wir komplett. Alles, was schwimmt wird registriert und wir erfahren es. Das Aktionskomitee 3 erhält stündlich diesbezügliche vollständige Meldungen. Zudem hören wir den dortigen Funkverkehr lückenlos ab, getrennt von der Registratur des schwimmenden Materials. Vielleicht sind wir dabei so gut, wie die Amis auf dem **Foia** in der **Algarve**."

„Und eben **Portugal**. Die Häfen am Atlantik und der **Algarve**? Wie sieht es da aus."

„Da kann ich ebenfalls Entwarnung geben. Insgesamt kann ich nur noch einmal wiederholen, was ich schon sagte, das wäre schlecht für seine Gesundheit, für die Gesundheit der beiden.

Dort können Freddy und XX nicht einmal in der Nähe der Küste husten, ohne, dass sie im nächsten Augenblick das Echo vernehmen. Das Aktionskomitee für Europaaktivitäten hat es mir ausdrücklich bestätigt. Wir haben da zuverlässige Leute. Die sitzen jetzt in **Portimao**.“

„Mir ist da heute Morgen etwas durch den Kopf gegangen. Wir sollen auf ein Nummernkonto auf den Cayman-Inseln einzahlen. Können wir da nicht rankommen? Haben wir da nicht einen sitzen, der uns vielleicht eine Gefälligkeit schuldet?“

Der Abteilungsleiter für das Aktionskomitee Finanztransaktionen wurde daraufhin beauftragt, diese Frage mit den Fachleuten durchzusprechen, entsprechende Erkundigungen einzuziehen.

„Ob dieser Freddy nicht doch selbst auf den Caymans vorbeischauen wird? Ich weiß, wir hatten die Frage bereits angeschnitten, aber wir sollten sie noch einmal durchkauen. Vielleicht ist uns etwas entgangen.“

„Ganz unmöglich ist das nicht, aber der wäre schön dumm, uns direkt in die Arme zu laufen. Der hat sicher die Möglichkeit per Funk oder Satellitentelefonie Gelder zu bewegen, sich sein Bankkonto auffüllen zu lassen, ohne dass wir etwas davon merken. Sein Konto bei der hiesigen Bank ist uns bekannt und es wird überwacht. Wenn da etwas eingeht oder er bezahlt mit seiner Mastercard oder VISA, wie auch immer, irgendwo, dann werden wir seinen Aufenthaltsort kennenlernen. Dass er das machen wird, glaube ich aber einfach nicht.“

Der Abteilungsleiter für Finanztransaktionen kam zurück und bedauerte, dass es, wenigstens im Moment keine Connection zur Bank auf den Caymans gäbe. Man werde versuchen, doch noch einen Draht zu bekommen. Wir arbeiten ja mit der BANCO EXITOSO und INVESTMENTS PARADISE ganz gut zusammen.

Francisco, der Navigationsexperte meldete sich zu Wort.

„Ich wollte nur ein technisches Detail einwerfen. Von dem letzten uns bekannten Standort der, wie hieß sie denn letzthin? Oh ja, *Esperanza,* ist es bis zu den Caymans ungefähr gleich weit, wie zu den meisten Antilleninseln.“

„Interessant, aber auch wieder vollkommen nachteilig für unsere Suche. Das Gebiet für die Suchaktionen ist gewaltig.“

„Alle Häfen auf dem Festland, als auch auf den Antillen und bis nach **Santo Domingo, Haiti** und **Cuba** eingeschlossen, sind bewacht. Wir können sagen, dass wir ein dichtes Netz über den gesamten Karibischen Raum bis zu den **Bahamas** geworfen haben. Da kann dieser Sohn einer Billighure nicht durchschlüpfen. Ich denke, dass wir die Häfen in **USA** ausschließen können. Vorerst ausschließen können.“

Darin waren sie sich einig.

Jetzt würde sich die Freundschaft und die engen Geschäftsverflechtungen mit allerlei Unternehmen der Drogenbranche bewähren müssen. Über die sogenannten Freundschaftsverbindungen rümpften so gut wie alle Direktoren die Nase. Eigentlich gab es Freundschaft in ihrer Branche gar nicht, nur handfeste Geschäftsinteressen.

Wenn irgendeiner Mist gebaut hatte, half alle Freundschaft nichts. Bei geschäftlichen Verflechtungen konnte man das eine oder das andere gegeneinander aufwiegen und bis zu einem gewissen Grad wieder ausbügeln. Freundschaft dagegen schützte vor Todesurteilen nicht.

„Freunde, ich schlage vor, dass wir zum Essen gehen. So wie immer. Lassen wir uns nichts anmerken. Wer Nachmittags seine Siesta macht, soll sie auch heute nicht ausfallen lassen. Am Ende hat dieser Dreckskerl auch noch Spione und lässt uns beobachten. Dann soll er wissen, dass wir uns nicht beeindrucken lassen. Treffen wir uns wieder um 18 Uhr?“

Es herrschte Einigkeit.

Um 18 Uhr erfuhren sie immer noch nichts Neues.

„Das wird sich auch in den kommenden Stunden kaum ändern. Da müssen wir durch."

„Verdammt, das zerrt an den Nerven." Es war Ambrosio Hermenegildo de Bizcaino Thompson, ein Direktor. Nach außen ein sanftmütiger Typus. In geschäftlichen Dingen aber knallhart. Sein Aufgabengebiet waren die Pflege der Beziehungen zu den Großabnehmern in Europa. Er reiste öfters zu Tagungen und Konferenzen, immer dann und dort, wo es um die Zivilisationsproblematik des Drogenkonsums ging. Er war meist der Erste, der erfuhr, wenn es mal wieder Aktionen der jeweiligen Drogenbekämpfungsbehörden in den Ländern Europas gab. Er kannte die meisten Entscheidungsträger. Er war durchweg erstklassig informiert. Er gab sogar in dem einen oder anderen Fall den Ermittlungsbehörden Anregungen und Hinweise. Im eigenen Interesse natürlich.

Hin und wieder flog, zur großen Überraschung von Fachleuten, der eine oder andere Drogenring auf. Der Herr Direktor hatte dann oft die Finger im Spiel. Unliebsame Konkurrenz stand bei den Herren in Valencia immer bald auf einer schwarzen Liste. Wer sich in dem Geschäft mit dem Marktführer, mit ihnen anlegte, ihnen quer kam, hatte äußerst schlechte Karten.

Ambrosio saß gegen halb sieben etwas nach vorne geneigt in seinem Sessel und rieb sich mit der rechten Hand die linke Brustseite, griff sich wiederholt an den linken Oberarm. Dann schlug plötzlich sein Kopf auf die massive eichene Tischplatte.

„Hey, Ambrosio, geh doch in einen Ruheraum, leg dich ...“

Weiter kam der Kollege und Freund Sá Benedicto Xavete Evaristo nicht, dann sprang er auf und griff Ambrosio unter den Armen. Dieser ließ sich willenlos nach hinten in den Sessel bewegen.

„Wir brauchen einen Arzt. Schnell, ruf mal einer an!“

José-Maria Gilberto Gallardo de Acevedo y Tortosa und Pedro-Ricardo Cesar Fonseca Hidalgo kamen rasch hinzu, Pedro-Ricardo öffnete Ambrosio den Kragen, zog ihm die Krawatte herunter.

„Ich denke, er hat einen Herzanfall oder Schlaganfall. Wir brauchen rasch einen Arzt. Den Notarzt.“

„Geschieht bereits.“

„Aber Freunde, doch nicht hier. Der kann doch nicht hierher kommen. Die ganze Mannschaft. Alle die in der Regel mit ihm unterwegs sind?“

„Richtig“ rief José-Maria in die aufgeregte Gruppe. Er fasste einen der Abteilungsleiter, der gerade vorbeieilen wollte, am Oberarm, „Komm wir machen eine Trage.“

Da war ihr Refugium mit allen Schikanen ausgerüstet, technisch auf dem neuesten Stand. Sogar medizintechnisch hochgerüstet, aber eine Bare hatten sie nirgends vorgesehen.

Gemeinsam hängten sie die eine Hälfte der eleganten, beschnitzten Tür aus den Angeln. Sie trugen sie in Richtung des ohnmächtigen Ambrosio. Auch ohne Worte erkannten nun alle, was José-Maria vorhatte. Der schnaufte wie eine alte Dampflokmotive. Die Türhälfte war ganz schön schwer und José-Maria hatte schon lange nichts mehr Derartiges bewegt.

Nach einem kurzen Blickkontakt, dann waren sich zwei Jüngere einig den Transport in andere Hände zu übergeben. Sá Benedicto Xavete Evaristo rief die beiden Wachmänner im Vorraum beim Aufzug. Die sollten übernehmen.

Ambrosio wurde dann mit dem Aufzug hochgefahren und Richtung Ausgang getragen. Da kam dann auch bereits der Rettungswagen. An Ort und Stelle wurden die Wiederbelebungs- bzw. Rettungsversuche eingeleitet.

Erst nach einer dreiviertel Stunde war der Rest wieder im Lageraum versammelt. Es war 20 Minuten nach 19 Uhr. Die

ultimative Übergabezeit für die fünf Millionen Euro war um
20 Minuten überschritten.

Alle litten aber noch unter dem Schock, der ihnen Ambrosio
durch seinen vermuteten Herzinfarkt eingebrockt hatte. Ja,
sie hatten teilweise das Gefühl, als hätte sich Ambrosio mit
Absicht von den anstehenden Entscheidungen drücken wollen, dass er sie schamlos alleine ließ. Nur langsam konnten
sie sich auf die Worte von José-Maria konzentrieren, der darum bat, doch wieder den Geschäften Aufmerksamkeit zu wid-
men.

Besonders Roberto Sebastiano Pizarro Ribadeneira schaute
recht niedergeschlagen aus.

15

„So, nun müsste das Geld auf dem Nummernkonto auf den
Cayman-Inseln sein."

Freddy machte mit etwas fahrigen Gesten seine Gerätschaft
fertig. Er hatte einen Laptop mit einem angeschlossenen
Satellitenreceiver. Damit konnte er mit seiner Bank auf den
Cayman-Inseln direkt in Verbindung treten. Das Satellitentelefon
wollte er auf keinen Fall benutzen. Er traute der immer noch
mächtigen Organisation, der Stiftung in **Valencia**, allerhand zu.
Höchstwahrscheinlich würden sie in der Technikabteilung alles, was die moderne Technik hergab, einsetzen und auf das
erste Signal warten, das ihn und seinen Standort verraten müsste.

Henry saß auf dem Sessel des Skippers. Die Steuerautomatik war eingestellt, die eingeplante Route über GPS kontrolliert. Die Yacht machte kleine Fahrt. Auch er war gespannt.
Jeden Augenblick würde ihm Freddy zurufen, dass sie nun
einen ganz schönen Coup gelandet haben würden. Er würde
dann aufpassen müssen.

Er hatte sich so seine Gedanken gemacht. Freddy war ein
Freund. Aber auch ein gefährlicher Freund. Henry kannte seine Vergangenheit und die Art und Weise wie Freddy manchmal
mit seinen Taten prahlte, ließ ihn doch hin und wieder ein we-

nig nachdenklich werden. Er hatte seine Vita auswendig gelernt. Er kannte Freddys Stärken und Schwächen. Ständig hielt er sich vor Augen, dass dieser Typ ein sadistischer Mörder und Totschläger war. Er würde sich in jeder Situation, jeder Lage zusammenreißen müssen. Freddy war sozusagen sein feindlichster Freund.

Ihm war klar, dass Freddy ihn brauchen würde, weiterhin brauchen würde, aber bis wann, das war die große Frage. Er konnte sich noch *relativ* sicher fühlen, so lange das Kokain im Kiel mitschwamm. Wenn sie es gemeinsam, möglicherweise in relativ kleinen Portionen, Zug um Zug an einen Käufer bringen konnten, würde er sich auch, nun schon wieder *relativ* sicher fühlen können. Er würde von Freddy seinen Anteil verlangen und auch höchstwahrscheinlich bekommen. Er würde das Geld sofort in Sicherheit bringen, jedenfalls so, dass auch Freddy nicht rankommen konnte. Darüber hinaus hatte Henry aber auch so seine Geheimnisse.

Wenn aber nur eine einzelne größere Transaktion anstehen würde, so mit Millionen, dann könnte es eng werden für Henry. Weshalb sollte Freddy teilen? Bei so viel Geld würde er auf jede Art von Freundschaft verzichten können bzw. wollen. So wie er Freddy kannte, wäre der sicher imstande, ihn umzulegen und/oder gleich mit dem ganzen Schiff verschwinden lassen. Verschwinden lassen war ja bisher schon seine Spezialität. Und er hatte immer wieder geprahlt, dass er bei diesen Aktionen, nämlich Mannschaften und Schiff verschwinden zu lassen, eigentlich immer der Hauptakteur gewesen war. Die Mannschaften verschwanden präzise auf Nimmerwiedersehen. Das Schiff, wie er es nannte, entstand immer wieder aufs Neue. Das alte tauchte niemals mehr auf. Wie das im Detail lief, wusste Henry noch nicht. Er würde es noch erfahren. Aber er wollte, ja er durfte auf keinen Fall Freddy offen danach ansprechen.

Henry konnte mit einer gewissen Berechtigung annehmen,

dass Freddy sich tatsächlich der *Esperanza* entledigen würde. Schließlich verband ihn mit ihr sein Schicksal. Und dieser Kahn würde überall auffallen. Nirgends würde sich Freddy damit blicken lassen können, ohne Gefahr zu laufen in die Hände von Verfolgern zu geraten. Auf seinen Kopf war sicher in diesem Moment eine hohe Summe als Belohnung gesetzt. Tot oder lebendig würde es heißen. Henry würde sich aber nicht selbst die Hände an ihm schmutzig machen. An die Belohnung käme er aus verschiedenen Gründen sowieso nicht ran.

Gab es die Frage die Versenkung der Yacht alleine oder mit ihm? Ja, das war wirklich eine wichtige Frage. Eine Antwort würde Henry nicht erwarten können.

Zugegeben, es würde sich kaum jemand finden, der eines kommenden Tages mit Koffern voller Bargeld käme, um ihnen den Kiel zu säubern. Alles oder wenigstens das meiste auf einen Schlag abzunehmen. Damit, so schien es ihm, war seine Zukunft auch etwas gesicherter. Trotzdem, Freddy war dramatisch unberechenbar. Fünf Millionen sollten jetzt auf dem Konto Freddys sein und er sollte eine Million bekommen, allerdings erst, wenn die Operation zu Ende geführt war.

Das konnte noch dauern. Wieder erinnerte er sich, dass er starke Nerven brauchen würde. Seit er Freddy kennenglernt hatte, wusste er auf was er sich da einließ.

Zu dumm, dass er dieser Klausel zugestimmt hatte. Henry sah, dass er damit ziemlich benachteiligt war. Und wenn ihm Freddy dann doch nichts bezahlte? Wie sollte er das Versprechen anmahnen und seine Forderungen eintreiben?

Bis dahin würde er sehr aufmerksam, sehr wachsam sein müssen. Er würde sich mit dem Gedanken vertraut machen müssen, wenn es hart auf hart käme und sein Leben in Gefahr wäre, Freddy umzulegen, ihm schlicht zuvorzukommen. Konnte er das überhaupt? Und was dann? Aber - was dann?

Er rief sich zur Ordnung. Er stand ja nicht unbedingt und unmittelbar vor diesem Entweder-Oder. Noch nicht.

Das war ein weniger schlechtes Gefühl.

Er schreckte herum. Freddy an einer Art Kartentisch, stieß einen wütenden Fluch aus. Er schlug mit beiden Fäusten auf die Platte. Der Laptop machte einen Satz und das Satellitentelefon, das auch daneben lag, sprang hoch, drehte sich in der Luft und wollte Richtung Boden verschwinden. Freddy fing es auf, bevor es dort angelangt war. Er holte aus, als wollte er es auf dem Tisch zertrümmern. Hielt dann doch inne, schaute himmelwärts und stieß einen tierischen, langgezogenen Schrei aus. Da war etwas Gravierendes geschehen.

Henry mochte nicht nach der Ursache fragen. Zu gut konnte er sich ausmalen, was da vorgefallen war. Feddy rannte zum hinteren Deck, warf sich auf den Boden und schlug immer wieder mit den flachen Händen auf den Belag.

Irgendwann blieb er einfach ruhig liegen, flach auf dem Bauch, mit ausgebreiteten Armen.

Henry mochte nicht mehr hinschauen.

Dann sprang Freddy plötzlich auf, und langsam, fast bedächtig lief er wieder zum Kommandostand hoch. Dort stellte er sich neben Henry. Seine körperliche Ausstrahlung hatte etwas von einem Tiger, der zum Sprung ansetzte. Oder von einem verletzten Raubtier, das sich anschickte seinen Jäger mit allerletzter Kraft zu vernichten. Dann ging er zu seinem Laptop, starrte den Monitor an, schien alle dargestellten Einzelheiten genau zu studieren. Er sah auch die Anzeige: 30. 09., 15h 28 min.

Dann schrie er es wieder hinaus: „Ich werde die Hurenböcke braten. Ich werde sie zerreißen, einen nach dem anderen, ich werde sie ... werde sie“, er schien sich nun eine neue, noch grausamere Todesart ausdenken zu wollen. Unterdessen malte er mit beiden Händen wilde Figuren vor sich in die Luft.

Dann schrie er wieder: „Ich werde ihnen die Eier braten, einem nach dem anderen die Augen ausdrücken, ich werde ...“ Doch dann schwieg er wieder plötzlich. Fiel ihm jetzt nichts mehr Schreckliches ein? Hatte er seine emotionale Munition verschossen?

Mit beinahe müde oder resigniert klingender Stimme klagte er: „Bald halb vier..... Keine Geldbewegungen in den letzten 48 Stunden.“ Diese Nachricht seiner Bank hatte seine Unruhe, seine Wut und Rachegelüste ausgelöst und schließlich beflügelt.

Henry schwieg noch immer. Er wusste, würde er auch nur ein Wort sagen, könnte es sein, dass Freddy seine ganze Wut an ihm auslassen konnte. Es gab ja auch sonst niemand, den er sich dafür vornehmen konnte.

Nach einer längeren Pause stand Freddy neben Henry und sagte plötzlich in einer fast ganz normalen Stimmlage: „Kein Geldeingang. Das werden die mir büßen.“ Seine Lautstärke steigerte sich wieder rasch bis zu einem fast unverständlichen Gebrüll. „Das werden die mir büßen. Mich zu missachten. Mich einfach zu ignorieren. Mich, Freddy .... und meinen Kumpel. Saukerle. Dreckstiere. Verdammte Maricones. Desgraciados.“ Seine Stimme überschlug sich wieder.

Jetzt atmete er schwer. Er stand noch immer neben Henry. Ihn fragte er dann plötzlich: „Was sagst du *nun*? Haben nicht bezahlt.“

„Haben vielleicht deine Nachricht nicht erhalten.“

Freddy war zunächst sprachlos. Auf diese Idee war er ganz offensichtlich noch nicht gekommen.

„Das glaube ich nicht, das kann und will ich nicht glauben.“ Freddy wirkte jetzt ziemlich verstört. Seine Augen flackerten wie wild.

„Und wenn es trotzdem so ist?“

Dann wurde er wieder laut. „Das sind Dreckschweine, die

wollen mich - uns - nur um unser gutes Geld bescheißen. Ich
kenne sie doch. Aber mit mir nicht. Ich werde sie aus ihren
Löchern herausholen und einen nach dem anderen zerquet-
schen. Ja, mit meinen eigenen Händen und schön langsam."
Freddys Stimme hatte sich wieder bis zum Gebrüll erhoben.

Dann war wieder Stille.

Freddy schaute aufs Meer, er zuckte nicht mal mehr mit
einer Wimper.

Vielleicht nach Minuten, oder waren es doch nur lang-
gezogene Sekunden, bis sich Freddy dann wieder mit fast normaler Stimme meldete. „Du meinst also, dass die meine E-
Mail nicht erhalten haben? Glaubst du daran, oder willst du
mich nur beruhigen. Ich warne dich Freund, wenn du mit mir
spielen willst."

Die *Freunde* schauten sich in die Augen. Misstrauen drückten ihre unbeweglichen Mienen aus. Es war wie ein nach außen
unsichtbares Kräftemessen. Wer zuerst zuckt hat verloren.
Für Freddy schien es weiter kein Problem, aber Henry musste
seine ganze mentale Kraft zusammennehmen, um nicht die
Achtung Freddys zu verlieren. Da stand zu viel auf dem Spiel.

Dann, wieder plötzlich, ohne jede Vorankündigung, schlug
Freddy seinem Kumpanen auf die Schulter. „Mensch, du hast
Recht, du hast den kühleren Kopf, ich kann nicht mehr klar
denken. Ich erwarte jetzt von dir, dass du mich beim Denken
unterstützt. Denn wir müssen ja beschließen, wie wir weiter-
machen. Sollen wir die Bande auffliegen lassen, die Dokumente an die Polizei leiten? Was denkst du?" Er hatte klar ersicht-
lich versucht mit dem <wir> Henry spürbar mit in die Verantwortung der Abwicklung des Geldgeschäftes einzubeziehen und
damit gleichzeitig kollegiale Bindungen hervorzuheben.

„Freddy, das würde ich nicht tun. Dann haben wir ja nichts
mehr mit dem wir sie ausquetschen können. An und für sich
haben *wir* ja Zeit. *Wir* können sie uns aussuchen. Sie arbeitet

für uns und gegen die. Wir haben ihre Organisation aufs Trockene gesetzt. Ihre Lebensadern sind durchtrennt. Sie kriegen keinen Stoff mehr und können ihre Abnehmer nicht beliefern. Die halten das nicht lange durch, ohne dass die Angst vor dem geschäftlichen Kollaps und das Auffliegen ihrer Machenschaften steil ansteigt. Die kriegen dann Muffensausen und wir können den Einsatz durch geschickte Verzögerungstaktiken erhöhen. Unterdessen können wir in aller Ruhe ihre Todeszuckungen miterleben und unsere Geschäftsinteressen weiterverfolgen."

Freddy nickte bedächtig und versuchte einen Gesichtsausdruck aufzusetzen, der Verständnis und Anerkennung zeigen sollte. Er wollte jetzt mit seiner Mimik ausdrücken, dass er nicht nur wild und unberechenbar unsichtbare Gegner mental misshandeln konnte. Henry sollte sehen, dass in seinem Kopf als seiner Hardware auch intelligente Software beheimatet war.

„Die Dokumente sind unsere Lebensversicherung und schweben tagtäglich wie, ... wie eine finster drohende Wolke, ein drohendes Unheil über der Stiftung." Henry wollte den Begriff *<wie ein Damoklesschwert>* nicht verwenden. Freddy hätte es womöglich nicht verstanden, was Henry einen Minuspunkt eingebracht hätte. Und hätte vielleicht wieder jähzornig mit Wutausbrüchen reagiert. Denn das wusste Henry bereits, dass Freddy sehr gereizt und unkontrolliert reagierte, wenn er intellektuell nicht mehr mitkam.

„Also betrachten wir die Dokumente als unsere Trumpfkarte, die alles sticht. Ein Spieler zieht sie ja auch nicht in der ersten Runde. Er wartet, bis er damit das bestmögliche Ergebnis verbuchen kann. Der Überraschungseffekt spielt dabei auch eine Rolle."

Das war bis jetzt eine lange Ansprache Henrys. Simpel formuliert aber auch klar ausgedrückt. Genau auf die Aufnahmekapazität seines Kumpels zugeschnitten.

Freddy hatte sich unterdessen mit einem halben Hinterteil auf einen Drehstuhl mehr gelehnt als gesetzt. Mit der linken Hand stützte er sich am Kartenpult ab, in der rechten ließ er unablässig einen Kugelschreiber rotieren. Also, entspannt sieht anders aus. Besonders erstaunlich dabei war, dass er diesmal imstande war so geduldig zuzuhören. Insgesamt war er aber auch erstaunt eine Seite Henrys kennenzulernen, von der er bisher noch nichts gewusst hatte. Oder andersherum, gar nicht scharf darauf war sie kennenzulernen. Henry war so etwas wie ein Mittel zum Zweck. An Freundschaft, echte Freundschaft hatte Freddy, seit sie sich kannten, in keinem Moment gedacht.

Wie Freddy überhaupt noch niemals und mit niemandem eine echte Freundschaft gepflegt hatte.

Henry setzte die Unterhaltung fort. „Das ist ein Spiel, bei dem die vielleicht, ja, vielleicht, sage ich, vielleicht die erste Runde für sich gewonnen haben. Wir haben die besseren Karten. Wir haben den längeren Hebel, mit dem zwingen wir sie aus ihren Löchern. Die werden büßen und bluten. Wir werden siegen.“

„Klar Kumpel, die wollen auf Zeit spielen, denken, dass wir Fehler machen und sie uns schnappen können. Henry, bist ein guter Kumpel. Ja, wir schaffen das schon.“

„Ich bin schon richtig erleichtert, dass du wieder der Alte bist. Jetzt müssen wir denen einen vor den Latz knallen. Du wirst sehen, die reagieren dann.“

„Die wollen uns verscheißern? Aber klar. Aber wir können das Spiel besser. Ich werd es ihnen zeigen.“ Jetzt war es Freddy, der wieder überzeugt in der Ichform sprach. Er würde es machen. Dann stutzte er einen Moment, er würde ja Henry noch brauchen. Er würde ihn als Freund und Kumpel behandeln müssen. Der durfte nicht das Gefühl bekommen, dass er nur so lange geduldet werden würde, bis seine Zeit abgelaufen war. Nein, nein, so bin ich doch nicht. Das dachte Freddy aber nur in der ihm eigenen hinterhältigen Scheinheiligkeit. Überzeugen konnte er sich dagegen selbst nicht.

„Hör zu Freddy, am besten wir setzen denen wieder eine Frist. Aber du musst das so formulieren, dass die sich wirklich in die Hosen machen.“

„Was habe ich denn falsch gemacht? Ich habe ihnen doch ein schlimmes Schicksal versprochen, wenn sie nicht zahlen.“

„Freddy, beruhige dich, ich sagte doch, das ist ein Spiel, und wir werden gewinnen. Oder stell dir vor, du bist der Dompteur. Du schwingst die Peitsche, du hast deren Schicksal in der Hand.“

„Apropos Schicksal, du, die wissen ja nicht einmal, was wir mit der Besatzung gemacht haben. Die denken vielleicht - ach was, egal was sie denken. Wir aber könnten doch noch ein bisschen mit deren Leben spielen. Gut, sie sind nicht mehr, aber, wie gesagt, das wissen die doch gar nicht. Ich könnte ja den guten alten Alvarado alias Zacharías wieder zum Leben erwecken. Stimmt Henry, wir haben ja Geiseln“, jubelte nun Freddy nach dieser erhellenden Erkenntnis.

„Und wir werden sie erschießen, wenn wir das Lösegeld nicht bekommen. Kannst ihnen ja auch anbieten, die Yacht unversehrt wieder zurückzugeben. Aber dann wollen wir jetzt zehn Millionen, zehn Milliönchen. Ich meine, das wäre doch immer noch ein gutes Geschäft. Koks und Yacht.“

„Da ist was dran, alter Kumpel. Bist ein raffinierter Sack. Respekt. Aber die Yacht kriegen sie nicht wirklich. Das können sie sich abschminken. Die legen wir rein.“ Freddy hatte diese kurze Ansprache in einer ziemlich gedehnten Aussprache hervorgebracht - während er seinen Blick ausdruckslos durch das Kabinenfenster in die Ferne richtete.

„Und den alten Zacharías kriegen sie auch nicht.“

Beide Gangster brachen in ein nicht enden wollendes Gelächter aus. Sie waren erleichtert und sie jubelten himmelhoch.

„O.k., Scheiße, wir sind auf hoher See. Ich werde denen aber keine E-Mail vom Kahn aus übermitteln. Dazu müssten wir wieder in einen Hafen.“

„Allerdings, aber in irgendein verschissenes, gottverlassenes Nest. Je beschissener und verdammter das Kaff ist, desto besser.“

„Lass mal sehen, wo wir sind.“

„Wir sind bald vor dem Golf von Venezuela. Wir haben auf einseinsnull Grad **Aruba** vor uns. Immer schön weit genug wegbleiben, die Dreimeilenzone respektieren. Dank sei GPS. Was hältst du von **Puerto Bello**. Die beinahe nördlichste Station **Kolumbiens**. Dort, wo das Land wie eine Zunge weit in die Karibische See hineinragt. Das wär doch was, da gingen wir eventuellen Scherereien der venezolanischen Behörden aus dem Weg. Allerdings was uns da Google Earth von **Puerto Bello** zeigt, ist ein wirklich von Gott verlassenes Scheißkaff.“

„Schaffen wir das in gut zwei Stunden?“
„Das schaffen wir locker.“
„Nun, gib Gas, zeig mal was in der Kiste drinsteckt.“
„Die Kiste kann das. Setz du mal die neue elektronische Post auf. Wir gehen sie dann gemeinsam durch.“
„Ay Käpt′n. Neuer Kurs eins sieben null.“

„Das werdet ihr mir büßen, ihr Drecksschweine.“ Freddy wollte unbedingt diese Grobheit in der E-Mail einbringen. Sozusagen als Eingangsgruß seiner E-Mail.

Henry versuchte moderatend zu wirken. „Ich würde nicht so grob herauskommen. Dann merken die, wenn sie doch Deine E-Mail erhalten haben sollten, dass du dich geärgert hast und lachen sich ins Fäustchen. Sie könnten entdecken und glauben, dass sie mit Dir spielen können. Und werden versuchen weiterhin ihr Süppchen zu kochen. Es kann ja sein, dass sie das beabsichtigt hatten - könnte sein, und dann hätten die ihr Ziel erreicht. Komm ihnen mit einer schönen Verarsche. Zeig ihnen, dass du ein seriöser Geschäftsmann bist. Zeig´s ihnen.“

„Freddy schaute seinen Kumpel einen Moment überrascht an, dann schien er zu überlegen und stimmte der Darstellung zu.

„Sehr geehrte Herren der honorablen Stiftung“, begann er jetzt und las vor.

Henry bemühte sich um sein möglichst allerdreckigstes Lachen. Für ihn ein wahrlich künstlerisches Vorhaben. Dann befand er: „Ich finde das gut. Weiter so.“

„Es war ihr Entschluss auf unsere Forderung nicht einzugehen. Das kostet sie jetzt zehn Millionen.“ Freddy las wieder vor.

„Mach mal weiter.“

„Die müssen bis 1.10. 11 Uhr Ortszeit auf Konto *Bank für progreso y cooperation, konto Nr. xs-16-0445-129 auf den Caymans eingegangen sein.“*

„ Weshalb schreibst du nochmals die Kontoangaben? Die haben sie doch bereits.“

„Aber, wie du bereits gesagt hast, haben die vielleicht unsere erste E-Mail gar nicht erhalten.“

„O.k., du hast gewonnen.“

10 Millionen Euro bis 11 Uhr, wenn nicht, wird um 11 Uhr 5 Min. der Holländer erschossen. Um 12 Uhr folgt ihm seine Frau. Um ein Uhr, wenn das Geld immer noch nicht da ist, auch Al. Dann werdet ihr nichts mehr von uns hören“ - er schrieb tatsächlich <uns>. *Noch am gleichen Tag übermitteln wir ein Fax an die holländische Polizei mit Beweisen über die Geschäfte der Stiftung. Dann senden wir äußerst belastende Unterlagen an FBI und die Bundespolizei in Deutschland. Danach könnt ihr euer letztes Gebet sprechen und euren Arsch zukneifen. 10 Millionen!!*

„Was denkst du"? fragte Freddy, nachdem Henry nicht gleich in Jubel ausgebrochen war.

„Ich habe zunächst den Eindruck, dass das etwas zu lang geraten ist. Weißt du, in der Kürze liegt die Würze. Die lesen vielleicht mit ihren Psychologen-Fuzzis etwas heraus, das wir eigentlich verbergen wollen."

„Hör mal Freund, treibst du es mit deiner Intelligenz nicht ein bisschen zu weit? Man könnte ja Angst vor dir bekommen."

„Ehrlich gesagt, würde ich eher zu Angst, sicher aber zu Respekt vor den Valencianern neigen."

„Also, hier nochmals der gesamte Text. Pass auf!"

„Und wie sieht es mit der Polizei in Spanien aus? Willst du die nicht auch bedenken?"

„Könnt´ ich ja auch. Du hast Recht. Also Zugabe ... und an die spanische Policia und Guardia Civil."

„Was ist Guardia Civil?"

„Keine Ahnung weshalb die mitmischen. Aber vorbeugenderweise denke ich, dass die auch informiert werden sollten. Vielleicht sind die ja dafür zuständig."

Henry schwieg noch einen Moment. Freddy schaute ihn erwartungsvoll an.

Dann zog Henry eine Schnute und nickte einige Male, wie in Gedanken verloren.

„Und was soll das wieder bedeuten?"

„Ich habe mir das nochmals durch den Kopf gehen lassen, hab´ darüber nachgedacht, es geht doch um viel Geld, da lohnt es sich meistens nachzudenken, aber ich denke auch, die E-Mail solltest du so loslassen. Und die Polizei außen vorlassen, wenigstens noch!"

Am gleichen Nachmittag, viertel vor sechs, manövrierten die beiden Schurken die *Esperanza* vorsichtig an einen Platz an einer Anlegestelle in einer Bucht, die sonst Fischern zum Entladen ihres Fangs vorbehalten war. Zerstreut im Becken lagen ca. 15 bis 20 Boote untereinander oder an Bojen vertäut. In einem werkelten zwei Männer. Fast alle Boote hatten eine fantasievolle, bunte Bemalung. Die meisten Boote hatten einen Namenszug am Bug, der auf irgendeinen Heiligen verwies.

Der Kai oder die Anlegestelle war wie ein breiter Steg, der auf Betonstelzen vom Küstenstreifen etwa 50-70 Meter ins Wasser hinausreichte. Beide begutachteten die Wassertiefe behielten die elektronische Anzeige im Blick. Sie waren sich recht sicher, dass es deswegen keine Probleme für die Yacht geben konnte. Freddy drehte vorsichtig und brachte den Bug in Richtung Hafenausfahrt. Bei der speziellen Steuertechnik der Yacht war das kein allzu komplizierter Vorgang. „Bug voran ... man kann ja nie wissen, vielleicht müssen wir schnell abhauen", sagte er noch zu Henry. Der nickte zustimmend. Dann murmelte er noch: „Vorsicht ist ..." Den Rest des bekannten Spruches verschluckte er.

Freddy hangelte sich auf den Betonsteg hoch und marschierte zügig los. Zwei Männer hantierten in gebückter Stellung an einem Netz herum. Sie hatten die Yacht vor dem Anlegen ausgiebig begutachtet und kommentiert. Es war nicht alltäglich dass hier einmal ein solcher Trumm anlegte. Jetzt beachteten sie den Mann, der von der Yacht kam, grußlos mit kurzen Blicken. Der konnte nicht aus ihrem sozialen Niveau stammen.

Der etwa zweieinhalb Meter breite Steg war nicht mehr ganz taufrisch. An einigen Randstellen war der Beton abgeplatzt, rostige Moniereisen lagen offen, Nylonfäden von Netzen waren darum verwickelt. An Stellen, aus denen Beton auf der Gehfläche herausgeplatzt waren, stand trübes Wasser mit einem schillernden Film. Freddy musste verschiedene Male gestapelten Plastikkästen ausweichen und einmal hätte er sich beinahe in einem Haufen Netze verfangen. Er fluchte leise auf diese schlampigen Transtinker - seine Landsleute.

Am Ende des Steges kamen ihm zwei Fischer entgegen, die gemeinsam einen großen Plastikkasten trugen. In ihm lagen zusammengerollte Nylonsschnüre. Freddy drückte sich etwas zur Seite an den Rand, damit er nicht mit den schmuddeligen Berufsbekleidungen der Männer in Kontakt kommen konnte.

Nahe den unansehnlichen ersten Häusern, besser als primitive Behausungen mit angerosteter Wellblechbedeckung bezeichnet, standen ein paar nicht mehr ganz taufrische Autos. An zwei Stellen standen auf Holzresten aufgebockte Restbestände von Karosserien. An einem davon lärmten Kinder drumherum. Drei oder vier Trümmer von Holzbooten waren kieloben verstreut angeordnet, so als hätte sie das Meer einfach ausgespuckt.

Freddy stellte seinen rechten Fuß auf einen Poller, einem eingegrabenen Stück Baumstamm, nestelte an den Schnürsenkeln und beobachtete gekonnt unauffällig die nächste Umgebung. Außer zwei Grüppchen von Zigaretten rauchenden Männern, sah er niemanden, vor dem er sich hätte in Acht nehmen müssen. Musiklärm in erbärmlicher Qualität ertönte.

Die Quelle konnte er noch nicht sehen.

Bei der nächsten Gruppe fragte er nach einem Internetcafé. Sie zuckten aber nur mit den Schultern. Sie wussten damit nichts anzufangen.

Er steuerte auf eine unbefestigte Gasse zu. Ein junges Mädchen kam ihm auf einem Fahrrad entgegen. Sie hielt auf sein Zeichen hin an und wusste auch über ein Internetcafé Bescheid.

Inzwischen war es gegen sechs Uhr. Die Sonne würde in spätestens 15 Minuten untergehen. In spätestens weiteren 10 Minuten würde es dann ziemlich dunkel sein.

Ungefähr 20 Minuten später, die E-Mail war raus, war Freddy bereits wieder an der „Mole" und sah sofort, dass sich die Situation geändert hatte. Die *Esperanza* war hell erleuchtet, dabei hatten sie vereinbart, so wenig wie möglich auffallen zu wollen. Er sah auch auf die Entfernung, dass da ein Typ vor der Yacht stand und Freddy wusste aus Erfahrung, dass der Bluson tragende Typ vom Zoll war. Nun bemerkte er auch das Auto der unerwünschten Typen auf einem betonierten Strandstreifen, ein Jeep von Toyota. <Nun, wenn es weiter nichts ist, der Zoll kann ruhig schnüffeln>, dachte sich Freddy. Polizei wäre unangenehmer.

Henry hatte ihn sehnsüchtig erwartet und den Zöllnern bereits erklärt, dass der Skipper an Land gegangen sei, um eine Nachricht per E-Mail abzusetzen. Ihre eigenen Sendeanlagen seien bedauerlicherweise beschädigt.

„Freddy", rief Henry schon, als dieser noch gut 15 Meter von der Yacht entfernt war, „ich habe den Autoritäten geschildert, dass unsere Sendeanlage defekt ist und du per E-Mail Hilfe von einem Techniker angefordert hast." Somit wusste Freddy über eine eventuell notwendige Ausrede Bescheid. Er würde auf dem von Henry vorgegebenen Ausreden- oder Informationsweg weiter verbleiben.

Damit war die erste Hürde genommen.

Freddy kam an Bord.

Die drei Herren vom Zoll, die bereits an Bord waren, baten nicht, sie sagten einfach, dass sie das Schiff durchsuchen würden. Sie hatten diesen schwimmenden Luxus tatsächlich als „Schiff" bezeichnet!

Einer machte ein Zeichen und sie verteilten sich. Der Anführer rief noch dem Kollegen auf der Mole zu, dass niemand den Kahn verlassen dürfe.

„Geht in Ordnung, mi Teniente", gab dieser seine Bestätigung der Order.

Der Teniente (Offizier) war der am besten Angezogene in der Gruppe der miserabel gekleideten Zöllnern. Alle hatten ein schwarzes Blouson aus Vinyl oder einer anderen Lederimitation. Die Hosen waren bei den Untergebenen eine Zumutung für den Betrachter. Die Grundfarbe undefinierbar. Die Hose des Teniente wies wenigstens noch Anzeichen einer ehemaligen Bügelfalte auf. Aber im Licht der Yachtausrüstung sah auch sie sehr speckig aus. Jeder hatte vergammelte Schuhbekleidung in Form ehemaliger, einfacher Sportschuhe. Zwei hatten Kopfbedeckungen, die nur als abenteuerlich bezeichnet werden konnten. Ein kleiner Schirm zeichnete sich ab. Sonst glänzten sie und starrten vor Schmutz.

Bald kam der Teniente von seiner recht kurzen Suchaktion wieder zurück, „wer ist der Skipper?"

Freddy machte mit der Hand ein Zeichen und strotzte in diesem Moment nicht gerade vor Selbstbewusstsein. Damit hatte er nicht gerechnet. Vor allen Dingen, dass die so schnell vor Ort waren. Sie hatten sich beide das so ausgemalt - schnell zum Internet, die Nachricht absetzen und husch-husch-husch wieder ab, diesmal in die Nacht.

„Woher kommen sie, wohin fahren sie?"

„Wir kommen von **Santa Marta**, dann stellten wir fest, dass die Sendeanlage im Eimer ist und ich ging an Land um einen Techniker anzufordern."

„Sie bleiben also hier und warten auf den Techniker?"

„Ja sicher. Klar doch." Freddy wusste instinktiv, dass er sich damit eine Möglichkeit zur Flucht offenlassen konnte. „Das wollen wir, das müssen wir ja auch. Ich kann es nicht riskieren in diesem Zustand rauszufahren. Da würde ich mich blind fühlen." Mit dieser Zusatzaussage und vielleicht noch ein bisschen Schmiermittel, würden sie von den Beamten für die Nacht in Ruhe gelassen werden. In der sie verschwinden konnten.

Trotzdem hörte sich jetzt Freddys Eingeständnis plus Argumentation dem Ton nach nicht sehr überzeugend an. Hier schaltete der Chef der Unternehmung Fahndung und hakte nach:

„Kann ich ihre Papiere sehen?“

Der will Bargeld sehen, reagierte Freddy.

„Ja sicher. Nur ist da ein kleines Problem. Ursprünglich sollte mein Halbbruder die Yacht nach Spanien überführen. So ein reicher Onkel machte da einen Vertrag. Doch mein Halbbruder verunglückte mit einem Motorrad, kurz vor der Ausreise, brach sich einen Arm und ein Bein und er bat mich seinen Part zu übernehmen.“

„Sind sie beide allein an Bord?“

„Ja.“

„Den Vertrag will ich sehen und ihren Ausweis.“

„Ich gehe nach unten und hole alle Papiere.“

Ein Begleiter des Teniente kam in diesem Augenblick zu ihm und sprach etwas, allerdings ziemlich leise. Er hatte einen halb ausgepackten Koffer mit Damenwäsche gesehen. Der Teniente solle doch deswegen einmal nachfragen. Eine Dame sei ja offensichtlich nicht an Bord.

Mit einer Handbewegung schickte er den Subalternen wieder weg in dem „Schiff“ weiterzusuchen.

Der Teniente bot Henry eine Zigarette an, der aber dankend ablehnte. Der Eigner habe ihnen verboten an Bord zu rauchen. Dessen ungerührt, zündete sich der Teniente seine Zigarette an. Es kam kein Gespräch in Gang.

Freddy kam nach einer Weile zurück und drückte dem Teniente seinen Ausweis und einen Umschlag in die Hand.

Der Teniente schaute auf den Ausweis, verglich die Fotografie mit dem lebenden Ausweisinhaber. Dann klappte er den Umschlag auf, schaute hinein, blätterte etwas, schaute Freddy an, zögerte und - dann sagte er, dass ja offensichtlich alles in Ordnung sei und gab den Ausweis zurück. Den Umschlag steckte er ein und sagte, dass er sich die Papiere noch genauer anschauen müsse. Ein Untergebener kam gerade von seiner Inspektion zurück.

Der Teniente versuchte jetzt offensichtlich ein Gespräch in Gang zu bringen. „Schönes Schiff.“

„Ja, von sowas kann unsereiner nur träumen“, ergänzte Freddy jovial.

„Kann ja noch werden. Spare mal tüchtig“, meinte der Teniente und zeigte ein hintergründiges Lächeln.

„Also, ich wünsche eine ruhige Nacht. Die Fischer fahren übrigens gegen halb fünf in der Früh hinaus. Das gibt etwas Lärm. Wir sehen uns dann Morgen früh.“

Sie zogen ab.

Der Koffer mit der Damenwäsche war offenbar in Vergessenheit geraten. „Verdammt, immer diese Kleinigkeiten, die einem das Genick brechen könnten.“

„Als erstes fragte Henry, was er denn in den Umschlag gepackt habe, dass der Kerl so ohne Weiteres abzog.

„Eintausendfünfhundert Dollar. So etwas ist immer der überzeugendste Ausweis.“

„Das hätte mich auch überzeugt.“

Der Teniente hatte gerne die 1500 Dollar genommen. Er hatte auch, guter Kollege und Vorgesetzter, jedem seiner Leute 200 abgegeben. Sprach von tausend Dollar Schweigegeld. Aber er sagte auch, dass da etwas faul sei. Etwas sei oberfaul. „Ich setze mich mit der Policía in **Santa Marta** in Verbindung. Die können denen auf den Pelz rücken.“

„Und die hiesige Polizei?“

„Das können die doch von der vorgesetzten Dienststelle aus **Santa Marta** machen. Oder traust du denen hier über den Weg“? fragte der Teniente seinen Untergebenen.“

„Da tust du Recht, mi teniente.“

Es war kurz vor sieben Uhr PM, als der Teniente eine Funk-Verbindung zur Polizeizentrale in **Santa Marta** stehen hatte und den Vorfall, der noch kein richtiger Vorfall war, schilderte.

Dort hatte er als Gesprächspartner einen jungen Offizier, der versprach die Sache Morgen weiterzuleiten, an den Jefe.

„Mann, nicht Morgen. Heute noch. Sonst ist der weg.“

„El Jefe ist nicht mehr da. Es ist sieben Uhr.“

„Du musst ihn auftreiben, mit diesem Fall könnt ihr mehr als einen Blumentopf gewinnen. Und denk daran, wenn das Öl fließt, ich bestehe auf meiner Vermittlerprovision.“

„So viel ich weiß, isst er um diese Zeit im <Gallo Cojo>. Wenn wir ihn stören, muss es wirklich wichtig sein. Kennst du unseren Chef?“

„Es ist wirklich wichtig. Stört ihn. Sagt ihm, es drehe sich um eine sehr, sehr verdächtige Luxusyacht mit dem Namen *Esperanza*.“

„Den Namen habe ich heute irgendwo aufgeschnappt. Ich bringe das Ding zum Laufen. Wie war noch dein Name, Dienstgrad und Dienstort?“

El Jefe war dann doch sehr ungehalten, als man ihn beim Essen störte, nicht nur beim Essen störte, er hatte seit ein paar Tagen eine neue Angebetete und so wurde auch sein Techtelmechtel mit eben dieser drallen M***ttin gestört.

Dennoch, als er den Namen *Esperanza* hörte, legte sich seine künstliche Aufregung, so wie parallel dazu seine Geldgeilheit erwachte und damit erwachte auch ganz schnell das Jagdfieber.

„Mein Liebling, mein Täubchen, die Pflichten, diese verdammten Pflichten rufen mich. Ein Bulle kann einfach nicht gleichzeitig ein glücklicher Mensch sein. Schon muss ich mein Mäuschen für einen Moment allein lassen. Du musst mir ver-

zeihen, das versprichst du mir doch. Dabei hatte ich mich so
auf den Abend gefreut, ich war glücklich und gedachte auch
dich glücklich zu machen. Aber es geht um eine große Sache,
ich muss in mein Büro. In spätestens 30 Minuten bin ich wieder
da. Du wartest doch auf mich? Ich liebe dich ja so verrückt."

Wie üblich war das ein Haufen blablabla, wie regelgerechter
verbaler Dünnschiss. Aber damit hatte er schon immer bei
diesen dummen Weibern Erfolg gehabt.

Er drückte ihr Händchen, gab ihr ein Küsschen, streichelte
kurz über ihr Hälschen - „bis dann."

Was er aber wirklich sah, das waren Dollarzeichen, viele schöne
Dollarzeichen. Im Laufe des Vormittags war über einen Zuträ-
ger die Nachricht gekommen, dass die *Esperanza*, eine formi-
dable Yacht, gesucht werde samt ihren Entführern. Es winkten
100 000 Dollar Belohnung. War denn seine Herzensdame so viel
wert? Er hatte einen Augenblick gezweifelt. Aber von diesem
Geld würde er ihr als Entschädigung eine Halskette, eine goldene Halskette kaufen, das würde sie beruhigen.

Nun gut, sagte er sich, ein goldener Armreif würde sicher
auch genügen. Weshalb denn einen Armreif? Ein schöner Ring
mit einem wertvollen Stein, den könne sie überall herumzeigen.
Gut, gut, ein massiver Goldring wäre auch nicht von schlechten
Eltern. Silber würde es übrigens auch tun, die soll sich nicht so
anstellen, er war ja Polizeioberst, das wusste sie und damit hingen immer Überraschungen zusammen. Das brachte der Beruf
so mit sich. Scheiß drauf, wenn sie nicht verstehen sollte, dass
er pflichtbewusst war, dann gibt es eben nichts. Keine Halskette, keinen Armreif, keinen Ring.

„Zum Teufel mit den Weibern."

Von seinem Büro aus ließ er eine Funkverbindung zu seinem Teniente der Polizei in **Puerto Bello** aufbauen. Der machte ihm die Hölle heiß, verdonnerte ihn zum Erfolg, dass er ja

diese Yacht nicht aus dem Hafen lassen durfte. Er wollte ihm höchstpersönlich den Hals umdrehen, wenn der Kahn entwischen sollte. Er käme mit dem ersten Licht mit dem Wasserflugzeug.

„Du haftest mir mit deinem Arsch, wenn du den Vogel entwischen lässt."

Der Ärmste, war auch nicht wirklich der Ärmste, allerdings nicht wegen seinem mickrigen Gehalt, sondern auch er hatte so seine Quellen, die er anzuzapfen wusste. Es war immer ein schöner Tag, wenn er einmal wieder beide Augen zudrücken sollte, und sie ganz gerne zudrückte.

Der Teniente-Oberst gab die gute Neuigkeit über die gestellte *Esperanza* an seinen Verbindungsmann weiter. So erreichte die Nachricht **Valencia** nur Minuten später. In **Valencia** ging es gerade stramm auf Mitternacht zu.

Aber der Preis war gestiegen. Der Oberst wollte nun zweihunderttausend Dollar sehen. Er wusste was er tat und er wusste auch, dass die in **Valencia** ohne mit der Wimper zu zucken auch 500 000 zahlen würden. Schließlich steckte viel mehr als nur die schöne Yacht dahinter. Die Differenz würde er sich dann holen, wenn die Geschäfte wieder am Laufen waren.

16

Kurz nach dreiundzwanzig Uhr, an diesem 30. September, ging die E-Mail von Freddy in der Technischen Überwachungszentrale ein. Die Direktoren waren gegen zwanzig Uhr gegangen, sie wollten noch im Krankenhaus bei Ambrosio vorbeischauen, sich wenigstens erkundigen, wie es ihrem Freund ergehe. Sie hatten ein Codewort in der Zentrale hinterlassen, das eine außergewöhnliche Entwicklung anzeigen sollte. Sie wüssten dann, dass ihr Erscheinen sofort erforderlich sein würde. Allerdings hatten sie nicht damit gerechnet, dass Freddy so schnell, nur Stunden nach dem Ablauf des ersten Ultimatums, wieder schriftlich reagieren würde. Sie hatten sich selbst eingeredet, dass der Kerl ganz irritiert sein musste. Dass der sich eventuell zuerst mit einem Hintermann kurzschließen müsste, um über ein weiteres Vorgehen eine Einigung zu erzielen.

Gegen viertel vor 0 Uhr waren sie wieder vollzählig, mit Ausnahme von Ambrosio, dessen Zustand noch nicht stabil war. Welch ein Stress.

Sie nahmen mit fast ungläubigem Staunen den Inhalt der E-Mail zur Kenntnis. Die Aussprache folgte sofort.

José-Maria verlas vor den Versammelten nochmals die E-Mail.

„Der hat den Arsch auf. Wie kann der nur ...?“ Wieder war es der temperamentvolle Pedro-Ricardo Cesar Fonseca Hidalgo, der als erster und recht drastisch seine Meinung preisgab.

„Anstatt ein neues, reduziertes Angebot auf den Tisch zu legen ...“

„Ich sagte ja, dass nach der ersten Forderung immer mehr auftauchen. Das nimmt kein Ende.“ Das war die Meinung von Sá Benedicto Xavete Evaristo.

„Ich denke auch, dass als Nächstes 20 Millionen dran sind. Das geht dann so lange, bis wir pleite sind.“ Das war die verzagt klingende Meinung von Roberto Sebastiano Pizarro Ribadeneira

„Oder alle im Knast.“

Alle waren auf einmal still geworden. Nur geräuschvolles Schnaufen war zu hören.

José-Maria unterbrach als Erster wieder die Sprachlosigkeit.

„Wir haben gemeinsam, auch im Namen der jetzt besser Wissenden, die Vorgehensweise beschlossen. Und wir werden auch, wenn wir die Nerven nicht verlieren, den nächsten Schritt gemeinsam beschließen. Nur so werden wir einmal die Pleite vermeiden und andererseits auch nicht im Knast enden. Wir kommen mit unsachgemäßer Kritik an unseren Beschlüssen keinen Schritt weiter.“ Den letzten Satz hatte José-Maria mit lauterer Stimme betont.

„Also sind wir noch imstande die Nachricht vernünftig zu analysieren oder sind wir ein hoffnungslos zerstrittener Hühnerhaufen angesichts des Fuchses?“

„Du hast ja Recht, José-Maria, erfülle deine Führungsrolle.“

„Also, Freddy hat seine Forderung verdoppelt. Er bindet jetzt seine Forderung an Menschenleben. Das ist neu. Er gibt uns damit zu verstehen, dass die Besatzung der *Esperanza* noch am Leben ist.“

„Und ihm ausgeliefert ist, auf den Tod ausgeliefert ist.“

„Vielleicht will er damit nur bluffen. Vielleicht leben die schon lange nicht mehr.“

„Wir sollten also auf einem Beweis drängen, der das Leben von Al und oder der anderen bestätigt.“

„Und wie stellst du dir das vor? Ich darf doch daran erinnern, dass wir keine Verbindung zu ihm haben. Auch die neue E-Mail ist nicht rückverfolgbar.“

„Jeder Erpresser, ich hätte beinahe gesagt <jeder vernünftige Erpresser>, ist doch an einer irgendwie gearteten Interkommunikation interessiert. Wie soll man in diesem speziellen Fall weiterkommen?“

„Der will das Geld. Was wir denken oder gar wollen, ist dem schnurzegal. Er sitzt halt am längeren Hebel. Noch. Mitsamt den dadurch bedingten unangenehmen Folgen für uns.“

„Meine Freunde, ich bin der Meinung, dass wir *doch* in der Lage sind Bedingungen zu stellen, mit dem Schurken zu kommunizieren.“

Alle schauten jetzt auf José-Maria, dessen Aussage ihnen sehr kryptisch vorkam. Gerade hatten sie doch festgestellt, dass dieser Freddy alle Trümpfe in der Hand hatte. Er konnte diktieren und sie waren eigentlich nur in der Lage zu reagieren und die Forderungen zu erfüllen. Aber wenn José-Maria so etwas sagte, dann hatte er vielleicht doch ein Schlupfloch gefunden. Nicht umsonst hatten sie ihn zum obersten Führer bestimmt.

„Ich stelle mir das so vor“, begann der nach einer, wie es allen erschien, kleinen Ewigkeit, „wir zahlen ihm die zuerst verlangten fünf Millionen. Dabei schreiben wir der Bank eine Nachricht, meinetwegen unter der Rubrik <Verwendungszweck der Zahlung>, dass wir die restliche Zahlung nur im Austausch gegen Alvarado vornehmen. Und auch gegen den Skipper und seine Frau. Die Nachricht muss die Bank an Freddy oder den möglichen Hintermann weiterleiten. Dann bin ich mir sicher, dass entweder eine Zustimmung erfolgt oder die Forderungen erneuert werden. Tötungen dürften aber dadurch mit hoher Wahrscheinlichkeit verhindert werden. Schließlich gibt es somit weitere Mitwisser über das Leben und die Existenz der drei genannten Personen. Damit können sie nicht einfach so verschwinden. Zeit gewinnen wir auf jeden Fall. Das ist jedenfalls meine Meinung."

„Was den Skipper und seine Frau angeht, können sie höchstens der Verhandlungsmasse zugeschlagen werden. Aber sie wirklich überleben zu lassen, das dürfte, aufgrund deren Erfahrungen, ziemlich gefährlich werden."

„Gehen wir doch die Sache Schritt für Schritt an. Alles andere ist Zukunftsmusik, auch wenn sie noch so schön oder rational klingt."

„Trotzdem, nicht vergessen, die drei wissen zu viel."

„Also meine Freunde, angenommen, wir zahlen die fünf Millionen und schreiben die genannte, unsere Bedingung dazu, dann haben wir nicht nur Zeit gewonnen, ohne Al in Gefahr zu bringen, sondern wir haben eine weitere Chance den Standort der *Esperanza* in Erfahrung zu bringen. Geht er auf unsere Forderung ein, dann werden wir sowieso im Vorteil sein."

„Ich bezweifele aber, dass ...."

Die Tür wurde plötzlich aufgerissen, Eduardo Ribadeneira aus der Technischen Überwachungszentrale kam hereingestürzt und wartete keine Frage ab, sondern rief: „Wir haben ihn. Er ist in einem kleinen Hafen, fast an der Grenze zu Venezuela."

„Mit der *Esperanza*?"

„Mit der *Esperanza*, so weit bekannt, unbeschädigt. Außer

der Angabe, dass seine Sendemasten außer Betrieb seien. Aber das ist ja nichts Neues."

„Wie heißt das Kaff?"

„**Puerto Bello**. Von dort muss er seine E-Mail abgesetzt haben.

„**Puerto Bello**." Der Name wurde nacheinander von allen Direktoren langgedehnt nachgesprochen. „Welch ein Omen. Da ist unser Möchtegern Großkotz also hängengeblieben."

„*Ahora le tenemos por los cojones* - jetzt haben wir ihn bei den Eiern!" Das konnte wieder nur von Pedro-Ricardo Cesar Fonseca Hidalgo gekommen sein.

„Pfui, welch ordinäre Sprechweise", rief Roberto Sebastiano Pizarro Ribadeneira mit gespielter Entrüstung dazwischen. Es wurde gelacht.

Die Erleichterung war bei allen im Raum spürbar, man könnte beinahe sagen, mit den Händen greifbar.

„Details", wollte José-Maria hören.

„Mir ist bekannt, dass die Original-Nachricht von einem Polizeioberst aus **Santa Marta** kommt. Der hat seine Information vom Zoll in **Puerto Bello**. Dort wird die *Esperanza* jetzt festgehalten."

„Wie wird jetzt weiter verfahren?"

„Sowohl dort in Kolumbien als auch auf **La Palma** ist es jetzt ebenfalls Nacht. Trotzdem denke ich, dass die Männer sofort mit der Speedyacht von den **Kanaren** auslaufen sollten. Es könnte ja sein, dass durch irgendwelche unvorhersehbaren Umstände... Wir wollen es ja nicht hoffen, aber wenn die *Esperanza* ausfahren sollte, dann sollten wir in der Nähe sein." Das war kein klarer Satz, aber alle in ihrer Emotion verziehen und hakten nicht nach. Es war verständlich.

„Mit dieser Maßnahme haben wir auch Personal in der Nähe, das die *Esperanza* übernehmen kann."

„Ich hoffe, dass die Polizei in Kolumbien jeden Fluchtversuch verhindern kann.“

„Und uns die *Esperanza* überhaupt aushändigt.“

„Bei 100 000 Dollar Belohnung wird sie sich ein wenig mehr anstrengen und sicher zuvorkommend zeigen.“

„Wir sollten die Connection Cali einschalten, wenn es noch nicht geschehen sein sollte.“

„Entschuldigung, da ist noch eine Kleinigkeit, die mir im Rausch der Gefühle vorübergehend abhanden gekommen ist...“

„...und die wäre?“

José-Maria hatte diese drei Worte regelrecht in den Raum gespuckt. Es war ihm zutiefst zuwider zum gegenwärtigen Zeitpunkt von weiteren Zumutungen hören zu müssen. Er war nahe daran zu explodieren.

Eduardo, der sich ja auch in einem Hoch seiner Gefühle befunden hatte, zuckte zusammen. Er brauchte einige Augenblicke und schluckte den unüberhörbaren Anschiss zunächst einmal hinunter, bis er sich wieder gefangen hatte.

„Der Oberst will 200 000 Dollar für die Wiederbeschaffung.“

Es entstand eine kleine Stille.

„Diese Nachgeburt einer Hündin!“

„Hijo de puta - Hurensohn!“

Dann hob José-Maria die Hände, wie zur Beschwichtigung.

„Meine Herren, bleiben wir doch sachlich und auf dem Boden der Tatsachen. Wir sind auf die Zusammenarbeit mit diesen uniformierten und staatlich subventionierten Gangstern angewiesen. Also sind wir uns auch über mögliche Konsequenzen im Klaren. Die Frage ist nur“, - es folgte eine Kunstpause - „könnten wir es uns überhaupt leisten seiner Forderung nicht nachzukommen?“

„Scheiße!“ Alle schauten auf Pedro-Ricardo Cesar Fonseca

Hidalgo. Als er die Blicke wie erwartungsvoll auf sich gerichtet sah, bemerkte er noch: „Mehr habe ich diesmal nicht zu sagen.“

Dann war Roberto Sebastiano Pizarro Ribadeneira dran, der nun auch kein Blatt mehr vor den Mund nahm. „Ich kann nur nochmals betonen, dass dieser feine Herr Oberst ein *hijo de puta* ist. Ich weiß nur nicht, ob ich es nicht genauso machen würde.“

„Freunde, auf diese paar Kröten können wir doch gerne verzichten. Beihnahe hätten wir fünf Millionen Euro locker gemacht, also ungleich mehr. Und wer hätte gedacht, im Ernst gedacht, dass wir so schnell wieder die Tagesgeschäfte aufnehmen können?“

Jetzt hatten sie diese Hürde genommen, die ganze Bitterkeit des Kelches war sprichwörtlich an ihnen vorbeigegangen. Es würde wieder alles ins Reine kommen. In einigen Tagen würde man wieder mit den normalen Tagesgeschäften fortfahren können. An alle Freunde und Partner eine Entwarnung schicken können. „Wir können uns auf die Schulter klopfen - wir sind doch wahre Kerle.“

„Ich hoffe, dass Ambrosio Morgen so weit ist, diese gute Nachricht zu verstehen und dass sie zu seiner Wiederherstellung beiträgt. Guter Freund, wenn nicht diese, welche andere Nachricht könnte Tote auferwecken?“

„Ich glaube, dass ich auch nicht weit von einem Infarkt entfernt war.“ Andere im Direktorium und die Stellvertreter machten ein Gesicht, als wären sie ebenfalls nahe dran gewesen.

José-Maria ergriff wieder das Wort. „Also - jetzt sollten wir uns darum bemühen den Normalzustand wieder herzustellen. Jeder geht jetzt zu seinem Komitee und bespricht das weitere Vorgehen. Gar manche Aktion muss rückentwickelt werden.“

Einer begann zu applaudieren. Schließlich folgten alle dem

Vorbild. Sie applaudierten sich, dem Vorstandsvorsitzenden José-Maria und ganz besonders war es ein Ausdruck der Erleichterung. Es war nicht leicht gewesen und wäre unmöglich gewesen jetzt so einfach zu den Tagesgeschäften überzugehen.

Sie waren dann unterwegs zu ihren Komitees, als der Alarm wieder losging. Es bestand kein Zweifel, sie wurden wieder wegen einer Alarmmeldung zusammengerufen.

José-Maria stand mit hängendem Kopf in der Tür zum Lageraum der Technischen Überwachungszentrale. Eduardo war zu sehen. Er schien verwirrt. So hatten sie ihn noch niemals gesehen. Auf die allgemeinen Fragen „was ist - was ist"? schüttelte José-Maria nur wortlos mit dem Kopf. Er fühlte sich halt wie man sich fühlen muss, wenn man aus einem tiefen, dunklen Loch an das paradiesische Tageslicht gehoben wird, dann im letzten Moment ausrutscht und doch wieder zurückfällt. Man sah es an seinen Gesten aber auch sein Gesicht sprach Bände. Es war eine gespenstische Situation und der Vorstand der Vorstände war nicht zu beneiden.

„Ich mache es kurz", keuchte er dann mehr, als noch nicht einmal alle an ihren Plätzen waren, „Freddy ist verschwunden. **Barranquilla** hat es gemeldet." Er vermied es mit seinen Freunden Blickkontakt herzustellen.

„Das kann doch nur ein Missverständnis sein, oder?"

„Vielleicht haben sich Meldungen überschnitten? Oder sind in umgekehrter Zeitordnung hereingekommen."

„Leider scheint diese Nachricht auf soliden Beinen zu stehen. Trotzdem habe ich nachhaken lassen."

„Ich schlage vor, dass wir zunächst einmal einige Minuten abwarten. Vielleicht ergibt sich wieder ein Irrtum, dann aber zu unseren Gunsten."

In **Puerto Bello** standen die Zöllner mit ihrem Teniente bei ihrem Jeep und unterhielten sich scheinbar lebhaft. Freddy und Henry konnten zwar nichts von dem Palaver hören, aber die Hand- und Armbewegungen, ihre Körpersprache unter der dürftigen Straßenbeleuchtung, deuteten auf eine ernsthafte und sehr erregte Aussprache hin.

„Scheißtypen. Ich könnte mit Genuss jedem Einzelnen den Hals umdrehen.“

Henry sagte nichts dazu. Er wusste, dass in diesem Satz jede Silbe mit hundertprozentiger Überzeugung ausgesprochen war.

Sie mussten aber gute Miene zum bösen Spiel machen. Sie konnten sich nicht von der Stelle bewegen. Offenbar war der Teniente nicht auf den Kopf gefallen. Der wusste offenbar Bescheid, brauchte vielleicht nur noch das Abnicken eines Vorgesetzten. Möglicherweise das eines veritablen Polizisten, um in Aktion zu treten.

Weder Freddy noch Henry waren sich, was ihren Fall betraf, über die Zuständigkeiten einzelner Behörden im Klaren. Sie hatten sich auch im Vorfeld ihres Unternehmens keine Klarheit verschafft. Sie konnten nur mit Sicherheit davon ausgehen, dass die Polizei sie aus zumindest zwei Gründen fassen wollte. Einmal war es schließlich doch ihre Aufgabe Diebstähle aufzuklären, den oder die Täter zu fassen. Andererseits war es zwar nicht ihre offizielle Aufgabe, aber sie war dafür umso reizvoller, als da mit hoher Wahrscheinlichkeit eine Wiederbeschaffungsprämie im Raum stand. Und das nicht nur als Taschengeld. Da lohnte es sich mal ausnahmsweise die grauen Zellen in volle Aktion zu versetzen.

Auch nur das Anwerfen ihrer Motoren hätte sicher die Herren vom Zoll veranlasst, sofort mit allen Waffen auf sie zu ballern. Und zwar mit dem allergrößten Vergnügen. Gar manch einer, der in solcher Funktion im Dienste seines Staates stand, hatte sich nur beworben, wegen der Aussicht schießen zu dürfen. Macht zu haben zum Schießen.

Dieses Gefühl war in breiten Schichten der dortigen Bevölkerung recht stark ausgeprägt. Jede Schießerei musste aber sehr unangenehme Folgen haben für die, wenn auch nur über der Wasserlinie durchlöcherte Yacht. Und jeder hatte, halb verdeckt durch den Blouson, eine schwere Faustfeuerwaffe getragen. Das hatte sowohl Henry als auch Freddy wohl gesehen. Genau dies hatte auch der Teniente belustigt festgestellt.

„Jeder von diesen Missgeburten in den verschissenen Klamotten konnte es sich erlauben großkotziges Benehmen an den Abend zu legen. Eben weil sie so wirkungsvoll bewaffnet sind. Die hätten sich sonst nicht einmal in die Nähe der *Esperanza* getraut." Freddy knirschte mit den Zähnen. So als hätten es die Autoritäten gehört, drehten sie sich in diesem Moment zur Yacht hin. Einer zeigte sogar mit dem ausgestreckten Arm auf sie.

Ihre Unterhaltung gestaltete sich deshalb so lebhaft, weil sie mittlerweile mitbekommen hatten, dass auf das Ergreifen der Yacht - und ihre Besatzung - 50 000 Dollar ausgesetzt waren. Da wollten sie ein Stück davon haben. Dann waren sie gemachte Leute. Sie diskutierten deshalb diesen Umstand lebhaft, weil sie gerne den ganzen Kahn gestürmt und an die Leine gelegt hätten.

Allerdings hatten sie auch die Warnung erhalten, dass die beiden Typen schwer bewaffnet seien, *womöglich* schwer bewaffnet seien. Das aber reichte aus sie vor der Erstürmung abzuhalten. Sie hatten ja nur 9 mm Revolver mit je sechs Schuss Munition.

Dass sie zur Festsetzung der Yacht aber gar keine Befugnis hatten, das hätte sie nicht weiter gestört. Ganz besonders nicht an diesem Ende der Welt. Aber die Waffen, die möglichen

Waffen, davon ließen sie sich abschrecken. Über die Art der Bewaffnung konnten sie nur spekulieren. Wären sie nicht im Spiel gewesen, sie hätten der Besatzung glatt eine gute Portion Kokain untergeschoben und somit eine Berechtigung für die Sistierung gehabt. Dies vor ihren Vorgesetzten, den Freunden vom Kartell und aller Welt. Sie wären Helden gewesen und reich geworden. So aber waren sie abhängig von der Initiative eines Polizeichefs in **Santa Marta**. Von der Polizei hielten sie nicht viel.

„Ich trau der Geschichte nicht." Freddy wurde von Minute zu Minute nervöser.

Zu dieser Erkenntnis zu gelangen brauchte es aber keine besonderen hellseherischen Fähigkeiten.

„Wir müssen so schnell wie möglich abhauen. Bloß wie?" Freddy knirschte wieder hörbar mit den Zähnen.

„Wenn die jetzt erst Verstärkung holen, dann ..."

Weiter kam Freddy nicht, denn die betreffenden Herren machten Anstalten den Jeep zu besteigen. Und es sah danach aus, dass sie nicht einmal eine Wache zurückließen.

„Sobald die mit ihrem Auto um die Ecke sind heißt es Lichter aus und hinaus in die Nacht. Schön, dass die Ausfahrt mit Leuchten markiert ist. Aber wenn auch, wir haben ja alles was wir brauchen, um ..."

Er sprach nicht mehr weiter. Der Jeep mit den vier Zollbeamten war in eine breitere Gasse eingebogen und verschwunden.

„Du machst die Festbeleuchtung aus."

In **Valencia** war es nach Mitternacht.
Die Niedergeschlagenheit schien in Resignation umzuschlagen.

„Freunde, die Welt geht damit nicht unter." José-Maria machte eine Pause. „Wir haben einen Rückschlag erlitten, der umso gravierender spürbar ist, als wir uns noch vor ein paar Minuten am Ausgang eines Tunnels wähnten. Erlöst von einem grausamen Alptraum. Wir glaubten uns erlöst und fielen doch wieder in ein tiefes Loch. Wir müssen jetzt willensstark versuchen die Initiative wieder an uns bringen. Wir sind dort angekommen, wo wir uns bereits vor etwas mehr als einer halben Stunde sowieso befanden. Und wir hatten dort, ich darf es nochmals im Rückblick in aller Kürze ausführen, über unsere Reaktion auf die neueste E-Mail dieses Freddy beraten."

Er legte wieder eine Pause ein. Es kam keine Anregung oder Reaktion aus der versammelten hochkarätig besetzten Runde. So fuhr José-Maria fort.

„Übrigens, Theo ist heute Nachmittag angekommen. Er konnte nichts Neues zur Lage beitragen."

„Wo stehen wir nun wirklich?"

„Freddy fordert jetzt 10 Millionen und droht bei Nichtzahlung bis zur gesetzten Frist, 11 Uhr Morgen, lokale Zeit auf den Caymans, die Besatzung und Al zu liquidieren. Ich erinnere, wir sprachen darüber, fünf Millionen zu zahlen. Gleichzeitig wollten wir Freddy oder seinen Hintermännern eine Nachricht zukommen zu lassen, die besagt, dass wir die zweite Tranche bei Übergabe der Yacht und der Besatzung, eben dann die restlichen fünf Millionen übergeben würden. Modalitäten müssten allerdings auch gleich angeboten werden. Letzteres ist meine persönliche Meinung. Ich bitte um Ihre Beiträge."

„Wenn ich die Patentlösung wüsste, würde ich sie mit Freuden ausplaudern und uns alle nur zu gerne zu Begeisterungsstürmen hinreißen." Es mischten sich, bei aller gespielter oder auch wirklich vorhandener Seriosität der Gesellschaft, blumige Umschreibungen, wie sie in unterschiedlichen Regionen Spaniens nicht wegzudenken sind. Trotzdem, hier spürten alle den sarkastischen Unterton.

„Fünf Millionen ist ein Haufen Geld.“

„Das hatten wir schon.“

„Trotzdem bleibt es ein Haufen Geld. Das tut weh.“

„Wir wollen sie ja nicht total abschreiben. Wir wollen sie ja wiederhaben. Wir borgen sie gewissermaßen und holen sie uns wieder.“

„Die Zinsen zahlt Freddy ... mit seinem erbärmlichen Leben.“ Pedro-Ricardo Cesar Fonseca Hidalgo hatte wieder die drastischste Ausdrucksweise.

„Na, na, na, meine Freunde. Bleiben wir bitte sachlich. Wir müssen eine Entscheidung treffen. Es ist noch kein Widerspruch laut geworden. Zahlen wir also in dem von mir vorgeschlagenen Rahmen? Fünf jetzt, bzw. Morgen, und fünf bei Übergabe von Mensch und Material?“

„Abstimmung! Ich kann bald nicht mehr. Schaut doch mal auf die Uhr, es wird immer wahrscheinlicher, dass wir, übermüdet, wie wir sind, eine Fehlentscheidung treffen. Wir sind doch alle nur Menschen. Übermüdete Kreaturen. Wir brauchen auch mal wieder eine Ruhepause, Schlaf.“

„Sollten wir die Entscheidung doch nicht besser auf Morgen verschieben?“

„Meine Güte, glaubt denn einer, dass wir einen erholsamen Schlaf haben werden? Die Angelegenheit lässt sich doch nicht einfach abschalten, aus unseren Gehirnen verbannen, mit einem Strich erledigen. So jetzt schlafe ich. Morgen früh sind wir doch noch kaputter als jetzt. Da könnten wir doch noch schlechtere Vorgehensweisen beschließen. Drücken wir uns nicht weiter, beschließen wir jetzt. Und zwar zahlen, so wie es José-Maria vorgeschlagen hat. Was denn sonst?“ Sie gaben schließlich den Ausführungen des Freundes und Kollegen Sá Benedicto Xavete Evaristo recht.

José-Maria schaltete sich jetzt ein. „Freunde, bevor die Emotionen wieder hochgehen, versuchen wir doch noch einmal die Möglichkeiten, die uns verbleiben auszuleuchten.“

„Und wenn wir wieder nicht bezahlen? Glaubt hier im Raum jemand, dass die wirklich Al und die anderen erschießen werden. Das würde ihnen doch nur den Weg verbauen, weiter mit uns zusammenzuarbeiten.“

„Und das unter der Voraussetzung, dass Al überhaupt noch am Leben ist. Meine Freunde, sehen wir die Sache doch nüchtern. Die haben in einem Hafen angelegt, in einem Primitivhafen, wenn wir so wollen. Sie werden vom Zoll untersucht und die schauen doch normalerweise gerne überall nach. Bis dahin sind wir uns doch einig. Und nun stellt euch vor, da sind Geiseln an Bord. Schön verschnürt, irgendwo abgelegt. Na - funkt´s? Die Gefahr für Freddy und Konsorten wäre doch hochgradig, unerträglich gefährlich gewesen solches zu riskieren. Also, meine Meinung, nein, meine Überzeugung ist, die sind alle tot und längst entsorgt“, schloss Ambrosio Hermenegildo de Bizcaino Thompson nach einer kleinen Kunstpause.

„Ich kann mich dieser Schlussfolgerung nicht entziehen, die hat Substanz.“

„So gesehen, stimme ich ebenso mit dieser Position überein.“

„Was uns wieder in eine neue Situation bringt.“

José-Maria war wieder gefragt. Sie schauten ihn an. „Was sagst du dazu?“

„Das nenne ich scharf nachdenken und genau das brauchen wir. Dadurch ergeben sich aber auch wieder neue Vorgehensweisen. Wenn dem so wie geschildert ist, dann haben wir auch unter keinen Umständen einen Tausch zu erwarten. Es ist dann eiskalte, nackte Erpressung mit einer Spekulation, dass wir darauf hereinfallen. Mit dem angeblichen Leben Als will dieser oder wollen die, nur den Druck erhöhen. Sollen wir diesem Druck nachgeben? Wenn dieser Verbrecher Freddy die zehn Millionen hat, dann köpft er mit seinem Kumpan eine Flasche Schampus und anschließend lachen die sich kaputt. Irgendwo auf dem Atlantik."

„Ich glaube auch nicht an einen Hintermann mit dem er teilen müsste, aber das ist glauben und nicht wissen."

„Und weshalb nochmals, soll es einen Spezialeffekt geben, wenn wir ihm nur fünf zahlen?"

„Zunächst wird es für ihn keinen Unterschied machen, ob wir ihm zehn Millionen oder nur fünf zahlen. Für uns aber schon. Darüber hinaus haben wir die Chance eine Mitteilung loszuwerden. Also indirekt mit ihm zu kommunizieren. Über die Bank. Die bringt ihn in eine Zwickmühle. Er kann vor allen Dingen nicht mehr seine Geiseln, die sowieso nicht mehr leben, umbringen. Vielleicht ist er inzwischen selbst auf die Idee gekommen, dass wir diese Ente auch als solche gesehen haben. Was will er sonst noch machen? Gut, er hat Dokumente, die uns gefährlich werden können. Aber er weiß auch, dass er die noch brauchen kann, brauchen wird, unter Umständen noch bitter nötig hat. Er will ja irgendwie auch wieder weiterleben. Er muss so oder so irgendwo wieder an Land. Und er will die Ware verkaufen. Dass dies gefährlich ist, dass er die nicht so einfach auf einem Marktplatz oder im Internet anbieten kann, das weiß der auch. Also braucht er eine Rückversicherung. Das sind seine sogenannten Beweisstücke. Wenn die aufgebraucht sind, wir sozusagen aus dem Verkehr gezogen sind, dann ist er nackt. Er weiß, dass jeder potentielle Koka-Aufkäufer, besonders bei dieser Menge, irgendwie feststellen wird, dass er alleine ist. Gut, mit seinem Kumpan, dem er aber sicher nicht über den Weg traut. Für den er sicher ebenfalls schon eine Todesart ausgeheckt hat. Jedenfalls wird Freddy wissen, dass seine Beweisstücke auch seine Lebensversicherung sind. Ergo, er wird sich mit fünf Millionen zufrieden geben und keinen Mucks mehr machen. Unterdessen müssen wir auf der Hut sein. Search and destroy, wie die Amis sagen, frei übersetzt, aufspüren und vernichten. Die Überweisung an die Bank mit der besprochenen Nachricht, wird uns in die Lage bringen zu handeln, zielgerichtet zu handeln.“

„Und weshalb sollen wir unter diesen Umständen überhaupt zahlen? Lassen wir ihn doch braten.“

„Weil wir dann in einer besonders gefährlichen und er in einer besonders gefährdeten Lage ist. Er wird spüren, dass wir ihn an die Wand drücken, mit all den Folgen. Er könnte, ich nehme dies mit hoher Wahrscheinlichkeit an, die Nerven verlieren und die Papiere doch noch, vielleicht in einem Anfall von was weiß ich, an Autoritäten übergeben. Auch wenn es ihm mit Sicherheit fünf Minuten später bereits fürchterlich reuen würde. Aber wir säßen in der Tinte. Stimmt ihr mir da zu, meine Freunde?“

„Ich kann nur sehen, dass du mal wieder verdammt Recht hast.“

„Ich sehe das auch so.“

„Überdies könnte er sich weder mit einer *Esperanza*, noch mit einer auf einen anderen Namen reduzierten Yacht in einem Hafen blicken lassen. Um aber die Ware an den Mann zu bringen, braucht der Ruhe. Er ist auf der Flucht, das ist ihm klar. Aber er ist auf der Flucht vor uns. Wenn wir aber, über seine Beweisstücke auffliegen, dann werden der Polizei und den internationalen Fahndern auch die Details unserer Organisation bekannt werden. Dann hat er es mit einem weitaus gefährlicheren Gegner zu tun. Dieser wird dann, angesichts einer erdrückenden Beweislage, keine Ruhe geben, bis er hiner Gitter sitzt. Mord verjährt nicht. Da kann er sich dann auch nicht mal so auf die Schnelle ein paar Millionen besorgen.“

„Stichwort Millionen. Und wenn er uns systematisch, sagen wir mal, jede Woche eine weitere Million abpressen will. Was können wir dagegen tun?“

„Ja, er hat momentan eine starke Position. Aber er weiß auch, mit unserer Nachricht an die Bank, dass wir ihn bloßgestellt, durchschaut haben. Es gibt keinen Al, mit dessen Leben er weiter drohen kann. Er kann nur weiter mit der Drohung winken, dass er die Dokumente übergeben werde. Sonst hat er nichts. Aber die Folgen davon haben wir bereits besprochen. Die sind ihm auch bekannt, das dürfte ziemlich sicher sein. Also wird er sich eine Zeitlang verkriechen. Geld zum Durchhalten hat er ja dann auch einstweilen. Angenommen er wollte uns also dummerweise wirklich weiter mit den Beweisstücken winken und erpressen. Er müsste damit rechnen, dass wir eben erst Al und die Yacht sehen werden wollen, bevor wir weiterzahlen.“

„Und wenn wir ihm weniger, sagen wir mal, nur eine Million zahlen werden?“

„Ich persönlich warne vor diesem Spiel. Er würde mit hoher Wahrscheinlichkeit die Nerven verlieren. So viel ist über seinen Charakter bekannt. Dann sind wir die Angeschmierten. Er selbst könnte sich dann weiter, wenn alle Stricke gerissen sind, meinetwegen als Kleindealer betätigen, oder als Geschäftsmann in Sachen Koks. Wir sind dann weg vom Fenster. Ich sage das nicht als Vermutung. Ich kenne sein Charakterbild, sein Persönlichkeitsprofil, das wir natürlich erstellen ließen. Dass er überhaupt so lange dabei sein konnte, das ist nur Al zuzuschreiben. Ich sage das in Anführungszeichen.“ José-Maria hatte beidhändig mit Zeige- und Mittelfinger eine verständliche Geste in der Luft gemacht. Der meinte immer noch einen brauchbaren Mitarbeiter aus ihm machen zu können. Er war sein Protegé. Das wissen wir heute zur Genüge. Leider war er da uneinsichtig. Andererseits brauchte er brutale, skrupellose, kaltblütige, mit allen Wassern gewaschene Typen für die Drecksarbeit. Wobei er, allerdings nur zeitlich begrenzt, im Recht war."

„Al hatte sich also bewusst in die Höhle des Löwen begeben?"

„Ganz recht. Und uns in diese ungemütliche Lage gebracht. Das muss auch einmal gesagt werden. Bei allem Respekt vor Als Leistungen. Aber das kann ich ihnen versichern, meine Freunde. Wenn wir da raus sind, und wir kommen darüber hinweg, dann werden keine Extrawürste mehr gebraten. Jeder hat sich dann den jeweiligen Erkenntnissen der modernen Seelenklempnerei unterzuordnen haben. Jeder faule Apfel wird rücksichtslos aussortiert, bevor er weiteren Schaden anrichten kann."

Nach einer Pause: „Ich denke, dass alles gesagt ist. Wir sollten abstimmen."

„Wer ist dafür, wie beschrieben, fünf Millionen Euro an die angegebene Bank auf den Caymans, zugunsten der von Freddy angegebenen Kontonummer, einzuzahlen und statt einem Verwendungszweck ihm an gleicher Stelle eine Nachricht zukommen zu lassen, so wie besprochen?"

Es ergab die erforderliche Einstimmigkeit.

„Ich veranlasse also die Zahlung für Morgen 1. 10. elf Uhr unserer Zeit. Wir treffen uns vorher, falls doch noch eine neue Idee eine Meinungsänderung wünschenswert oder erforderlich machen sollte."

Sie hatten sich alle vorgenommen wirklich zu schlafen.

Sie brauchten Ruhe.

17

Freddy saß auf dem sehr bequemen Sessel der Steuerzentrale. Er hatte AK geschaltet. Die Yacht erzitterte, sie hatte sich mit dem Bug weit aus dem Wasser gehoben.

„Scheiße", sagte er in gedämpften Ton.

Henry sagte nichts.

Nach einer Weile wieder: „Scheiße. An allem sind diese Huevones von **Valencia** schuld. Hätten sie gezahlt, wäre uns der Abstecher nach diesem beschissenen Hafenloch erspart geblieben."

„Wir sind doch draußen, freu dich doch wenigstens darüber."

„Sag mal, kannst du dich darüber freuen, dass sie uns beinahe am Arsch gehabt hätten? Und dass die Säcke jetzt natürlich alarmiert sind, sie hatten ja die *Esperanza* gesehen. Das ist Grund genug nun mit Vollgas in die Karibik hinauszujagen, kostbaren Treibstoff verpulvernd. Der wird uns irgendwann einmal auf der langen Reise fehlen. Geht das in deinen Kopf?"

Freddy hatte sich in Rage geredet. Verpulverte damit aber auch zumindest einen Teil seiner aufgestauten Wut. Das war nüchtern betrachtet gut so.

Auf einer von GPS erstellten Übersicht lag nun **Aruba** steuerbord voraus. „Wir werden einen großen Bogen um die Holländer machen, dann auf Ostkurs gehen und dann auf Südost. Bis die Sonne wieder aufgeht, müssen wir weit weg sein und in einer geografischen Position, wo sie uns nicht vermuten. Da wollen sich sicher eine ganze Menge Abenteurer eine Belohnung, einen Finderlohn verdienen, ganz zu schweigen von nimmersatten Polizeiärschen."

„Damit ist zu rechnen."

„Ein Detail ist nicht schlecht. Wir wollten sowieso in diese Richtung. Also auf zur Ostküste von Südamerika. Wir haben noch elf Stunden Dunkelheit, die gilt es zu nutzen. Nach Sonnenaufgang halten wir nochmals zwei Stunden feste drauf und werden dann im Atlantik, irgendwo in gesichertem Abstand von Trinidad sein. Karibik und Antillen adé. Welches Arschloch sollte uns dann dort suchen?"

„Irgendwo müssen wir dann aber auch eine Pause einlegen, ausruhen. Das wäre für uns gut und auch für den Kahn."

„Seltsame Gefühle hast du. Aber auch Recht. Wir sind dann in der Nähe des Orinocodeltas. Bitten wir doch einmal GPS uns eine schöne Stelle auszusuchen."

Beide schauten nach jeder Eingabe gespannt auf den Monitor. Und sie sahen mit Faszination, wie das Gerät die unterschiedlichsten Vorschläge machte.

„Das sieht ja verheißungsvoll aus. Dann könnten wir inmitten von Mangroven, schön und gut versteckt, in Deckung bleiben, bis sich unsere Verfolger ausgetobt haben."

„Mangroven und Mücken. Also, sagen wir es einmal so: Wenn uns die Mücken die Ruhe genießen lassen. Wir können sie ja einmal fragen."

Damit schien die Lage entspannt.

„Henry, geh, leg dich ein paar Stunden aufs Ohr. Ich weck dich, wenn ich abgelöst werden will."

„Und du glaubst, dass ich schlafen kann?"

„Du solltest dich aber bemühen. Wir werden noch gebraucht.“

„Zwischen den Mangroven werd´ ich noch genug Zeit zum Schlafen haben.“

„Der hat was gesagt von Frauenkleidern. Scheiße Henry. Du hast das ganz vergessen.“

„Was heißt hier Henry, du hast das ganz vergessen? Sind wir nicht beide hier an Bord? Sozusagen sprichwörtlich auf ein und demselben Boot? Aber reg´ dich nicht weiter auf, ich geh´ schon.“

Henry kam dann nach ein paar Minuten wieder und brachte einen Koffer mit.

„Bevor ich ihn ins Meer befördere und die Fische belustige, wollen wir uns die guten Stücke selbst besehen.“

Er klappte den Koffer auf.

„Nanu, was sagst du jetzt. Schade, dass wir die Eigentümerin, sozusagen den Inhalt der Klamotten nicht mehr bei uns haben. Die könnte uns eine amüsante und anregende Modeschau präsentieren. Würd´ es verdammt genießen, wenn ich diese BHs und Höschen prall gefüllt bewundern könnte.“

„Sowie ich dich geilen Bock kenne, würdest du die Kleidungsstücke nicht lange bewundern. Die interessieren dich doch am wenigstens an einer Frau, mehr schon was darunter ist.“

Sie lachten wiehernd los.

„Und dich interessieren feste Brüste und ein strammer Arsch natürlich nicht. Du bist eher so ein Klostertyp.“

„Ehrlich gesagt ist das eher Beiwerk, aber ganz in der Nähe dieser Beiwerke liegt im Schutz eines kleinen Wäldchens eine schöne feuchte Oase. Da stehe ich drauf. Besonders, wenn ich längere Zeit gegen eine Trockenzeit anzukämpfen hatte.“

„Auf deine Art bist du gleichzeitig ganz schön pervers und dann auch ein verdammter Realist. Aber das gebe ich dir schriftlich, dass auch ich, nicht nur wenn ich ausgetrocknet bin, ganz gern von dem Brunnen hinter der Oase genieße.“

Es ging noch eine ganze Weile so weiter, wie das so ist, wenn zwei geile, nicht entwöhnte Männer auf dem Thema sind.

„Was hältst du davon, wenn wir die schönsten Stücke auf einer Schnur aufgespannt, im Winde flattern lassen?“

„Henry“, Freddy schaute nun doch ernst seinen Freund an, „tu mir einen Gefallen, hör jetzt auf, sonst dreh ich durch und fick dich ersatzweise in den Arsch. Schmeiß das Zeugs über Bord, und zwar ganz plötzlich. Oder willst du mit diesen Scheißbeweisstücken am Ende noch den Typen in den Such-flugzeugen zuwinken?“

„Gönnst mir aber auch keinen Spaß“

„Wir haben ihn gehabt und wenn wir uns nicht auf unser Vorhaben konzentrieren, werden wir glorios scheitern. Dann sind wir den zu erwartenden Reichtum nicht wert. Dann sind wir weg vom Fenster, hast du das vernommen und dir zwi-schen die Ohren gestopft, du beschissene Fickmaschine?“

Freddy hatte sich in Rage geredet.

„Es reicht Freddy. Ich hab´ ja verstanden. Dein Wille ge-schehe. Amen“, sagte er noch mit einer theatralischen Gestik.

„Und pass ja gut auf, dass die Dinger auch wirklich in die Schrauben kommen. Wäre doch ein besonderes Pläsir, wenn wir einen Hafen anlaufen müssten, dem Hafenmeister dann um Hilfe bitten müssten. Meister, wir haben da ein paar Büs-tenhalter in unserem Antrieb. Ein paar Höschen können auch dabei sein. Könnten sie so gut sein ...“

„Also!“ brüllte er Henry hinterher.

Henry kam dann noch mit einer großen Tasche, zeigte sie Freddy und schaute dann theatralisch mitleidsvoll aus.

Freddy machte mit dem Daumen eine Geste, wies nach hinten und dann nach unten.

Mit den Sachen des Skippers machte er dann kein Aufsehen mehr. Er hatte sie durchsucht. Nahm 320 Euro an sich und auch die Kreditkarten nebst Ausweisen. Er überlegte nicht, dass und ob ihm das eines Tages Probleme bereiten könnte. Allerdings dachte er daran, dass sie auch als Beweismittel in einer anderen Richtung hilfreich sein konnten.

Des Skippers sonstige Besitztümer flogen in hohem Bogen in die Gischt hinter dem Boot.

Bei den Sachen von Alvarado machte er eine Pause und fragte Freddy, ob sie diese nicht doch genauer untersuchen sollten. Es könnte ja etwas Brauchbares dabei sein.

Freddy war zunächst ungehalten. Doch dann war auch er der Meinung, dass diese Sachen genauer untersucht werden sollten. Das wollte er selbst machen, vielleicht fand er etwas Aufschlussreiches für ihr weiteres Vorgehen. Er schickte Henry auf den Kommandositz.

Freddy fand Aufzeichnungen und dabei auch Nummernfolgen, vielleicht von Tresoren oder Bankschließfächern. Er vermutete sie zunächst in irgendwelchen Banken auf dem Festland. Doch es konnten auch Geheimnummern von Kreditkarten sein. Er steckte sie ein. Nachdenken, befahl er sich.

Ausweise und Pass? <Weg-weg-weg> befahl er sich halblaut. <Oder doch nicht?> Nein - doch, weg damit. Er konnte es aber auch immer noch tun. Also einstecken. Wer weiß?

Bargeld war merkwürdigerweise ganz wenig zu finden. Seltsam.

Konnte nicht doch auch auf der Yacht ein Safe sein? Oder so etwas Ähnliches. Freddy kannte sie zwar sehr gut, hatte aber Derartiges noch nicht entdeckt. <Was seine Existenz nicht ausschließt> sagte er wieder halblaut vor sich hin.

Alles Weitere, ganz offensichtlich Unverfängliches, darunter die bekannten 8 Anzüge, 12 Paar Schuhe, stapelweise Hemden, darunter 12 seidene, Toilettenartikel in größerer Stückzahl, ab in den <Bach>, wie Freddy fast unhörbar kommentierte.

<Ich muss mir die Pläne der Yacht einmal vornehmen. Wenn es versteckte Plätze gab, dann musste irgendwo eine Ungereimtheit darauf hinweisen>. So könnte er Geheimplätze finden. Diese erschienen ihm immer wahrscheinlicher. Wer würde schon den Bau einer Luxusyacht in Auftrag geben. Einer Yacht, die von vorneherein als Schmugglerschiff ausgedacht war und würde keine Geheimfächer, Safes oder gar Panzerschränke anlegen, mit einbauen. Freddy schnippte mit den Fingern, es war das äußere sichtbare Zeichen, dass er einen großartigen Einfall hatte. Er würde die Suche aufnehmen, ohne Henry davon in Kenntnis zu setzen. Sollte der etwas merken, nun, er wollte halt das Schiff kennenlernen, er musste ja mit allem vertraut sein, wer weiß.

Allzu fest waren seine sich selbst vorgetragenen Argumente nicht. Aber, scheiß drauf. Mit Henry würde er schon fertig werden. Der soll sich um seine eigenen Angelegenheiten kümmern oder um das, was zwischen ihnen verabredet wurde. Aber auch das war keine gut begründete Vertrauensbasis. Was soll´s?

„Der Laden ist jetzt sauber“, sagte er später zu Henry, als er wieder auf der Brücke war.

Beide wussten, dass dies die Unwahrheit war.

Henry kam ein Gedanke. „Du Freddy, können die ventuell von **Valencia** oder **La Palma** aus, ferngesteuert, unsere Motore abschalten, unseren Antrieb stilllegen?“

Freddy schaute seinen Kumpanen erstaunt an. „Gedanken hast Du!“

„Nun ja, könnte ja möglich sein.“

„Dann hätten sie es doch längst getan, wir sind doch jetzt schon eine Weile unterwegs.“

„Allerdings. Aber angenommen sie könnten es. Würden

sie es sich leisten können es zu tun? Sie wissen ja nicht wo wir sind.“

„Für eine solche funkgesteuerte Aktion braucht man den Standort nicht zu wissen. Das funktioniert vielleicht auch auf der anderen Seite der Erdkugel.“

„Du hast mich falsch verstanden. Ich meine, dass sie es vielleicht nicht machen hat damit zu tun, dass sie nicht wissen wo wir sind, wo sie uns mit abgeschalteten Motoren aufgabeln sollen. Wir strahlen ja keine Peilsignale ab. Wir wären verloren, steuerlos. Und damit der Kahn nebst Inhalt und Besatzung, auch für die in **Valencia**.“

„Henry, Henry, ich fürchte, du hast einmal wieder Recht. Ich hatte daran noch nicht gedacht. Also sollten wir zufrieden sein. Sie können uns nichts anhaben.“

„Nun, wir haben ja auch keine Antennen, über die sie uns in die Suppe spucken könnten.“

„Da bin ich nicht so sicher. Das Boot ist Großteils aus Fiberglas oder Glasfiber. Was es in Wirklichkeit ist, ist mir im Augenblick scheißegal. Es wäre nur insofern wichtig, als eine Antenne auch verborgen in den Schiffsaufbauten versteckt, sozusagen eingebacken sein könnte.“

„Du hast ein Talent, mein Freund, einem den Tag, ich wollte natürlich Nacht sagen, zu vermiesen. Jetzt lässt du mich also weiter auf meinem Horrortrip, dass die Motore jederzeit ausfallen können.“

„Nicht doch, nicht gleich weinen, mein Freund. Wer wird denn wegen solch einer Kleinigkeit in die Hosen scheißen? Wenn die Motore ausfallen, schwimmen wir halt weiter, schicken unterwegs ein paar Haifische in die ewigen Jagdgründe und ...“

Weiter kam er nicht, beide explodierten vor Lachen. Ihr seelisches Gleichgewicht war wieder gerettet.

Nach einem zeitweise bewölkten Himmel war es nun sternenklar. Es hatte angenehm abgekühlt. Die Yacht zog ihre Bahn. Freddy registrierte auf dem Radarschirm erstaunlich regen Verkehr.

Die kräftigen Motore soffen unbeeindruckt den Treibstoff eimerweise.

Keiner ging zum Schlafen. Grenada hatten sie auf dem GPS-Lagebild backbord voraus.

„Wir müssen wegen der *Esperanza* etwas unternehmen“, sagte Freddy ganz unvermittelt nach einer längeren Pause.

Henry, der mit seinen Gedanken ganz woanders war, meinte dazu, dass man doch eigentlich ganz gut vorgeplant habe.

„Scheiße, das mein ich nicht. Wir haben den Namenszug beidseits auf dem Bug. Den müssen wir ändern.“

Kurze Pause. Dann machte Henry weiter.

„Schreiben wir halt <Freddy und Henry> drauf. Wie wär´s mit <Frendy >oder <Hendy>? Fällt ja überhaupt nicht auf.“

„Was bist du doch manchmal für ein Idiot. Kaum halte ich dich einmal für intelligent, dann lässt du solchen Scheiß aus dem Kopf. Sollte doch wohl ein Witz sein?“

„Sollte doch wohl ein Witz sein“, äffte Henry nach. „Das war ein Witz. Jetzt hau ab in die Koje. Du bist übermüdet und nicht mehr aufnahmefähig. Ich fahre noch ein Stück, dann sind wir sowieso bald im Urwald.“

„Ich hab da einen guten Gedanken. Den mache ich aber erst publik, wenn ich ausgeschlafen habe. Du wolltest es ja so. Dass du mich jedenfalls weckst, wenn wir noch mindestens 20 Meilen vor den Mangrovenwäldern sind. Und jederzeit, wenn ein Flugzeug in Sicht kommen sollte. Komm mein Freund und spiele Kapitän.“

Sie tauschten die Plätze. Henry schaute seinen Kumpanen

fragend und auch ein wenig verärgert an. Was mochte er falsch gemacht haben?

Die Yacht lief mit eingeschaltetem Autopiloten.

Henry hatte schon zum dritten Mal am ausgestreckten Körper Freddys gerüttelt. Erst dann reagierte sein Kumpan.

Freddy war es als wäre er gerade eingeschlafen. Er war mit einem Ruck in der Sitzposition.

„Ein Flugzeug", sagte Henry und schaute Freddy mit großen Augen an. Der interpretierte es als Schreck und rannte auf die Brücke. Henry nahm sich Zeit ihm zu folgen.

„Wo, in welcher Richtung?"

„Was denn?"

„Verdammt, das Flugzeug natürlich."

„Ach so", Henry spielte das Unschuldslamm. „Da, da oben, siehst du nicht die Kondensstreifen?"

Freddy hatte einen Impuls, er hätte Henry jetzt gerne erwürgt.

„Mann, komm wieder runter, es war sowieso Zeit zum Wecken. Ich glaube, dass wir nur noch etwa 20 bis 25 Minuten brauchen. Dann beginnt der Urwald.

„Du solltest doch ..." Freddy winkte ab. Er hatte wieder den Posten des Skippers übernommen. Es war still geworden im Cockpit. Er rief unterdessen verschiedene Lagepläne auf.

Dann unterbrach Henry die Sprachlosigkeit: „Um die Zeit des Sonnenaufgangs durchfuhren wir die Passage zwischen **Trinidad** und **Tobago.** Die haben alle noch gepennt. Dann habe ich den Kurs leicht nach dem südlichen Teil des Deltas abgeändert. Ich sah auf den Lageplänen, die ich aufgerufen hatte, mehr und offensichtlich bessere Stellen, wo wir uns ausschlafen können. Ich denke doch, dass du damit einverstanden bist?"

Freddy brummte etwas. Er war immer noch verstimmt. Weil er aber keinen cholerischen Anfall bekam, mochte Henry davon ausgehen, dass seine Entscheidung Zustimmung gefunden hatte.

Dann kam doch noch eine Replik: „Kannst es ja ins Logbuch eintragen."

Henry konterte genüsslich: „Das ist Sache des Kapitäns." Der Friede war damit wieder hergestellt.

„Und deine glorreiche Idee. Rückst du jetzt damit heraus?"

„Muss ich ja, du bist ja der Hauptbeteiligte."

„Meine Antwort ist nein, damit das klar ist. Denk ja nicht, dass du mich umstimmen kannst. Wenn du Krebse essen willst, dann fang sie dir schon selbst im Urwald."

„Das ist kein Urwald, das ist nur so was Ähnliches wie Urwald. Die Bäume stehen aber mit ihren Wurzeln im Wasser wie auf Stelzen. Aber, ich kann dich beruhigen. Ich mag keine Krebse. Scheißgepule."

Henry wollte nicht noch einmal nachfragen, um was es denn nun ginge, welches die große Idee von Freddy war.

„Wir suchen uns am besten einen etwas schmaleren Wasserlauf, es gibt dann eine geringere Chance, dass uns jemand in die Quere kommt. Trotzdem sollten wir die Waffen bereithalten. Ohne Gegenwehr lasse ich mich nicht hopsnehmen. Der eine oder andere wird mich dann schon in die ewigen Jagdgründe begleiten müssen."

„Wenn das deine großartige Idee war". Im Geiste Henrys hatte sich der ursprünglich von Freddy angekündigte gute Gedanke zur alles beherrschenden, großartigen und schließlich zur sensationellen Idee ausgewachsen. „Daran dachte ich lediglich als eine Selbstverständlichkeit."

Wieder herrschte für eine längere Weile Funkstille zwischen beiden Besatzungsmitgliedern.

Steuerbords veränderte sich der Horizont. Freddy hatte die Fahrt bis auf die Hälfte der bisherigen Geschwindigkeit verringert. Er fuhr jetzt einen genauen Südkurs, 180 Grad.

Dann schien sich der Horizont wieder weiter wegzubewegen. Freddy drehte bei bis auf 200 Grad. GPS kündigte backbords eine Insel an.

Dann kam der Horizont wieder näher. Bald veränderte sich dort, klar erkennbar, die Farbe. Die vage erkennbare Vegetation wurde von der Sonne aus Osten angestrahlt. Und dann konnte man erkennen, dass dort eine baumbestandene Küste war.

Henry wollte das Gespräch wieder in Gang bringen und dachte daran Freddy darauf aufmerksam zu machen, dass er bereits die Affen kreischen höre. Aber Freddy war diesmal schneller.

„Wir montieren die beiden Namensschilder ab und ändern sie um. Und das ist deine Aufgabe, du hast die entsprechende technisch-handwerkliche Vorbildung. Du hast Autos geklaut, die Seriennummern beseitigt, sie frisiert und weiterverscherbelt. Dieses berufliche Vorleben wurde mir leider vorenthalten. Und, wer Seriennummern herausarbeiten kann, der kann auch Namenschilder von Yachten umarbeiten, zumal, wenn sie in Bronce gegossen sind."

Nun war Henry doch überrascht. „Das war also deine großartige Idee oder zumindest dein guter Gedanke?"

„Du hast auf jeden Fall kein Monopol für gute Ideen. Diese ist auf meinem Mist gewachsen. Sorry, alter Kumpel."

Jetzt wurde es ernst. Freddy musste auf Tiefen und Untiefen achten. Aber die Yacht war gut ausgerüstet und arbeitete mit verschiedenen Systemen, die von einem Computer koordiniert wurden. Er wechselte oft die Geschwindigkeit und sah sich gezwungen die Strömungen zu kompensieren.

Dann wurde der Einblick in einen Wasserlauf frei, den das GPS gar nicht im Programm hatte. „Das müsste es sein. Wenn das GPS nicht Bescheid weiß, dann ist da sicher kein hohes Verkehrsaufkommen zu erwarten. Und irgendwelche Sicherheitskräfte werden sowieso nur nach diesem oder einem ähnlichen Navigationsgerät handeln. Dann können sie uns ja nicht finden."

„Jetzt nur noch einen schönen Anlegeplatz mit Strom- und Trinkwasseranschluss finden, dann können wir uns fühlen, wie in Abrahams Schoß."

Freddy schaute seinen Kumpan von der Seite so an, als wollte er sich vergewissern, ob dieser nicht doch plötzlich übergeschnappt war.

Hinter einer Biegung ... da sollte es sich eigentlich ganz schön ruhen lassen. Beide waren sich diesmal auf Anhieb einig.

„Käpt´n, haben wir etwas gegen Mosquitos an Bord?"

„Das Beste soll Knoblauch sein."

„Essen oder einreiben"? fragte Henry scheinheilig zurück.

Es schien überhaupt keine Strömung zu geben. Aus einem, in den Bootskörper eingebauten Behälter holten sie einen Anker und ließen ihn ins Wasser gleiten. Freddy holte dann das kleinere Beiboot aus seinem Verschlag. Sie schlossen es an die Pressluftleitung an und füllten es prall. Dann schoben sie es ins Wasser. Henry paddelte, mit den an einer Schnur befestigten kurzen Rudern zu den Stelzenwurzeln und befestigte eine relativ dünne Leine. Er brachte das andere Ende zurück zur *Esperanza*, befestigte es und wiederholte den Vorgang noch am Bug. Sie sollten also vor Überraschungen, was die Strömung anbetraf, sicher sein. So hofften sie.

Dann hangelte sich Henry zurück zur Yacht.

„Jetzt machen wir uns zuerst einmal ein anständiges Frühstück. Ich könnte einen Elefanten vertilgen", meinte Freddy.

„Übertreibst du doch nicht ein bisschen, ich meine so ein bisschen."

„Halts Maul, so kommst du besser über den Tag."

„Gut, gut, nicht aufregen. Ich bin aber dafür, dass du mir die Geschichte mit der wundersamen Wandlung der *Esperanza* erläuterst." Scheinheilig fügte er noch hinzu: „Ich hätte dann Zeit über Details nachzudenken, während ich kaue."

Freddy schwieg zunächst.

In der Kombüse schlug er fünf Eier auf, schnitt Schinken in Würfel und vermischte das Ganze. Er riss ein Päckchen mit Toastscheiben auf und stapelte die Scheiben neben dem Toaster. Henry schaute offenbar interessiert zu.

„Dass du dich an keinem Stück vergreifst. Wenn du was essen willst, dann sorge gefälligst selbst dafür. Das ist ausschließlich für mich."

Freddy kippte das Ganze in eine Pfanne und stellte sie auf den Herd. Das Brot im Toaster begann einen wunderbaren Duft auszuströmen. Er holte sich dann noch aus dem Kühlschrank eine Dose Bier. Jetzt steckte er noch weitere Scheiben in den Toaster, rührte die Eier mit dem Schinken und öffnete zwischendurch die Bierdose. Noch während er weiter rührte, trank er einen langen Zug und ließ ein genießerisches langgezogenes Ahh vernehmen. Wieder stieß der Toaster Brot aus. Freddy schaltete den Elektroherd aus, packte alles auf ein Tablett und machte sich achteraus davon.

Gleich darauf kam er wieder, stellte alles ab und murmelte, er habe zuerst den Klapptisch zu montieren. Henry wagte es nicht auch nur eine Scheibe Toast wegzunehmen. Der Kumpel war jetzt unberechenbar. Sein gewaltiger Hunger hatte aus ihm einen Vulkan gemacht, der kurz vor einer möglicherweise gewaltigen Eruption stehen konnte.

„Ich werde im Salon essen", sagte Henry.

„Tu, was du nicht lassen kannst", knurrte Freddy im Vorbeigehen.

Es war gegen zehn Uhr und es war heiß geworden, schwül-heiß. Kein Lüftchen bewegte sich in dem schluchtähnlichen Versteck. Der Bewuchs war nach oben ziemlich dicht und nur ein unterschiedlich schmaler Streifen Himmel war frei. Beide an Bord schwitzten, obwohl sie nur noch mit Badehosen bekleidet waren.

Freddy suchte weiter und fluchte, weil er die Fernbedienung für die unterschiedlichen Klimaanlagen nicht finden konnte.

Beide hatten Schlaf nachzuholen.

An einen geruhsamen Schlaf war aber nicht zu denken. Sie versuchten es immer wieder an Deck. Die Augen fielen ihnen vor Übermüdung zu, dann wurden sie von den Mosquitos wieder geweckt und fluchten.

„Um zwölf werde ich mich mit der Bank in Verbindung setzen. Weckst du mich?" Die Frage war kaum heraus, als Freddy auch schon abwinkte. „Nein, besser nicht. Du hast so eine Art ... Einer muss sich hier draußen abquälen und die Ohren steif-halten. Ich gehe in den Salon und sehe nochmals zu, ob ich die Klimaanlage zum Laufen bringen kann."

„Das mit dem einen, der sich abquälen soll, das hättest du auch sozialverträglicher ausdrücken können."

Freddy antwortete nicht. Jetzt war es sein übervoller Magen, der seine Angriffslust bis zur Bedeutungslosigkeit reduzierte.

Henry quälte sich wirklich. Freddy schlief unterdessen fest.

Um 12 Uhr und 40 Minuten kam er wie ein gereizter Tiger an: „Und weshalb hast du mich nicht geweckt? Verdammte Scheiße. Siehst du nicht wie spät es ist?"

„Excellenz haben ausdrücklich seinem Diener befohlen, alle Maßnahmen zum Aufwecken zu unterlassen. Daran habe ich mich gehalten, Durchweicht."

Freddy gab sich schnell wieder friedfertiger. Er bereitete den Laptop und die Satellitenverbindung vor.

Kurz vor ein Uhr hatte er Verbindung mit der Bank und begann mit der Zeremonie der Identifizierung und Gegenidentifizierung. Dann kam die gute Nachricht. Fünf Millionen sind eingegangen. Freddy machte einen Satz und schrie aus vollem Hals seine Erleichterung hinaus. In den Mangrovenwäldern erschreckten sich Vögel und schrien ebenfalls.

Dann verstummte er plötzlich, schaute nochmals auf den Monitor. Er schien versteinert. Henry beschlich das Gefühl, dass er jetzt am besten verschwinden sollte. Er spürte instinktiv, dass sich in Freddys Körper eine Explosivkraft zusammenbraute. Freddy war allein und begann dann wieder einen Schrei auszustoßen, diesmal kündete er nicht von einem Sieg, sondern von abgrundtiefer Frustration.

Henry murmelte halblaut vor sich hin: „Also doch wieder scheiße.“

Freddy hatte in der ersten Euphorie nicht daran gedacht, dass er ja zehn Millionen herauspressen wollte. Und da waren nur fünf. Nur, natürlich *nur* in Anführungszeichen.

Den Zusatz, der an den bestätigten Zahlungseingang angehängt war, hatte er noch gar nicht mitbekommen. Er war getrennt gesichert. So wie es der Einzahler verlangt hatte. Die Chefplaner in **Valencia** hatten sich diesen Trick ausgedacht. Es sollte ein bisschen nervenaufreibender sein als nur mal so mit Links die fünf Millionen einzustecken. Zusätzlich hofften sie, dass dieser Zusatz von der Bank so gesetzt werden würde, dass er eventuell von Abhörspezialisten entschlüsselt werden konnte. Das sollte den oder die Empfänger nervöser machen. Und nervöse Gangster machen Fehler, schneller und mehr als wenn sie zufrieden sind und in Ruhe den nächsten Schritt planen können. Doch so weit war Freddy noch gar nicht. Ganz im Gegenteil.

Sein Wutgeheul richtete sich gegen die Frechheit derer in **Valencia**, die es gewagt hatten, seiner Forderung nicht ganz Folge zu leisten. Nach dem Ende des Geschreis, hatte Freddy jeden Sinn für die Realität verloren und brüllte, dass er nun Al als Erstem die Kugel geben werde.

Henry dachte nicht auch nur im Entferntesten daran den Wutentbrannten auf den Boden der Tatsachen zurückzuholen. Der wäre imstande wirklich zu schießen, auf irgendetwas, das sich gerade zeigte und bewegte.

Freddy ließ sich nun in einen Sessel fallen und begann mit den wüstesten Beschimpfungen gegen jene im entfernten **Valencia**. Die Kanonade war Henry bekannt. Die Dauer der Ausfälle war diesmal aber zeitlich offen. Schon allein die schwierigen klimatischen Bedingungen konnten ausreichen in Freddy eine mit Wut unterlegte Panik zu erzeugen. Und jetzt auch noch diese abgrundtiefe Unbotmäßigkeit und Gemeinheit der Valencianer.

Irgendwann schien sich der Ärger zu legen. In Wirklichkeit hatte aber Freddy jetzt den Haken entdeckt. Ein Anhang, ein Zusatz. Zögerlich, im Bewusstsein, dass das nichts Gutes bedeuten konnte, tippte er an der Öffnung herum.

Henry hörte plötzlich wieder ein Wutgeheul, irgendetwas ging zu Bruch und dann noch etwas. Es hörte sich nach einer Zerstörungsorgie an. Dann war Stille.

Henry wartete auf das nächste Geheul, das vierte, wenn er richtig gezählt hatte. Doch das ließ auf sich warten. Stattdessen hörte er ein langgezogenes Stöhnen, ein echter Schmerzenslaut. Das war neu. Da durfte er sich nicht weiter verstecken. Die unmittelbare Gefahr für seine Gesundheit schien offensichtlich vorbei. Vorsichtig pirschte er sich in Richtung Brücke, oder wie jetzt Freddy letztlich gerne sagte, Cockpit.

Ein jämmerliches Bild bot sich dar. Freddy hatte offensichtlich mit einem Stuhl eine ganze Menge in Trümmer geschlagen. Henry warf einen Blick auf das Steuerpult und die Anzeigen. Da war gottseidank alles heil. Aber das war noch nicht die ganze Wahrheit, es konnten Kabel oder technische Einrichtungen beschädigt worden sein. Eine grauenhafte Vorstellung. Und sie hatten sich einen Platz ausgesucht, an dem möglicherweise in den nächsten Wochen keine Menschenseele vorbeischauen würde. Henry lief es jetzt, trotz der Hitze, kalt den Rücken hinunter.

Nun schaute er nach Freddy. Er saß angelehnt auf dem Boden. Und er blutete. Mit der rechten Hand hielt er die Linke. Darüber lief Blut. Nicht zu knapp.

Henry sah nun, dass in Freddys linkem Unterarm, schräg in Richtung Ellenbogen, ein gewaltiger Holzrest steckte. Freddy schaute zu ihm hoch, wie ein geprügelter Hund. Er stand ganz klar unter einem gewissen Schock.

„O. k. alter Junge", versuchte es Henry vorsichtig und beruhigend, „das kriegen wir schon wieder hin."

Freddy sagte halblaut, „aber die Scheiße hier im Cockpit? Die Scheiße hier im Cockpit."

„Das kriegen wir auch wieder hin."

„Das müssen wir aber schön putzen. Das Blut muss weg. Das Blut muss weg."

Bei diesen Bemerkungen schaute er Henry mit einem Blick an, als wäre er niemals im Leben in der Lage ein Wässerchen zu trüben. Freddy wirkte wie geistig abwesend. Ja er lächelte schwach.

„Pass auf, jetzt helfe ich dir aufzustehen. Du setzt dich hier in den Sessel."

„Sessel", wiederholte Freddy. Und dann mit der Stimme eines folgsamen kleinen Kindes: „Ich setz mich in den Sessel."

„Ich helfe dir. Bist ein großer, schwerer Kerl. Du hältst dich an mir fest."

Das war gut gedacht, aber vollkommen unrealistisch. Der Schweiß auf beiden Körpern ließ die Haut glitschig werden, als wäre sie mit Öl eingerieben.

Nach einigen Versuchen, Henry redete langsam und besänftigend, kamen sie voran. Er dachte mit Schaudern daran, dass sein Kumpel plötzlich aus einer Art Halbbewusstlosigkeit aufwachen konnte, dann würde er sich verdrücken müssen. Da müsste er seine eigene Haut retten. Er hatte einmal einem Gespräch zugehört, bei dem ein solcher Fall geschildert wurde. Was daran wahr war, das konnte er bislang noch nicht erfahren. Er wollte es aber auch auf keinen Fall auf einen Versuch ankommen lassen, um damit selbst einschlägige Erfahrungen zu sammeln.

Er hatte nun die Hoffnung, dass sein Kumpel nicht schlagartig wieder zu Freddy dem Unberechenbaren auftauen würde. Dass er ganz langsam, zeitlich gedehnt, zum normalen Bewusstsein kommen würde.

Dann saß Freddy in einem Sessel. Blut schmierte auf dem Lederbezug.

„Pass auf Freddy. Ich muss jetzt diesen Pfahl aus deinem Fleisch ziehen - ich muss das Ding jetzt herausziehen. Das wird weh tun."

„Das wird weh tun", wiederholte Freddy wie ein folgsames kleines Kind.

Auch der Vergleich fiel Henry auf. Und es schoss ihm durch den Kopf: Wie schnell doch aus einem wilden Tier eine harmlose, willenlose Gestalt mit Fleisch und einem Rest Blut werden konnte. Freddy war nicht einmal mehr der Schatten seiner selbst.

Sein Gesicht hatte die Farbe von Asche angenommen.

Henry hatte wohl noch niemals so genau wie jetzt hingeschaut. Seine Augen schienen plötzlich ausdruckslos. Dass Freddy sich seit einigen Tagen nicht rasiert hatte, hinterließ jetzt den Eindruck der Ungepflegtheit. Der Verwahrlosung. Oder war es Gebrechlichkeit? Vielleicht Zerbrechlichkeit? War das wirklich der explosive, energiegeladene Brutalo Freddy? Henry blieb nicht viel Zeit zum Nachdenken. Er musste, ja er wollte auch zielgerichtet helfen.

Henry erinnerte sich an den einen oder anderen Westernfilm, in dem einem Angeschossenen möglichst schnell eine Kugel entfernt wird. Die Situation war hier und jetzt vergleichbar. Er musste den Fremdkörper aus dem Arm Freddys entfernen. Nur so würde er seine Chance haben und ohne eine fürchterliche Entzündung, beziehungsweise letztlich Blutvergiftung, davonzukommen. Über die Richtigkeit oder die wissenschaftliche Haltbarkeit dieser Theorie, machte er sich keinen Kopf. Holz reagierte im Fleisch des menschlichen Körpers anders als Metall. Es musste raus. Splitter, nicht einmal Spuren davon durften auch nicht zurückbleiben.

Es gab keine Alternative.

Henry musste dann noch einen gewissen Anteil an Ekel vor dem überall verteilten Blutgeschmiere überwinden. Wenn er Blut sah, bekam er regelmäßig so ein flaues Gefühl in der Magengegend. Er hatte ja nur eine oberflächliche Schnellausbildung in einem Sanitätscorps erhalten. Aber Blut sehen und eine Blutung zu behandeln blieb immer noch sein Problem. Ob es Einbildung oder tatsächlich so war, hatte er niemals festgestellt, wollte es auch nicht, aber er bekam ein allgemeines Schwächegefühl. Er fühlte dann stets, wie seine Beine schwächelten, sich mehr wie aus Gummi verhalten wollten.

Hier und jetzt kam die Bewährungsprobe. Er musste Freddy

und damit sich selbst retten. Und freilich auch an seine Aufgabe denken. Jetzt gibt es einen Ernstfall, jetzt musst du deine Nerven unter Kontrolle halten - das erschien vor seinen geistigen Augen wie ein Menetekel.

„Hör zu Freddy, ich werde dir jetzt dieses Stück Holz aus deinem Arm entfernen. Soll ich dir einen Knebel zwischen die Zähne stecken?" Auch das hatte Henry in den Wildwestfilmen gesehen. Und dann dachte er an Whisky. Sollte er dem Opfer Whisky zu trinken geben. Dann sah er aber, dass sich Freddy selbst an dem Holzstück zu schaffen machte.

Kurzerhand zog er, scheinbar dann doch mit vereinten Kräften, den Pfahl aus der Muskulatur des Unterarms.

Jetzt floss das Blut erst recht und Freddy hatte keinen Mucks gemacht. Der schaute jetzt nur auf das rascher fließende Blut.

„Bleib sitzen", rief er noch Freddy zu, als müsste er Angst haben, dass der ihm abhanden kommen könnte, „ich hole etwas zum Abbinden."

Er dachte an sein Taschentuch. Doch er hatte ja nur eine Badehose an und auch sonst war weit und breit keines zu sehen.

Dann sah er auf dem Kartentisch eine Rolle Tesafilm in einem Rollenträger. Er griff danach, zog die Rolle aus der Halterung und begann das Band oberhalb der Wunde um den Arm zu wickeln. Er rutschte zunächst immer wieder ab, das Band klebte nicht, die blutverschmierte Haut erlaubte keine Haftung. Irgendwann gelangen ihm doch einige Windungen und das Band hielt zusammen. Er zog fester an und wickelte und wickelte. Dann registrierte Henry, dass es genug sein musste.

Der Blutfluss ließ nach und stoppte dann ganz. Die Wunde klaffte und sah auch sonst gar nicht gut aus. Welche Wunde sah aber auch schon gut aus? Er nahm sich den Holzscheit, um ihn zu begutachten. Wenn sich davon Splitter gelöst haben sollten und noch im Arm steckten, dann wäre die Möglichkeit mit einem funktionsfähigen Arm davonzukommen, ziemlich vage. Es könnte Freddy, unter den gegebenen Umständen auch das Leben kosten. Medikamente hatten sie in allen Ausführungen an Bord, besonders an Antibiotika war gedacht worden. Wenn aber Splitter im Arm verblieben, dagegen konnte Antibiotika auch nichts ausrichten.

Henry lief ein Schauer über den Rücken. Er sah sich plötzlich allein auf der Yacht. Oder er sah sich die Yacht bis zum nächsten Hafen fahren und Freddy in ein Krankenhaus bringen. Das wäre das definitive Aus für sie beide und das Unternehmen sowieso.

Henry selbst wäre ganz ernsthaft in der Bredouille. Sein Auftrag würde als gescheitert angesehen. Daran hing aber auch seine Zukunft. Die musste, die würde er mit Zähnen und Klauen verteidigen. Er musste sein Bestes geben, um Freddy zu retten. Ob der es verdient hatte, das stand auf einem anderen Blatt und im Moment nicht zur Diskussion.

Der Bruch an den Holzflanken war glatt, es sah nicht danach aus, als hätten sich Splitter gelöst. Aber das konnte ja auch daran liegen, dass die Splitter jetzt im Arm waren und das Holz nur deswegen so glatt strukturiert aussah.

„Freddy, was hast du nur gemacht?"

Freddy gab - noch - keine Antwort.

„Hast du Schmerzen? Soll ich dir Aspirin holen?"

„Mir wird kalt", sagte der Patient.

Henry war nun zum Heulen zumute. Sagten das nicht immer die Helden in den Western, bevor sie in vorbildlicher Art und Weise die Augen für immer schlossen und in die ewigen Jagdgründe eingingen? Wenigstens wussten die Guten den Tod zur rechten Zeit und ohne viel Gejammere hinzunehmen. Den Bösen wurde der Übergang in die Hölle nicht so einfach gemacht. Sie hatten möglichst jammervoll zugrunde zu gehen. Ihnen war es verwehrt, mit einem Lächeln auf den Lippen friedvoll die Augen zu schließen und virtuell dem Sonnenuntergang entgegenzureiten. Es hatte ihnen dreckig zu gehen, entsprechend ihrem Lebenswandel.

„Ich hole dir eine Decke“, sagte Henry.

Und er suchte zuerst im Salon, dann rannte er in das Zimmer, das Al bewohnt hatte, zog eine seidenbespannte, dünne Steppdecke vom Bett.

Die legte er um die Schulter Freddys und schlug sie vor dem Körper Freddys zusammen. Im Nu war die schöne weiße Seide mit Blutflecken verunziert.

„Ist es so recht? Hast du jetzt nicht mehr kalt?“

Freddy zog es offensichtlich vor weiter den Schweigsamen zu geben.

Henry beschlich nun doch eine tiefe Niedergeschlagenheit. Jetzt waren sie so nahe am Erfolg und nun das. Er schaute zum Laptop und sah, dass der Bildschirm dunkel war. Henrys erste Gedanken dazu: Den hat der Freddy erschlagen, den hat er auf dem Gewissen. Jetzt hatten sie gar keine Verbindung mehr zur Außenwelt.

Freddy gab einen unbestimmten Ton von sich. Henry bekam es jetzt richtig mit der Angst zu tun. Wenn Freddy wirklich ausfiel - nicht auszudenken, was aus ihm werden würde. Mit einem millionenschweren Luxusgefährt unter seinen Füßen, womöglich bewegungsunfähig an diesen verdammten Ort festgenagelt. Von den Mücken aufgefressen.

Wieder gab Freddy einen Laut von sich. Und er schaute Henry mit weit aufgerissenen, fragenden Augen an.

„Soll ich dir einen Kaffee machen?“

„Ja, bitte.“

Henry jubelte innerlich. So etwas Schönes hatte er lange

Zeit nicht mehr gehört. Erstens die wiedererwachte Stimme Freddys und dann sagte der auch noch <ja *bitte*>. Das *Bitte* machte den Unterschied. Freddy hatte <*bitte*> gesagt.

„Dass du mir ja nicht wegläufst!"

Freddy schmunzelte. Der hat reagiert, dachte Henry und rannte nach unten.

Als er wieder nach oben kam, mit dem dampfenden Kaffee, sagte Freddy plötzlich: „Es tut weh. Hol mir bitte ein paar Aspirin."

Schon wieder das *Bitte*. Wie sich doch das Verhalten eines Menschen verändern konnte, so von jetzt auf gleich, wenn es die Selbsterhaltungskräfte erforderlich machten oder wenigstens angebracht erscheinen ließen.

„Wird gemacht. Hier der Kaffee. Pass auf, der ist heiß."

„Danke."

Hatte das Freddy gesagt? Hinter seinem Rücken? Hatte Freddy wirklich <*danke*> gesagt? Der konnte doch noch kein Fieber haben? Oder sonstwie abwesend sein.

Henry brachte auch ein Glas Wasser mit. Freddy nahm drei Aspirin und trank das Glas leer.

Henry schaute auf die Wunde. „Ob die genäht werden muss?"

Erstaunlicherweise sagte Freddy, „ich glaube schon. Das machst du am besten. Mit einer Hand bin ich etwas behindert." Und er schmunzelte schon wieder.

Und Henry fragte sich nun schon zum wiederholten Mal ob dieses blutige Ereignis vielleicht den Charakter verändert haben könnte?

„Schau in der Apotheke nach und bring mir Antibiotika. Ich fang am besten so schnell wie möglich damit an."

„Mann, wenn das aber nicht hilft, dann muss ich dich in ein Hospital bringen, du darfst doch deinen Arm nicht verlieren."

„Ich verliere keinen Arm, Henry. Ich werde wieder gesund
und du hilfst mir dabei. Du bist mein Arzt. Verspreche mir,
dass du mich niemals in ein Krankenhaus schleppst. Versprech
es mir. Lieber lass mich krepieren. Versprichst du mir das?“

Die Stimme war schwach aber bestimmt. Freddy begann
offensichtlich wieder brutal zu werden, in diesem Falle nicht
gegen andere gerichtet, sondern zu seinem inneren Ich zurück-
zukehren.

„Ja Freddy, ich verspreche es dir. Aber ...“

„Es gibt kein Aber, Henry. Kein Aber. Verstehst du? Ist
das klar zwischen uns. Wenn ich selbst nicht mehr über mich
entscheiden kann, dann gibst du mich zu den Fischen. Versprochen?“

„Mensch Freddy, ich ....“

„Ich will dein Wort.“ Das war schon mehr wieder herrisch
gesprochen, wenngleich noch weit vom hinreichend bekannten O-Ton entfernt. Zu diesem Ton gab es keine Widerrede
oder zurückweichen.

„O. k. ich verspreche es dir.“

„Gut, und jetzt geh und hole Antibiotika. Schau auch gleich
nach, ob Operationsbestecke in der Apotheke sind.“

Henry fand es erstaunlich. Sie verfügten über eine hervorragend ausgerüstete Apotheke an Bord. Steril verpackt, fand er
auch Operationsfäden, diverse Scheren, Nadeln, Pinzetten,
Klammern und vieles Nützliche mehr. Auch Antibiotika für
Lungen-, Bronchien-, Blasenkrankheiten usw. Aber gegen Wunden? Freddy könnte ja alle drei Indikationen kombinieren. Das
musste helfen. Dann sah er doch die richtigen Tabletten für
Wundbehandlungen.

Auf einem Tablett aus der Kombüse versammelte er seine
Schätze. Freddy begutachtete alles mit ruhigem Blick.

„Ich habe keine Spritze mit etwas zur lokalen Betäubung.

Ich weiß auch nicht, wie das heißt, nach was ich suchen soll.“

„Das wird schon gehen, das schaffe ich schon ohne Betäubung. Aber zur Desinfektion brauchst du noch Mull und eine Flüssigkeit. Die ist wahrscheinlich in einer dunklen Flasche. Ich denke, dass das Mittel selbst gelb oder rötlich färbt.“

„Ich geh nachschauen.“ Es tat Henry in diesem Moment gut etwas tun zu können, ohne die eigene Verantwortung einbringen zu müssen. Freddy hatte den Bedarf beschrieben.

Es war nicht schwer das Gewünschte zu finden und er eilte wieder nach oben.

„Pass auf Henry, ich könnte ja während deiner Näharbeiten wegtreten. So wird es wohl am besten sein, wenn ich flach liege. Ich denke, dieser Tisch oder Ablage ist dazu geeignet. Schaff die Dinge beiseite. Bitte.“

Schon wieder dieses seltsame <Bitte> aus dem Mund Freddys. Dabei mit einer Stimme, die von einem anderen Stern kommen konnte, so fremd klang sie in Henrys Ohren. Und, was hatte der noch gesagt, *<ich könnte wegtreten>*.

„Freddy, lass mir Instruktionen, für den Fall, dass du wegtreten willst - ähh, wirst.“

„Da musst du mir etwas streng Riechendes unter die Nase halten.“ Nach einer kurzen Weile: „Deine Stinkefinger reichen dazu nicht aus.“ Freddy schmunzelte. Im Vollbesitz seiner Lebenslust, hätte er wohl lauthals aufgelacht. „Da wirst du in der Apotheke auch etwas finden. Salmiakgeist oder vielleicht steht auch auf einem Fläschchen Riechsalz. Du musst schon selbst schauen. Aber andererseits, wegtreten heißt ja nicht abtreten. Ich komme dann schon irgendwann selbst zu mir. Hältst eine Tasse Kaffee bereit. Das hilft auch.“

Freddy atmete tief durch. Das war eine ungewohnt anstrengende und lange Ansprache.

„Hilf mir auf den Tisch.“

Henry hatte unterdessen auf der als Kartentisch bezeichneten großen Ablage, Platz gemacht. Er sah jetzt links an einer Kante einen Abbruch, sicher eine Folge von Freddys hartnäckigen Misshandlungen.

Nach einigen formidablen Anstrengungen lag Freddy schließlich flach.

„So, und jetzt?“

Freddy startete wieder. „Also, du musst die Wunde säubern.“ Er atmete tief durch. „Wickele etwas Mull um ein Stäbchen, tauche sie in das gelbe Zeug und mach zuerst mal in der Wunde danach drumherum alles sauber. Vorher wasch deine Hände gut mit Seife, dann ziehst du dir diese feinen Handschuhe aus Latex über.“

Er machte wieder eine Pause, schloss die Augen und atmete mehrmals tief durch.

„Die sehen aus wie Pariser für ein Kuheuter. Alles klar?“

Er kann es nicht lassen. Dem fehlt nur noch die explosive Kraft, dann ist der wieder ganz der Alte, meditierte Henry.

Freddy machte ein Zeichen zum Warten.

„Kann man den Arm nicht festbinden?“

„Schlecht.“

„Also, mach dir nichts daraus, wenn ich wegtrete. Da können nämlich ganz schöne Schmerzen kommen.“

„Freddy, ich glaube, ich kann das nicht.“

„Duuu kannst daaas.“

Freddy trat während der Säuberungsaktion nicht weg, war aber auch nicht weit davon entfernt.

Henry musste sich fast übermenschlich anstrengen, um nicht das innerliche Zittern auch auf seine Hände zu übertragen. Er wartete, bis Freddy wieder Anweisungen geben würde.

„Du weißt doch wie man einen Weberknoten macht?“

„Nie etwas davon gehört.“

„Dann ist es ein bisschen spät dir das zu zeigen. Mit einer Hand geht das auch schlecht. Spaß beiseite, das wäre unmöglich. Wenn du den Nähfaden an beiden Rändern der Wunde mit der Nadel durchgezogen hast, dann ziehst du die Nadel heraus und verknotest die Fadenenden so fest miteinander, dass die Hautstücke zusammenrücken. Feste ziehen!“

Wieder unterbrach Freddy seine Anweisungen, um einige Male tief durchzuatmen.

„Das kann ein bisschen schwer sein, aber du musst fest ziehen. Weder der Faden noch die Haut wird reißen oder einreißen. Die Wunde darf nicht offen bleiben, auch keinen kleinen Spalt. Verstehst du?“

„Ich habe verstanden. Ich steche dir also einfach in die Haut und ...“

„Nicht zu weit vom Rand weg, ein bisschen weg, etwa so weit, wie das Schwarze unter deinem Fingernagel des Mittelfingers breit ist.“

Freddy lächelte.

Henry machte große Augen. Im Moment konnte er die schwarze Breite unter seinem Fingernagel nicht besichtigen. Die mattgrauen Latexhandschuhe verdeckten die Vergleichsmasse.

„Und genier dich nicht die Nadel fest durch die Haut zu stechen. Der erste Stich von außen nach innen, auf der anderen Wundseite, ich glaube ... von innen nach außen. Dann machst du einen Knoten. Wenn du sicher gehen willst dreifach oder vierfach.“ Wieder eine Pause, atmen. „Er darf sich nicht von allein öffnen. Das ist das ganze Geheimnis. Los, los, los. Mach jetzt. Ich helfe dir ja. Ich weiß allerdings nicht wie lange noch.“

Das Einstechen war nicht so schlimm, wie sich das Henry ausgemalt hatte. Er nahm dazu eine Art von spitzer Zange.

Das Ausstechen war schon etwas schwieriger für ihn. Dann
der Knoten, das Fädchen war zu dünn, die Handschuhe behinderten ihn. Freddy mochte schon nicht mehr hinschauen. Aber
dann war es so weit. Es sah nach einem Gewurstel aus, aber
Hauptsache, der Knoten hielt.

„Den nächsten Stich setzt du ganz nahe dabei."

„Hier?"

„Etwas weiter weg. So. Übrigens das tut fast nicht weh.
Ist vielleicht so, weil die Blutzufuhr gestoppt ist. Also mach
dir keine Sorgen. Es sieht nicht danach aus, als müsste ich
wegtreten. Ich bleib bei dir."

Jetzt lächelten beide.

„Sieht doch ganz ordentlich aus. Ein richtiger Klempner
würde aber sagen, dass dies eine einzige Flickschusterei sei.
Einen Doktortitel werden sie dir dafür nicht verleihen. Mach
dir nichts daraus, wenn das geheilt ist, wird man kaum noch
was davon sehen."

Freddy musste wieder eine Pause einlegen, einige Male tief
durchatmen.

„Ich kann mir ja eine Tätowierung draufstechen lassen. Und
wenn schon, dann habe ich ein Andenken an dich für mein ganzes Leben. Jetzt könnte ich einen Whisky vertragen."

„Den ich dir nicht gebe. Denk an die Medikamente. Da
soll man doch keinen Alkohol trinken."

„Kaum hast du Blutungen gestillt und schon gibst du dich
als Fachmediziner aus. Aber, ich denke, dass du Recht hast."

Sollte sich bei Freddy eine Wandlung zu einem netten Menschen vollzogen haben? Abwarten!

„Soll ich dir das Armband abnehmen?"

„Oh ja. Ich habe kein Gefühl mehr in meiner Hand."

Das Abwickeln war leicht. „Vorsichtig, ich denke, dass es
besser ist, wenn du ganz langsam vorgehst. Die Zirkulation

muss langsam einsetzen." Woher Freddy das wohl alles wusste, sinnierte Henry kurz. Dann schaltete er aber wieder ganz schnell um.

„Ich mach uns was zum Essen."

„Aaayy - verdammt, schmerzt das. Tausende Nadelstiche, aay, verdammte Scheiße."

Aha, dachte Henry, er kommt wieder zu sich. Er hat das Schlimmste überwunden. Er wollte ihn aber noch nicht nach den empfangenen Nachrichten fragen.

Die Luft bewegte sich nicht. Kein einziger Windhauch. Die Feuchtigkeit, in Verbindung mit der Hitze, machte jetzt letztendlich sogar das Atmen schwer. Auch das Wasser schien in dieser brütenden Mittagshitze, in Verbindung mit der stickigen Feuchtigkeit, stillzustehen. Die Mosquitos schienen sich ebenfalls zurückgezogen zu haben. Nur an schattigen Stellen, unter den Stelzenwurzeln, sah man sie dicht über dem Wasser, bündelweise. In der Abenddämmerung würden sie sicher ausschwärmen auf der Suche nach Blut. Warmem Blut. Und wer würde sich als Zapfstelle besser eignen als die Menschen. Kein Fell, keine Federn, keine Schuppen, sie waren nackt. Besser konnten es die Mücken nicht haben. Anderthalb Quadratmeter nackte, weiche Haut boten sich direkt an, ja, drängten sich jeder hungrigen Fliege direkt regelrecht auf.

Freddy konnte wieder fast problemlos laufen. Er fühlte sich noch schwach, schwächer, als er sich ohnhin wegen der klimatischen Situation gefühlt haben würde.

„Ich ziehe mich für ein paar Stunden in den Salon zurück. Ich hoffe, dass du mir das nicht übelnimmst, alter Knabe. Muss mich ja schonen - das hast du doch gesagt, als du mir auch noch den Whisky verweigert hattest."

Henry verbrachte ein paar miserable Stunden. So ähnlich

musste sich die Hölle anfühlen. Für jede Bewegung musste er sich einen regelrechten Befehl geben, sich zwingen ihn durchzuführen. An einen beruhigenden Schlaf war nicht zu denken. Schwitzen und trinken - trinken und schwitzen. Man kippte Flüssigkeit oben rein und aus allen Poren lief sie wieder heraus.

Gegen fünf Uhr kam Freddy. Er sah noch käsig aus, dachte Henry. Aber der schleppende Gang war wohl auch auf die erschöpfende Wirkung des Klimas zurückzuführen.

„Wie geht es dir?"

„Soll ich wirklich einen Kommentar abgeben?"

Sie schauten sich in die Augen.

„Sie haben nur fünf Millionen gezahlt", sagte Freddy nach einer kleinen Pause unvermittelt.

Jetzt ja nicht in einer Wunde herumrühren, dachte sich Henry. Das könnte wieder bei Freddy zu einer Explosion führen. Deshalb also die Wut. Aber da waren doch drei Ausbrüche hintereinander, von Freude bis zum Wutausbruch. Sicher würde Freddy jetzt weiterreden. Hoffentlich auch weiter in solcher Ruhe, wie jetzt. Trotzdem sagte Henry etwas, nachdem es doch lange dauerte, bis scheinbar sein Kumpan von sich aus wieder etwas sagen würde.

„Ist doch ganz schön."

„Nichts ist schön. Ich hatte 10 Millionen verlangt." Er war schon wieder zornig, aber noch weit von einem Ausbruch entfernt. Das ermunterte Henry weiterzureden.

„Ich meine, da sollten wir doch zufrieden sein. Ursprünglich wollten wir doch diese fünf. Nun haben wir sie."

„Für mich ist das aber ein Betrug, unseriöses Geschäftsgebaren. Wenn ich zehn Millionen Schulden habe, dann bezahle ich die auch. So verstehe ich das."

Henry wollte nun wirklich nur auf die sanfte Tour weiterwirken. Ja kein Öl ins Feuer gießen.

„Haben sie sich denn grundsätzlich geweigert? Weißt du darüber etwas?“ Er war sich sicher, dass da noch mehr gewesen sein musste. Direkt darauf anzusprechen, das wagte er denn nicht, es hätte allzu leicht bei Freddy wieder alte Wunden aufreißen können. Wobei Henry nicht an seine Künstlernaht dachte.

„Den Rest wollen sie erst zahlen, wenn wir die Yacht und die Besatzung ordentlich übergeben würden. Was das bedeutet, kannst du dir ja an den Fingern einer Hand abzählen. Scheiße, dazu brauchst du keine fünf Finger.“

„Sieh es doch einmal so, Freddy, gestern wären wir noch glücklich gewesen, wenn wir wenigstens die fünf Millionen erhalten hätten.“

„Geht es denn nicht in deinen Schädel. Ich wollte zehn, ich habe zehn gesagt und die schicken mir fünf. Das ist Betrug.“

Jetzt sagte Henry nichts mehr dazu. Jedes weitere Wort zu dem Thema würde nur eine spannungsgeladene Eskalation heraufbeschwören. Henry konnte gut und gerne darauf verzichten.

„Ich hole etwas, um das Blut aufzuwischen.“

Jetzt war Freddy sprachlos.

Hier konnten sie nicht abspritzen. Henry mühte sich zwar, aber man konnte erkennen, dass es hier einmal blutig zugegangen sein musste. Sie waren sich beide einig, dass dies eine Scheiße war. In Wirklichkeit war es aber schlichtes, dennoch verräterisches Blut, das ihnen einmal gefährlich werden konnte.

„Wenn wir irgendwie einen Textilbelag auftreiben könnten, dann ließen sich wenigstens die aufreizendsten Stellen abdecken.“

„Kannst ja in den nächsten Supermarkt gehen und welchen kaufen.“

Keinem war zum Lachen zumute.

Die Aufräumarbeiten wollten sie sich später teilen. „Lass

mal", hatte Freddy gesagt, „wir machen das später zusammen, wenn sich das Wetter gebessert hat."

Freddy beschäftigte sich jetzt mit dem Laptop. Er lief nicht an. Der Monitor blieb dunkel. Nach dem dritten analbezogenen Kraftausdruck, entdeckte er, dass der Steckkontakt zum Strom unterbrochen war. „Der Akku hatte gestern den Geist aufgegeben. Vielleicht die schwüle Hitze?"

Die Nachricht der Bank war gespeichert, aber was das Wichtigste war, sie konnten sich noch mit der Außenwelt in Verbindung setzen.

Henry sagte etwas ziemlich leise. Freddy drehte sich nach ihm um, sah dass der Kumpel, den Flusslauf entlang, angestrengt auf etwas seine Augen heftete. Auch er sah sofort das Kanu oder Einbaum. Was immer es war, es wurde von Menschen gesteuert. Das bedeutete Alarm.

Henry hatte das Fernrohr genommen. „Es sind zwei."

Ganz gleich wer die Besatzung war, ob Abenteurer, Missionare, Touristen, Fischer, Jäger oder auch Bewohner dieses unwirtlichen Land- und Wasserstriches, sie würden die Nachricht von der Yacht weitertragen. Jedenfalls mussten die Männer, als solche waren sie mittlerweile auch identifiziert, für Freddy und Henry Anlass zur Sorge sein.

„Henry, hol ein Gewehr. Knall sie ab."

„Mal langsam Freddy..."

„Hol ein Gewehr, wenn ich könnte, würde ich es tun."

Bis Henry mit dem Gewehr kam, waren die Bootsleute schon so nahe, dass man sie als zerlumpte Männergestalten in einem Einbaum identifizieren konnte.

Henry hatte angelegt, die Einbaumbesatzung konnte ihn nicht sehen.

„Die sind nicht sauber", bemerkte richtig Henry. Es war eine doppelsinnige Aussage.

„Wenn sie auch nur zucken, knall sie ab. Hast du mich verstanden?“ Von der ultimativen Forderung, sie ohne Vorwarnung sofort zu erledigen, war Freddy offensichtlich abgerückt. Bemerkte aber dann noch richtig, dass sie ihnen sicherlich noch Probleme machen würden. Freddy war weich geworden. War er es? Henry entschloss sich dann doch realistisch zu sein. Wenn Freddy gekonnt hätte, würden die beiden da draußen auf dem Wasser bestimmt schon nicht mehr leben.

„Wir werden sicher bald verschwinden müssen. Verdammt, wenn die zwei lesen können, dann schlagen die aus der Erkenntnis, dass sie die *Esperanza* gesehen haben, Kapital.“

„Ich würde eher sagen, dass wir uns für die Nacht vorsehen sollten. Die sahen nicht so aus, als würden sie eine Beute gerne mit anderen teilen.“

„Damit wir es nicht vergessen, gehe zum großen Schaltkasten, da links, dort gibt es drei Schalter. An einem steht <Bewegungsmelder>, der andere Schalter hat die Bezeichnung <akustischer Alarm> und auf dem letzten steht <Beleuchtung>. Stelle alle drei auf ON. Der Bewegungsmelder hat noch andere Einstellmöglichkeiten.“

„Das heißt, wir müssen uns die Nacht um die Ohren schlagen.“

„Daran glaube ich nicht. Ich würde wetten, dass die bis spätestens 11 Uhr hier sind - gewesen sind.“

Freddy bewies einmal mehr, dass er Banditen erkannte und sich perfekt in sie hineinversetzen konnte.

„Die Pistolen liegen bereit. Das Gewehr bleibt hier.“

Beide hatten keinen großen Appetit. Sie tranken gut gekühlt.

„Wie sieht es mit der Batterieladung für die Yacht aus?“

„Da ist noch genug da, wir sind noch lange nicht auf der halben Ladung. Beim Sprit sieht es aber ziemlich schlimm aus. Diese AK-Fahrt bis heute Morgen, hat den Tank bis etwa unter die Halbvoll-Marke geleert. Ich lass dann, vor unserer Ausfahrt nachrechnen, mit welcher Geschwindigkeit wir wie weit kommen."

„Und wann denkst du, dass wir weiterfahren können?"

„Ich würde am liebsten gleich abhauen. Aber wir müssen noch die Dame umtaufen. Nicht vergessen. Wenn wir da rauskommen auf den Atlantik, haben wir eine neue Identität nötig."

„O. k., trinken wir Kaffee, damit wir unsere ungebetenen Gäste würdig und vor allem in wachem Zustand empfangen können."

„Hast du auch keine Schusswaffen bei ihnen entdeckt."

„Nichts gesehen."

„Wenn ich welche gesehen hätte, dann hätte ich abgedrückt."

„Du?"

„Ja, ich."

„Du spielst dich auf."

„Bei aller Freundschaft, du kennst mich noch lange nicht."

„Ich habe Respekt vor deiner Intelligenz. Aber die kann in manchen Situationen ganz schön hinderlich sein."

„Intelligenz kann den Willen steuern."

„Und auch bremsen."

„Berechnung muss nicht immer ein Bremsmanöver sein."

„Komm, lassen wir das. Mir fällt ein, ich habe von Al gelernt, dass es für den Bewegungsmelder eine Verzögerungseinstellung gibt. Das heißt er zeigt nicht die Bewegung in dem Moment an, in dem sie sie wahrnimmt."

„Wozu soll das gut sein.?"

„Denk mal nach. Hast doch in dieser Disziplin eine gute Note. Ist schon gut." Freddy winkte ab. Dann fuhr er fort.

„Wenn der Alarm bereits ausgelöst wird, wenn Eindringlinge noch Meter entfernt sind, dann kann man nicht wissen, ob sie in guter oder böser Absicht kommen. Das macht Sinn, wenn man Gäste erwartet. Aber Scheißtypen, die schließlich die Kugel verdient haben, müssen näher herankommen. Wir müssen sie direkt am Boot oder gar an Bord erwarten können."

„Stell die Reaktion des Bewegungsmelders auf 2 - 3 Meter ein. Und die Verzögerung auf, sagen wir mal sechs Sekunden. Damit dürften sie an Bord sein, wenn der Alarm losgeht, die Festbeleuchtung sie blendet und wir in günstiger Schussposition sind."

„Klingt vernünftig."

Nach einer Weile.

„Ein Nachtsichtgerät müsste man haben."

„Verdammt, das habe ich ganz vergessen. Al hat es mir einmal gezeigt. Verdammt, verdammt, wo war das bloß?"

„Bleib hier, wenn es dir einfällt, schau ich nach."

„Verdammt!"

Sie schlürften Eistee. Eiswürfel klimperten von Zeit zu Zeit im Glas und vermittelten akustisch ein Gefühl, als hätte man guten Whisky vor sich und befände sich in guter Gesellschaft. Beides war Trugschluss oder traumhaftes Wunschdenken.

Sie hatten alle Beleuchtungen gelöscht.

Sie starrten in die Nacht. Und sie hatten in der Apotheke ein Mittel gefunden, mit dem sie sich einrieben und das wirklich den meisten Mücken den Appetit zu verderben schien. Aber sie stanken und verfluchten jetzt nicht mehr nur die Mücken, sondern den üblen Geruch, der sie umgab. Mit der Zeit aber gewöhnten sie sich aneinander. Der Gestank des Einen neutralisierte offenbar den des Anderen.

„Hat auch seinen Vorteil", meldete sich nach längerem

Schweigen leise Freddy, „kannst furzen und keiner merkt es in seiner Nase."

„Nur darf es nicht zu laut sein, sonst geht das Gebrüll im Wald wieder los."

Es war nicht festzustellen, wer insgeheim mehr über diesen Einwurf intensiv grinste.

So nahe an den Stelzwurzeln, unter teilweise hoch über ihnen überhängenden Ästen, hatte sich ein undurchdringlicher Schatten gebildet. In diesem konnten sie vom Boot aus keine einzige Bewegung wahrnehmen.

„Das Nachtsichtgerät, verdammt."

Henry flüsterte: „Von hier oben aus betrachtet, wir sind ja wie ein Jäger auf einem Hochsitz, wird es wohl besser sein, wenn wir über Kreuz schießen. Du schießt auf meine Seite und ich auf deine. So fällt es denen schwerer eine Deckung zu finden."

„Scheint einleuchtend. Abgemacht. Du einen möglichen Kerl auf meiner Seite, ich auf deiner."

„Alles klar."

Es ging tatsächlich schon gegen elf Uhr an diesem denkwürdigen ersten Oktober. Sie hatten sich gerade vor ein paar Minuten wieder Eistee aus der Thermoskanne nachgegossen. Ohne Eiswürfel beizugeben. Sie wollten das dabei entstehende typische Geräusch vermeiden. In diesem Moment spürten sie unter ihren Füßen ein leichtes Zittern. Hätten sie nicht auf irgendein Signal aus dem Dunkel gewartet, sie würden es wahrscheinlich nicht gespürt haben. Dann noch einmal - es war wieder nur etwas, das man mehr erahnen als wahrnehmen konnte.

Freddy stieß Henry an und im sehr schwachen Restlicht sah dieser, wie Freddy die Pistole in seine wenig brauchbare Linke legte. Er erhob dann die rechte Hand, spreizte die Finger und mit dem Daumen begann er die Sekunden rückwärts zu zählen.

Der Daumen war schnell eingeknickt, dann der Zeigefinger, Mittelfinger, Ringfinger und als er den kleinen Finger einknickte war plötzlich alles taghell beleuchtet. Ein akustisches Warnsignal blökte. Im Wald begann ein nerviges Gekreische.

Zwei Typen blieben auf dem Achterdeck wie angewurzelt stehen. Sie waren geblendet und hatten keine Möglichkeit ihren Trommelrevolver, den beide in der Hand hielten, auf ein Ziel zu richten.

Henry zielte kurz und drückte zweimal ab. Neben ihm knallte es einmal.

Zuerst fiel der Mann, dem Henry die Kugeln in den Körper gejagt hatte. Er fiel hart der Länge nach. Der andere fiel mehr seitwärts, oder ließ sich fallen. Es plumpste nicht außergewöhnlich, so wie es hätte sein müssen, wenn ein Körper von 70 bis 80 Kilo an einen Platz auf einem stabilen Bootskörper fiel. Ein offenbar linkes Bein schaute hinter einem Vorsprung hervor, der ihm nun auch als Deckung diente.

Von dort kam auch bald ein unterdrücktes Stöhnen.

In der Eile oder aus alter Gewohnheit, hatte ihm Freddy in die Hüfte geschossen.

Beide blieben sie noch auf ihrer erhöhten Position.

Dann schoss Freddy noch einmal. Henry glaubte gesehen zu haben, dass die Kugel im Knie einschlug. Freddy hatte offenbar nichts von seinem Charakterzug verloren. Er konnte Menschen nicht einfach töten. Er wollte sie dazu auch noch leiden sehen.

Das Bein wurde durch den Einschlag der Kugel nach hinten gerissen. Der Mann schrie auf.

„Waffe rauswerfen", rief Freddy.

Doch entweder verstand der Kerl nicht, oder er wollte nicht, oder, was es auch sein konnte, er war möglicherweise dazu nicht mehr in der Lage.

Freddy flüsterte, zu Henry gewandt, dass er ihn decken wolle, wenn er hinabstiege. Dann überfiel ihn eine Art von Panik. Er hatte ganz vergessen darauf hinzuweisen, dass auch die Leuchtdauer, der durch die Bewegungsmelder aufleuchtenden Lampen eingestellt werden konnte. Wenn die jetzt jeden Augenblick ausgingen? Verdammte Scheiße.

Henry sah, dass sein Kandidat keinen Ärger mehr machen würde. Mit beiden Händen umschloss er fest den großen Pistolengriff, bewegte sich zu dem Liegeplatz des Verwundeten, machte dann einen schnellen Schritt, zielte und ... er erkannte mit einem kurzen Blick, dass der Mann jetzt fast flach auf dem Rücken lag, den Revolver einen guten Meter von seiner Hand entfernt. Aha, deshalb konnte der die Waffe nicht mehr herauswerfen.

„Alles klar. Kannst kommen.“

Henry machte einen Bogen um den Verletzten und schubste mit einem Fuß den Revolver noch weiter vom Körper des Angeschossenen.

Es war ein heruntergekommenes Subjekt, offenbar ein Flusspirat, dreckig, die Haare verfilzt, mit einer kurzen, an den Beinen ausgefransten Hose in undefinierbarer Grundfarbe. Auf seinem fleckigen, ausgebleichten T-Shirt konnte man noch einen Werbeschriftzug erkennen: MAX-Lodge, dann vier Sterne und MIAMI. Dieses Hemd hatte er mit Sicherheit auch nicht in dem genannten, vornehmen Hotel erstanden. Welchem armen Teufel mochte es gehört haben?

„Schau dir diese heruntergekommene, verlauste Kreatur an“, sagte Freddy, „hat nichts zum Anziehen, aber eine schwere goldene Halskette mit einem breit ausgearbeiteten goldenen Kreuz. Hast du aber heute Pech gehabt, alter Knabe“, sagte noch Freddy und schoss ihm nochmals, mehr in Längsrichtung seiner Körperlage, eine Kugel zwischen die Beine in die

Eier. „Damit der liebe Gott sofort erkennen kann, wenn du da oben vor ihm stehst, weshalb er dich nicht in den Himmel aufnehmen kann. Dein Platz ist in der Hölle.“

Dann zerrte er an der Goldkette, überlegte es sich dann aber offensichtlich und sagte zu Henry: „Sei so nett und schenk mir diese Kette. Ich bin leider *verhindert*, oder wie sagt man, *behindert*.“

Henry dachte noch einen Augenblick, dass es eigentlich jetzt seine Kette sein müsste, aber er verkniff sich, zumindest für den Moment, einen Kommentar.

„Schau doch mal, ob der Kerl dort auch mit irgendeinem Beutestück aufwarten kann.“

Wollte er sich möglicherweise ein solches ebenfalls aneignen?

Doch es kam anders. Henry klickte das Halsband auf, reichte es Freddy, der daraufhin lachend sagte: „Aber Kumpel, das ist doch deine Trophäe. Diesen Kerl hast du doch erledigt. Und gemäß dem Haager Kriegsgericht, ähh, ich meine Kriegsrecht, gehört die Beute demjenigen, der sie erbeutet. Oder so ähnlich. Aber schau doch mal, ob mir auch was zusteht.“

Der Kerl riss die Augen noch weiter auf und stieß einen markerschütternden Schrei aus.

Henry fand, als er den rechten Arm unter dem Körper des Verletzten herauszog, einen großen, breiten, goldenen Ring mit einem feuerroten, sauber geschliffenen, großen Stein. Er hatte seine Schwierigkeit, ihn von seinem Finger zu bekommen.

„Schneide doch den Finger ab, dann hast du es leichter. Ich gebe dir die Erlaubnis an meinem Kerl herumzuschnipseln, sofern du deswegen Skrupel haben solltest.“

Doch dann löste sich der Ring und er gab ihn Freddy.

„Hat sich doch gelohnt. Oder?“ Auf was da jetzt Freddy

im Besonderen Bezug nahm, war für Henry nicht erkennbar.

Dann rollte Freddy den Körper des Toten mit Fußtritten nach achtern und stieß ihn über Bord. Das hatte er doch schon etliche Male gemacht. Der Körper fiel und landete polternd im Einbaum.

„Komm lass mich“, sagte er zu Henry. „Ich habe da mehr Erfahrung. Deine Skrupel werden dir eines Tages einen üblen Streich spielen.“ Dann wollte er sich um den zweiten Seeräuber kümmern.

„Aber der ist doch noch gar nicht hinüber.“

„Wo ist da das Problem.“ Freddy hob bereits schon die Pistole, als Henry dazwischenrief.

„Das ist es nicht, das neun Millimetergeschoß geht durch und...“

Das leuchtete auch Freddy ein. Vorhin hatte er noch diese Möglichkeit bedacht und deshalb so geschossen, dass die Kugel der Länge nach in den Körper eindringen, sich darin verlieren konnte, so wie er sich ausdrücken würde, hätte er diesbezüglich Fragen zu beantworten. Hier, bei einem Schuss frontal in den Körper oder auch in den Kopf, hätte er die Yacht beschädigen können, zumindest einen nicht mehr zu löschenden Beweis für eine Schießerei hinterlassen.

Der Kerl schrie auf, als Freddy ihn mit Fußtritten traktierte und in Richtung Bordkante beförderte. Auch er plumpste dann in den Einbaum und lag nun teilweise auf seinem toten Kumpel.

„Gibt es hier Piranhas? Ist eigentlich unverantwortlich, diesen armen Fischlein solche Scheißtypen zu überlassen. Können sich an den dreckigen Kerlen den Magen verderben.“

„Aber nun kommen sie ja nicht an ihre Leibspeise.“

Die Lampen beleuchteten weiterhin die Szenerie.

Henry schaute in den Einbaum, da lagen leere Dosen, eine

Axt, ein stark ramponierter Plastikeimer ohne Henkel, ein Buschmesser, etwas, das in besseren Zeiten vielleicht einmal ein Hemd war, aber sonst war nichts Brauchbares zu sehen. Er band den Einbaum los, den die Piraten quer zu der Yacht festgemacht hatten und schob ihn nach hinten in die Dunkelheit.

„Diese Nacht können wir ruhig schlafen."

„Vergiss nicht deine Antibiotika einzunehmen."

„Immer noch keinen Whisky? Wir hätten uns ja etwas in dieser Richtung verdient."

„Damit wir noch mehr schwitzen? Und du vielleicht kollabierst?"

„Ich dachte nur, dass wir damit vielleicht ein paar Mosquitos vergiften könnten."

„Oder aus ihnen Alkoholiker machen."

„Wenn die unser Blut, verdünnt mit Whisky, oder umgekehrt, saugen, können sie höchstens auf den Geschmack kommen und die gesamte Mücken-Population des Orinoco kommt uns besuchen."

18

2. Oktober.

Im angenehm gekühlten Salon erwachte Freddy als Erster. Es war nach acht Uhr. Er hatte Schmerzen in seinem Arm. Im Hinausgehen rief er Henry, der sich verwundert die Augen rieb. „Wo hast du die Aspirin?"

„In der Apotheke, wo sonst." Er war grantig. Noch mehr Schlaf hätte ihm gut getan. Er reckte sich, blieb aber liegen.

Dann roch er Kaffee. Und Freddy rief irgendwo, dass er erscheinen möge, er wolle ein halbes Dutzend Eier essen, den Schinken könne er aber nicht selbst schneiden. Henry rappelte sich hoch.

Freddy hatte unterdessen ein halbes Dutzend Eier aufgeschlagen. Ungeschickt, wie er mit einer brauchbaren Hand war, hatte er eine kleine Sauerei angerichtet.

„Schinken schneiden geht schlecht mit einer Hand, da hast du Recht, aber die Sauerei kannst du mit links - ich meine, in diesem Fall mit deiner rechten Hand wegwischen."

Die nächste viertel Stunde verlief einsilbig. Außer einigem Murmeln ergab sich keine Unterhaltung. Beide hätten noch schlafen können und keiner wollte es dem anderen vorschlagen. So versuchte jeder mit seinen protestierenden Körperlaunen selbst fertig zu werden.

Dann kam doch noch so etwas wie eine Unterhaltung in Gang.

„Wir müssen heute die Esperanza umtaufen."

„Du meinst, ich soll es tun. Du kannst ja jetzt aus zweierlei Gründen nicht mitwirken. Einmal die kaputte Hand und dann meine Meisterschaft in der Metallbearbeitung."

Freddy murmelte: „Recht hast du." Dann etwas lauter noch einmal: „Wo du Recht hast, hast du Recht. Nein, ich widerspreche nicht."

„Und, wie stellst du dir das jetzt vor? Lass dir mit deiner Antwort nicht zu lange Zeit, bis Nachmittag, bis zur größten Hitze, müssen wir fertig sein."

„Das liegt bei dir. Als erstes schraubst du die goldenen Namensschilder ab. Was, du hast noch nicht mitbekommen, dass die aus Gold sind?"

Henry sagte zunächst nichts mehr.

Dann: „Und jetzt brauchst du mir nur noch zu erzählen, dass ich eine Leiter in den Fluss stellen soll, damit ich am Bug bis zu den Namensschildern hochkomme."

„Mein Freund, du hast einen Experten vor dir. Das habe ich mehr als einmal gemacht. Mitten auf dem Atlantischen Ozean und während der Fahrt."

„Und das auf einer Leiter stehend? Diesen Trick musst du mir verraten."

„Schluss jetzt mit dem Palaver. Jetzt mal im Ernst. Die Zeit läuft dir weg. Wir haben auf dem Vordeck einige verdeckte Vorrichtungen, die man zum Einhängen von besonderem Geschirr benutzen kann. Da gibt es dann so eine Art hängende Leiter oder besser Gerüstplattform mit Strickleiter. Du klinkst dich in die Sicherungsringe ein, dann hast du genügend Standfestigkeit, um die Dinger abzuschrauben. Es sind vier Schrauben. Sobald drei von denen gelöst sind, drehst du das Schild nach oben, hängst es in die Schlinge eines Seils, ich halte es fest und du machst die letzte Schraube heraus. Der Witz dabei ist, dass dieses Namensschild nicht in den Bach fällt. Denn dann müsstest du runter, um es wiederzubringen. Ohne es können wir eine Weiterfahrt vergessen. Kapiert? Also hör gut zu und pass auf. Hast du gut zugehört und aufgepasst?"

Henry sagte eine Weile nichts.

Dann; „In Wirklichkeit bist du also der fachkundige Ingenieur - gut, gut, ich halte dir zugute, dass du einen lädierten Arm hast, ich habe ihn ja selbst geflickt. Sonst würdest du es ja machen. Ich weiß, ich weiß."

Henry machte seine Sache gut, nach etwa zwanzig Minuten außenbordschwitzen waren die recht schweren Namensschilder an Deck. Henry schaffte sie nach unten in die wirklich nicht übermäßig dimensioniert bemessene Werkstatt, hinter den Dieseln.

Alles war blitzblank sauber. Sogar die Diesel, die doch gestern noch stundenlang auf Volllast standen, waren nicht richtig zu riechen.

In zwei Schränken waren unterschiedliche Werkzeuge sauber geordnet. In dem einen befanden sich mehr Spezialwerkzeuge, die für die Behandlung der Maschinen geeignet waren. Der andere enthielt Werkzeuge allgemeiner Art, sogar ein hydraulischer Wagenheber befand sich dabei. Für was der wohl gut sein konnte, fragte sich Henry?

Dort war auch eine Handmetallsäge, es gab Feilen, Fräser für schnelldrehende Elektrowerkzeuge, andere elektrische Werkzeuge, Bohrer, Gewindebohrer, Schraubendreher und -schlüssel, Metallbürsten und natürlich verschiedene Hämmer. Einem Schlosser müsste das Herz lachen.

„So, jetzt pass auf. Du sägst die Schilder hier durch, so

weit es geht, hinter dem Buchstaben <A>.“

„Hui, gratuliere, jetzt verstehe ich, auf was du hinauswillst. Die Idee könnte direkt von mir sein.“

„Ist sie aber nicht.“

„Wir werden also in Zukunft die <ESPERA> - die <WARTE> - kommandieren. Bisschen gewöhnungsbedürftig, der Name, aber es ist ein Name. Wer würde schon mehr verlangen wollen?“

„Den Randsteg, Teil des Rahmens vor dem Anfangsbuchstaben, schneidest du in einer Distanz ab, die dem Abstand am anderen Ende des Schriftzuges, hinter dem Buchstaben A, gleichkommt. Dann haben wir ein mittig gesetzter Namenszug.“

„Zwei der Löcher zum Eindrehen der Befestigungsschrauben am Bug, wirst du mit weißer Plastikfüllmasse zuschmieren, die Reste abschleifen, alles glatt schleifen und polieren. Für die neu zu bohrenden Löcher im Namenszug, machst du zwei neue Bohrungen im Schiffsrumpf, schneidest das Gewinde für die M-10-er Schrauben, das wird schließlich alles wie neu aussehen. Oder wie seit eh und jeh so. Getauft und so belassen bis zum Abwracken. Die *Esperanza* ist tot. Es lebe die *Espera*.“

„Hast du auch an die Papiere, die Dokumente gedacht? Du kannst sie ja schlecht umschreiben lassen.“

„Da lasse ich mir noch etwas einfallen. Grundsätzlich lassen sich ja auch dort Buchstaben entfernen.“

Das sogenannte Abschneiden oder Durchschneiden der schweren Bronzeplatte erwies sich als weitaus schwieriger als gedacht. Die Zahnung der Metallsägeblätter war für dieses Material nicht geeignet. Sie schmierten immer wieder zu. Als weiteres gravierendes Hindernis erwies sich die drückende, schwülheiße Atmosphäre. Und da unten in der Werkstatt regte sich sowieso keine Luft, auch wenn draußen ein Sturm toben würde. Henry hatte sich, bis auf die Armbanduhr und die neue, schwere, goldene Kette, völlig entkleidet. Die zwei aufgestellten Ventilatoren verteilten nur ineffizient die stickig heiße Luft auf dem nackten Körper.

Freddy hatte sich verzogen, er fühle sich nicht gut. Bevor er aber verschwand gab er noch einen *guten* Rat. „Pass auf und schneide dir nicht allzu viel ab. Ist sowieso nicht viel vorhanden. Aber immerhin besser als gar nichts.“

Henry zog es vor keine Kraft mehr an hintergründige Konversation zu verschwenden.

Er war völlig ausgelaugt, war an dem dritten Schnitt beschäftigt und es war noch nicht einmal Mittag. Er schaffte es nach draußen und ließ sich auf dem Oberdeck auf eine Liege fallen. Sofort überfielen ihn Mosquitos. Er flüchtete sich ins Bootsinnere und suchte das Mittel um sich gegen die Plagegeister einzureiben.

Zurück auf seinem Liegestuhl betrachtete er das schwere goldene Kreuz, da sah er eine winzige Inschrift auf der Rückseite. „Für meine Dolly zum 25. Geburtstag“

Er rief nach Freddy, der aber schlief fest im gekühlten und so gut wie mosquitofreien Salon.

Henry schlief vor Erschöpfung schließlich auch ein. Dann wachte er auf, als Freddy mit ihm sprach.

„Der Herr streikt? Dir ist doch klar, dass wir auf diese Art und Weise noch eine Nacht hier in dieser verdammten Hölle dranhängen müssen?“

Henry gab nicht gleich Antwort. Er atmete schwer und keuchte schließlich mehr als zu sagen: „Ich bin fix und fertig. Die Hitze.“

Freddy blies die Backen auf und ließ die Luft langsam und zischend zwischen den Zähnen heraus.

„Und stinken tust du. Ein Geißbock würde dich als Rivalen erkennen und auf die Hörner nehmen."

„Gut, dass du kein Geißbock bist und keine Hörner hast." Henry musste alle seine Kräfte mobilisieren, um Freddy eine halbwegs treffende Antwort zu geben. Am liebsten hätte er aber einfach geschwiegen. Doch das hätte Freddy vielleicht missverstehen können. Schlimmstenfalls wäre er wieder ausfällig geworden - gereizt wie er war und unter Einfluss von mittlerweile einem Mischmasch von Medikamenten.

Mit diesen geistig tiefgehenden Bemerkungen war der Friede aber einmal wieder gerettet.

Dann nach einer Weile des Verschnaufens:

„Du hast gepennt, ich habe gepennt. Und wenn jetzt wieder Flusspiraten auf Kundschaft aus waren?"

„Schieben wir also wieder Wache?"

„Wenigstens bis Mitternacht."

„Gut, dann schlafen wir noch ein wenig auf Vorrat."

Doch es mochte sich kein Schlaf mehr einstellen. Die Hitze schien noch größer als Gestern.

Das Geräusch eines tief fliegenden Flugzeugs schreckte beide auf. Sie konnten es aber nicht sehen. „Es war eine Sportmaschine", bemerkte Freddy. Waren sie entdeckt? Das war jetzt eine Frage, die sie nicht beantworten konnten. Auch darüber, ob sich dieses Flugzeug nur zufällig hier unterwegs befand oder auf der Suche nach ihnen war, konnten sie nur spekulieren. Allerdings war es ein gutes Zeichen, dass die einmotorige Maschine ihren Kurs beibehielt. Wenn sie entdeckt worden wären, hätten die Suchenden mindestens noch eine Schleife geflogen, wären ziemlich nahe zur Yacht heruntergekommen, um sicher zu stellen, dass sie sich nicht geirrt hatten.

Die Zeit drängte wieder weiterzufahren. Aber an ein Weiterarbeiten war nicht zu denken. Andererseits, ohne neuen Yachtnamen, das leuchtete auch Henry ein, war es nicht zu verantworten. Henry konnte kaum seinen Arm heben, so setzten ihm die klimatischen Umstände zu. Er dachte an seine Körperhygiene - rasieren, nein, *den* Gedanken verwarf er. Bei seiner Ausbildung hatte man ihm aber auch eingeschärft, dass das tägliche Rasieren über die Moral des Barträgers Auskunft gibt. Ein Mensch in Stresssssituation, der sich nicht sauber rasiert, ist in höchster Gefahr für sein Unternehmen und dadurch auch für sich selbst. Ein Mensch in solcher Situation, ist für seine Gegner, von Feinden gar nicht zu sprechen, keine ernsthafte Hürde. Du machst sichtbar, dass ein Angreifer bei dir keinen unüberwindbaren Widerstand fürchten muss.

Indem du dich rasierst, und auch sonst deine Erscheinung nicht nach körperlicher Vernachlässigung aussieht, zeigst deinen Gegnern, dass du moralisch völlig intakt bist. Du wirst respektiert. Das Interessante daran ist noch dazu, dass du dich auch so fühlst und damit viel leistungsfähiger bist.

Auch Freddy erging es nicht anders als ihm, und auch er plagte sich mit den subtropischen Begleiterscheinungen. So fügten sie sich in ihr Schicksal. Morgen, recht früh, so versprach es Henry, würde er die Sache zu Ende bringen. Scheiß Bronze. „Mit dem Zeug hatte ich es, bei meinen Aktivitäten mit anderer Leute Autos, niemals zu tun.“

„Hättest besser ein bisschen damit üben sollen.“

„Komm und unterlass jetzt diese Frotzelei. Ich bin auch *dafür* zu abgeschlagen. Danke.“

Nachdem es dunkel geworden war, genehmigten sie sich doch je zwei Dosen Bier. Da konnte ja nichts Schädliches dabei sein.

0,33 Liter, da hatte man kaum den Geschmack aufgenommen,
dann war die Dose schon leer.

„Verdammt“, sagte auf einmal Freddy. „Mit den Daten der
Überweisung auf das Nummernkonto auf den **Caymans**, kann
niemand etwas anfangen. Aber mit dem Anhang. Wenn der
von Unbefugten aufgefangen wird, ich meine zum Beispiel
von der DEA oder NSA der Amis, die könnten sich doch einen Reim drauf machen. Ob die Arschlöcher in **Valencia** das
bedacht hatten? Oder gar absichtlich so gehandelt hatten?“

„Einen Reim auf was machen?“

„Nun ja, auf ein verschwundenes, gekapertes Schiff oder
so. Denk mal darüber nach oder hilf mir wenigstens den Gedanken zu Ende zu denken.“

„Weder auf dem Anhang noch sonstwo steht Dein Name.
Und so bist Du darin nicht geoutet. Lass diese Gedankenspiele.
Dein Name ist ja auch in Verbindung mit den Daten Deines
Kontos verschlüsselt. Da kommt auch keiner dieser Spezial-
schnüffler der Amis dran.“

Aber Freddy war und blieb beunruhigt. Das Misstrauen
gegenüber seinen Gegnern saß tief und der Respekt vor deren
Möglichkeiten ebenso. Total verkehrt lag er dabei jedenfalls
nicht.

In der Tat hatte die NSA den Anhang, aufgrund eines vor-
kommenden Schlüsselwortes, mit ihren Computerprogrammen
herausgefiltert. Sie gaben die Angelegenheit an Spezialisten
weiter, die den Sinn, den Absender und der oder die Adressaten
ausfindig machen sollten. Diese ließen dann verschiedene ge-
heime Programme laufen. Doch so bald sollten sie nichts herausfinden. Die Spezialisten aktivierten bei den Abhöranlagen
einen zusätzlichen Filter, der bei einer anderen sich bietenden
Gelegenheit, das nächste Puzzleteil hinzukombinieren sollte.

Sie hackten sich elektronisch bei der genannten Bank ein.
Sobald die gleiche Kontonummer oder der Absender und auch
der Empfänger wieder auftauchen sollte, würden die elektronischen Maschinen Alarm schlagen und alles aufzeichnen. Die
Falle war gestellt. Eine Aufnahmekapazität war geschaltet und
zielte auf das oder die Opfer. Wie jeder ansitzende Jäger würden auch sie warten müssen, ihre Zeit würde aber kommen.
Geld auf einem Konto einer Bank zu haben war kein Selbst-
zweck. Irgendwann würde Bewegung in die Sache kommen.
Dann waren sie wieder am Zug.

Die Nacht auf dem Deltaarm des Orinoco verlief friedlich,
ohne Zwischenfälle.

19

3. Oktober.

Am nächsten Morgen stand Henry wirklich bereits kurz nach halb sieben Uhr in der Werkstatt. Er dachte mit Grauen an die Zeit ab elf Uhr. Bis dahin musste er fertig sein oder die äußeren Umstände dieser grünen Hölle würden ihn fertig machen.

Die Schilder waren dann nach einer weiteren mühsamen Schinderei gegen acht Uhr zurechtgesägt. Die Sägeflächen mussten jetzt so gefeilt und nachpoliert werden, dass keine Spuren der Sägerei mehr sichtbar blieben. Und auch bei der Feile setzten sich die Zähnchen immer wieder zu und Henry musste sie öfters mit einer Messingdrahtbürste mühsam reinigen. Das dauerte verdammt lange. Offenbar hatte er es mehr mit Rotguss als mit Messing zu tun.

Die jeweils zwei Löcher zum Festschrauben waren schnell gebohrt und gesenkt. Freddy war zufrieden und freute sich jetzt über den Fortgang der Arbeit. Auch das mobilisierte wieder etwas mehr Energie. Bald würden sie lossegeln können - wie er es ausdrückte. Doch dann fand er, dass die frisch gesägten und gefeilten Stellen viel zu stark glänzten. Verräterisch glänzten gegenüber den unbearbeiteten, älteren Oberflächen.

Auch Freddy hatte es bemerkt. „Henry, da müssen wir etwas tun, das können wir nicht so lassen. Das glänzt ja auf eine Meile und das muss matt, mit einer gewissen Patina aussehen."

Beide schauten auf die golden glänzenden, frisch bearbeiteten Stellen. Sie waren gegenüber dem ursprünglichen Zustand des Namenszuges viel zu deutlich abgesetzt. Es musste auch einem ungeschulten Auge auffallen.

„Da brauchen wir eine spezielle Säure, die das Altern beschleunigt, die Patina erzeugt."

„Und das wäre?"

„Zum Beispiel Salzsäure."

„Ja und, haben wir da Bordmittel?"

„Ich kann mir das nicht vorstellen, aber möglich wäre es schon."

„Können wir die nicht selbst herstellen?"

„Gute Frage. Aber ich weiß nicht, wie die ... Moment, das muss doch Salz sein. Aber wie wird es zu Säure?"

„Und wenn du die Stellen lackierst?"

„Das löst sich auf dem Metall schnell beim Kontakt mit Seewasser auf."

„Salzsäure?"

„Wir könnten es einmal mit Salzlauge versuchen."

„Was ist das? Was ist der Unterschied zu Salzsäure?"

„Nun, so weit ich mich erinnern kann, löst sich Salz so lange in Wasser auf, bis die Sättigung gut über 30% erreicht hat. Das wäre dann, nach meiner Ansicht, Salzlauge. Vielleicht ist sie in der Lage die glänzenden frischen Messingstellen beschleunigt altern zu lassen. Das würde sich dann <künstliches Altern> nennen."

„Wenn das klappt, kriegst du einen Orden."

„Hör auf mit deinen leeren Versprechungen. Aber probieren können wir es ja."

Und so rührte und rührte Henry, bis sich das zugegebene

Salz aus der Küche nicht mehr im Wasser auflöste.

Tatsächlich ließ die Flüssigkeit die glänzenden Stellen verblassen. Aber so richtig alt wollten sie auch nicht aussehen. Nun ja, dann musste eben die Zeit etwas nachhelfen. Zeit die sie in entsprechender Menge, zumindest im Augenblick, dem Alterungsprozess nicht anbieten konnten. Sie kamen überein, während der Fahrt, immer mal wieder mit dem Pinsel und der Lauge nachzuhelfen. Das würde gehen, so lange die Wellen oder die Gischt nicht bis zu den Namensschildern hochschlagen würden. Beide wussten es nicht, ob sich die Lauge einfressen oder nur oberflächlich eine Patina bilden würde.

Kurz vor Mittag waren die Platten an ihrem Platz und die verräterischen Löcher, die vorher die Platten hielten, zugespachtelt. Mit einem sehr feinkörnigen Schleifpapier bearbeitete Henry die Stellen bis sie im Glanz der allgemeinen Oberflächenbeschaffenheit der Yacht entsprachen. Sie waren jetzt so gut wie unsichtbar - für einen Laien sicher, aber ein Fachmann würde bei genauerem Hinsehen den Wandel trotzdem erkennen.

Die Frage war, ob sie noch heute, oder doch erst Morgen, aus der Hitzefalle ausfahren sollten.

Heute eher nicht. Die Initiative war nach der durchaus bescheidenen, aber an diesem Platz besonders belastenden Arbeit, bereits wieder hin. Sie fühlten sich beide schon wieder erschöpft. Antriebslos. Ohne Kraft oder Energie. Da konnte man leicht Fehler machen. Die Konzentration fehlte und nicht einmal Lust auf eine Unterhaltung hatten sie. Jedes Wort kostete Kraft. Das Flugzeug hatten sie vergessen.

Auch an diesem Abend saßen sie wieder beisammen, diesmal mehr wortkarg zusammen. Sie tranken je zwei Bier und viel Wasser. Freddy nahm noch zwei Aspirin.

Wort- und grußlos legten sie sich irgendwann zum Schlafen. Die Uhrzeit schien ihnen gleichgültig.

20

4. Oktober.

Sie verschlangen beide ihr Frühstück.

Sie hatten nur noch einen Gedanken, nämlich raus hier, raus, raus!! RAUS!!

Mit dem seitlich befestigten Schlauchboot hangelte sich Henry zu den Stelzenwurzeln und löste die dünnen aber extrem zugfesten Leinen aus Kevlar. Dann holten sie das Boot ein und Henry begann die Luft abzulassen. Das war dann aber doch nicht so einfach, wie Henry herausfand. Es war interessant, dass sich das Schlauchboot zwar in einem Zug aufpumpen ließ, aber für das Ablassen der Luft waren gewisse Handgriffe erforderlich. Es hatte verschiedene, untereinander abgeschottete Luftkammern.

Rückschlagventile aus Gummilappen verhinderten, dass bei einem Leck gleich das ganze Schlauchboot im wahrsten Sinne des Wortes sein Innenleben aushauchte. Jede Luftkammer musste für sich geleert werden. Aufgedruckte Symbole zeigten, wie dabei vorzugehen sei. Henry hatte Freddy kurz darauf angesprochen, aber anscheinend wusste er mit der Frage nichts anzufangen. „Nun ja", sagte er, mit den Gedanken vielleicht schon auf dem offenen Atlantik, „lass sie halt raus. Du wirst doch noch Luft aus einem Schlauchboot lassen können. Hast sie ja auch reingekriegt."

Ja, das konnte er dann auch noch nach einer kleinen Übung.

Henry faltete die schlappen Gewebe-Gummiteile und verstaute danach das Paket wieder in seinem dafür vorgesehenen Behälter. Der Gedanke an diese technische Finesse beschäftigte ihn noch eine Weile. Absaufen konnte man damit schwerlich. Ein solches Wissen konnte unter Umständen lebenserhaltend sein und er verankerte es in seinem Gedächtnis an sicherer Stelle. Es könnte ja einmal eine Zeit und Umstände geben, wo er gerne auf sein Wissen zurückgreifen würde.

Freddy ließ unterdessen die Diesel an. Der eine hustete kurz, als hätte er sich verschluckt, doch dann lief alles rund. Er löste die Yacht vorsichtig aus dem Bereich der über dem Wasserspiegel sichtbaren Wurzeln. Er traute ihnen nicht, denn er wusste ja nicht, wie weit sie unter der Wasseroberfläche in die schwache Strömung hineinreichten. Und auch die bordeigenen raffinierten elektronischen Hilfsmittel konnten da nicht behilflich sein.

Nun hielt Freddy die Yacht in der Mitte des Wasserlaufs, auf der Linie, auf der sie auch den Flussarm hochgefahren waren. Er fühlte sich jetzt sicher. Im Gegensatz zu ihrer Einfahrt hatten sie eine leichte Strömung, die sie hilfsweise Richtung Meer trieb.

„Auf Nimmerwiedersehen, du Scheißhölle", murmelte er vor sich hin.

„Das kannst du ruhig laut sagen", kommentierte an seiner Seite Henry.

Dann herrschte wieder Stille. So fuhren sie auf den Atlantik hinaus. Das Wasser blieb aber weiterhin trüb. Noch keine Spur vom bekannt blauen Atlantik.

Freddy beschleunigte bis auf 20 Knoten, Kurs 090.

Die Luft war zunehmend spürbar leichter zu atmen. Beide Männer fühlten eine große Erleichterung. Das Gefühl, schlapp

zu sein, keine Kraft zu haben, der Wille geheimnisvoll gedros-
selt, das Blut offenbar eingedickt, das fiel von ihnen ab. Neuer
Tatendurst machte sich bemerkbar.

Nach einer halben Stunde drosselte Freddy die Fahrt. Die
Küstenlinie war verschwommen, kaum noch wahrnehmbar und
flimmerte bereits in der Hitze des noch jungen Tages.

„Wir müssen uns unterhalten."

„Tu dir keinen Zwang an."

„Hol mir bitte die Aspirin, eine ganze Packung, damit ich
sie mir in Griffnähe halte."

Freddy rief erst die nähere, dann die weitere Umgebung
ihres Standortes auf den Monitor.

Dann schluckte er drei Aspirin.

„Übrigens, danke."

„Für was?"

„Dass du mir die Aspirin geholt hast."

„Geht in Ordnung. Was planen wir jetzt?"

Sie beobachteten die nacheinander aufgerufenen Rechen-
modelle.

„Wir werden, noch etwas weiter draußen, Kurs Ostsüdost
einschlagen. Im Schnitt bei etwa 80 km von der Küstenlinie
entfernt fahren. Bei annähernd 20 Knoten, können wir in zwei
Tagen, à 24 Stunden, spät abends auf der Höhe des
Amazonasdeltas sein. Also 6. Oktober. Dann hätten wir, bei
weiterhin konstanter, mäßiger Fahrt, gut dreiviertel unseres
Treibstoffvorrates aufgebraucht. Das heißt, wir werden somit
nicht bis Argentinien kommen. Das macht die Sache gefährlicher aber ein Tankstopp wird somit auch unumgänglich. Scheiß
Diesel."

Nicht auf die Sekunde genau, aber so über den Daumen ge-
peilt, wechselten sie sich alle fünf Stunden auf dem Skippersessel
ab. Die Steuerautomatik, dirigiert vom GPS, folgte der einge-

gebenen Fahrtroute, die Freddy in den Bordcomputer eingegeben hatte. Sie waren oft in Versuchung dieser Automatik ganz allein die Verantwortung zu überlassen, doch jeder hatte das Gefühl, dass sie sich doch ieber auf sich selbst verlassen sollten.

Am zweiten Tag begegneten sie mehreren Containerschiffen. Bis diese dann wieder am Horizont verschwunden waren, steuerten sie von Hand, um sich so weit wie möglich entfernt zu halten. Sicherlich standen dort auf der Brücke erfahrene Seeleute mit starken Ferngläsern. Sie würden die *Espera* identifizieren können. Die frischen Verstümmelungen durch die Sägearbeiten würden sie aber auf diese Entfernung nicht erkennen können.

Es galt das Motto, keine schlafenden Hunde wecken. Ihr neuer Name am Bug sollte so lange wie möglich in keinem Logbuch einer überaufmerksamen Schiffsbesatzung auftauchen. Eventuell auch noch mit einem großen Fragezeichen versehen.

Nachmittags kam dann wieder so etwas wie sarkastischer Humor auf sehr niedrigem intellektuellem kriminellen Niveau auf.

„Und du denkst, wir sollten auf die zweite Tranche unserer Forderung nach zehn Millionen verzichten?“

„Weshalb? Wir geben denen die kastrierte *Esperanza*, lassen unsere Geiseln medizinisch untersuchen und übergeben die Yacht dann auf einem silbernen Tablett.“

„Ich denke eher, dass du dich auf deinen Geisteszustand untersuchen lassen solltest.“

„Sowas macht man halt in zivilisierten Kreisen. Nur, wenn die Ware in einwandfreiem Zustand ist, kann man auf die uneingeschränkte Gegenleistung hoffen.“

„Dann erschieße ich doch lieber Al. Das sind mir der Umstände zu viel.“

„Und was machen wir mit den Holländern?“

„Die verkaufen wir als Sklaven. Die können dann irgendwo Tomaten pflanzen.“

„Oder Käse rühren.“

„Und wenn ihre Tomaten weiterhin nach nichts schmecken, müssen sie sie alle selbst fressen.“

„Das ist als Strafe nicht mehr als gerecht.“

Das Thema schien erledigt, überhaupt schien kein weiterer Bedarf an, insbesondere an substanzloser Unterhaltung mehr vorhanden zu sein.

Spät am Nachmittag bemerkte Henry, dass Freddy mehrmals für einige Minuten eingenickt war. Aber den Autopiloten focht das nicht an.

Die Dunkelheit kam etwas früher, nach ihrer Zeitrechnung war es bereits zwischen fünf und halb sechs. Allerdings waren sie sich nicht über die gültige Zeit auf dem etwa 80 Kilometer weit entfernten Festland im Klaren. Vielleicht waren sie mit dem eingeschlagenen Kurs in eine andere Zeitzone eingefahren. Innerhalb von knapp zehn Minuten war es dann dunkel. Die schmale Sichel des Neumondes stand am wolkenlosen Himmel. Sie verschwand zwischen acht und neun Uhr. Die Sterne funkelten recht blass. Die Sicht war mittlerweile sehr stark eingeschränkt. Wäre es Tag gewesen, hätten sie noch trübes Wasser aus der Amazonasmündung gesehen.

Auf dem Radarschirm, der momentan wie voreingestellt, den Verkehr innerhalb eines Radius von 20 Kilometern anzeigte, hatten sie drei größere Objekte und mindestens zehn kleinere.

Freddy verkleinerte den Radius bis auf vier Kilometer.

„Nicht dass wir da einen kleineren Nachbarn zu Klump fahren.“

„Wenn ein Container im Wasser schwimmt, was dann?“

„Den dürften wir noch ausmachen können. Je nachdem, wie tief er im Wasser liegt."

Es war dann wieder der Skipperturnus von Freddy.

„Reduziere doch am besten die Geschwindigkeit noch weiter."

„Wenn du meinst."

„Wir könnten es doch auch mit Treibholz zu tun haben. Da hat unser Radar nichts zu melden."

„Wenn du meinst. Reichen dir 14 Knoten?"

„Ich würde eher auf 12 tippen."

Freddy hielt etwa 13. Somit war jeder Meinung Rechnung getragen. Sie hatten einen, für beide Seiten akzeptablen Kompromiss gefunden.

Irgendwann murmelte er: „Scheißmüßiggang."

„Besser Scheißmüßiggang als Untergang."

Die Stunden schlichen dahin.

Kurz vor elf Uhr: Sie rammten, ohne jede Vorwarnung, einen Gegenstand, den auch das Radar nicht angezeigt hatte. Die Erschütterung ging als großes Beben durch den Rumpf der Yacht. Etwas Großes schrammte auf der Backbordseite vorbei.

Es war kurz vor der Übernahme des Steuers durch Henry.

Zutiefst erschrocken, sahen sie sich an.

„Was war das?"

Schweigen. Dann sagte Freddy: „Das Boot dreht zur Seite."

„Wie? Was meinst du damit?" Henry fürchtete die Anwort. Seine Kehle schien sich von selbst zuzuschnüren.

„Es dreht vom Kurs ab. Ich habe aber keinen Steuerbefehl dazu gegeben."

Scheiße."

„Natürlich ist das Scheiße. Sowas kann nur scheiße sein. Ich, ich ..."

„Was könnte die Ursache sein?"

„Nimm die Fahrt raus.“

Das Geräusch der Diesel erstarb fast ganz. Aber ein Vibrieren blieb.

„Stell mal ganz ab.“

„Wie, die Diesel ganz abstellen?“

„Ja, dann können wir noch besser hören. Und spüren.“

Aber auch bei ausgeschalteten Maschinen spürten sie ein leichtes Vibrieren, irgendwelche geheimnisvollen Schwingungen. Auch ein Geräusch hörten sie, so als würden sie noch Fahrt machen. Sie sagten es beinahe gleichzeitig: „Wasser. Wir machen Wasser.“

21

José-Maria eröffnete in **Valencia** die tägliche Lagebesprechung.

„Ambrosius geht es besser. Er kann ab heute wieder selbständig atmen.“

Alle applaudierten verhalten.

„Von Übersee gibt es nichts Neues.“ Er musste die Aussprache schon seit einigen Tagen immer wieder mit der gleichen Floskel eröffnen.

„Die Ausdehnung des Aktionsradius für die Suche bis zum Orinocodelta im südlichen Teil und der gesamten Karibik, bis nach Mexiko, hat leider noch keine Ergebnisse gebracht.“

„Es gab zwischen Kuba und Haiti, im sogenannten **Paso de los vientos** einen Zwischenfall. Ein mit zwei Mann besetztes Suchflugzeug wurde von einer Yacht, dessen Name zunächst unkenntlich war, beschossen. Es blieb in der Nähe, bis die gerufene Hilfe eintraf. Dann folgte ein Schusswechsel, in dessen Folge die Yacht plötzlich in einer gewaltigen Explosion auseinanderflog. Es war nicht festzustellen, ob sich die Besatzung selbst in die Luft jagte oder ob sie aufgrund des Beschusses, durch Treffer, explodierte. Jedenfalls war damit geklärt, dass es sich nicht um die *Esperanza* handelte. Es sei denn, sie wurde als Waffentransporter umgewidmet. Was aber insofern als unwahrscheinlich gelten kann, als die Fracht, die sich noch auf unserer Yacht befinden sollte, wesentlich wertvoller sein muss als jede, wie auch immer geartete Waffenansammlung.“

„Es ist anzunehmen, dass sich die amerikanische Küstenwache um die Klärung von mehr Einzelheiten dieses Vorfalles bemühen wird.“

„Im Orinocodelta haben Suchflugzeuge drei verdächtige Objekte ausgemacht, die sich aber, bei näherer Betrachtung als Nieten erwiesen.“

„Aus Honduras haben wir drei Meldungen. Aus Santo Domingo und Haiti gingen je zwei Meldungen ein. Costa Rica meldete einen vermutlichen Treffer, ebenso Jamaica. In Guatemala sollte die Yacht gar vier Mal gesehen worden sein. Das schien eine hoffnungsvolle Spur. Aber es zeigte sich, nach näherer Überprüfung, dass es sich überall um Fehlanzeigen handelte. Leider.“

„Die Speedyacht liegt jetzt im Hafen von **Barranquilla** in Alarmbereitschaft, jederzeit sehr kurzfristig abrufbar. An der gesamten Suche, und von uns finanziert, sind jetzt 33 Kleinflugzeuge beteiligt.“

„An der Kundenfront wächst die Nervosität. Das interne Rating unserer Stiftung wurde um einen Punkt herabgestuft. Die offiziellen Stellen halten still, bangen und haben doch gleichzeitig Verständnis. Der Hafenmeister hat gestern in einer seltsamen Art und Weise nach dem nächsten Belegen des Liegeplatzes angefragt. Ich habe ihm eine außerplanmäßige Zahlung als Entschädigung in Aussicht gestellt.“

„Freddy hat sich, erwartungsgemäß, nicht mehr gemeldet, so dass man von einer guten Entscheidung, bezüglich des Erpressergeldes, sprechen kann. Der Versuch, in die Nachrichtenstruktur der Bezugsbank auf den Caymans einzudringen, ist bisher fehlgeschlagen. Wir arbeiten weiterhin daran. Wir haben da Entscheidungsträger unserer Bank eingeschaltet. Es wird nun verstärkt dahingehend gearbeitet, von innen heraus an Datensätze zu kommen. Die N***r sind aber bisher recht resistent. Es besteht jedoch berechtigte Hoffnung, dass wir, über die Erpressung eines dort angestellten Drogenkonsumenten, Erfolg haben könnten."

„Möchte jemand die Aussprache weiterführen? - Das ist nicht der Fall. Ich vertage auf Morgen zur gleichen Zeit. Und wie immer, sorgt dafür, dass eure Piepser betriebsbereit sind, der Akku immer rechtzeitig aufgeladen wird. Danke."

22

„Scheiße, jetzt fällt mir ein, wo das Nachtsichtgerät liegt. In einem unscheinbaren Schrankfach bei Al.“

„Und was nützt uns das jetzt“? fragte Henry.

Freddy reagierte nicht auf diese Frage, er hatte schon wieder eine neue Idee.

„Wir machen am besten das große Schlauchboot klar, so lange wir noch dazu in der Lage sind und bevor uns der Kahn unterm Arsch wegsäuft.“

„Was ist eigentlich passiert?“

„Bin ich der liebe Gott? Woher soll ich das wissen? Auf dem Radar war absolut nichts. Du warst ja dabei. Es hat gerumst. Wir sind auf etwas Hartes aufgefahren. Auf etwas Schwimmendes. Wir müssen ein Loch im Rumpf haben.“

„Das muss ein Baumstamm gewesen sein, Treibholz. Da kommt so viel Dreck den Fluss runter... oder vielleicht auch ein Ausreißer aus einem Sägewerk.“

„Hör zu. Spürst du was?“

„Ich spüre nichts.“

„Das ist ja gerade das Schöne. Ich spüre auch nichts mehr. Kein Vibrieren. Und ich höre nichts. Jedenfalls scheint jetzt der Wassereinbruch gestoppt. Mein lieber Schollie, da hätten wir aber noch einmal Glück gehabt.“

„Vielleicht saufen wir doch nicht ab. Es sieht so aus, als wäre da nur ein abgeschotteter Teil vollgelaufen. Ein unzugänglicher oder versiegelter Hohlraum. Und das war´s vielleicht. Himmel, Arsch und Wolkenbruch, dann sind wir vielleicht doch noch einmal davongekommen.“

Sie horchten noch eine Weile. Sie versuchten nun mit nackten Füßen Zeichen wahrzunehmen, zu spüren, die darauf hinweisen konnten, dass unter der Wasserlinie ein Unheil seinen Lauf nahm. Aber sie hörten und spürten wirklich nichts mehr.

„Mein lieber Freund, sollten wir nochmals Glück gehabt haben?“

Beide atmeten wiederholt tief durch.

Henry fand als Erster wieder die Sprache. „Nenne es wie du willst. Wir müssen auf die neue Situation reagieren. Sicher dürfte sein, dass wir auf jeden Fall einen Hafen anlaufen müssen. Wir brauchen einen Fachmann, der den Schaden begutachten kann.“

„Wo auch gleich ein Erschießungskommando auf uns wartet. Bist du bekloppt?“ Freddy schien schon wieder der alte zu sein.

„Na, dann bin ich mal gespannt auf deinen Gegenvorschlag.“

Freddy sagte zunächst nichts.

Dann wurde er wieder sachlicher. „Lasst uns erst einmal nachschauen, wo wir uns genau befinden. Dann entscheiden wir. Aber das eine sage ich dir, nach **Rio** fahre ich nicht rein.“

„Verlangt ja auch niemand. **Rio** ist noch Tagesreisen weit entfernt. Wo vermutest du **Rio**?“

„Ich wollte eigentlich **Belém** sagen.“ Freddy hatte unterdessen auf seinen Plan geschaut.

Dann machte er einen Vorschlag. „Wie wäre es mit **Mosqueiro**. Hier?“

„Hmm, gefährlich nahe an **Belém**. Das liegt an einem großen, offenen Schifffahrtskanal. Im Mündungsbereich des Amazonas. Da haben wir sicher jede Menge Zuschauer."

„Hier, **Marudá**."

„Nicht schlecht, aber so am offenen Atlantik. Ich kann mir nicht vorstellen, dass es dort offene Astilleros oder ähnlich gebaute Reparaturwerften gibt. Zudem scheint es dort Untiefen zu geben. Hier sind auch schon die Hinweise."

„Aber doch nicht gefährlich für unseren Kahn.

„Ich riskiere lieber nichts mehr. Diese Kacke am Bug, die wir uns eingefangen haben, reicht mir vollkommen."

„Hier, weiter oben, **Chavez**. Oder noch weiter versteckt **Afua**, das ist noch weiter landeinwärts."

„Mann, **Chavez** liegt 80 Kilometer im Land und da steht Canal Perigoso."

„Na und. Was soll das heißen?"

„*Perigoso* ist portugiesisch und heißt *gefährlich*. Wir sollten doch nicht noch einmal mutwillig unser Schicksal herausfordern."

„Ich wusste gar nicht, dass du portugiesisch kannst. Aber, so wie ich das sehe, willst du doch etwas auswählen, das draußen am Atlantik liegt, aber auch so, dass wir nicht gesehen werden? Wie wäre es mit einem englischen Luftdock? Völlig unsichtbar für Menschen. Und wo wir die schöne *Espera* in Reparatur geben können."

„Lass mal den Quatsch. Bleiben wir ernst. Die Lage ist verkorkst und du alberst herum."

Freddy studierte jetzt aufmerksam und schweigsam die erwünschten Angebote, die die Technik präsentierte. Dann schien er etwas gefunden zu haben. „Was hältst du von **Joanes**." Er zeigte auf einen unscheinbaren Flecken an der Atlantikküste.

„Immerhin wären wir dann schön wie auf einem Präsentierteller. Fehlte dann nur noch, dass wir über alle Radiostationen bekannt geben lassen, hört her ...."

„**Joanes**! Pfui Deibel, allein der Name ist mir unsympatisch."

„Dann fahren wir am besten weiter. Bis **Fortaleza** oder besser **Recife**. Das ist sicher eine glitzernde Millionenmetropole."

„Jetzt redest du tatsächlich unnötigen Quatsch."

„Als ob es auch nötigen Quatsch gäbe?"

„Wir fahren nach **Joanes**. Klingt, als wären wir schon einmal dort gewesen."

„Klingt so schön nach Unterwelt. Zumindest nach Erotik pur. **Joanes** hin **Joanes** her, es klingt so schön nach Weibern, nach Bordell, nach Puff."

Freddy stellte der Technik weiter Fragen und schien etwas Interessantes gefunden zu haben „Pass mal auf, das ist - das könnte besser passen. **Joanes** in der **Bucht Marajó**. Was hältst du davon?"

„Denk daran, dass wir vielleicht Ersatzteile brauchen oder spezielle Mittelchen, um ein Loch im Rumpf zu flicken. Dann sollte eine Großstadt nicht allzu weit entfernt sein."

„Würde passen, **Belém** scheint von da höchstens einige Stunden entfernt. Dann wären wir nicht allzu nahe bei, denn dort gibt es bestimmt wieder Spione. Aber in diesem Kaff **Joanes** wird uns wohl kaum einer ans Bein pinkeln können oder wollen, so wie ich das sehe."

Sie machten dann gerade so viel Fahrt, eine Geschwindigkeit, von der sie gerne glauben wollten, dass die Yacht von weiteren Beschädigungen verschont bleiben würde. Zumindest war das ihre Vorstellung, unter besonderer Berücksichtigung der möglichen und durchdiskutierten Beschädigungen.

Freddy hatte dann doch noch eine Idee wie ihre Sicherheit um eine Stufe verbessert werden konnte. „Henry, du legst dich angegurtet vorne auf den Bug und schaust nach weiteren Baumstämmen oder anderen größeren Brocken. Wo *einer* ist, können noch weitere in den Atlantik unterwegs sein. Nimm dir Taschenlampen und leuchte so weit es geht voraus. - Mensch, mein Arm macht mir wieder Schmerzen.“

„Dann nimm doch deine Schmerzmittel.“

<h1 style="text-align:center">23</h1>

7. Oktober

Die Sonne war hinter ihnen, im Osten, schon seit etwa zweieinhalb Stunden über dem Atlantik aufgegangen. Jetzt konnten sie ihr ausgewähltes Ziel identifizieren. Hochhäuser gab es dort erwartungsgemäß nicht. Badestrände mit einigen höheren Gebäuden lagen bedeutend weiter rechts, mehr in nördlicher Richtung. Sie waren über einer Vegetationslinie zu erkennen, mit dem Fernglas auszumachen. Noch weiter weg, an der Küste landeinwärts, war die Sicht zu verschwommen, zu sehr mit Feuchtigkeit gesättigt, um Einzelheiten erkennen zu können.

Als sie nur noch weniger als einen Kilometer von **Joanes** entfernt waren, suchten sie noch immer vergeblich nach der idealen Fahrrinne, um gefahrlos an die Anlegestellen zu kommen. Sie fuhren immerhin jetzt auf dem Amazonasfluss mit Untiefen. Da gab es Sandbänke, die immer einmal wieder ihre Position und Ausmaße änderten. Es war daher nicht verwunderlich, dass die angeforderten und von der Elektronik herbeigezauberten Angaben zu den Untiefen mehr verwirrend als aufklärend waren. Einige kleinere Fischerboote, oft nur mit einem Mann an Bord, tuckerten mit ihrem frühmorgentlichen Fang in den Flussverlauf. Ein etwas größeres Boot, mit ausgespannten Netzen an einem Mast, war etwa 300 bis 400 Meter vor ihnen. Sie beschlossen ihm zu folgen.

„Der sollte doch Bescheid wissen, wie man am sichersten nach Hause kommt."

Die Fahrgeschwindigkeit betrug nun nur noch weniger als fünf Knoten.

Von einem Wellenbrecher geschützt, der mit seinen Tetrapoden aus Beton in einem Bogen in die Bucht hinausreichte, befanden sich zwei unterschiedlich große, und wie sich herausstellen sollte, auch unterschiedlich alte und verschlissene Anlegebrücken. Dicht neben der kleineren, schmaleren und auch kürzeren, konnten sie an Land einige aufgebockte Boote erkennen, darunter auch ein größeres. Aus der Nähe betrachtet waren alle diese Halbwracks aus Holz. Sie waren von den Seiten gegen Kippen abgestützt.

Zu dem, mehr einem Schiffsfriedhof als einer Reparaturwerft gleichenden Unternehmen, lief eine schräge, scheinbar betonierte Rampe ins Meer.

„Sieht nicht schlecht aus", meinte Freddy.

„Mit dem Unterschied, dass es einem schlecht werden könnte."

In der Tat, aus ca. 150 Meter Entfernung betrachtet, sah man, mehr wild durcheinander, Holz in Brettern, Bohlen und Dielen zwischen meist krummen Baumstämmen lagern. Hie und da stand eine Leiter an eines der Halbgerippe von Fischerbooten angelehnt. Alle schienen gleichzeitig in Arbeit oder man hatte vergessen an ihnen weiterzumachen. Es gab so viel Gründe, weshalb ein Boot auf dem Trockenen liegen musste.

Kreuz und quer durcheinander, lagen kleinere Boote, meist kieloben.

„Tolle Perspektiven", meinte Henry.

Freddy antwortete diesmal nicht.

Vorsichtig schob er die *Espera* längsseits an den Steg, den als Anlegebrücke zu bezeichnen, er sich standhaft weigerte.

Kleinere Fischerboote, oft abenteuerlich bemalt und durchweg mit Namen versehen, die an alle möglichen und auch unbekannten Heiligen erinnerten, lagen unregelmäßig verteilt landnah im Wasser. Sie waren entweder untereinander mit Tauen verbunden, an denen Wimpel hingen oder sie waren an Bojen gekettet.

Ihr Bug zeigte in Richtung der Ortschaft, von der, aus der gegenwärtigen Position, wenig zu erkennen war. Von einer Stadt zu sprechen wäre sicher weit übertrieben gewesen. Auf der anderen Seite der <Schiffsreparaturwerft> befanden sich ein paar Gebäude, sichtlich von ihrem Alter und schonungslosen Gebrauch gekennzeichnet. Pflege einer Bausubstanz war hier offenbar ein Fremdwort.

Ein typischer Geruch nach Fischen, auch verderbenden, lag in der Luft. Große, fette Möven mit glänzendem Gefieder, saßen auf dem Steg oder auf den vertäuten Booten Sie schienen gesättigt. Offenbar konnten sie von den früher eingelaufenen Booten eine Menge Beifang ergattern. Einige putzten jetzt ihr Gefieder.

Auf dem vor ihnen eingelaufenen Boot, herrschte Betriebsamkeit. Offenbar war der nächtliche Fang noch immer nicht für die Aufkäufer oder die örtliche Kooperative ordentlich sortiert.

Das Fischerboot lag an dem längeren und breiteren Steg beziehungsweise Anlandebrücke. Freddy und Henry hatten sich die kleinere ausgesucht. Dahinter steckte die Idee, dass sie damit den größeren, möglicherweise noch einlaufenden Fischerbooten, keinen Platz wegnehmen wollten. So ließe sich sicher im Vorfeld eine mögliche Streiterei vermeiden und dagegen auch eine mehr hilfsbereite Gesinnung der Einheimischen schaffen.

Von Land her, den größeren Steg entlang, tuckerte nun eine Art dieselgetriebene Transportmaschine mit einem Hänger in

Richtung des großen Fischerbootes. Zwei in übergroße, gummierte Schutzanzüge gekleidete Männer saßen auf dem Hänger. Einige Gestalten, ob Neugierige oder Gelegenheitsarbeiter, setzten sich von Land her in Bewegung. Niemand schien sie auf der Yacht zu beachten. Umso besser, dachten beide Schurken pragmatisch.

Henry sprang auf ihren Steg. Freddy warf ihm das Tau zu.

Die *Espera* war nun an Land festgemacht. *Land* war allerdings übertrieben.

Henry lief vor den Bug, in der Hoffnung, vielleicht etwas von der Havarie zu entdecken. Ja, da befand sich, dicht unter der leicht eingetrübten Wasseroberfläche, etwas, das nach Bruch aussah. Aber Genaueres konnte er nicht erkennen. Henry erkannte auch, dass die Yacht, den Markierungen nach zu urteilen, nicht mehr in idealer Position im Wasser lag. Sie hatte offenbar Wasser im vorderen Teil des Rumpfes und war dementsprechend nach vorn geneigt. Und auch etwas in Richtung Backbord. Er vermittelte es Freddy.

„Es wird dann tatsächlich so sein, dass ein Schott vollgelaufen ist.“

„Scheiße. Da haben wir aber Glück gehabt.“

„Glück, Glück, Glück. Das stelle ich mir anders vor. Hätten wir es wirklich gehabt, lägen wir jetzt nicht hier vor diesem ganz und gar nicht einladend wirkenden Kaff.“

„Aber wir sind wenigstens hier und paddeln nicht mit dem Schlauchboot irgendwo verzweifelt auf dem Ozean.“

Freddy schwieg jetzt wieder. So Unrecht hatte Henry ja gar nicht. Er wollte es nur nicht zugeben. Aber, ob sie denn auch wirklich letztendlich Glück in dem Sinne haben würden, dass sie hier, weit entfernt von **Barranquilla**, nicht doch von der Stiftung aufgespürt werden konnten, das musste sich erst noch zeigen.

Drei, man könnte sagen, mangelhaft gekleidete Personen, standen nun zwischen Werft und Steg beieinander und schauten zu ihnen herüber. Sie besprachen etwas. Alle drei qualmten irgendetwas.

Es war immer noch windstill. Und schon gut warm. Es würde heute wieder heiß werden. Erinnerungen an ihren letzten Liegeplatz kamen bei Freddy und Henry hoch. Doch so schlimm würde es nicht werden können. Hier fehlten die Mangroven, die jede Luftbewegung verhinderten und es fehlte das stehende Wasser. Hier hatten sie nicht weit entfernt, über eine breite Wasserfläche hinweg, den offenen Atlantik. Stechmücken würde es sicher auch nicht geben, wenigstens bei weitem nicht in dem Umfang wie im Orinocodelta. Es waren fast keine Wellenbewegungen spürbar.

„Ich brauche mehr Aspirin.“

„Wir können ja nach einer Apotheke Ausschau halten.“

„Und mit was bezahlen?“

„Wir müssen sowieso Geld einwechseln. Wegen unseres freundlichen und unwiderstehlich charmanten Aussehens, werden die uns den Kahn bestimmt nicht kostenlos reparieren.“

„Ach, die grünen Dollarscheine haben auch hier ihren Reiz und bestimmt werden sie nicht nein sagen. Zudem, ich kann mir gut vorstellen, dass sie sogar einen Vorschuss verlangen werden. Und wenn die ihn erst einmal haben, so schätze ich bestimmt nicht verkehrt, können wir hier noch wochenlang versauern. Siehe die Mahnmale, die Gerippe auf dem Schiffsschlachthof.“ Freddy machte eine Armbewegung und ausgestrecktem Zeigefinger. Er hatte damit in einer flinken horizontalen halbkreisförmigen Bewegung die gesamte Bandbreite der Halbwracks abgefahren.

„Da schau mal hin“, sagte Henry, „die fangen schon an zu

arbeiten. Donnerwetter, so früh am Tag. Es ist ja auch erst viertel nach neun."

„Dafür arbeiten die sicherlich bis spät in der Nacht."

„Sieht ganz danach aus, aber ich schätze, dass sie noch vor Einbruch der Dunkelheit in den diversen Bars den Tagesverdienst auf den Kopf hauen."

„Es wird Zeit, dass wir uns bekannt machen. Ich denke, dass aber einer immer an Bord bleiben sollte. Ich werde mich in der Bürobaracke, das da vorne, das muss sie ja sein, mit meinen zwar bescheidenen, aber doch immerhin vorhandenen, Portugiesischkenntnissen vorstellen. Der große, reiche Yachtbesitzer beehrt die Arschlöcher von **Joanes**."

„Nun lass dich doch erst einmal überraschen. Es sind vielleicht ganz nette Leute und sprechen sogar englisch. Das wär´ doch was."

„Ja, ja. Und ich bin der Papst."

Die Baracke war tatsächlich das Büro, ähnelte aber innen eher einer Rumpelkammer. An den Wänden ringsum waren großteils bereits stark vergilbte Papierfetzen gepinnt. Die Bude war verqualmt. Das Glas eines mit verschweißten, rostigen Moniereisen vergitterten Fensters, war wahrscheinlich seit der Entdeckung Amerikas nicht mehr geputzt worden. Ein ungepflegter Typ, mit einem stark ramponierten T-Shirt, behauptete auf Anfrage der Chef zu sein. Das war von diesem Mann sehr gewagt. Der andere Typ, mit einer halb gerauchten Zigarette im Mundwinkel, schlurfte nach draußen und schlug die Tür so heftig hinter sich zu, dass sie gar nicht in das Schloss fallen konnte und sofort wieder aufsprang.

„Ah, sie sind der Besitzer der Yacht da draußen. Haben uns schon gewundert." Obwohl der sogenannte Jefe den Satz im eingeübten und landesüblichen Tempo heruntergeleiert hatte, konnte Freddy den Sinn korrekt interpretieren.

„Weshalb?"

„Nun, so oft verirren sich Leute mit solch feinen Schiffen nicht in unseren Hafen." Das war es wenigstens, was Freddy glaubte zu verstehen. Der Mann, so glaubte er es weiter zu interpretieren, hatte es scheinbar in einem Anfall von Größenwahn gewagt, diesen naturgegebenen Anlegeplatz als Hafen zu bezeichnen.

Freddy fragte, ob er englisch verstehe.

Der Mann aber nuschelte in einer schnellen Sprechweise weiter. Freddy würde sich aus den Unterhaltungen einen Haufen zusammenreimen müssen. Das würde ihn während des ganzen Aufenthaltes begleiten. Er hätte nur wahrheitswidrig behaupten können, dass ihn das nicht nervte. Nämlich nicht genau einschätzen zu können, was da genau lief, was geredet wurde, das machte ihn zutiefst unsicher. Und auch einen Tick zu aggressiv.

Aber, daran war jetzt nichts zu ändern. Zu doof, dass er sich vor ein paar Jahren, als er einen guten Kompagnon aus Portugal hatte, keinen Wert darauf gelegt hatte, dessen Muttersprache zu lernen. Während dieser Zeit waren sie als Auftragskiller für das Kartell unterwegs. Völlig unpassend zu seinem Charakter erinnerte sich Freddy an diesen Kumpel, der während eines Unternehmens ins Gras beißen musste. Aber dann war er auch schon wieder ganz der Alte. <Selber Schuld>, murmelte er. Was der schnell sprechende Chef als eine Zustimmung zu seinen Ausführungen interpretierte.

„Ich habe eine Havarie. Wahrscheinlich auf einen treibenden Baumstamm aufgefahren." Das war spanisch, oder kastilisch, gemäß dem Selbstverständnis des typischen Kolumbianers, dass man nur in Kolumbien das reine kastilisch spreche.

Nun war es an dem Chef des Unternehmens unsicher zu sein und er fragte nach. Freddy setzte es ihm noch einmal auseinander. Dabei nahm er seine Hände, beide Arme, inklusive dem nicht ganz bewegungsfähigen linken Arm, zu Hilfe. Er machte vor seiner Brust in der Luft einen offenen Kreis, der anzeigen sollte, dass da ein mächtiger Urwaldriese seinen Weg gekreuzt haben musste. „Muyta lenha, grande lenha", setzte er noch in schauderhaftem portugiesisch hinzu und schaute den Boss erwartungsvoll an.

„Ah sim-sim-sim, compriendo!" Er machte ein Gesicht, als ob es für ihn nichts Selbstverständlicheres geben könne, als die spanische Sprache zu verstehen oder den dargebotenen Mischmasch.

Nun, dieser Freudenschrei war schon ganz nahe am Spanischen und gut zu verstehen. „Und du hast jetzt ein Loch im Rumpf?" - „Un hueco ... roto", ergänzte er noch.

Obwohl da eine gewisse Missinterpretation feststand, war es leicht zu verstehen. „Si-si-si, muyto", äffte auch Freddy dem Jefe nach.

Und er verstand auch die mehr fragende Feststellung, dass die Yacht doch sicher nicht aus Holz gebaut sei.

„Nein, Polyester, glasfaserverstärkt - glaube ich wenigstens", setzte Freddy noch vorsichtshalber in einer Sprache hinzu, von der er hoffte, dass sie sein Gegenüber verstanden hatte. Und dachte: Aus Kohlefaser war sie sicher nicht, hoffentlich nicht. Aber, so dachte jetzt Freddy weiter, wenn dem so wäre, dann hätten sie sicher den Baumstamm kaputtgefahren, statt umgekehrt. Von Kohlefasern hatte er Wunderdinge gehört.

„Oh, mein Herr, das ist kompliziert - *Complicacon, Complicacon*." Und wedelte mit den Armen in der nach abgestandenem Zigarettenrauch stinkenden Bude. *Complicacon* verstand Freddy ohne Komplikationen.

„Warum?"

„Kein Spezialist, nix Spezialist - Complicacon, Complicacon."

„Jetzt mach mal halb lang, du enttäuschst mich ja, du kannst mich doch nicht wieder wegschicken. Du musst eine Lösung finden.“

„Complicacon, Complicacon - ich habe sie nicht verstanden. Ich nix percebo.“ Das war jetzt auch für Freddy klar, brachte ihn aber einer Lösung nicht näher. Parallel zu dieser Aussage knallte der Chef mit einer Fliegenklatsche auf einen kleinen Haufen unordentlich gestapelter Papiere. Auf diesem hatte sich schon seit einiger Zeit eine fette, bläulich schimmernde Fliege geräkelt. Jetzt war sie weiter nichts mehr als ein weiterer Fleck in dieser sogenannten Schmuddelbude. Der Jefe hielt mit einer Hand das Papier fest und wischte mit dem Handballen der anderen Hand darüber. Vom Hauptfleck zog sich jetzt eine schmierige Spur bis zum Papierrand.

Freddy wiederholte schön langsam sein Anliegen. Der Jefe nickte mit dem Kopf und sagte „sim-sim-sim, ich habe verstanden. Percebo.“

„Na und“, bohrte Freddy weiter?

„Nix verstehen. Complicacon, Complicacon.“

„Ja, das hatten wir doch schon. Bring mal was Neues.“

„Reparatur, jetzt verstehen, sim-sim-sim, neu machen, aber natürlich, aber mein Herr, ich lüge dich nicht an, kein Spezialist, keiner von uns kann das.“ Freddy glaubte verstanden zu haben. Es sah schlecht aus.

„Also, pass auf, Jefe, ich zahl dir das Doppelte. Darauf willst du doch hinaus? Wieviel.“

„Ich habe 12 Männer, gut-gut-gut, aber keiner kann das. Nix Spezialist. Complicacon.“

„Ich habe keine Auskunft über deine Belegschaft verlangt, ich will wissen wieviel es kostet, wieviel du willst - verlangst?“

Der Jefe machte große Augen. Freddy interpretierte richtig, dass der nix, nada, niente verstanden hatte.

Freddy machte jetzt die international verständlichen Fingerbewegungen mit Daumen und Zeigefinger.

„Oh sim-sim-sim. Compriendo. --- No - nix compriendo,"
er hätte genausogut sagen können „nix verstehen."

„Du Reparation, wieviel?" Freddy hatte wieder die ominösen Fingerbewegungen gemacht.

„Complicacon, Complicacon."

„Jetzt hör mal auf mit dem Scheiß, Komplikation, Komplikation." Freddy äffte ihm nach und imitierte ganz gut die Stimme des Werfteigners.

„Ah, sim-sim-sim, Moment. Mir fällt da etwas ein. Me-
mory, sim?"

Na endlich ein Lichtblick, dachte Freddy.

„Pass auf Gringo, ich kenne einen Deutschen, der kann das
vielleicht, verstehst du, einen Deutschen, der kann, Polyester." Der Jefe machte einige Handbewegungen, ein Zirkus-
clown hätte es nicht besser machen können. Aber Freddy war
es nicht zum Lachen.

Und er glaubte verstanden zu haben, dass sein Gegenüber
jemanden, einen Aleman kenne, der mit Polyester könne. „Na,
das ist doch etwas. Wo finde ich den?"

„Oh Senhor, oh-oh-oh. ..."

„Jetzt komm mir nicht schon wieder mit Komplikation, Komplikation. Da werde ich so langsam allergisch. Das reicht jetzt."

„Dieser Mann viel trinken." Jetzt fing er an wie ein Klein-
kind zu reden. Der Jefe machte von sich aus jetzt die international verständliche Bewegung, die da besagte: Schnapsglas
greifen, hochheben und den Inhalt hinter die Binde kippen.
Dann schüttelte er seine rechte Hand energisch und wiederholte: „muyto, muyto", dann goss er sich wieder eine imaginäre Ladung Schnaps hinter die imaginäre Binde oder das
schmutzige T-Shirt.

Freddy blies die Backen auf, wie er es immer machte, wenn ihm etwas ganz stark gegen den Strich ging oder wenn er kurz davor war zu explodieren.

"Wo-wo-wo-wo?" Seine Stimme hatte sich immer mehr gesteigert, mit jedem <wo> war sie lauter geworden - und herrischer. Das letzte <wo> klang jetzt unverkennbar drohend.

„Oh Senhor, mal hier, mal da. Wenn ....“

„Zieh was an, wir gehen ihn suchen. Suchen -- finden“, wiederholte Freddy.

„Ich?“

„Ja du. Du und ich.“

„Warum anziehen, Ich angezogen. Komplett.“ Der Chef schaute herausfordernd an sich hinunter.

„Meinetwegen. Aber komm zeig mir, den Kerl müssen wir finden.“

„Kompli....“

„Ja ich weiß, Komplikation, Komplikation. Aber wir werden ihn finden.“ Freddy hatte sich mit Dollars eingedeckt, das Bündel holte er jetzt hervor.

„Für dich. Komm jetzt.“ Er hielt ihm einen Hundertdollarschein hin.

Der Jefe ergriff ihn, schaute ihn ungläubig an, so als zweifele er an seiner Echtheit, dann sprudelte es aus ihm heraus: „Sim-smi-sim, ich glaube, ich weiß wo er ist. Ich glaube. Ich wissen. Vielleicht.“

„Na also, keine Komplikation mehr?“

Ein Typ mit einer unvermeidlichen, halben Zigarette im Mundwinkel, kam durch die immer noch offene Tür herein, griff sich von der Wand einen Schlüssel und verschwand wieder grußlos. Ohne auch nur einen Blick auf den Besucher oder auf den Chef zu werfen. Freddy staunte über dessen Gesichtsfarbe - vielleicht war es sogar Farbe. Es konnte genausogut Dreck sein.

Gepflegte Erdfarbe. Gut in die Haut eingerieben oder von Schweiß oberflächengehärtet. Wasser schien in dieser Gegend Mangelware zu sein. Dabei hatten sie den Amazonas vor der Haustür.

Der Jefe steckte sich jetzt auch eine an. Dann fragte er schon wieder - „jetzt gleich?“

„Ja wann denn sonst?“

„Komm“, sagte er dann noch und ging voraus. Hinter der Baracke stand ein Volkswagen Käfer. Auch er präsentierte sich dem Gesamtbild der Werft entsprechend. Sein äußeres Erscheinungsbild konnte man nur mit <niederschmetternd> umschreiben. Er hätte eine Generalüberholung - nun ja, eine Abwrackung - dringend notwendig gehabt. Über der Front-haube und auf dem Dach war die Farbe bis auf die Grundie-rung abgescheuert, wahrscheinlich vom Flugsand freigelegt. In zivilisierteren Gegenden hätte man ihn zweifellos schlicht und ohne weitere Kommentierung verschrottet.

Der Jefe machte eine eindeutige einladende Handbewegung. Freddy rutschte so gut es eben ging auf den zerschlissenen Beifahrersitz. Dann schnellte er, so gut es mit seiner Behinde-rung möglich war, wieder hoch. Er fühlte und befand, dass es eine Spiralfeder war, die ihm gerade in das Fleisch seines ver-längerten Kreuzes gepiesakt hatte. Der Jefe hatte nichts be-merkt oder tat so, als ginge ihn das nichts an.

Geräuschvoll starteten sie. Der Motor heulte. Aus dem Ge-triebe kamen pfeifende und jaulende Geräusche, die sich, je nach Drehzahl, bis zum Erreichen der Schmerzgrenze weiterentwi-ckelten. Beim Gas wegnehmen gab es einige Knallgeräusche. Ein Auspuff mit Schalldämpfer dieser Bauart hatte in der See-luft offenbar keine lange Lebensdauer.

Freddy bekam die ersten Eindrücke der Stadt. Oder war es doch nur ein Kaff? Er hatte immer noch keinen Überblick.

Bald schon entschied er sich doch für den Begriff <Kaff>.

Zwischen ein paar windschiefen Palmen kurvte der Jefe in eine Lücke zwischen den Hütten, die meist aus Holz oder manchmal auch aus Holzresten gebaut waren. Gedeckt waren sie alle mit Wellblech. Meist mit nun rostigem Wellblech. Freddy sah etwas, das ihn an einen Verkehrshinweis erinnerte. Das runde Blechschild war verbogen, wies drei Einschüsse auf und ansonsten total verrostet. Es war an einer schief stehenden schmalen Schiene befestigt, die irgendwann einmal einer Feldbahn als Spurführung gedient hatte.

Die sogenannte Straße hatte hier keine feste Fahrbahndecke. Der Untergrund war stabil, aber sehr uneben. So bekam Freddy öfters die härteren Innenteile seines Sitzes zu spüren. Er saß aber bereits seit Beginn der Fahrt in Schräglage auf dem Sitzrand und hielt sich mit der gesunden und voll einsatzfähigen Hand in der Schlaufe fest. Trotzdem spürte er noch einmal recht unangenehm die bereits bekannte Spiralfeder.

An der ersten Kreuzung nietete der Jefe beinahe einen Mopedfahrer um. Er hupte protestierend und machte dem armen Fahrer, der von rechts gekommen war, eine Bewegung hinterher, die bedeuten konnte: <Wenn ich dich erwische, du Arschloch...> An seiner linken Hand hatte er den Mittelfinger gut sichtbar ausgefahren und winkte dem wunderbar geretteten Mopedfahrer damit hinterher.

Der Ort hatte auch einen obligatorischen Mittelpunkt. Die Plaza Central oder so ähnlich. Das parkartig angelegte Arreal war quadratisch. Rundum waren mit ein wenig Fantasie die Reste einer niedrigen Mauer zu sehen. Sternförmig waren Fußgängerwege angelegt. Vier verliefen im rechten Winkel auf die Längsseiten zu, vier andere gingen diagonal von Ecke zu Ecke. Im Zentrum stand etwas, das nach einem schlichten Bau aussah. Offenbar stammte alles noch aus kolonialen Zeiten.

Mittlerweile hatte offenbar der Wind so viel Sand vom Strand herangeweht, dass die angedeutete Mauer, an einigen Stellen zumindest, glatt überdeckt war. Reichlich Priesterpalmen standen rundum, alle in ungepflegtem, zotteligem Zustand. Die trockenen Wedel waren sicher schon seit vielen Jahren nicht mehr nachgeschnitten worden.

Reste von Blumenrabatten waren erkennbar. Dazwischen die eine oder andere leere Plastikflasche. Deutlich sichtbar dagegen waren die Hundehaufen. Das war offensichtlich die Öffentliche für die städtischen Vierbeiner. In allen möglichen und unmöglichen Farbnuancen, Körperformen und Größen waren sie allgegenwärtig. Ein ganz normales Provinzkaff also, abgelegen in den Weiten Südamerikas. Am Amazonas. Am Atlantik.

In den teilweise ausgetrockneten und blattlosen Zweigen einiger Sträucher hatten sich, Dekoration hin oder Dekoration her, Plastiktüten in verschiedenen Farben verfangen. Bierdosen waren in einer Ecke versammelt, zusammengeweht oder sie waren gezielt dort angehäuft worden. Irgendwo in der Mitte ragte ein kleiner, auf Stelzen stehender Bau mit einer kuppelähnlichen Überdachung heraus. Die schmutzigen Wege führten von allen Seiten dorthin.

Die obligatorische Kirche, von den Einheimischen als Kathedrale bezeichnet, stand an einer Seite des Platzes. Daneben ein fester Steinbau - der Jefe deutete darauf und sagte: „Gemeindeverwaltung." Dann deutete er auf das Gebäude auf der anderen Seite der Kirche, „Justitia!"

Es gab ein paar schlichte Geschäftshäuser. Ihr Zugang war durchweg von Kollonaden geschützt. Musik schallte von jedem zweiten Etablissement aus den offenen Türen. Die Gegend, das Zentrum der Lokalität, war kakofonisch traditionell überbeschallt.

Nun, das waren so die Eindrücke und Gedanken des Skippers Freddy.

Vor einem Laden standen zwei riesige, in punkto Lautstärke siegreiche Lautsprecherboxen, Sambarhythmen waren so laut eingestellt, dass der sowieso laute Volkswagenmotor glatt nicht mehr zu hören war. Der Jefe trommelte vorübergehend verzückt auf dem Lenkrad den Rhytmus mit. Dann bremste der Jefe, zirkelte wagemutig vor einem anderen Fahrzeug den Käfer in eine Parklücke. Die zudem reichlich vorhanden waren.

„So, komm", sagte er.

Sie überquerten die Straße - nein sie flüchteten über eine Straße - und steuerten geradewegs eine Kneipe an, aus der natürlich ebenfalls Musik schallte, oder war es ganz normaler Lärm?

Der Jefe nahm Kurs auf die Theke und fragte den Mann dahinter etwas. Freddy sah, wie dieser die Schulter hob und senkte. Es wurde noch etwas gesprochen, dann zeigte der Barbesitzer, oder wer immer das sein mochte, mit dem Zeigefinger seiner rechten Hand nach rechts. Danach machte er eine Bewegung mit beiden Händen, die Hilflosigkeit ausdrücken sollte.

„Nicht hier", sagte der Jefe zu Freddy, als er sich wieder zu ihm umgedreht hatte.

„Das hätte ich auch ohne Erklärungen verstanden." In der Luft lag: Komplikation, Komplikation, Komplikation.

„No compriendo."

„Macht ja nichts, ich auch nicht."

Sie liefen unter den Kolonaden bis zur nächsten Ecke, bogen dann rechts ein, flüchteten wieder vor zwei aggressiven Autofahrern über die Straße, verfolgt von wütendem Hupen. Allerdings verfolgte keiner der Hunde ein Auto, wie es eigentlich zu erwarten gewesen wäre. Bestimmt aber hatten sie alle ihre Lektion gelernt, hatten einschlägige schmerzhafte Erfahrun-

gen mit Karosserien gemacht. Oder in ihren Genen war bereits
der Respekt vor Vehikeln vorhanden.

Sie enterten wieder eine Bar. In dieser gab es eine konkrete
Auskunft. Jedenfalls entnahm das Freddy wieder den Gesten.

Draußen liefen sie links weiter. An der nächsten Straßen-
kreuzung endete die Kolonnade. Auf der anderen Straßenseite begannen niedrige mit Wellblech gedeckte Bauten. Sie sahen noch nicht ganz so ärmlich aus, wie die unten, nahe dem
Hafen. Aber die Stadt - <Stadt>, Freddy rief sich zur Ordnung
und ermahnte sich, *das war doch keine Stadt.* Hier war offensichtlich das Ende einer festen Verbauung. Es gab dann nur
noch Hütten in einem mehr oder weniger hinfälligen Zustand.

Nahe der Ecke waren an der Gebäudewand drei primitive
Sitze aus Kisten aufgebaut. Vor einem kauerte ein halbnack-
ter Junge und bemühte sich den Schuhen eines Kunden mit
Spucke und Zitronensaft neunen Glanz zu geben.

Der Kunde entpuppte sich als der gesuchte Deutsche. Ein
Mann undefinierbaren Alters. Unrasiert seit mindestens einer
Woche, überzogen die graumelierten Stoppeln das Gesicht,
wie Flechten an einer feuchtwarmen Felswand. Das Stoppel-
feld war außerdem mit einigen dunkleren Flecken durchmischt.
Insgesamt war das Gesicht des Kunden rosig und aufgedun-
sen. Seine Nase gab Auskunft über die Lebensweise oder besser gesagt, über die Trinkgewohnheiten seines Besitzers. Sie
war knollig dick, rot und breit. Die zum Violett neigende
Nasenspitze, die keine Spitze war, bewegte sich scheinbar ziel-
strebig dem oberen Mundrand entgegen. Hemd und Hose hätten eine gründliche Wäsche oder wenigstens Pflege mal wieder
gut vertragen können.

Seine Schuhe aber waren auf Hochglanz. Mit Zitrone und
Spucke.

Der Deutsche kannte offenbar den Werftbesitzer und grüßte ihn bereits aus mehreren Metern Entfernung mit einem schwachen „Ola Felipe.“

„Dich habe ich gesucht, Gunter. Wie steht´s wie geht´s?“

Ohne eine Antwort abzuwarten, rückte er mit seinem Anliegen heraus.

„Hast du ein bisschen Zeit? Dieser Freund will dich sprechen. Er ist heute Vormittag mit einer piekfeinen Yacht in den Hafen eingelaufen. Jetzt hat er ein Problem.“

„Mein Freund, bevor ich nicht gefrühstückt habe, ist jede vernünftige Unterhaltung unfruchtbar.“ Dann streckte er, immer noch auf der Schuhputzerkiste sitzend, Freddy seine Hand hin, „ich bin Jünter Rütten, aus dem Rheinland, Schiffsbauingenieur.“ Freddy glaubte ein Stück feuchten Tuchs anzufassen. <Wie ein Stück kalter, glitschige Scheiße>, dachte er.

„Spanisch“, fragte Freddy?

„Nein Deutsch, aber schon lange eher passiv.“

„Nein, ich meine natürlich, ob sie spanisch sprechen?“

„Ja, warum nicht? Das geht sicher noch.“

Er versuchte es dann in spanisch. Es war holprig aber verständlich. Jedenfalls für Freddy weitaus besser als das Portugiesische von Felipe.“ Wieder eine Hürde genommen, dachte sich Freddy erleichtert.

Junter gab dem Jungen vor seinen Füßen einen Schein, klopfte ihm im Herabsteigen von seinem Sitz leicht auf die Schulter, und sagte, „Bis Morgen Washington.“

Zu Freddy gewandt sagte er dann noch: „Also frühstücken.“

Sie steuerten zu dritt die Bar an, aus der Freddy mit Felipe gerade gekommen waren.

Junter trat als erster ein, rief ein lautes <bom dia> und setzte sich an einen der kleinen runden Tische. Freddy und Felipe passten gerade noch mit angezogenen Beinen so dazu. Für drei Teller mit Frühstücksutensilien würde da kein Platz mehr sein. Freddy wäre nicht abgeneigt gewesen etwas zwischen die Kiemen zu bekommen, aber seine Behinderung würde nur etwas zulassen, das er mit der einen freien Hand bewältigen konnte.

Gleich darauf bekam Gunter eine mittelgroße Tasse mit einer klaren Flüssigkeit darin vorgesetzt. Es sah nach Wasser aus und Freddy kam unerklärlicherweise noch nicht der Gedanken, dass dies Schnaps sein könnte. Der Barmann fragte Felipe und Freddy in nicht gerade zuvorkommender oder freundlicher Weise, was sie wohl wünschten. Insofern fühlte sich Freddy nicht fremd, als ihm die unfreundliche und kundenabweisende Anfrage des Barmanns aus seiner Heimat wohlbekannt vorkam. Es war gewissermaßen eine Einladung sich wie zu Hause zu fühlen.

Junter hatte seine Tasse bereits halb ausgetrunken, bis sie dann auch ihre Wünsche geäußert hatten. Freddy war schon drauf und dran zu sagen, dass er das Gleiche wolle, wie Gunter, hatte aber dann doch plötzlich seine Bedenken und bestellte Orangensaft.

Felipe hatte sich ebenfalls einen bestellt. Wollte dann aber doch noch einen kleinen - er machte ein Zeichen mit Daumen und Zeigefinger - Hochprozentigen.

Freddy dachte nun, dass, wenn der Orangensaft serviert wäre, Junter seine weitere Bestellung für sein Frühstück aufgeben würde. Doch der Barkeeper lief wieder ohne weitere Bestellung davon.

„Ich dachte, sie wollten frühstücken", fragte Freddy.

„Mach ich doch", sagte Junter. „Zuckerrohrschnaps, sollten sie auch mal probieren."

Freddy schluckte, auch wenn er plötzlich einen trockenen Hals bekommen hatte. Dann nahm er einen großen Schluck Orangensaft.

Junter trank aus und wischte sich mit dem Handrücken über den Mund.

Der Jefe bekam seinen Alkohol, kippte ihn in den Orangensaft, rührte ihn mit dem mitgelieferten Strohhalm kurz um und schluckte so lange, bis das Glas mehr als halb leer war.

„So, was hat der Herr auf dem Herzen?“

„Also ich habe draußen, ca. 80 bis 100 Kilometer vor der Küste einen Baumstamm geküsst. Etwas muss zu Bruch gegangen sein. Ich brauche einen Fachmann, der sich mit Polyesterharz auskennt. Felipe meint, dass du das kannst.“

„Ich bin Schiffbauingenieur von Haus aus und ich kann auch mit Polyesterharz umgehen.“

„Glasfaserverstärkt?“

„Glasfaserverstärkt oder mit anderem stabilem Gewebe, zum Beispiel Kevlar. Aber, das muss ich gleich sagen, das Zeugs bekommen sie nur in **Belém**. Hier auf keinen Fall. Und bei meinem Freund Felipe schon gar nicht. Der macht ja nur in Holz. Ein paar kleinere Scheißarbeiten - seine Zunge machte noch nicht jede angesagte Akrobatik mit, so wiederholte er dann das schwierige Wort - Schwwweißarbeiten, aber...“

Freddy unterbrach den Redefluss. „Das kann ich mir vorstellen. Es geht jetzt nur um die Frage, wie schnell wir die Chemie herbekommen und wie schnell du das reparieren kannst. Sag mir deinen Preis, all inclusive.“

„Mann gehst du aber ran. Kein Wunder, dass ihr Burschen keine Zeit habt das Leben zu genießen. Große Yachten und um die Welt jagen. Übrigens, das Zeugs ist teuer.“

„Hab ich nach dem Preis gefragt?“ Freddy wurde ungehalten. Die Zeit verging, ohne, dass man der Lösung des Grundproblems nähergekommen wäre. Und ohne auf eine Antwort auf seine Frage zu warten fuhr Freddy fort und gab sich auch gleich die Antwort: „Nein, habe ich nicht. Ich habe gefragt, wie wir es am schnellsten hierherbekommen. Preis Nebensache. Verstanden? Du bist engagiert, ich bezahle dich gut und du gibst dir Mühe, damit alles schnell über die Bühne geht."

„Angenommen, ich mache den Job, was löhnst du?"

„Nenne deinen Preis."

„Da muss ich nachdenken. Noch einen", rief er dann zur Theke.

Gleich darauf war seine Tasse wieder gefüllt.

Felipe und Freddy saßen derweil stumm dabei.

Dann war wieder Junter dran: „Ich brauch sowas zum Nachdenken." Junter zeigte auf seine Tasse. Der Nationalstolz der Brasilianer, zu Recht. Schmeckt besser als der Pisco-Sour in Peru.

„Gut, ich warte."

„Ich muss zuerst die Havarie sehen." Gunter straffte seinen Körper, es ging ihm jetzt sichtlich besser.

Felipe sagte dann in seiner Sprache, „mach dein Frühstück fertig, trink aus und dann fahren wir runter zur Werft."

Als hätte er auf diese Aufforderung gewartet, zog sich Junter den Tasseninhalt hinein.

Freddy gab Felipe einen Zehndollarschein, forderte ihn auf die Rechnung zu begleichen und fragte, ob das wohl reiche.

Felipe interpretierte das anders und steckte den Schein ein.

Freddy wollte schon Protest einlegen und schaute ihn mit einem strafenden Blick an. Dann stand er aber auf, ging selbst zu dem Barkeeper und legte einen anderen Zehndollarschein auf den Tresen. Dabei machte er eine Handbewegung, die bedeuten sollte, dass damit alles bezahlt sei. Der Barkeeper schaute ihn mit großen Augen an. Statt einem Dankeschön murmelte er in seiner Muttersprache: <Bekloppter Gringo>. Dabei war Freddy gar kein Gringo, vielleicht alles andere, aber doch kein Gringo. Die Bezeichnung mochte der Barkeeper wohl gewählt haben, weil Freddy den Zehner so großkotzig aus einem aufgerollten Bündel grün gefärbter Banknoten gezogen hatte. Nach der Manier, wie es der waschechte Gringo zu tun pflegte. Ein Gringo geht nicht mit einer Geldbörse aus. Er trägt seine grünen Scheine immer aufgerollt und mit einem Gummibändchen zusammengehalten.

Freddy hatte auch diese Aussage falsch interpretiert und fragte, schon im Weggehen, ob das nicht reiche.

„Alles o.k., alles o.k.“, und der Barkeeper lachte ein breites Lachen. Große Zahnlücken wurden zwischen einigen gelben Stumpen sichtbar. Das aufgesetzte Lachen verzog sich dann, nachdem sich Freddy umgedreht hatte, zur Grimasse.

Freddy dachte noch, <Das Gebiss wie bei uns in den Ebenen Kolumbiens. Die Leute kauen zu viel Zuckerrohr>.

Junter war nun bestens gelaunt.

Sie rumpelten zum Hafen.

Der Schiffbauingenieur ließ sich in einem kleinen Ruderboot, das Felipe und er zum Wasser gezogen hatten, vor die *Espera* rudern. Felipe balanzierte das kleine Gefährt und Gunter beugte sich über Bord, um den Schaden am Bug aus der Nähe zu erkunden.

Nachdem er wieder an Land war sagte er, dass er die Arbeit wohl annehme. Aber 1000 Dollar müssten schon für ihn dabei rausspringen.

Als Freddy sehr schnell zustimmte, setzte Gunter nach, „zusätzlich die Nebenkosten, Materialien, Liegegebühren auf der Werft, das Verbringen an Land ...“

„Ist schon gut, geht in Ordnung. Ist doch logisch, dass du mich über den Tisch ziehen willst. Aber ich zahle. Nur, dass ich vorher nicht alles auf den Tisch lege. Ich zahle im Voraus 20%, der Rest, wenn die Arbeit getan ist. Und zwar ordentlich getan ist. Wie lange brauchst du dafür?“

„Na ja, so zehn bis zwölf Tage.“

„Ich gebe dir das Doppelte, wenn du es in der halben Zeit erledigst.“

„Ich denke, ich kann es ja einmal probieren. Aber die Zeit für das Verholen an Land ist nicht eingerechnet.“

„Einverstanden. Wenn du einmal ein paar Tage auf dein traditionelles Frühstück verzichtest, wirst du es mit Links schaffen.“

„Na, das würde ich gerne selbst mal sehen. Aber ohne mein Frühstück, übrigens, was hast du daran auszusetzen ... ohne das Frühstück kann ich die angebotene Prämie schon gleich ganz vergessen. Das brauche ich um fit zu werden. Aber davon ...“

Freddy unterbrach wieder den Redeschwall. „Mit was und wann fahren wir nach **Belém**?“

„Zum Einkaufen?“

„Einen Puffbesuch heben wir uns dann für später auf.“

„Immer diese Hektik. Als ich ...“

„Ist gut, wann fahren wir?“

„Felipe, kann ich deine Schaluppe haben?“ Das war weniger eine Frage als eine Aufforderung, sie zur Verfügung zu stellen. „Unterdessen stellst du deine Überlegung an, wie wir die Yacht an Land bringen. Wenigstens teilweise. Ich muss ja nur an den vorderen Teil.“ Erstaunlich, er stoppte plötzlich von sich aus eine Gesprächsrunde.

Doch er hatte nur unterbrochen. „**Belém**, runde 150 Kilometer. Wir brauchen bei ablaufendem Wasser gut sieben Stunden, bei Flut gut und gerne knapp fünfeinhalb Stunden. Felipe, wie stehen wir zurzeit?“

„Ebbe, in vier bis fünf Stunden haben wir auflaufendes Wasser.“ Er wusste es auswendig. Erst jetzt zog er ein Stück

Papier aus der Hosentasche, faltete es vorsichtig auseinander, schaute drauf und sagte dann, „so wie ich gesagt habe.“

„Gut“, sagte Junter, „dann fahren wir Morgen um die gleiche Zeit.“

„Moment“, - lieber Junter - „weshalb morgen?

„Du willst doch, dass wir es schnell hinter uns bringen. Also, wenn ...“

„Genau deswegen müssen wir heute fahren. Heute noch. Verstehst du? Felipe, ist die Schaluppe fahrbereit?“

„So ... soweit eigentlich schon. So viel ich weiß. Gestern kam ...“

„Ist sie es oder nicht?“

„Ich denke schon.“ Zu Gunter gewandt sagte er dann noch: „Jesus, du weißt, der mit dem Hinkebein, hat gestern in **Porto Perfume** ein neues Netz gekauft. Unterdessen haben wir seinen Motor repariert.“

„Wann können wir losfahren, wann?“

„Wenn getankt ist, ich weiß nicht, ob das Jesus gemacht hat, dann im Prinzip sofort, vielleicht in einer halben Stunde. Wenn wir noch tanken müssen, verschiebt sich das ein bisschen.“

„Also tanken. Wo ist der Kahn.“

„Mein Herr, das kein Kahn, richtiges Schiff. Richtiges Schiff. Hier wir gebaut.“

„Dort drüben liegt sie“, Junter zeigte auf einen sonderbaren Bautyp, der etwa 30 Meter vom Wasserrand entfernt mit zwei Tauen an Bojen befestigt war. „Sie ist hochseetüchtig“. Was Felipe dann noch von sich gab, übersetzte Junter etwas mehr ausschweifend: „Wenigstens für diesen Bereich von Atlantik. Vor den Küsten Europas würde ich ihr nicht so sehr trauen. Aber wenn du ...“

„Gut, wo ist die Tankstelle?“

„Hafen-Tankstelle? Da warten wir schon seit mehr als zehn

Jahren und die Planungsunterlagen liegen immer noch bei der Behörde. Aber nächstes Jahr ist es vielleicht so weit, das hat übrigens der Superintendente vorige Woche bekanntgegeben. Stand im Wochenblatt. Aber wenn du mich ..."

„Sag mal, wie kriegen wir den Treibstoff in die - wie heißt sie noch? - *Nossa Senhora de Guadalupe?*"

„Kein Problem. Felipe kann seinen Tocayo, seinen Namensvetter von der Straßentankstelle, anrufen. Der bringt, was wir brauchen. Es ist aber immer besser, wir machen die Bunker voll, wie wir Fachleute sagen. Bei dir, mit diesem feinen ..."

„Gut. Machen wir sie voll. Verlieren wir keine Zeit. Sag Felipe, ich chartere seinen Kreuzer. Hier eine Anzahlung."

Freddy bot 200 Dollar an. Dann zog er doch noch einen weiteren Schein und erhöhte auf 300 Dollar. „Der Rest wird mit den anstehenden Arbeiten verrechnet."

Felipe freute sich. „Nimmst Hermenegildo mit", sagte er an Gunter gewandt, dann brauchst du dich nicht ans Ruder zu stellen." Das war augenscheinlich gut gemeint. In Wirklichkeit war die Schaluppe samt Kunde besser dran, wenn sie von einem Nichtalkoholiker gesteuert wurde.

„Bist ein guter Freund. Ruf Felipe an. Diesel. Ich denke, dass wir ...."

„Ich gehe erst einmal schauen, wieviel fehlt. Schauen was fehlt", wiederholte er, diesmal hatte er sich Freddy zugewandt.

Freddy ruderte mit Junter zur .....*Guadelupe* und beide hangelten sich hoch. Nach einer Weile kamen sie zurück. „200 Liter gehen wahrscheinlich rein."

„Na gut, auf was wartest du noch?" Freddy hatte jetzt auch das <du> auf Felipe ausgeweitet.

Felipe wollte antworten, doch dann schien der Groschen gefallen. „Sim-sim-sim Senhor. Schnell-schnell telefonieren."

Freddy besprach sich noch mit Henry. „Du, so wie ich die Sache sehe, schaffen wir heute nicht mehr die Rückfahrt. Ich weiß allerdings nicht, was der angebotene Skipper, Hernebil... Herbe... oder so was, so denkt. Halte die Ohren steif.“

Nach ungefähr 20 Minuten kam ein offener Jeep mit einigen Kannen Diesel und parkte auf dem Festland, dort wo er der ...*Guadelupe* am nächsten stand. Zwei Männer kamen von der Werft, ruderten zu einem der vertäuten größeren Boote mit Außenbordmotor. Umständlich lösten sie seine Fesseln von zwei Bojen, warfen den Motor an und fuhren, bis sie unterhalb des Jeeps Landkontakt hatten. Sechs Kannen waren dort bereits abgestellt. Die beiden restlichen kamen gerade an. Gemeinsam schafften sie es die Kannen an Bord des Motorbootes zu schaffen. Dann diese an Bord der ..... *Guadelupe*, ein Trichter wurde auf einen Füllstutzen gesteckt und der Treibstoff eingefüllt. Der Bunker nahm nur sechs Kannen auf. Die restlichen stellten sie achtern auf Deck ab. Als Reserve, wie dann später Junter sagte.

Es war dann kurz nach elf Uhr, als sie den Hafen verließen. „Schnell-schnell“, rief noch Felipe, der Werftbesitzer dem auslaufenden Boot zu. Zu sich sagte er dann noch, aber mehr murmelnd: „Hoffentlich werde ich einmal nicht so verrückt wie dieser Freddy. Und, übrigens ist das doch kein Name für einen Kolumbianer. Der wird mir immer unheimlicher. Ich würde wetten, dass ... ach scheiß drauf. Geht mich ja nichts an. Oder?

Der schmeißt nur so mit dem Geld um sich. Nun ja, bei dieser Yacht? Aber vielleicht ist das gar nicht seine Yacht. Der ist vielleicht auf der ...“ Felipe unterbrach jetzt ganz schnell seine Selbstgespräche, setzte dann aber doch noch hinzu, „halts Maul, Felipe. Und, lass vor allem die Bullen aus dem Spiel.“

Die <Sache> ließ ihn dann aber doch nicht ruhen. Er zündete

sich schnell einen schwarzen Stumpen an, inhalierte und hustete in die sehr warme, aber nicht unerträglich heiße Vormittagsluft.

„In der Eile habe ich vergessen etwas zum Kauen mitzunehmen", sagte Freddy zu Junter. Beide hatten es sich im Schatten bequem gemacht.

„Damit habe ich keine Probleme, Flüssiges hilft mir in der Not." Er zauberte eine Flasche Klaren herbei, nahm einen guten Schluck und bot die Flasche dann Freddy an. Dann zog er sie schnell wieder zurück und wischte mit seiner verschmierten Handfläche über die Flaschenöffnung. Jetzt bot er sie wieder Freddy an.

„Ich muss erst etwas essen. Vorher trinken? Ich mache das nicht so gern. Aber lass es dir schmecken."

Das ließ sich Junter nicht zweimal sagen.

Dann fing er an zu erzählen. Freddy döste vor sich hin, aber er bekam doch alles mit, was der Schiffbauingenieur so von sich gab.

Er war also in Lima, in Peru, Chef in einem Betrieb, der Fischkutter baute. Alle zwei Wochen ein Neubau. War eine schöne Zeit. Übrigens, mein Name ist Gunter, Junter iss rheinländisch." Das war also auch geklärt.

Bei einem Ausflug nach **Iquitos**, mitten im Urwald, gefiel ihm eine rassige M***ttin. Gunter schwärmte von ihrer kurvenreichen Figur. Dann schwieg er verträumt eine Weile. Freddy war schon am Einschlafen, als er wieder die Stimme des Erzählers hörte. Fünf Kinder hatte er in fünf Jahren gezeugt, wie am Fließband, dann sei er abgehauen, „meine Liebste hatte mehr und mehr die Form, das Gewicht und den Umfang eines Nilpferdes angenommen. Der Arsch passte auf keine Kloschüssel mehr."

In Callao bei Lima war sein Platz natürlich schon längst von einem anderen besetzt. Dann war er kurzentschlossen nach **Manaus** geflogen. Dort bekam er eine Anstellung. Das

Geld stimmte auch. Doch sein Nilpferd stöberte ihn auf und so reiste er wieder ab und landete schließlich hier, am Arsch der Welt. Gunter machte eine fahrige Bewegung und zeigte zurück, nach dort wo sie herkamen. Aber das bekam Freddy nicht mehr mit. Er schlief mittlerweile fest.

Er bekam auch nicht mit, als Gunter mit Hilfe Hermenegildos den restlichen Diesel in den Bunker umfüllte.

In **Belém** war Gunter noch erstaunlich fit. Freddy bestand darauf die Einkaufstour mit dem Taxi zu machen. Bereits im zweiten Geschäft wurden sie fündig. Doch das Einlagegewebe musste der Ladenbesitzer erst noch beschaffen. Morgen früh um zehn Uhr wollte er es haben.

„Sim-sim-sim Dr., das geht in Ordnung. Sie können sich auf mich verlassen." Das brachte der Verkäufer in einem leidlich guten englisch zustande. Dass er mit Dr. angeredet wurde, gefiel Freddy, das waren heimatliche Klänge. In Kolumbien war jeder ein Dr. Jeder konnte so angeredet werden. Und er erinnerte sich schmunzelnd an die Anekdote: Ein Schuhputzer wienerte dem Parlamentspräsidenten vor dem Regierungspalast die Schuhe und bedankte sich für die Zahlung mit einem Dr. Der Parlamentspräsident fragte woher er wisse, dass er Dr. sei. Worauf der Schuhputzer geantwortet habe, dass es ihm doch geläufig sein sollte und dass doch hierzulande jedes Arschloch (Huevon) ein Dr. sei.

„Geht es nicht früher"? wollte Freddy von dem Verkäufer noch wissen. „So um neun Uhr?"

„Sim", das ginge schon, meinte der gute Verkäufer, und wiederholte „sim-sim-sim, aber natürlich sim."

„Also dann bis neun Uhr Morgen."

Hermenegildo stellte sich als ein stiller, beinahe scheuer

Zeitgenosse heraus. Er rauchte nicht und trank mäßig. Wenn überhaupt, denn Freddy konnte nicht wissen, was er aus einer Art Feldflasche schluckte. Erstaunlich, dachte sich noch Freddy. Das kompensierte aber Gunter mit seinem Alkoholprogramm, auf dem fast nur harte Sachen standen.

Gunter erklärte zwischendurch Freddy in verschwörerischem Ton auf: „Der hat einen religiösen Tick. Irgendeine Amisekte hat ihn umgedreht. Laufen mit blauen Hosen, weißem Hemd und Schlips in der Gegend rum. Der hat jetzt seinen Spezialgott. Sollen keine Alkoholika trinken. Das ist doch ..."

Freddy hatte ein Hotel ausgesucht und drei Einzelzimmer gebucht. Sie aßen dann zusammen in einem nahen Restaurant am Ufer Meeresfrüchte. Gunter schaffte gerade so die Portion eines Kindertellers. Aber Schnaps süffelte er wie andere Leute ihre Cola. Hermenegildo gab sich schweigsam. Gegen elf Uhr trennten sie sich im Hotel, um zu ihren Zimmern zu gehen.

24

8. Oktober

Freddy war bereits um halb acht vor der Zimmertür Gunters. Für brasilianische Verhältnisse eigentlich zu früh. Alles Klopfen half nichts. Es erschien kein Gunter. Es gab auch keinen Laut aus dem Zimmer. Schlimmer noch, es rührte sich nichts. Das beunruhigte Freddy, der sich mit dem unangenehmen Gedanken anfreunden musste, dass Gunter wohl nach dem Auseinandergehen gestern Abend, wieder einen weit über den Durst getrunken haben mochte. Vielleicht hatte er, in Anbetracht der von Freddy angekündigten trockenen Zeit auf Vorrat gesoffen. Aber war da vielleicht auch etwas anderes im Spiel, man konnte ja nicht wissen? Freddy dachte jetzt in kriminellen Maßstäben. Die Fantasie ging schnell mit ihm durch und er dachte, gemäß seinen einschlägigen außergesetzlichen Lebenserfahrungen und -einstellungen, an Entführung, Erpressung, Verhaftung, vielleicht im Fluss ertränkt oder irgendetwas Ähnliches. Freddy hatte da noch ein ganzes Repertoire an Scheußlichkeiten, die phantasiereich hervorzuzaubern es ihn überhaupt keine Mühe kostete.

Dann beschloss er den Zimmerservice anzurufen und er erzählte dann dem Manager, dass sein Geschäftspartner an Epilepsieanfällen leide und nun vielleicht hilflos in seinem Zimmer liegen könnte. Er möge doch die Tür öffnen. Wer konnte sich, angesichts solch bedrohlicher Szenarien noch zurückhalten. Hilfsbereit schloss er für Freddy auf.

Er fand Gunter vor dem Bett liegend, vollkommen, wenn auch nicht gerade sauber gekleidet. Rasch bückte sich Freddy, suchte nach dem Puls und erkannte dann aber, dass Gunter atmete, schwer atmete. Und auch nach Alkohol roch, den typisch süßlichen Geruch nach Zuckerrohrschnaps verströmte.

Freddy bestellte Kaffee aufs Zimmer, viel und starken Kaffee. Er machte ein Frottiertuch nass und legte es Gunter auf das Gesicht. Der schwere Atem stoppte. Nach einer Weile bäumte sich Gunter auf, starrte mit weit aufgerissenen Augen Freddy verständnislos und ungläubig an. Das Frottiertuch fiel auf seine Hose. Freddy zog es weg, damit diese nicht durchnässt wurde. Dann schien Gunter sich langsam zu erinnern und die Zusammenhänge zu begreifen.

Der Kaffee kam und Freddy forderte Gunter auf an den kleinen Tisch zu kommen, wo er zwei Tassen bereits vorbereitet hatte. Schwarz, rabenschwarz und ohne Zucker.

Mühsam keuchend versuchte Gunter auf die Beine zu kommen. Freddy musste nachhelfen. Und sie schafften es bis an den Tisch.

Jetzt schaute Gunter Freddy mit ängstlich aufgerissenen Augen an, Panik überkam ihn.

„Ich - ich, soll das trinken?"

„Das trinkst du jetzt und ich verspreche dir, dass ich dir sonst den Kopf so lange unter Wasser drücke, bis dein Gehirn wieder halbwegs funktioniert oder sich für immer verabschiedet. Du kannst wählen." Er drehte sich um, ging ins Bad, Gunter hörte jetzt Wasser laufen. Freddy kam zurück. Stand neben ihm. Gunter schaute wie geistesabwesend in die Zimmerecke neben dem breiten, bis zum Boden reichenden Fenster.

„Plötzlich, das Wasser lief noch, packte Freddy Gunter mit
beiden Händen am Hemdkragen, ließ aber sofort wieder los.
Es hatte sich im linken Arm ein stechender Schmerz bemerkbar gemacht. Freddy fluchte. Gunter dachte, dass dieses flu-
chende Gewitter ihm galt. So griff er nach der ersten Tasse.
Stellte sie aber gleich wieder hin, schaute noch einmal Freddy
an. Mit ängstlicher und stotternder Stimme fragte er, „ich muss
wohl?“

„Wenn du noch lange zögerst ...“

„Ist ja gut, murmelte Gunter. Bin schon dabei.“ Wieder
zögerte er. Kommentierte dann: „Ein kleiner Schnaps würde
viel schneller wirken. Von Kaffee ...“

Freddys Wut schoss noch einmal um einige Grade nach
oben. Er wollte diesem versoffenen Subjekt jetzt wirklich an
den Hals. Gunter spürte die Gefahr und hatte diesmal ganz
schnell die Tasse am Mund. Freddy hörte ihn schlürfen. Gunter
Unterbrach die Aktion. Er wollte noch einmal Einwände er-
heben, doch die Gestalt Freddys stand überlebensgroß vor ihm.
Er trank dann die erste Tasse in kleinen Schlucken, schüttelte
sich. Es war ihm elend zumute.

„Die andere auch.“

Der Befehlston klang in Gunters Ohren sehr bedrohlich.

Er begann an der zweiten Tasse zu nippen und nach einem
neuerlichen Blick auf seinen Auftraggeber entschloss er sich
dann doch zügiger zu trinken, ebenso wie es ihm der heiße
Kaffee erlaubte.

„Ich - ich glaube, ich muss bald kotzen.“ Er würgte.

„Dann kotzt du in deinen Kaffee und ich sorge dann dafür,
dass du alles wieder schön säufst. Wenn du sonst eine Sauerei
machst, lass ich den Manager kommen, du bezahlst das, was
er für richtig hält. Alles klar?“

Bei Gunter liefen Tränen über die Wangen. Tropften in

den Kaffeerest. Aber es wirkte. Gegen viertel nach acht, konnte
er allein aufstehen. „Ich muss pinkeln.“

„Ich geh mit, ich bleibe bis zum letzten Tropfen dabei, damit du mir keine Dummheiten mehr machst. Am Ende säufst
du im Bad weiter deinen Schnaps. Ich lass dich nicht mehr aus
den Augen. Von nun an, so lange wir beide zusammenarbeiten,
keinen Tropfen mehr.“

Um halb neun kamen beide im Frühstücksraum an. Dort
machte Hermenegildo große Augen. Er hatte aber schon seine Eier mit Schinken und Ananas zur Hälfte aufgegessen.

Freddy bestellte sich seinen Part, wählte Eier ohne Schinken, etwas das er mit einem Arm bewältigen konnte und schaute
Gunter an. Der schüttelte den Kopf - „mir kommt das garan-
tiert wieder oben raus.“

Freddy nahm diese Ankündigung kommentarlos zur Kenntnis.

Er ging dann mit Gunter auf dessen Zimmer, „hol deine
Sachen.“

„Ich habe nichts.“

Dann zog Freddy Gunter mit auf sein Zimmer, holte seine
Tasche, in die er rund 12 Kilogramm Polyester mit der entsprechenden Menge Härter gepackt hatte, dann fuhren sie mit
dem Aufzug ins Erdgeschoß. Er ließ ein Taxi bestellen, bezahlt hatte er die Übernachtung inklusive Frühstück bereits
am Abend zuvor. Die beiden Begleiter hatten kein Gepäck.
Nicht allzu diskret hatte ihn die Dame hinter dem Tresen, mit
einem kurzen Verweis auf die fehlenden Gepäckstücke, zur
Vorauszahlung aufgefordert.

Nach 20 Minuten im zähen und sehr lauten Verkehr, waren
sie wieder in dem Fachgeschäft. Der Verkäufer war aber nicht
da und die anderen Angestellten wussten von nichts.

Nach weiteren 20 Minuten des Wartens konnte Freddy den

Überdruck in seinen Eingeweiden fast nicht mehr unterdrücken. Er hätte jetzt am liebsten um sich geschossen oder jemanden erwürgt, schön langsam, dazu würde er sich Zeit nehmen, schön langsam, schön langsam. Es brodelte in ihm. Eine Explosion war jederzeit möglich.

Da kam der Verkäufer, auf den sie gewartet hatten.

„Ach so, das Gewebe, das hatte ich ganz vergessen. Aber ich hole es sofort, ich bestelle es sofort, Moment, ich werde telefonieren und mich darum kümmern."

Freddy, obwohl auch Südamerikaner und mit solchen Schlampereien vertraut, war dennoch nicht erbaut. Zunächst hatte das Erscheinen des Verkäufers aber noch etwas beruhigend gewirkt. Dass der jetzt kurz davor stand erwürgt zu werden, konnte er nicht ahnen, sonst hätte er sich sicher Flügel verpasst, nur um diesen unsympathischen Kunden zufrieden zu stellen und der Gefahr zu entgehen.

Stattdessen kam er zurück und sagte, dass er das Material für den Nachmittag sicher haben würde. „Sie haben es ja schon bezahlt", wunderte er sich offenbar selbst.

Dann sah er die Augen Freddys. Dieser Ausdruck in Verbindung mit der Körperhaltung, die mehr etwas gemein hatte mit einem Jaguar, der sich beim Anblick einer saftigen Beute auf einen gewaltigen Sprung vorbereitete, und er regierte.

„Ich fliege ja schon."

„Nein Jüngelchen. Du fliegst nicht." Freddy sagte das mit erstaunlicher Ruhe, ziemlich leise und in Spanisch, nahe dem Ohr des Verkäufers. Offenbar hatte der verstanden und begriffen. „Wir - wir fliegen gemeinsam. Wo immer du hinwillst, ich werde bei dir sein. Kapiert? Und schreib dir das hinter die Ohren: Ich bin in verdammt schlechter Laune. Ich habe unter ähnlichen Voraussetzungen schon manchem das Lebenslichtlein ausgeblasen. Du darfst das ruhig wörtlich nehmen. Also los." - „Hast du kapiert? Verstanden", schrie Freddy, laut im Kommandoton eines Feldwebels.

Kunden und zwei Kollegen des Verkäufers waren aufs Äußerste erschrocken. Sie hatten zwar nicht das Geständnis Freddys mitbekommen, hatten wahrscheinlich den Wortlaut nicht verstanden, aber, wie man so schön sagt: Der Ton macht die Musik. Und die war unmissverständlich.

„Ich hole meinen Wagen aus der Tiefgarage, da vorn, gleich um die Ecke."

„Einen Scheiß wirst du tun. Ich sagte doch, dass du keinen Schritt mehr allein tun wirst, bis ich diese verfluchten Gewebeverstärkungen in meiner Hand halte."

„Ich, ich ..."

„Ich schlage in aller Freundschaft vor, dass wir ein Taxi nehmen." Freddys Stimme war wie verwandelt und hörte sich jetzt wieder sehr sanft und daher nochmals um einige Grade gefährlicher an.

Sie hatten Glück, aber alle vier passten nicht in das kleine Taxi. „Hermenegildo, du bleibst hier stehen, bis wir zurückkommen", diktierte Freddy. Er hatte das schnell überschaut. Wenn der Scheißkerl aussteigen würde oder sie verlören ihn aus einem anderen Grund, würde er mit Gunter schon den Weg zurückfinden. Bei Tag überhaupt kein Problem, auch ohne GPS.

Hermenegildo war damit einverstanden. Der wäre auch einverstanden gewesen, wenn Freddy ihn angewiesen hätte, nach **Joanes** zurückzuschwimmen. Das glaubte wenigstens Freddy.

Nach einer guten halben Stunde gabelten sie Hermengildo auf. Zuvor hatte Freddy den Verkäufer so gut wie aus dem Taxi rausgeworfen. „Hau ab, du Niete", rief er ihm noch mit drohendem Unterton zu.

Sie hatten, was sie für die Reparatur brauchten. Die Menge war gut bemessen, die Qualität des stabilisierenden Gewebes stand außer Zweifel.

Sie füllten in **Belém** wieder den Bunker und zwei Kannen mit Diesel auf.

Dann brauchten sie fast sieben Stunden, um gegen die Strömung nach **Joanes** zurückzukommen. Es war jetzt kurz vor Dunkelwerden.

Gunter litt Höllenqualen. Seit der letzten versoffenen Nacht, hatte er keinen Tropfen mehr erhalten. Er wagte nicht einmal die Flasche zu erwähnen.

Freddy schlief diesmal, während der Rückreise, nicht. Eine Unterhaltung, wie auf der Herfahrt, kam auch nicht in Gang.

Dann konnte Hermenegildo den Kahn an eine Anlegestelle in **Joanes** dirigieren.

Gunter wollte sich verabschieden, „also bis Morgen", doch Freddy fiel ihm ins Wort. „Du schläfst auf der Yacht. Und zwar ohne Alkohol."

Gunter wollte noch hoch und heilig, sowie beim Leben seiner Kinder und bei allen Heiligen versprechen, dass er keinen Tropfen anrühren wolle, „Ehrenwort!"

„Dann ist ja alles gut", sagte Freddy, „dann macht es dir doch nichts aus, meinen Freund und mich auf der Yacht zu begleiten. Du kriegst etwas zu essen, und trinken willst du ja sowieso nichts."

„Aber, ich muss mich umziehen, ein bisschen waschen."

„Mach dir keine Sorgen, wir sind Kummer gewohnt. Du kannst beruhigt vor dich hinstinken."

Nach Tunfischsalat aus der Dose und Nudeln, ebenfalls aus der Dose, wies Freddy seinem Gast einen Schlafplatz zu. Er zeigte auf eine Sonnenliege und gab ihm die blutverschmierte, seidenbezogene Steppdecke. „Damit du nicht frierst."

Er selbst setzte sich demonstrativ zwei Meter entfernt in ei-

nen Sessel. Er legte sich, mit einer Geste, die dem Säufer nicht
entgangen sein konnte, einen Revolver in den Schoß. Es begann eine für alle Beteiligten unruhige Nacht.

25

9. Oktober

„Gunter und ich fahren in seine Wohnung, damit er sich umziehen kann." Freddy hatte dies, im Beisein Gunters, zu Henry gesagt. „Wir werden dann unterwegs auch etwas frühstücken."

Gunters Augen begannen hoffnungsfroh zu glänzen, aber das war wieder schnell vorbei, als Freddy sagte: „Für dich natürlich keinen Schnaps. Freundchen, wenn du insgeheim säufst, dann werde ich es riechen, ich werde dich so zurichten, dass du dann in Zukunft wirklich nur noch Flüssignahrung zu dir nehmen kannst, und zwar nur dünnflüssige, mit einem Strohhalm."

Gunter schauderte es, als er in die Augen Freddys schaute.

Beide liefen noch bis zur Baracke des Werftbesitzers. Doch der war noch nicht an seinem Platz.

So liefen sie weiter und erst nach etwa zehn Minuten konnten sie ein Taxi anhalten. Gunter nannte eine Adresse. „Ich weiß, ich weiß", sagte der Taxifahrer. Sie kannten sich also.

Freddy blieb bei Gunter, folgte ihm sogar, als dieser in seiner mehr als bescheidenen Bleibe pinkeln ging.

„Kacken darfst du allein, aber nur nachdem ich vorher eine Leibesvisitation vorgenommen und auch das Scheißhaus komplett unter die Lupe genommen habe. Dir traue ich zu, dass du sogar unter der Kloschüssel Schnaps bunkerst."

Als sie wieder im Hafen waren, konnten sie Felipe sprechen. Freddy wollte zuerst die Charter für das Boot bezahlen. Felipe winkte großmütig ab, hielt aber gleichzeitig die Hand hin und sagte dann auch, dass er nochmals 150 Dollar haben wolle.

Freddy bezahlte.

„So, du hast dir sicher überlegt, wie wir die *Espera* an Land ziehen?"

„Ähh, gestern ich überhaupt keine Zeit. Nein, hatte keine Zeit. Aber können das gleich machen", beeilte sich Felipe in einer kindlichen Sprachweise zu sagen, nachdem er die wütenden Blicke Freddys gesehen hatte.

Den würde er sich vornehmen, versprach sich Freddy. Wenn nur erst einmal die Yacht geflickt sein würde.

„Da ist am Kiel eine Sonderform eingebaut - aus Stabilitätsgründen", beeilte sich Freddy nachzuschieben. Es war ihm gerade noch rechtzeitig eingefallen. Wenn sie das Boot ganz aufs Trockene ziehen würden, dann könnte es am Unterbau Beschädigungen geben.

„Oh, ich denke, ich denke gestern. Muss erst fragen, wie Unterbau."

<Einen Dreck hast du>, hätte Freddy ihm am liebsten zugerufen. Und seine Wut auf diesen Schleimer vergrößerte sich.

„Haben Pläne?"

„Habe Pläne", äffte ihm Freddy nach. „Ich holen. Kapiert?"

„Gut-gut-gut", Felipe war nun dienstbeflissen.

Sie studierten gemeinsam auf der Yacht die Pläne, auch Gunter blätterte in den Papieren und strich sie glatt. Seine Hände zitterten stark. Er sah erbärmlich aus. Freddy dachte, dass er ihm unmöglich weiterhin den Schnaps vorenthalten konnte. In dieser Verfassung würde der Kerl keine Reparatur vornehmen können, zumindest keine brauchbare.

Freddy glaubte auch erkennen zu können, dass, aufgrund der seltsamen Bewegungen Gunters, dieser kaum etwas auf den Plänen erkennen konnte.

„Gunter", er versuchte Ruhe in das zu legen, was er jetzt vorzuschlagen gedachte, „ich hole dir einen Schnaps, einen Doppelten. Hast du was dagegen?"

Gunter schaute ihn an wie einen Seelsorger, der gerade einem Sterbenskranken das ewige Leben im Himmel versprochen hatte. Und Freddy dachte, dass der versoffene Kerl jeden Augenblick in Freudentränen ausbrechen könnte oder ihm um den Hals fallen würde.

Gunter genoss den süßlich riechenden hochprozentigen Alkohol. Er hatte zwar nicht die richtige Temperatur, aber in seinem Zustand hätte er ihn auch bei Körpertemeparatur hinuntergeschüttet.

„Gleich, gleich, sagte er dann zu Freddy, es geht mir schon besser."

Und, erstaunlich genug, er entdeckte dann bald die baulichen Besonderheiten, nachdem sie das Plänestudieren für etwa fünf Minuten unterbrochen hatten. Die besagten Besonderheiten waren allerdings nicht als Zusatzbunker ausgewiesen, sondern als Ergänzung für die automatische Stabilisierung bei hoher Dünung. Das war neu für Gunter. Aber seine Studienzeit lag auch schon eine ganze Menge von Jahren zurück. Er nahm es als eine undiskutable technische Sonderkonstruktion hin. Es war interessant, aber deshalb würde er jetzt nicht anfangen über die neuen technischen Entwicklungen zu fabulieren.

„Das können wir nicht machen, die Yacht komplett aufs Trockene bringen. Dafür sind wir nicht ausgerüstet. Eigentlich müsste das Schiff in ein Trockendock." Was er noch sagen wollte, verschluckte er dann doch lieber, dass nämlich dies nur in **Belém** machbar sei.

Aus irgendeinem Grund war ihm der Eigner ... wieder unterbrach er seinen alkoholisierten Gedankengang, ... war er eigentlich der Eigner? Der Kerl schaute mehr nach einem Schwerkriminellen aus. Aber vielleicht hatte er gerade deswegen das Geld, um sich einen solchen schwimmenden Palast zuzulegen. Normale Menschen konnten doch schlecht mit ehrlicher Arbeit so viel Geld zusammenbekommen, um sich ein solches Schiff zu leisten. Diese Erkenntnis verdankte er dezidiert dem Schnaps, der sein Gehirn wieder in Schwung gebracht hatte.

Er schaute Freddy an, der sich entschloss noch einen Schnaps zu spendieren.

„Felipe, wie sieht es aus, deine Männer können doch Rollen unter Wasser bringen, dann ziehen wir das Vorschiff so weit heraus, dass ich im Trockenen arbeiten kann. Die Betonrampe hat, wie bekannt, in geringer Tiefe einen Abbruch, an den dürfen wir nicht mit dem Achterschiff herankommen, dort befinden sich die Sonderaufbauten."

Gunter schien es nun, für jeden sichtbar, weitaus besser zu gehen. Und er durfte sich wichtig machen, seinem - na was war nun wieder dieser Felipe für ihn? - seinem Kumpel durfte er nun, unter dem Schutz und den wachsamen Augen Freddys, etwas vormachen.

Felipes Männer, meist schmächtige Gestalten mit der Hauptbeschäftigung Zigaretten und Stumpen rauchen, zogen ein Stahlseil aus einer festbetonierten, dieselbetriebenen Winde. Zunächst liefen sie parallel zur Wasserlinie und legten dann das Seil um eine ebenfalls fest einbetonierte Umlenkrolle, die der Rampe gegenüber lag. Dann zogen sie das Seil Richtung

Wasser und liefen auf dem Steg in Richtung der *Espera*.

Unter dem Bug, in kurzem Abstand zur Wasserlinie, hatten sie, wie auf dem Plan eingetragen, eine Verdeckplatte herausgenommen. Darunter war eine kräftige Öse, in die sie nun den Haken, am Ende des Seils, einklinkten.

Nachdem die Leinen gelöst waren, startete weiter oben auf dem Werftgelände ein Steuermann den Diesel für die Winde. Er stand auf einem Podest und gab ein Zeichen, dass er nun die Kupplung ziehen werde. Das Seil begann sich zu spannen.

Dann gab Felipe selbst, der dazugekommen war, ein Handzeichen und nun konnten alle sehen, dass das Seil sich nur noch ganz langsam weiter spannte. Danach begann sich die *Espera* Richtung Land auf die Betonrampe zuzubewegen.

Es wurde heikel, als sich die Yacht dem unter Wasser liegenden Abbruch der Rampe näherte. Ein Ruck zu viel und es würden weitere Beschädigungen entstehen. Den Männern Felipes, die jetzt vollzählig auf der Rampe standen, fiel nun eine besondere Aufgabe zu. Sie sollten Rundhölzer unter Wasser drücken, damit das vom Stahlseil gezogene Boot ein Stück auf den Betonboden hinaufrollen konnte. Eben so viel, als nötig war, um die schadhafte Stelle ausbessern zu können.

Das ging einfach nicht. Auch nicht nach mehreren Anläufen, einem mehrfachen Zurückholen des Stahlseils und wieder Anziehen der Yacht. Immer wieder machten sich die Hölzer selbständig, rutschten unter dem Kiel heraus.

Das Aufmuntern seiner Männer und auch gelegentliches Fluchen Felipes, half auch nicht weiter.

Was tun? Doch in ein Trockendock? Auf keinen Fall, das wusste Freddy und Henry. Alle anderen wussten sich keinen Reim auf das hartnäckige Bestehen Freddys zu machen, die

Reparatur ausgerechnet hier, an diesem einsamen Platz, durchführen zu lassen.

„Und wenn wir sie den Sandstrand hinaufziehen, ohne Rollen oder Gleithilfen?“

„Der Platz Nr. acht ist noch frei. Der Stahlzug reicht aber nicht bis dorthin. Wir müssten schräg ziehen.“

„Wo ist dieser Platz Nr. acht?“, wollte Freddy wissen.

„Macht doch nichts“, sagte Gunter. Er hatte seine verspätete Antwort auf die unzureichende Schleppseillänge bezogen.

„Ich habe gefragt, wo dieser Platz Nr. acht ist.“ Jetzt erklärte es Felipe.

Henry ließ dann, nach Freddys Anweisung, einen der Diesel an und manövrierte rückwärts. Sie wollten das Seil am Bug nicht ausklinken, aber es erwies sich als zu problematisch und so befreiten sie die Yacht doch von ihrem Haken. Henry steuerte die Espera um die Gruppe der vertäuten kleineren Fischerboote herum. Dann setzte er sie mit ganz kleiner Fahrt auf den sandigen Strand, der zumindest stellenweise mit kleineren Kieselsteinchen durchsetzt war. Es wurde eine Leiter in Ufernähe ins Wasser gestellt, das Zugseil wieder in die Öse eingeklinkt und der Prozess mit dem dieselbetriebenen Seilzug begann von Neuem.

Das Seil spannte sich, die Yacht bewegte sich ein bisschen, dann war kein Fortkommen mehr.

Alles Brüllen mit Scheiße und alles Beschwören von Nutten und Heiligen half nichts. Vorerst nichts.

Felipe lief zum Diesel. Alle sahen, wie er vor dem Maschinisten herumfuchtelte. Offenbar war er mit dessen Arbeit nicht zufrieden und las ihm die Leviten. Bald darauf hörten die Männer bei der Yacht, wie die Maschine nun anfing viel geräuschvoller zu arbeiten. Als Felipe zurückkam fluchte er noch einmal heftig. Dann sagte er etwas in schnellem Portugiesisch, um danach schließlich auch an Freddy zu denken. „Maschinist, nix kapieren. Idiot. Standgas ganz klein." Er untermalte seine Ausführung indem er bei ausgestreckter Hand zwischen Daumen und Zeigefinger einen kleinen Abstand zeigte.

„Mehr Standgas, jetzt geht."

Er gab Zeichen, das von einem anderen Mann, der zwischen dem Diesel und ihnen bei der Yacht postiert war, an den Maschinisten weitergegeben wurde. Das Seil spannte sich, die Yacht bewegte sich jetzt und vollführte dabei eine leichte Drehung in die schräg ausgerichtete Zugrichtung. Dann erreichte sie knirschend das Kiesel-Sandgemisch und begann tatsächlich aus dem Wasser zu steigen. Sie grub sich zwar etwas in den Sand ein, bald aber war die Havariestelle schon halb aus dem Wasser.

Nun diktierte Gunter das Geschehen. Er bewegte einen Arm und gab Zeichen, dass mit dem Ziehen fortzufahren sei. Bald war die zerstörte Stelle schon etwa anderthalb Meter aus dem Wasser. Die *Espera* lag deutlich erkennbar, achteraus tiefer im Wasser.

„Die Flut ist noch am Auflaufen. Bei Höchststand wird die Havariestelle gerade noch trocken liegen." Erstaunlich, bemerkte Freddy für sich, wie Gunter den Tidenhub berücksichtigt hatte. Dies trotz oder vielleicht gerade wegen dem Schnaps.

„Wir lassen das Seil gespannt, nicht dass Wind aufkommt und das Schiff sich selbständig macht", so der deutsche Schiffbauingenieur. Waren das automatische Reflexe aus seinem früheren, aktiven Berufsleben oder hatte sich sein Gehirn mit den paar Gläser Schnaps versöhnt? Freddy nahm sich vor, wenn es sein musste, und der Kerl nur so zu Höchstleistungen auflaufen konnte, ihm den Schnaps nachzugießen. Übrigens musste er für Nachschub sorgen - er ermahnte sich, dies nicht zu vergessen. Aber dafür sorgte schon Gunter. Man brauchte nur zu beobachten, wie seine Konzentration nachließ, dann war mal wieder Medizin fällig. Verdammte Alkoholikerärsche, dachte Freddy.

„Wir jetzt Mittagspause", sagte bemerkenswerterweise Felipe. „Zwei Uhr geht weiter." Seine Männer hatten sich Großteils schon getrollt.

Freddy sah, dass es allen ernst war. Er beschloss, auch der guten Laune wegen, für die Zeit der Reparaturarbeiten, ein am Wohl und Wehe seiner Mitarbeiter interessierter Arbeitgeber zu sein. Gunter würde - stets unter Kontrolle - seinen Schnaps bekommen, Ruhe- und Erholungszeiten würden eingehalten werden.

Sie waren sich schnell einig, dass Henry auf der Yacht bleiben würde. „Ich bring dir eine Pizza mit. Hast du Lust auf Pizza?"

„Gute Idee."

Freddy fiel nun auf, dass er bisher, weder in der Stadt noch im Umfeld der Hafenanlagen Polizei gesehen hatte. Das kann ruhig so bleiben, wünschte er sich.

Am Nachmittag, kurz nach zwei Uhr, die Belegschaft der Werft war noch nicht vollzählig, halfen zwei Mann Gunter beim Errichten einer kleinen Plattform unter dem Bug. Er ließ sich Werkzeuge heranbringen und mit Zangen, Hammer, Bohrern versuchte er die geborstenen Teile herauszutrennen. Bei dem Rammstoß war kein sauber begrenztes Loch entstanden und Gunter wollte nun ein solches machen, das er dann später mit Gewebe und Polyester abzudecken gedachte.

Ein Versuch mit der Stichsäge schlug fehl. Das Material war viel zu resistent. Oder die Zahnung der Säge ungeeignet. Es gab aber keine andere.

So wie es sich jetzt darstellte, hätte er nur die Möglichkeit gehabt draufzupflastern. Das hätte nach Pfusch ausgesehen und auch die Haltbarkeit wäre fraglich gewesen.

Der ursprüngliche Fachmann, bevor er dem Suff verfallen war, hatte es wieder geschafft im Vordergrund zu stehen. Freddy sah das mit Genugtuung. Er hoffte, dass der Kerl seine Anstrengungen wegen der ausgelobten Prämie verstärkt hatte.

Mit Winkelschleifer und nach dem Ausprobieren verschiedener Schleifscheiben, kam er langsam voran.

Von einem Helfer ließ er das restliche Wasser aus dem Schott herauspumpen. Unterdessen kredenzte ihm Freddy Schnaps, den er nach dem Mittagsessen eingekauft hatte. Gunter hatte das mit großer Vorfreude beobachtet.

Als es dunkel wurde, war Gunter und ein Helfer dabei die Ränder des Lochs so zu bearbeiten, damit er später, beim Aufbringen der frischen Polyestermasse, eine dauerhafte Bindung erzielen konnte.

Freddy dachte an das Aufstellen von Strahlern, um weiterarbeiten zu können. Dann sah er aber ein, dass diese Maßnahme Frust bringen musste und dadurch Pfusch entstehen konnte.

Henry blieb wieder allein, Freddy ging mit Gunter in ein Lokal und kontrollierte den Schnapskonsum seines Hauptakteurs. Dann bestand er darauf, dass auch Gunter ein nahrhaftes Abendessen zu sich nahm.

Sie kehrten wieder gegen zehn Uhr auf die *Espera* zurück. Freddy bot Gunter das Schlafgemach Als an. Betonte aber auch, dass er keinen Schnaps finden und die Tür abgesperrt bleiben würde. Er selbst wolle vor der Tür schlafen. Die Arbeit sei viel zu wichtig, als dass er es riskieren würde, sie wegen Schnaps zu gefährden. Seltsamerweise schien Gunter

damit zufrieden, erbat dann aber doch noch einen Doppelten,
sonst bekäme er Probleme mit dem Einschlafen und auch allgemein mit dem Schlafen. Er betonte, dass er dann morgen
keine vollwertige Kraft sein könne. Das leuchtete jetzt sogar
Freddy ein.

Er erhielt seinen Schnaps.

Sogar einen Dreifachen.

26

10. Oktober

Diesmal verschlief Gunter nicht, präsentierte sich aber recht fahrig und nervös. Freddy erkannte dies als Entzugserscheinungen und versprach Abhilfe. Sie würden in Gunters Stammkneipe gehen, um dort zu frühstücken. Gunter fand das eine gute Idee. Die Vorfreude ließ ab sofort das Zittern seiner Hände verschwinden.

Bei seiner Arbeit erstellte Gunter zunächst einen Untergrund und konnte gegen Mittag mit einer ersten Lage Gewebe und Polyestermasse beginnen.

Er erkannte, dass er an zwei Stellen noch einmal nacharbeiten musste, das warf ihn um einige Arbeitsstunden zurück. Doch am Abend konnte er zusagen, dass er vielleicht am Ende dieses morgigen Tages die Reparatur so weit haben könnte, um mit dem Schleifen zu beginnen.

27

11. Oktober

Die Arbeit kam gut voran. Schicht um Schicht härtete aus. Es wäre viel einfacher gewesen, wenn die Arbeitsstelle in der Waagrechten gewesen wäre. Aber sie hing nun mal nach unten und dazu noch schräg und überhängend. Hinzu kam auch, dass Gunter bereits eine Ewigkeit nicht mehr mit diesem Material gearbeitet hatte. Aber am Abend konnte er verkünden, dass am nächsten Tag das Schleifen anstand.

Sowohl Freddy als auch Gunter hatten sich an die Routine gewöhnt. Mit schöner Regelmäßigkeit erhielt der Schiffbauingenieur seinen Nachschub an Schnaps.

28

12. Oktober

Freddy hatte es vergessen - oder vielleicht auch verdrängt - dass heute in ganz Lateinamerika ein gesetzlicher Feiertag war. In Erinnerung an die Entdeckung dieses Kontinents durch Kolumbus. In Spanien nannten sie diesen Feiertag recht großspurig: *<Tag der Eroberung>*, in Portugal *<Tag der Entdeckungen>*, was begrifflich viel näher an den geschichtlichen Tatsachen lag. Aber gefeiert wurde in beiden Ländern auf der Iberischen Halbinsel.

Keiner der Mitarbeiter war zu sehen und auch Felipe war nicht erschienen. Es war ein Tag für Besäufnisse, ein Tag an dem jeder seine patriotische Gesinnung durch möglichst viel Alkoholkonsum unter Beweis zu stellen hatte. Glaubten wenigstens die Protagonisten. Es war natürlich deshalb ein besonderer Tag für Gunter. Er hatte es vermieden mit Freddy am Tag vorher zu sprechen. Er wusste wohl, wie es kommen würde. Zum Schleifen war er auf die maschinelle Ausrüstung von Felipes Werft angewiesen. Darüber konnte er sich schon einmal insgeheim freuen.

Freddy konnte mosern und schimpfen, wie er wollte. Das Resultat war das gleiche. Von Hand zu schleifen war schlicht schon vom Resultat her undenkbar. Zudem würde es um ein

Vielfaches länger, als mit den geeigneten Maschinen dauern. Gunter würde schließlich mit der Gesamtarbeit nicht schneller fertig werden, wenn er die Schleifarbeit von Hand erledigen müsste. Der Tag würde vergehen und das Ergebnis würde mehr als unbefriedigend sein. Freddy musste es einsehen. „O. k., geh feiern", ermunterte er Gunter. Der brauchte danach keine weitere Ermunterung.

„Gib mir dein Wort, dass du am Freitagvormittag, spätestens bis neun Uhr wieder da bist. Ich fahre dann sonst in dem gegenwärtigen Zustand weg und du siehst keine Bezahlung, keinen müden Dollar."

Gunter versprach es. Aber sowohl er, als auch Freddy wusste, dass keines der Versprechen und auch die Drohungen nicht einzuhalten waren. Schließlich war Freddy in seinem Innersten immer noch ein gebürtiger Südamerikaner, emporgestiegen aus den untersten sozialen Schichten. Er kannte also seine Pappenheimer. Und sein deutscher Ingenieur hatte sich vollkommen angepasst. In Manchem hatte er, perfekt wie die Deutschen angeblich sind, die Einheimischen glatt ausgestochen, übertroffen. So auch in punkto Unzuverlässigkeit und laxer Handhabung gegebener Versprechen. Im Saufen starker Sachen lief er gar manchen Einheimischen den Rang ab. Auch im Vergessen gegebener Zusagen, besonders was Termine anbetraf, hatte er es schon ganz schön weit gebracht. Eine Uhrzeit pünktlich einzuhalten ging einfach nicht mehr. Man vereinbarte und vergaß. Und das Unwahrscheinliche an dieser Geschichte war, dass das Versprechen schon im Moment der Zusage als höchstwahrscheinlich vergessen gelten konnte. Das wusste jeder Betroffene.

29

13. Oktober

Ein Freitag. Gestern hatten sie Zeit gehabt ausgiebig über den bisherigen Verlauf ihrer Reise zu sprechen. Freddy und Henry waren sich einig, dass sie, trotz allem noch Glück gehabt hatten. Sie waren, zusammengenommen, fünf Millionen Dollar reicher und die Stiftung hatte sie nicht gefunden. Eine Bilanz, die sich sehen lassen konnte. Bisher. Aber sie wähnten sich weit ab vom Schuss. Sie bestätigten sich gegenseitig, dass die weitere Entwicklung weniger vom Glück, sondern mehr von ihrer Tüchtigkeit abhängen würde. Und so bestätigten sie sich auch, dass sie dabei nicht an sich zweifelten.

Henry hatte ihm die Fäden der Wundnaht gezogen. Die Wunde sah, abgesehen von der unansehnlichen Narbe, trotzdem gut aus, wenigstens war keine Entzündung aufgetreten. Die verbliebene Teilnarbe allerdings glänzte auf der sonst braunen Haut Freddys hellrosa. Es war zweifelsfrei ein Schönheitsfehler und auch Merkmal. Beide drückten die Hoffnung aus, dass sich mit der Zeit alles normalisieren dürfte, die Narbe nicht mehr klar erkennbar sein würde.

So kamen sie auch zu dem optimistischen Schluss, dass sie hier, so tief Richtung Süden, nicht mehr gesucht werden würden. Aber hatten die aufgegeben? Niemals! Darin waren sie sich auch einig. Da stand viel zu viel auf dem Spiel. Sie blieben aber bei ihrer ursprünglichen Planung. Sie würden um die Südspitze des Subkontinents fahren, die Westküste Südamerikas hoch und irgendwo im mittelamerikanischen Raum, bis hoch nach Mexiko, Abnehmer für ihren Schatz suchen. Sie machten sich schließlich gegenseitig Mut, dass dies auch klappen würde. Klappen musste, sonst hätte sich der ganze „Aufwand" ja gar nicht gelohnt.

Genaueres konnten sie noch nicht festlegen - zum besonderen Leidwesen Henrys. Er hätte gerne so früh wie möglich über die Absichten Freddys, am liebsten vollumfänglich Bescheid gewusst. Er musste sich beherrschen. *Eine* unbedachte Frage konnte Freddys Argwohn erregen. Das ganze Projekt konnte scheitern.

Er verordnete sich also Enthaltsamkeit, was seine Informationslücke und Wissbegier anbetraf.

Dass sie den heutigen Tag verloren hatten, das wollten sie nun ohne weitere Klagen in Kauf nehmen. Sorge machte ihnen noch das Vorhaben, die *Espera* zu betanken, nach Möglichkeit vollzutanken. Dann würden sie wieder einen beachtlichen Sprung in Richtung Feuerland machen können.

Für die Durchführung des Tankvorganges gedachten sie, nach getaner Arbeit, nach Fertigstellung der Reparatur, wieder an dem Steg anzulegen und Diesel herankarren zu lassen. Felipe würde ihnen sicher, gegen gute Bezahlung, Hilfskräfte abstellen, so dass sie nicht allzu viel Zeit dafür aufwenden mussten. Leider war eine Befüllung über einen Schlauch, direkt von einem Tankwagen, unmöglich. Das Gelände und seine Beschaffenheit ließen es nicht zu. Und der Steg auch viel zu schwach und obendrein nicht mehr sehr standfest. In einigen weiteren Jahren würde dann auch kaum noch ein Fischerboot gefahrenfrei anlegen können.

Sie ließen die Frage im Raum stehen, ob sie vielleicht schon vor der Fertigstellung der Reparatur mit der Betankung anfangen konnten. Aber dann verwarfen sie diese Idee. Sie fanden keine praktikable Lösung, wie die Kanister Stück um Stück hochzuschaffen wären. Es drehte sich ja, nicht wie bei der Schaluppe, um ein paar hundert Liter. Die Yacht war mit ihren zwei Hochleistungsdieseln eine versoffene Einrichtung. In ihre Bunker ging so allerhand rein. Sie würden sich das Bordbuch holen, um eine Vorstellung von der wirklichen Aufnahmekapazität zu bekommen.

Gegen Spätnachmittag, so malten sie sich aus, würden sie verschwinden. Bei vernünftiger Fahrweise mussten sie in keinem brasilianischen Hafen mehr nachtanken.

So weit so gut. Aber der Mensch macht Pläne und das Schicksal entscheidet oft anders. Und dem Schicksal helfen bisweilen die größten Idioten auf die Sprünge.

Einige Fischer waren bereits sehr früh, noch vor Sonnenaufgang, mit ihren Booten hinausgefahren. Jetzt, neun Uhr, waren die meisten bereits wieder zurück. Freddy interessierte sich nicht für ihren Fangerfolg.

Gegen viertel nach neun kam ein klappriges Taxi und lud Gunter aus. Der schritt nicht sehr sicher auf seinen Beinen in Richtung der *Espera*. Er war noch nicht wieder nüchtern, aber ihn plagte trotzdem, dass er gestern Abend, zwischen Schnaps und Schnaps, vielleicht doch zu viel geredet haben konnte. Ein ihm bekannter Polizist spendierte einige seiner Drinks. Da war ihm der Mund übergelaufen. Das beklagte er jetzt vor sich selbst. Und er würde auch gegenüber der Yachtbesatzung seinen Mund halten müssen.

Gunter suchte sich an das zu erinnern, was er vielleicht

leichtsinnigerweise ausgeplaudert hatte. Es waren alles Vermutungen, die er von sich gegeben hatte, soweit glaubte er sich zu erinnern. Aber so sicher war er sich auch wieder nicht, sonst würde er nicht so beunruhigt sein. *Alles wertlose Vermutungen,* versuchte er sich zum wiederholten Male zu beruhigen. Das konnte doch ein Polizist nicht verwerten, die wollen und brauchen doch immer Beweise. Aber es konnte trotzdem möglich sein, dass er weit über das Ziel hinausgeschossen war. Was hatte er da leichtsinnigerweise und angeberisch von sich gegeben? Was war das nur? Es machte ihm ein wenig Angst, nein, er hatte Schiss, er hatte wirklich richtig Schiss vor den Konsequenzen. Dieser Freddy würde ihm keine Extravaganzen verzeihen, so sah der nicht aus.

Aber andersherum, wieso sollte er davon erfahren? Wenn er Probleme bekommen würde, musste das ja nicht unbedingt auf ihn zurückfallen.

Und er befürchtete, dass er etwas erzählt hatte, von wegen den offensichtlich gekürzten bronzenen Namenschildern auf der Yacht. Dessen war er sich jetzt sogar recht sicher. Da hätte er doch besser seinen Mund gehalten. Aber vielleicht war es auch gar nicht so schlimm. Vielleicht hatte der Polizist in Zivil auch gar nicht richtig zugehört, keinen Wert auf seine Ausführungen gelegt, alles als dummes Geschwätz eines Säufers aufgenommen. Was sollten ihn auch technische Details über zugespachtelte Gewindelöcher nahe den Namensschildern interessieren? Oder, dass er ein Einschussloch auf dem Achterdeck gesehen hatte? Hatte er auch darüber geplaudert? Und dass ihn dieser Freddy mit seiner Pistole gezwungen hatte an Bord zu übernachten. Aber, ich glaube, dass ich darüber nicht gesprochen habe. Oder doch? Und wenn doch? Nun, betrunken wie er war, würde man ihn nicht als Zeugen benennen können. Das nannte sich Unzurechnungsfähigkeit. Sollte es eng werden - aber weshalb denn auch? - dann würde er sich auf Unzurechnungsfähigkeit berufen. *„Ich kann mich an nichts erinnern!"* Sogar Zeugen könnte er dafür aufbieten. Zum Beispiel den Barkeeper. Trotzdem: Scheiße.

Gunter wusste nicht, dass der Polizist, sein guter Bekannter, von Felipe angestachelt worden war, den Gunter auszuhorchen. Der könne bestimmt bestätigen, was er auch vermutete und teilweise mit eigenen Augen gesehen hatte. Aber, der Gunter hatte intimeren Kontakt mit diesen beiden geheimnisvollen Typen. Und vor allem mit der Yacht, er war Fachmann. Der wusste sicher auch mehr. Und, wie hieß es doch so schön, Betrunkene sagten die Wahrheit.

Und Gunter war selten nüchtern, also auch selten in der Lage kontrolliert zu lügen. Im nüchternen Zustand würde er sich über kurz oder lang bloßstellen.

Freddy kam zu Gunter, schaute ihm in die Augen und fragte, ob er wirklich in der Lage sei, seine Arbeit ordentlich zu machen.

Statt einer Antwort sagte Gunter, dass er eine Verlängerungsschnur brauche, einen Schwingschleifer und möglichweise auch einen Tellerschleifer. „Eventuell versuche ich es auch mit einem Winkelschleifer. Was halt schneller geht. Ich muss ein bisschen experimentieren. Du willst doch weg, schnell weg. Also, ich werde mir Mühe geben. Ist doch logisch. Ich hätte gern die Prämie." Freddy fand, dass diese Aussage doch eigentlich recht vernünftig und brauchbar gewesen war.

Natürlich sagte Gunter nichts darüber, wie sehnlichst auch er es sich wünschte, dass diese Yacht möglichst bald verschwunden sein möge. Solange sie noch da liegen würde, musste er sich unwohl fühlen. Angst haben. Innerlich zittern, um seine Existenz, sein Leben bangen? Sein Gewissen würde ihn plagen.

Er hatte jetzt nicht mal mehr den Rest eines Zweifels am hinterhältigen und bösartigen Charakter dieses Freddys.

Wieder einmal schwor er sich, dass er mit dem Saufen aufhören würde. Und glaubte im gleichen Augenblick schon selbst nicht mehr an seinen guten Vorsatz.

Aber die Arbeit schritt wirklich gut voran. Noch vor der Mittagspause konnte er mit dem Lackieren beginnen. Und dann ärgerte er sich gleich darauf, dass er auch noch Freddy gefragt hatte, ob er nicht vorher doch die schlecht verspachtelten alten Bohrlöcher, neben den Namensschildern, nachbessern sollte. Ja, er hatte wieder gequasselt.

Er hätte sich jetzt am liebsten die Zunge abgebissen, aber die Frage war nicht mehr zurückzuholen. Er hatte es dann auch noch auf der Zunge gehabt, zu fragen, ob er auch das verräterische Einschussloch auf dem Achterdeck zuspachteln solle. Doch da konnte er sich gerade noch im letzten Moment zusammenreißen.

Allerdings wusste Gunter nicht, dass ihn Freddy beobachtet hatte, als er das Einschussloch entdeckte und es auch näher in Augenschein nahm. Freddy war in höchstem Maße alarmiert. Hatte aber noch nicht mit Henry darüber gesprochen. Der hatte einfach nicht die Nerven in einer solchen Situation cool zu bleiben. Manchmal konnte Freddy richtig Eindruck schinden, mit seiner Art, die Dinge anzugehen, anzupacken. Aber wegen dem verräterischen Einschussloch, wollte er dann doch schweigen. Er hatte noch zu gut in Erinnerung, wie Henry reagierte, als er in dieser Scheißhölle, in diesem Scheißdelta, dem Stück Scheiße von verletzem Schurken, noch eine zusätzliche Kugel verpassen wollte. Irgendwann, das nahm er sich vor, würde er etwas unternehmen, um das Loch unsichtbar zu machen. Wie, das wusste er im Augenblick nicht. Vielleicht konnte er die Reste des Kunststoffes dafür verwenden. Aber erst mal rausfahren, nichts wie weg - weg von hier. Jede Stunde, die er noch hier an diesem Platz verbringen musste, würde sich sein Unwohlsein verstärken. Mit seinen bisherigen verbrecherischen Unternehmungen war auch ein gewisses Bewusstsein gewachsen, das ihn instinktiv eine Gefahr spüren ließ. Und genau dieses Gefühl verstärkte sich zusehends.

Doch wie konnte er die Ereignisse beschleunigen? Im Moment fühlte er sich noch wie an einer unsichtbaren Kette liegend. In der Wirklichkeit war es ein kräftiges, gespanntes Stahlkabel, das ihn mit der Yacht bewegungslos an diesen Strand fesselte. An diesen Scheißstrand hätte er beinahe laut hinausgeschrien.

Freddy ließ Gunter zum Mittagessen allein weggehen. Gunter wunderte sich, wollte aber nicht weiter darüber nachdenken. Das Werkzeug und die elektrisch betriebenen Maschinen ließ er im Sand liegen, wie auch das Verlängerungskabel mit den Mehrfachsteckern.

Freddy und Henry hatten am Tag vorher schon wieder einmal die Frage erörtert, ob sie nicht doch bereits während der Reparaturarbeiten Diesel an Bord bringen sollten. Sie kamen aber immer wieder zu dem Schluss, dass es erstens sehr umständlich bzw. auch beschwerlich werden würde. Freddy zeigte auf seinen lädierten Arm. Schließlich würde die Yacht aber auch beachtlich an Gewicht zunehmen und sie kämen vielleicht nicht mehr mit eigener Kraft frei. Oder nur zu einer ganz bestimmten Zeit bei Hochwasser. Darin sahen sie aber beide eine unannehmbare Einschränkung ihrer frei wählbaren Beweglichkeit. Also mussten sie mit dem Tanken warten, bis sie wieder am Steg lagen.

Sie begutachteten jetzt die Arbeit und fanden, dass sie heute Nachmittag nicht noch einmal anfangen würden. Denn dann ließe sich der Vorsatz, heute noch zu verschwinden, wahrscheinlich nicht mehr einhalten. Sie fanden, dass die eigentliche Arbeit, nun ja, wie dem auch sei, mit kleinen Einschränkungen, so akzeptiert werden sollte, wie sie nun einmal war. Es war bestimmt keine Sicherheitsfrage mehr.

Und die Narbe als Schönheitsfehler, das konnten sie verkraften. Die Reparaturstelle lag ja unter der Wasserlinie, fast unsichtbar für einen Beobachter.

So klinkten sie das mittlerweile etwas erschlaffte Stahlhalteseil aus und verschlossen die Öffnung der Öse. Freddy ließ dann beide Diesel an und mit beiden Motoren auf volle Leistung für Rückwärtsfahrt, kamen sie viel schneller wieder ins Wasser, als sie sich das vorgestellt hatten. Sie hatten bei diesem Manöver aber auch viel Sand und Steine aufgewirbelt. Diese spülten über den bisherigen Arbeitsplatz und damit auch über Maschinen und Elektrokabel. „Scheiß drauf“, sagte Freddy, als Henry ihn darauf aufmerksam machte.

Als sie wieder längsseits des Stegs lagen, mit dem Bug in Richtung Atlantik, und Henry die Taue festgemacht hatte, beschlossen sie erst einmal etwas zu essen. Am Nachmittag würde es viel Arbeit geben. Danach ging Freddy ein Taxi suchen, mit dem er zur Tankstelle, zu dem anderen Felipe fuhr.

Als er, zusammen mit dem Tankstellenbesitzer und mehreren Kanistern Diesel zurückkam, suchte Gunter, mit zwei Arbeitern der Werft, im Sand nach den Elektrogeräten. Bald darauf kam Felipe aus seinem Werftbüro und verlangte lautstark Aufklärungen dieses unerhörten Vorgangs.

„Schrei mich nicht an“, schrie Freddy, „ich bezahle es ja, wenn dir etwas fehlt oder etwas kaputt ist. Also, stell dich nicht so an.“

Felipe verstummte. Der Kerl konnte einem Angst einjagen. Er spürte innerlich eine Zufriedenheit und große Genugtuung, als er sich daran erinnerte, dass er seinen Nachbarn, den Polizisten, auf den Ingenieur Gunter angesetzt hatte.

Wie der sich immer erregte, wenn die Frage nach einer Reparatur in **Belém** gestellt wurde. Sie hatten es doch gut gemeint und der hatte sich aufgeregt und das Ansinnen vehement von sich gewiesen. Ein Yachteigner, besonders einer in dieser Preisklasse, ist doch bestrebt und bemüht nur das Beste für sein Luxusgefährt zu bekommen, wenn es um eine Reparatur ging. Und der hier ließ die Kiste auf den Strand ziehen, wie ein ordinärer Fischkutter.

Dieser Freddy war wirklich nicht sauber. Über den Anderen an Bord, hatte er sich noch kein Bild gemacht.

„Also, wieviel willst du?“

„Ich erst prüfen was fehlt und ist kaputt. Die Sicherung war peng - raus. Aber ist kein Schaden.“ Er holte tief Luft - „Ich will überhaupt nichts von dir, wenn alle Geräte da sind und funktionieren. Sonst aber, bin ich leider gezwungen ...“ Er hatte auf perfektes portugiesisch umgeschaltet, aber nicht einmal die Hälfte dessen gesagt, was er eigentlich sagen wollte. Aber das war bereits zu viel.

„Ist ja schon gut. Dann gehen wir zur Tagesordnung über.“ Freddy hatte das in einem Ton und mit Betonung so gesagt, ja mehr ausgespuckt, was jedem Menschen mit schwachen Nerven Angst einjagen musste. Und so wirklich starke Nerven hatte Felipe nicht.

„Übrigens, du sollst mir ein paar Mann abstellen, die mir helfen Diesel an Bord zu bringen.“ Felipe schaute offenbar unentschlossen aus. Freddy hob den Arm - „brauchst es nicht umsonst zu machen, ich bezahle dich gut.“

Verdammt, der Kerl *fragt* nicht mal, geschweige denn dass er um Hilfe *bittet*. Nein der befiehlt. Felipe aber beschloss ohne Widerrede drei Mann herzurufen. Wenn dieser Freddy nur schon verschwunden wäre. Scheiße. Und nochmals scheiße, dass da gestern beim Aushorchen des betrunkenen Gunter, offenbar keine brauchbaren Ergebnisse herauskamen. Jedenfalls hatte er noch keine Polizei gesehen, die sich um diesen Dreckskerl kümmerte. Felipe begann sich Vorwürfe zu machen. Hatte er vielleicht doch zu schwarzgesehen? War es vielleicht doch der verkehrte Weg gewesen, sich über einen Mittelsmann an die Ordnungshüter zu wenden? Hatten die bei ihren Nachforschungen keine Unregelmäßigkeiten entdecken können? Hatte er überreagiert?

Und verdammt würde er sein, wenn dieser versoffene Alemao Gunter die Schnauze nicht halten konnte. Oder auch in irgendeiner anderen Weise Freddy Wind von der Sache bekommen sollte. Es wäre für diesen Burschen keine große Sache sich an seinen eigenen Fingern die Lage auszurechnen. Felipe fühlte sich noch unwohler in seiner Haut.

Felipe hatte nicht überreagiert. Nur waren die bürokratischen Wege im innerpolizeilichen Verwaltungsapparat in Brasilien schon immer lang. Und an diesem Wochenende machten besonders viele Chefs eine Brücke bis Montag. Bestimmte Nachfragen wurden so entweder gar nicht beantwortet oder nur unzureichend von Subalternen. So wurde auch die Anfrage der Polizei aus **Joanes** bei der Zentrale in **Belém**, betreffend die *Espera* und einen gewissen Freddy als Skipper, erst einmal, zusammen mit anderen *Lappalien*, liegengelassen.

Es war die fünfte Fuhre mit Diesel, die sie gerade umfüllten. Und es fehlte noch eine ganze Menge. Und es war bereits vier Uhr nachmittags.

Ein Jeep fuhr im Gelände der Werft auf. Vier Uniformierte kamen dann in schnellem Schritt den Steg entlang. Die Männer,

die gerade leere Kanister zurücktrugen, gingen respektvoll zur
Seite. Die Polizisten veränderten in keiner Weise ihre Marsch-
richtung. Henry, der sie kommen sah, rief Freddy etwas zu.
Der kam gerade rechtzeitig an Deck, als die Polizisten sich an-
schickten an Bord zu kommen. Dann waren sie auch schon bei
Freddy.

„Sie sind Freddy, äh. Batistuta." Er hatte nicht gefragt, dieser Typ mit den Schulterklappen. Er hatte es festgestellt. Und
er sprach leidlich spanisch. Die drei anderen Uniformierten
hatten weiter keine Abzeichen. Zwei waren mit an Bord gekommen, der Letzte stand auf dem Steg. Alle beobachteten sie
Freddy, standen und verhielten sich aber so, als wollten sie jeden Augenblick ihren Colt ziehen. Wenigstens vermittelten sie
diesen Eindruck. Und das mit voller Absicht. Jeder hatte seinen rechten Arm in die Hüfte gestemmt, ganz nahe beim
Revolverknauf.

„Kommen sie bitte mit uns".

„Moment, darf ich erfahren, um was es geht?"

„Mein Chef wird es ihnen mitteilen. Es ist eine reine Routine-
angelegenheit. Wenn sie kooperieren, können sie in einer halben Stunde wieder hier sein."

„Weshalb konnte der Chef nicht hierherkommen, um mich
zu fragen?"

„Kommen sie jetzt oder wollen sie Schwierigkeiten machen?" Ohne eine Antwort abzuwarten, fragte der Polizist
noch, ob er bewaffnet sei.

Die anderen Polizisten bewegten symbolträchtig ihre Hände noch näher in Richtung ihrer Waffen.

Freddy knurrte etwas, fügte sich aber scheinbar und ging,
unbewaffnet wie er mehr zufällig war, von Bord. Die Polizisten gingen hinter ihm.

Auf dem Steg verhielt Freddy einen Moment. Der Offizier, oder was auch immer er war, wollte an ihm vorbei.

Freddy griff nach seinem rechten Arm, der schrie aber sofort: „Hände weg!“ Die beiden dahinter hatten schon ihre Waffen gezogen.

„Sie haben sich nicht ausgewiesen. Ich möchte ihre Ausweise sehen.“ In Freddy keimte der Verdacht, dass dies eventuell gar keine Polizisten waren, sondern Schergen der Stiftung, die ihn entführen wollten. In diesem Falle würde er lieber hier alles riskieren, anstatt mitzugehen.

Der Offizier blieb stehen, schaute Freddy einen Moment lang in die Augen und sah dort abgrundtiefen Hass. Dann lockerte er trotzdem seine Position, griff ruhig in die Brusttasche und holte einen plastifizierten Ausweis hervor, der an einem Bändchen befestigt war. Das Bändchen war sicher im Innern seine Uniformjacke festgenäht.

Freddy studierte ihn lange, schaute einige Male von der Fotografie zu dem Beamten. Krampfhaft überlegte er, was er jetzt tun konnte und welche Chancen er hatte erfolgreich zu sein, um sich dieser Festnahme zu entziehen. Dann reichte er ihm langsam den Ausweis zurück und setzte sich in Bewegung. Der Polizist sagte noch: „Einen Moment“ und ging an Freddy vorbei.

Der Zug, der Offizier, Freddy und dahinter die drei einfachen aber wachsamen Grade, marschierten zum Jeep. Noch einmal berechnete Freddy seine Chancen zu entkommen. Es schien aussichtslos. Mit einer unheimlichen Portion Wut im Bauch fügte er sich. Bald hatten sie den Jeep erreicht.

Auf der Fahrerbank saßen dann die zwei Einfachen, auf die Rückbank quetschten sich der Offizier und ein Grad mit ihrem neuen Gast in der Mitte.

Dann holperten sie los. Ohne Sirene bretterte der Fahrer und ohne den Fuß vom Gaspedal zu nehmen, mit ca. 70 km/h über jede Kreuzung. Schneller ging es auf dem mit Löchern übersäten Parcours wirklich nicht. Sie hätten sich womöglich überschlagen können. Es sah so aus, als hätten die anderen Verkehrsteilnehmer in der Stadt einen eigenen Sinn für diese Geisterfahrten entwickelt. So erreichten sie ohne Zwischenfall die Polizeistation - so dachte es wenigstens Freddy.

Wieder ging der Offizier voran, dann kam Freddy und hinter ihm die geballte Staatsmacht in Form von drei einfach Uniformierten, miserabel Uniformierten. Sie gingen von der Straße aus ca. acht Schritte eine Art Flur oder Durchgang entlang. Am Ende war eine Gittertür. Als der Offizier noch ein bis zwei Schritte entfernt war, wurde die Tür von innen geöffnet.

Und schon waren sie drin. Und das Gitter wurde von einem anderen Uniformierten, der hinter dem Eingang gestanden hatte, geschlossen. Das heißt zugeknallt. Das trockene metallene Geräusch hallte als Echo vom offenen Patio her. Nur einer der einfachen Grade hatte sie begleitet. Die beiden anderen standen draußen in dem Durchgang.

Sie gingen nach links, dort führte eine ziemlich schmale Holztreppe in das Obergeschoß. Oben, in einem kahlen Raum, saß hinter einem Tisch ein feister Typ. Seine Uniformjacke hatte er ausgezogen. Auf dem verschwitzten Hemd waren links und rechts auf den Schulterpartien Klappen mit irgendwelchem Dingsda befestigt. Freddy hatte sich schon immer lustig gemacht, was dieser ganze Tam-Tam eigentlich sollte. Er verglich diese Art sich herauszuputzen mit gockelhaftem Verhalten. Hier hatte er jetzt einen ziemlich fetten Gockel vor sich.

Niemand bot ihm einen Stuhl zum Setzen an. Es gab, außer dem abgewetzten Schreibtisch und dem Stuhl, auf dem der Gockel saß, nichts in diesem Raum. Über dem Schreibtisch hing von der Decke herab eine Schnur und an der baumelte eine rundum von Fliegenschiss abgetönte Glühbirne. Obwohl noch heller Tag, brannte sie. Sie trug aber zur weiteren Erhellung der Szene keinen Deut bei.

Der Offizier, der Freddy begleitet hatte, legte einen Zettel auf den Tisch, den der Gockel wortlos abzeichnete. Der Offizier warf noch einen, wie Freddy glaubte bemerkt zu haben, triumphierenden Blick auf ihn.

„Er ist dein", sagte er in Portugiesisch, drehte sich um und ging hinaus.

„Taschen leeren", raunzte der Dicke. „Alles, Taschenmesser, Uhr, Geld, das ganze Programm. Du weißt doch Bescheid, das sehe ich dir an."

Jetzt war alles klar, Freddy saß in der Falle. In einer Falle der Polizei. Er schaute sich um, er wollte wieder seine Chancen abschätzen, er dachte nur noch daran, raus-raus-raus. Aber er sah durch ein Fenster zwei Typen vor der Tür auf einer Art Balkon oder erhöhtem Rundgang. Das Fenster mit den verschmierten, jahrelang ungeputzten Scheiben, war zwar groß, aber bei einem Sprung nach draußen, wäre dann sicher Schluss gewesen. Entweder er wäre über das schwache und niedrige Geländer nach unten gestürzt oder die Kerle hätten ihn mit Vergnügen abgeknallt. Oder auch Beides. Da wollte er dann doch erst einmal gute Miene zum bösen Spiel machen und abwarten, auf seine Gelegenheit warten. Schwierige Lebenslagen hatte er schon öfters für sich entschieden. Allerdings war jetzt kein Al oder Zacharás in der Nähe, der stets mit einer Kombination von Geld und Charme brenzlige Situationen gemeistert hatte.

„Ich habe kein Interesse daran den ganzen Tag darauf zu warten, bis du dich entschieden hast. Ich sagte alle Gegenstände, die du bei dir trägst, hier auf den Tisch des Hauses." Die Stimme des Gockels besaß jetzt einen drohenden Unterton. Schon wesentlich verändert gegenüber seiner ersten Aufforderung. Kein Wunder, denn er wusste sich mit seiner Waffe und denen der anderen Bewacher definitiv im Vorteil. Obwohl die Tirade in portugiesisch angekommen war, glaubte Freddy alles korrekt verstanden zu haben.

Immer noch zögernd legte Freddy alles, was er bei sich hatte, auf den Tisch.

„Ist das alles?, bellte der Dicke, nochmals um eine Spur herrischer.

Freddy zuckte mit der Schulter.

„Wenn ich dich etwas frage, dann antwortest du mit: Ja oder nein, mein Kapitan." Er war jetzt hinter dem Tisch aufgesprungen. Und er hatte seine Worte diesmal gebrüllt.

„Na wird´s bald!"

„Si, mi Capitán."

„Ich habe nichts gehört. Leidest du unter Sprachproblemen?"

„Si, mi Capitán", wiederholte Freddy nochmals, diesmal aber eine Spur lauter. Der Dicke schien es jetzt zufrieden.

„Ich werde dir deine Flausen schon ausrotten. Wenn du Schwierigkeiten machen willst, haben wir Mittel sie dir auszutreiben. Wenn es sein muss, ein für alle Mal."

Freddy war sich des Inhalts der Ansprache wieder ziemlich sicher. Sadistisches Gedankengut durchflutete seinen Körper. Diesem Dicken möchte ich bei anderer Gelegenheit begegnen. Mindestens einen Tag lang würde er sich mit ihm beschäftigen. Was heißt da <beschäftigen> sich mit ihm vergnügen, würde er sich. Es würde nicht todlangweilig werden, sondern todsicher tödlich. Aber fürs Erste war er nun mal im Nachteil. Er musste seine Gefühle noch unterdrücken.

„Abführen"! brüllte der jetzt.

Die beiden Typen vor der Tür kamen herein. Vor der massigen Figur des Gockels schienen sie nur halbe Portionen zu sein. Aber sie waren mit schweren Colts bewaffnet, das machte sie bedeutend gewichtiger.

„Geh voraus", sagte einer der halben Portionen.

Unten angekommen, ging einer dann nach vorne. Er rasselte mit einem kleinen Bund Schlüsseln. Aha, dachte Freddy, die Einrichtung hat keine großen Abwechslungen zu bieten. Da sagte dann der Vorausgehende: „Ich zeige dir deine Unterkunft."

Schnell, aber nicht zu auffällig schaute sich Freddy um. Er dachte bereits an das Ausbaldowern von Fluchtmöglichkeiten. Nach ca. 10 Metern bogen sie links ein. Der Schmächtige, noch sehr junge Uniformierte, wurstelte an einer teilweise rostigen Metalltür herum. Sie hatte, etwa auf Augenhöhe, eine Öffnung, ca. 20 bis 30 cm breit und 30 bis 40 cm hoch. Einige Rundeisen waren auf den Rahmen der Blechtür aufgeschweißt. Eine Hand konnte man immerhin noch bequem durchstecken, wie Freddy treffend bemerkte.

„Platz da", schrie der Typ vor ihm, nachdem er die Tür geöffnet hatte und er trat nach etwas. Freddy konnte im Inneren noch nichts erkennen. Seine Augen hatten sich an die gleißende Mittagssonne gewöhnt. Doch da war er auch schon drin, grob angeschoben von dem hinter ihm gehenden Uniformierten. Zunächst war es für Freddy dunkel wie in einem Bärenarsch, wie er, diesmal keinesfalls belustigt, feststellte. Mit einem lauten Scheppern fiel hinter ihm die Blechtür zu. Der Schlüssel wurde zweimal in einem nicht geölten, sicher längst verrosteten Schloss gedreht. Es hatte ein hässliches Geräusch gegeben. Er stand im Dunkeln, er hörte fremde Stimmen. Sein rechter Fuß war an etwas Weiches gestoßen. So blieb er bewegungslos stehen, bis sich seine Augen an das Restlicht gewöhnt haben würden.

Es roch streng nach Schweiß, nach vielfachen Körperausdünstungen, aber besonders nach Exkrementen und Urin.

Wie in einer Dunkelkammer, beim Entwickeln eines altertümlichen Schwarz-Weiß-Filmes, traten langsam Gestalten am Boden in sein Gesichtsfeld und Bewusstsein.

„Kannst Platz nehmen, Bruder, kam es aus der Ecke von links hinten." Die Stimme klang krächzend, sehr heiser.

Dann konnte er die Lage überblicken. Er war also nicht allein, in einer Einzelzelle, im Gegenteil. Ganz im Gegenteil. Es war ziemlich voll. Auf dem Betonboden, soviel hatte er mittlerweile auch mitbekommen, saßen, zum Teil an die Wand gelehnt, Menschen. Zwei andere hatten sich, dicht beieinander, hingelegt. Es sah aus, als hätten sie einen Poncho unter sich ausgebreitet. Freddy erinnerte sich selbst aber daran, dass er er hier in Brasilien war und nicht in Kolumbien, wo dies durchaus die Regel gewesen wäre.

Er stand nun in langen Hosen da, die er nur aus dem einen Grund angezogen hatte, damit nämlich der Dieseltreibstoff, den sie umfüllten, nicht auf seine nackte Haut spritzen konnte. Das Gefühl des Treibstoffes und den Gestank danach, konnte er nicht ausstehen. Bei anderer Gelegenheit hatte er auch nach einem Dutzend Waschvorgängen und nach eigenem Empfinden den Gestank nicht von seinen Händen wegbekommen. Er hatte sich sogar ein Hemd mit langen Ärmeln angezogen, ebenso aus Vorsicht gegen Dieselspritzer. Er sollte sich noch freuen, dass er so angezogen war.

Irgendeiner sagte jetzt aus dem Dreivierteldunkel so was Ähnliches wie <der steht sich noch die Beine in den Arsch>.

Die Antwort kam von einem Schicksalsgenossen, fast vor Freddys Füßen. „Lass ihn doch, so haben wir mehr Platz."

Freddy glaubte wenigstens, dass es so gemeint war. Der Kerl nuschelte in seiner schwer verständlichen Nationalsprache, die zwar als portugiesisch bezeichnet wurde, aber doch recht deutliche Unterschiede aufwies. Was sich von Region zu Region in diesem großen Lande noch verschlimmern konnte.

„Komm Kumpel, hier“ - er klatschte mit einer Handfläche auf den nackten Boden - „lass dich hier nieder.“

Ihn fragte dann Freddy, was das hier sei.

„Calabozo, mein Freund, bist wohl neu in der Branche, das ist ein Calabozo.“

Ein weiterer krähte mit seltsam hell gefärbter Stimme, „und in die Hosen brauchst du auch nicht zu scheißen. Dafür gibt es dieses Loch da.“ Er zeigte in die Ecke, schräg gegenüber dem Eingang, in dem schwachen Licht aber kaum sichtbar.

Ein anderer: „Beim Pissen setzt du dich gefälligst wie die Weiber, damit du die Gegend nicht verspritzt. Die Dame hier kann es dir ja vormachen“. Er zeigte auf eine verhüllte Frau, die sich fest an einen ebenfalls sitzenden Mann geschmiegt hatte.

Erfahrene Mitbewohner hatten also hiermit ihre kulturellen Eckpunkte gesetzt. Freddy hatte schon Schlimmeres erlebt, so dass ihn diese einleitenden Gesprächsfetzen nicht sonderlich schockten. Der bekackte Umstand allerdings, dass er hier war, der fraß sich wie Säure durch seine Eingeweide.

„Leck mich am Arsch“, deklamierte Freddy halblaut und betont langsam in spanisch sprechend, „die erlauben auch Weiberbegleitung?“

„Ach der Herr spricht spanisch! Bis du hier rausbist, haben wir dir alles beigebracht, was du in Portugiesisch wissen musst.“

„Dies ist kein Puff, falls du es noch nicht gemerkt hast. Die Dame hier steht unter Naturschutz.“ Er hatte auf die verhüllte Frau gezeigt.

„Wenn du´s nicht mehr aushalten kannst, holst du dir einen runter, aber gefälligst vor dem Loch.“ Freddy glaubte auch das verstanden zu haben, wenigstens den Sinn. Die meisten Anwesenden lachten. Er zählte jetzt einmal die Versammelten. Es waren vierzehn, ohne ihn selbst.

Er sah eine ziemlich kleine Figur. Später sollte er erfahren, dass es ein zwölfjähriger Junge war. Er hatte noch nichts gesagt, hatte auch nicht mitgelacht. Vielleicht hatte er den derben Spaß gar nicht verstanden.

Freddy setzte sich auf den ihm zuvorkommenderweise aufgezeigten Platz. Auf der Höhe dieser Entscheidung konnte er noch nicht wissen, dass es sein Platz war, den er vor Neuankömmlingen verteidigen musste.

Die Zeit plätscherte dahin, ohne dass sich eine Uhr darum gekümmert hätte sie eventuell zu messen.

Da stand einer auf und trat heftig an die Blechtür. Das ergab in diesen wenigen Kubikmeter Rauminhalt mit betonierten Wänden einen ohrenbetäubenden Lärm. Der Typ schrie dann: „Corredor - <Läufer>“

Dann sagte er durch das Gitter: „Wasser.“

„Gleich“, hörte er draußen jemanden sagen.

Der Durstige war vor dem Gitterloch stehen geblieben. Es war jetzt noch finsterer im Calabozo.

Nach einer Weile wurde ein Alubecher mit Wasser durch das Gitter gereicht. Dann verlangte der Durstige Nachschlag. Wortlos kam wieder der Becher durch das Gitter. Dann setzte sich der Kerl wieder. Er lehnte sich an die Wand, die oben vielleicht einmal weiß gewesen war, aber bis auf Hüfthöhe nur noch den blanken Verputz aufwies, alles andere war offenbar weggescheuert.

Die Zeit verrann. Freddy suchte seine Gedanken beisammen. Er wollte sich konzentrieren, vorausschauen, was ihm jetzt blühen konnte.

Aber zunächst, wer, beziehungsweise was hatte ihn in diese Lage gebracht? Weshalb er und nicht Henry oder beide? Weshalb jetzt und nicht schon früher? War es der lange Arm der Stiftung, die ihn hier aufgestöbert und verhaften ließ? Oder waren es lokale Gernegroße, die sich nur wichtig machen

wollten? Oder etwas an ihm verdienen wollten? Hatte er
Gesetze gebrochen, als er in Seenot hier einlief und auf brasi-
lianischem Boden vielleicht unerlaubt Arbeiten verrichten ließ?
War er vielleicht wegen Verletzung von Einwanderungsbestim-
mungen hier? Er kam bei seinen Überlegungen zu keinem
vernünftigen oder nachvollziehbaren Ergebnis.

Er brauchte einen Rechtsanwalt, jemand der ihn hier raus-
holen konnte. Aber wer? Er hatte ja keine Ahnung, weshalb
er hier saß/lag. Also konnte er sich auch nicht verteidigen.
Er würde keinen Rechtsanwalt mit einer konkreten Aufgabe
betreuen können. Aber was tun? Untätig zu sein, resignie-
ren, in Depressionen verfallen, eventuell sogar Trübsal bla-
sen, das musste er vermeiden. Er würde hellwach bleiben
müssen. Aber was hatte er, das er einsetzen konnte, um seine Lage in irgendeiner Form zu verbessern, zu ändern oder
wenigstens zu seinen Gunsten zu beeinflussen? Er kam zu
der definitiven Einsicht, dass er erst einmal wissen musste,
was man ihm vorwarf.

So fragte er seinen Nachbarn, der offenbar schon weitergehende Erfahrungen dieser besonderen Art der Gruppenbildung
gesammelt hatte, welche Möglichkeiten es gäbe, gegen seine
Inhaftierung zu protestieren. Wenigstens mit jemandem zu
sprechen, der ihm sagen konnte was Sache ist.

„Welche Möglichkeiten? Keine. Sprechen? Mit wem?
Über was? Scheiße, nichts als Scheiße. Wenn du Glück hast,
kommst du in den nächsten Tagen vor einen Richter, der dir
sagt was los ist. Aber, jetzt am langen Wochenende, wirst du
niemanden finden. Ich sage dir, es wird niemanden geben, der
auch nur einen Finger für dich rührt. Die gehen alle ihren
Vergnügungen nach. Also vergiss es bis nächste Woche."

Na das waren ja verheißungsvolle Aussichten, in jeder Hinsicht.

„Aber kann man mit dem Dicken, dem Capitán reden, ihn wenigstens fragen?“

„Der Dicke ist hier sozusagen der Verwalter unseres Unglücks. Vielleicht weiß er etwas, wird es aber nicht preisgeben. Oder er weiß nichts und wird dir, statt einer Antwort, einen Tritt in den Arsch geben. Wenn er gut aufgelegt ist. Wenn nicht, kann Schlimmeres passieren. Der ist hier der Obersadist. Der kann schalten und walten wie er will. Das besonders am Wochenende. Da braucht er keine Kontrolle von niemandem zu fürchten. Wirst mal sehen, Morgen ist Sonnabend, da holen sie sich Nutten und feiern mit denen. Du bist für ihn nur ein Stück Scheiße. Und er hat Erfahrung, was man damit macht oder machen kann, ohne dass er von oben Vorhaltungen befürchten muss.“

„Lockert es ihm vielleicht die Zunge, wenn er Geld sieht?“

„Keine Ahnung, ich kann damit jedenfalls nicht angeben oder aus Erfahrung sprechen. Hast du Geld? Dann leg für mich auch ein gutes Wort ein. Aber mich werden sie mal wieder verdonnern. Ich hab einen Touristen beklaut. War nicht das erste Mal.“

Die Tür wurde aufgeschlossen. „Halb sechs“, rief der Uniformierte.

Keiner sprang jetzt mit Glücksgefühlen auf. Nein, einer nach dem anderen, stemmte sich langsam hoch und trottete hinaus. Jeder musste zusehen, wie er die halb abgestorbenen Glieder wieder funktionsfähig machte.

Freddys Nachbar sagte noch: „Wenn du erst einmal stundenlang krummgelegen hast, springst du auch nicht mehr wie ein Reh hinaus. Musst vorsichtig sein und deine Knochen langsam an die bevorstehenden Belastungen gewöhnen.“ Der Kerl redete wie ein Arzt. Freddy versuchte ihn sich einzuprägen.

Draußen schaute sich Freddy um. Gleich rechts an der Wand war eine einfache Bank als Sitzgelegenheit. Ein recht breites Brett mit Stützen. Weiter vorne, rechts unter der Treppe, war auch eine. Beide waren schon besetzt. Die Mehrzahl der Inhaftierten trottete aber jetzt auf dem Innenraum hin und her.

In der Mitte des Platzes war eine betonierte Stelle, groß genug für ein kleineres Volleyballfeld. In der Mitte hing ein etwas lädiertes Netz, schlaff, wie lust- und kraftlos zwischen den metallenen Pfosten.

Links, in kurzer Entfernung zur Tür des Calabozos, waren unter einem altersbedingt durchhängenden Ziegeldach, die Waschgelegenheiten aufgebaut. Es war mehr ein langer Trog über den in der Mitte ein Wasserrohr verlief. Auf beiden Seiten waren altertümliche Wasserhähne eingeschraubt.

Freddy fragte einen Mitleidenden nach der Toilette. Der schaute ihn groß und verständnislos an.

„Ich will pissen", er machte mit seiner Hand vor seinen Hosen eine unmissverständliche Geste.

Der Gefragte schaute immer noch verständnislos.

Dann erhellte sich sein Gesichtsausdruck und er zeigte auf den Calabozo, machte seinerseits die Geste in Hüfthöhe.

Freddy verstand jetzt, ging in den Calabozo und pinkelte in das vorher aufgezeigte Loch im Boden, das vielleicht einen Durchmesser von 20 Zentimetern hatte. Möglicherweise gab es einen Siphon, denn es kam kein großartiger Gestank heraus. Es gab aber auch kein Wasser um nachzuspülen.

Solange keine Ratten hervorkrochen.

Hinter ihm hörte er jemand sagen, dass er sich ja nicht erwischen lassen sollte, von wegen im Stehen zu pissen.

Unter anderen Voraussetzung hätte er sich den Kerl, der es wagte, so mit ihm zu sprechen, vorgenommen. Er hätte ihm

Respekt beigebracht. Zumindest die Schnauze poliert. So schaute er den Sprecher nur etwas groß an. Hatte er sich schon aufgegeben? Nein, sagte er sich, ich will nur erst einmal die Lage kennenlernen, mich nicht unnötig auffällig verhalten. Dann wollen wir weiter sehen. Feinde hatte er bis jetzt genug kennengelernt. Vielleicht würde er einmal Freunde aus dem neuen Bekanntenkreis benötigen. Also lieber einmal mehr den Mund halten. Er ermahnte sich dann zum wiederholten Male, dabei ja nicht schlappschwänzig zu werden. <Lass dich nicht gehen> sagte er sich.

Wieder draußen, gab es nun Platz auf der Bank an der Wand. Rechts von ihm war nun die Gittertür, durch die er von seinen Häschern hereingeführt worden war. Daneben, ebenfalls noch rechts, hinter der Treppe in die Chefetage, war eine etwas krumme, aber normale Zimmertür, die weit offen stand. Drinnen, eine Stufe höher, sah er einen Tisch, einen Holzfußboden und durch ein ganz normales Fenster auch Sitzbänke. Musste wohl etwas Besonderes sein, vielleicht der Speiseraum. In den Calabozo ging es ebenerdig und direkt auf einen Beton-fußboden.

Auf der anderen Seite, nun direkt rechts neben der Ein-gangs-Gittertür, saß ein junger uniformierter Mann. An der Seite hing ihm ein überdimensionierter, großer Revolver. Sollte wohl abschreckend wirken. Daneben war noch einmal eine Tür und ein Fenster. Diese Tür war stabiler, hatte auch ein größeres vergittertes Loch.

Sein Sitznachbar musste seinen forschenden Rundblick be-merkt haben und sagte ungefragt und ohne ihn anzuschauen: „Der Weiberknast. Dort kommen die Nutten hinein. Können sich ih-ren Aufenthalt durch gewisse Dienstleistungen angenehmer ge-stalten oder auch verkürzen. Verhaftete Ehepaare kommen zu uns in den Calabozo. Zur gemischten Gesellschaft.“

Er schaute kurz auf Freddy, ob seine Ausführungen auch den gewünschten Effekt erbrachten. Dann fuhr er fort.

„Die Tür, eigentlich mehr das Tür-Loch neben dem Frauenknast, dort wo überhaupt keine Tür ist, das ist der Duschraum. Das ist die Umschreibung für die Folterkammer. Wenn du dort reinkommst, dann nur um ein Geständnis aus dir herauszufoltern oder schlicht um dich zu bestrafen. Gebadet wirst du dabei auch, abgespritzt und tanzen darfst du auch, wenn sie dir Stromstöße durch die Eier jagen.“

Freddy schaute seinen Nachbar groß an. „Ich habe nichts gesagt. Mein Gott, ich habe höchstens laut gedacht. Ich habe nichts gesagt.“ Dann stand er schnell auf und ging zu zwei anderen Typen, die sich leise unterhielten. Stellte sich gruß- und wortlos daneben.

Etwas links, schräg von Freddys Sitzplatz, stand eine große und alte Palme dicht an der ca. fünf Meter hohen Außenmauer. Da konnte man nicht hochhüpfen, dachte sich Freddy.

Linker Hand war der Abschluss des Innenhofs. Die sehr hohe Mauer war oben nach zwei Seiten dachförmig ausgebildet. Dahinter war vielleicht eine Schule, oder ein Kino. Die Kathedrale konnte es jedenfalls nicht sein.

Weiter links, die Überdachung der Waschgelegenheit, das war nicht sehr hoch, dann ... vielleicht an der Mauer des Kinos hochspringen, sich aufs Dach ziehen und ab zur anderen Seite. Dort, so meinte er sich zu erinnern, verlief eine Straße.

Dann rüttelte jemand an der Eingangsgittertür. „Noch keine sechs Uhr“, rief der dort Wachhabende.

Freddy zog seine Stirn in Falten. Was waren das für Sitten? Er wusste nichts damit anzufangen. Aber vielleicht durften Angehörige kommen, ihren Eingesperrten das Essen servieren. Vielleicht auf dem Tisch, dort in dem großzügig bemessenen Raum mit dem Holzfußboden.

„Keine sechs Uhr, dabei knurrt mir der Magen als wär´s schon neun." Die Stimme kam von einem anderen Mann, der sich gerade neben ihn gesetzt hatte. Der Kerl war ziemlich verdreckt. Er bemerkte den geringschätzigen Blick Freddys, und ergänzte: „Nicht einmal die Wäsche darf ich wechseln oder ich will sie ja auch nicht, in diesem Dreckloch ist sie ja doch schnell wieder versaut.

„Ist das der Speiseraum?" Freddy hatte auf die offenstehende Tür gezeigt.

„Waaas soll das sein?" Sein Nachbar war total überrascht oder gab er sich so? Dann lachte er laut auf, worauf der Wachhabende an dem Eingangsgitter einen Blick zu ihnen herüberwarf. Ein Blick der alles bedeuten konnte, nur nichts Gutes. „Sag mal, du siehst doch sonst nicht aus wie ein Ahnungsloser. Du tust doch nur so?"

„Mein Gott, man wird doch noch fragen dürfen."

„Ich dachte schon, dass du mich verarschen willst. Das habe ich nicht gerne, wenngleich ich mich mit dir nicht prügeln möchte. Weder hier drinnen, wo wir beide dafür in den Duschraum kämen, noch draußen." Er klopfte Freddy auf die Schulter und erhob sich, um wegzugehen.

„Hey Freund, bleib doch noch eine Weile. Im Ernst, ich will dich nicht verarschen, aber du weckst die Neugier in mir. Was ist das für ein Raum?"

Der Nachbar, der sich wieder auf die Bank fallen ließ, schaute Freddy jetzt doch überrascht an. „Das ist der Knast für die Fahrer, für Autofahrer, für Choferes."

„Du willst sagen, die haben einen eigenen Knast im Knast?"

„Du sagst es, Bruder." Der Typ gab sich jetzt gönnerhaft.

Er fuhr vor dem überraschten Freddy fort. „Meist fahren die ohne Führerschein, dann kommen sie hierher, wenn sie erwischt wurden. Oder sie bauen einen Unfall. Die Bullen fragen dann nicht nach schuldig oder nicht schuldig. Jeder kommt erst einmal hier herein, bis sie von einem Rechtsverdreher rausgeholt werden. Junge, da wirst du Morgen Augen machen.“

„Und was gibt es da für Besonderheiten an diesem Morgen?“

„Morgen ist Samstag, Wochenende. Da wird die Bude gut belegt werden. Da fangen sie mit Vorliebe die sogenannten Verkehrssünder. Darauf folgt sofortige Einlieferung. Hierher.“

„Ich gehe mal davon aus, dass du mich nicht verscheißern willst“? fragte Freddy.

„Kumpel, würde ich mir niemals erlauben. Aber das ist so. Die Fahrer gehören einer Art Gewerkschaft an, die hat ein Gesetz durchgedrückt, dass Fahrer oder Choferes von den gewöhnlichen Kriminellen, wie wir sie sind, fernzuhalten seien. Sie setzten auch durch, dass sie in einem Raum mit Minimalkomfort unterzubringen seien. Und dort hast du diesen Raum. Die brauchen nicht auf dem Boden zu schlafen. Wenn der Raum gut belegt ist, dann pennen sie schon mal auf dem Tisch, aber immerhin auf Holz, das ist nicht so kalt und auch nicht so dreckig wie unser Beton.“

Freddy stand wahrscheinlich der Mund vor Staunen etwas offen. So leicht war er nicht zu überraschen, denn er bezeichnete sich stets als harten Hund. Aber das war ja mal was Neues. Das hatte er sogar in seinem Heimatland noch nicht gelernt. Nun, so intensiv hatte er sich ja dort auch nicht mit Knastologie befasst. Er war zwar einmal von zwei schwer bewaffneten Polizisten eingelocht worden. Aber: Nun, das Aber an der Geschichte war dann, dass er zwar als Mörder hineinkam, aber bereits am Abend das Etablissement wieder als freier Mann verlassen konnte. Es war überfüllt. Er, der als einer der Letzten eingeliefert wurde, kam mit als Erster wieder frei. Einer der Wärter hatte ihm noch gesteckt, dass sie jetzt, einschließlich des Hofes, pro Quadratmeter einen Gefangenen hätten. Mehr wäre aus menschlichen Erwägungen nicht mehr drin. Sie hätten schließlich auf die Menschwürde zu achten. Ha-ha-ha-...

Ein paar Tage später waren die beiden Polizisten, die ihn eingeliefert hatten, auf dem Weg zum Friedhof. Nicht in Ausübung ihres Dienstes. Sie waren tot und im Dienst an der Gerechtigkeit einen heroischen Tod gestorben. Durchlöchert von den Kugeln einer UZI. Daraufhin wurde er eigentlich nicht mehr <belästigt>. Freddy verzog bei dieser Erinnerung das Gesicht. Es sollte ein zufriedenes Lächeln werden, aber ein unvoreingenommener Betrachter hätte es notgedrungen als Fratze bezeichnen müssen.

„Nun, Morgen wirst du alles selbst erleben können und noch ein bisschen mehr. Fahrer werden in diesem Luxusappartement einquartiert."

„Wie ist es, wenn ich telefonieren will oder muss, ich würde ja gerne einen Rechtsanwalt auftreiben? Kein Telefon?"

„Kein Telefon!"

„Sind wir denn so weit von der Zivilisation entfernt?"

„Von welcher Zivilisation redest du?"

„Ich meine das Telefon gehört doch heutzutage zum Grundrecht aller Menschen."

„Du kannst es ja einmal versuchen und den Capitan belehren. Sag mir aber hinterher nicht, dass ich dich nicht gewarnt hätte. Dir werden dann nämlich deine Flausen unter der elektrischen Dusche ausgetrieben. Dort hinten. Und die anderen, wir anderen dürfen zur Abschreckung zusehen und auch deinem Geschrei und Gejammer zuhören. Glaub mir, der kriegt dich klein."

Freddy blieb sprachlos. Sicher er hatte Elektroschocks ebenfalls schon als eine Klassemethode zum Ausquetschen seiner Opfer benutzt. Schön einen Pol an die Eier, der andere in den Mund. Da kam Leben in die Bude, das war immer sein besonderes Vergnügen. Aber, jetzt stand er auf der anderen Seite. Das verschaffte ihm doch ein gewisses Unbehagen. Unbeabsichtigt, einfach instinktiv presste er seine Lippen fest aufeinnder.

„Dann die andere Seite, das Apartment ist für die Weiber reserviert."

„Ja das habe ich schon mitgekriegt."

„Und, hast du auch mitgekriegt, wenn es Highlife gibt am Samstagabend?"

„Ich bin zum ersten Male hier. Bin sozusagen noch Jungfrau."

Der Kumpel lachte. „Ja, samstags verhaften die unter irgendwelchem Vorwand Nutten, oder solche Weiber, die sie dafür halten, gabeln sie von der Straße auf oder bringen sie direkt aus dem Puff. Wenn dann alle Welt, wir, zu Bett gegangen sind, der Bursche grinste und wiederholte sarkastisch das Wort <Bett>, einige Zeit nach dem Abendessen, dann beginnen die ihre Orgien. Halt einfach deine Augen und Ohren offen. Uns bleibt dann bei dem ganzen Gekreische und Stöhnen nur die Möglichkeit uns einen von der Palme zu holen. Bescheiden, gegenüber dem, was unsere Bewacher und ihre Freunde von draußen, erleben dürfen. Da kann man dann schon mal neidisch werden."

Es wurde wieder am Gitter gerüttelt. Zu dem einen, der Wache schob, gesellten sich nun zwei andere.

Freddy hörte dann wie einer rief. „Alle anderen zurück, einer nach dem anderen. Wenn gedrängelt wird, gibt es heute Abend nichts zu essen."

Ein junger Uniformierter öffnete die Tür, ein anderer begann die dicke Frau mit einem abgedeckten Korb zu betasten. Er schaute unter das Tuch in den Korb, gab dann ein Zeichen und die Frau steuerte auf einen Kerl zu. Sie gingen beide rüber unter die Palme, setzten sich und ohne, dass viele Worte gewechselt wurden, begann der Mann mit dem Essen. Der junge Polizist hatte unterdessen die nächste Besucherin abgetastet und rief nach dem dritten Essensträger oder einer Essensträgerin.

Freddy schwante, wie das hier ablief. Meist paarweise saßen seine Mitopfer auf dem Boden und aßen, was ihnen von außen gebracht wurde. Er konnte sich nicht vorstellen, wie Henry mit einem Korb kommen würde, um ihn zu ernähren. Er stellte sich tapfer auf Kohldampf schieben ein. Trotzdem lief ihm nach dem Aufschnappen einer guten Geruchsfahne das Wasser im Mund zusammen. Er war aber nicht das alleinige Opfer. Das halbe Kind, der spindeldürre Junge hatte scheinbar auch niemanden, der ihm etwas zum Essen bringen konnte. Er saß mit gesenktem Kopf vor den Wasserhähnen. Möglichst weit weg von den Schmatzenden. Sie aßen durchweg mit den Fingern. Gabeln und Messer waren nicht erlaubt. Ein hölzerner Löffel war möglicherweise das höchste der Gefühle.

Nach vielleicht einer halben Stunde, kontrollieren konnte es Freddy nicht, rief der junge Kerl an der Tür. „Die Zeit ist um, alle raus und zwar sofort.“

Überall rafften Frauen und Männer ihre Sachen zusammen. Manche verabschiedeten sich mit einem raschen Kuss, andere liefen einfach so auseinander.

„Als der letzte Besucher hinausgeschlüpft war, kam der Capitan die Treppe herunter und brüllte: „Apell.“

Alle rannten und stellten sich in Reih und Glied auf. Der Capitan rief dann einen Namen nach dem andern auf, und wehe, wenn einer zu leise sein <hier> rief.

Als alle durch waren, schrie dann ein junger Uniformierter: „Alle vollzählig.“

Der Capitan wiederholte: „Alle Gefangenen vollzählig, wegtreten. Umschluss."

Alle strebten dem Calabozo zu, Freddy reihte sich ein.

Hinter ihm brüllte der Capitan: „Ein bisschen flotter, bewegt eure Scheißärsche ein bisschen flotter. Wenn ihr eine Weiberfotze unter euch habt, könntet ihr ja auch noch einen Zacken zulegen."

Mit dem schon bekannten, fürchterlichen Geräusch fiel die Blechtür zu. Auch das Drehen des Schlüssels in dem rostigen Schloss schmerzte in den Ohren.

Es war mittlerweile dunkel geworden. Freddy war gar nicht aufgefallen, dass irgendwann Lampen den Platz draußen beleuchteten. Wahrscheinlich brannten sie aus Bequemlichkeit Tag und Nacht. Von dort fiel jetzt ein bisschen Helligkeit in den Calabozo. Es dauerte eine Weile, bis sich alle Bewohner sortiert hatten. Freddy fand seinen Schlafplatz beängstigend eng. Zunächst scheute er sich vor dem Ausstrecken auf dem Betonboden. Er gedachte, im Sitzen, an die Wand gelehnt, zu schlafen. Wenn überhaupt.

Dann aber begann die seltsamste Bewegung in dem kleinen Raum. Etliche wollten kacken. Es begann fürchterlich und abwechslungsreich zu stinken. Ein neuer Kandidat schimpfte, weil der Rand des Loches verschmiert war und es gab kein Papier um ihn zu säubern, auch nicht den eigenen Hintern. Freddy beobachtete, dass einige irgendeinen Fetzen Papier hervorzauberten. Sie mussten es von den Essenträgern erhalten haben.

Ausgerechnet jetzt dachte er wieder an Essen. Wie sollte er es nur anstellen, dass Henry ihm sein Essen brachte - wenn das klappen sollte, so nahm er es sich vor, würde er auch Papier bestellen.

Irgendetwas lief über seine Hose. Er schlug mit einer Hand danach.

Der Nachbar bemerkte die Geste. „Kakerlaken. Sind im Grunde ja auch arme Kreaturen. Sind schlimmer dran als wir. Wir kommen irgendwann wieder aus. Die aber haben lebenslänglich.“

Freddy starrte ihn verständnislos an, was aber sein Nachbar, aufgrund der erbärmlichen Lichtverhältnisse nicht wahrnehmen konnte.

„Scheiße, verdammte“, brüllte einer von gegenüber.

„Ruhe“, schrie jemand von draußen. Es musste einer der Bewacher sein.

„Scheiße“, sagte wieder einer halblaut, um seinem Protest freien Lauf zu lassen.

Die Frau flüsterte etwas. Mann und Frau bewegten sich dann gemeinsam zu dem Kackloch.

„Könntest ruhig ein bisschen menschenfreundlicher sein, deine Angebetete mit uns teilen.“ Kaum war das ausgesprochen, als von draußen, dicht bei der Tür wieder der Schrei kam: „Ruhe, verdammt nochmals. Sonst hole ich den Schlauch.“

Von diesem Moment an sagte niemand mehr etwas.

Freddy kam wieder ins Grübeln. Wer hatte ihm das angetan? Das war jetzt die Grundfrage. Allerdings nicht derart, dass die Erkenntnis ihm auf dem kürzesten Weg die Freiheit bringen würde. Und er kam zu dem Schluss, dass es der Ingenieur, dieser deutsche Säufer gewesen sein musste. Wer denn sonst? Sicher, dieser Felipe von der Werft hatte auch etwas damit zu tun. Aber es war dieser Gunter, der das Einschussloch gefunden und mit Bemerkungen über die schlecht verspachtelten Gewindelöcher philosophiert hatte. Und was weiß der Teufel, was der in seinem Suff alles ausgeplaudert haben würde. Zeit für ausführliche Unterhaltungen hatte er ja am Donnerstag, am Feiertag, dem *Tag der Amerikas* oder auch

Tag der Rassen, wie dieser Tag hier und auch in Kolumbien, seinem Heimatland, bezeichnet wurde. Aber was konnte dieser Penner, außer dem Einschussloch, noch gegen ihn vorbringen?

Das Namensschild? Das gefälschte Namensschild?

Oder sollte vielleicht doch die Stiftung...?

Die erlebten Umstände sprachen dagegen. Freddy legte sich fest, da war einerseits Felipe und wahrscheinlicher Gunter.

Freddy fand die Überlegungen nach ein paar Stunden Meditieren schlüssig. Den Gunter würde er sich vornehmen. Mit dem hatte er ab jetzt eine große Rechnung offen.

Fortsetzung in Band 2

Die Lage für eine weiterführende Reise spitzte sich zu! Die Spannung steigerte sich von Tag zu Tag.

Freddy, der großkotzige Yachtbesitzer und Verbrecherprofi sah sich im Knast völlig machtlos, fürchterlich wehrlos.

Henry, sein Kumplan allein auf der Yacht. Würde er es schaffen sie allein um die Südspitze Südamerikas zu fahren?

Wohl kaum, oder? Es waren noch - Freddy brauchte eine Weile bis er für die Strecke auf der Westseite des Subkontinents vorbei, bis an die MIttelamerikanische Westküste eine Entfernung zusammengerechnet hatte. !8 000 röchelte er mehr als es recht leise zu sagen. Oder, wer weiß, bis Mexiko können es auch mehr als 20 000 sein. Aber sein Kumpel Heny hatte ja gar kein ...Es gab auf der Strecke noch verdammt viel Gesindel ... hier grinste Freddy.

Also von vorne: Diesen Jünter - er ballte die Fäuste und knirschte mit den Zähnen.

Dann fiel ihm heiß die Ladung seines - er wiederholte leise, mehr nur für sich - *seines* Schiffes, seiner Yacht ein. Drei Tonnen Koka. Nach einer kurzen Weile drückte er zwischen den Zähnen hindurch: 3000 Kilos, drei Millionen Gramm, das Gramm zu ...

Und das alles würde Henry apazieren fahren? Das durfte nicht sein. „Ich muss hier raus", stammelte er in sich hinein.

Seine Kundschaft oder Abnehmer der Kokaladung - wo, wie, wann in Zentraamerika.

Und die Stolpersteine bis er überhaupt dort wäre? Da lauerten doch immer noch - nun ja, haufenweise diese Dreckskerle von gierigen Polizisten, die ihn jagten. Angestachelt von den Schmier- oder Preisgeldern der Stiftung in Valencia. Freddy biss die Zähne zusammen. Ohne mich? Henry würde kaum eine Chance haben, dieser Weichling.

Weitere Bücher von Kurt Koch

1. Die Festung Weilerbach
550 Seiten - Autobiografisches, Kriegskindertage des
Autors - Erinnerungen, Erlebnisse und Interpretationen
eines Kindes aus der schwierigsten Zeit des vergangenen
Jahrhunderts. Am 19. März 1945 erklärte in Weilerbach
eine versoffene deutsche Führungsriege der Deutschen
Wehrmacht, das Dorf Weilerbach zur Festung.

Softcover, ISBN **978-3-8192-10082**

2. Riobamba
   Familiensaga in drei Bändern.
   Roman und das wirkliche Leben - Ein
Familienschicksal. Großgrundbesitzer in der
Extremadura Spaniens gegen Leibeigene, die Heilige
Inquisition und die Leibeigenen unter sich und
gegeneinander - das Leben in einer erbarmungslosen
Gesellschaftsform in benachteiligter Landschaft.

Softcover, ISBNs:
Band 1: **978-3-8192-0050-2**
Band 2: **978-3-8192-0054-0**
Band 3: **978-3-8192-0067-0**

3. **Satans Geile Träume**
   Thriller in zwei Bändern.
   Drogenhandel, Drogenbarone, brutale
Geschäftspraktiken. In Europa wird tonnenweise Kokain
angelandet und großflächig vermarktet. Ein absolut
tödliches Spiel mit wechselnden hochseetüchtigen
Yachten und den mit allen Wassern gewaschenen
„honorigen" Alten Herren. Die DEA der Amis greift mit
Undercovers und wechselndem Erfolg in „das absolut
tödliche Spiel" ein. Hochspannung.

Softcover, ISBNs:
Band 1: **978-3-8192-0072-4**
Band 2: **978-3-8192-0074-8**

4. **Ecuador, mein Leben in den 50-er Jahren**
   471 Seiten - Autobiografisch.
   Koch in einer Bananenrepublik. Von Weilerbach nach
Quito/Ecuador, Kochs erste Station in 3000 Meter über
NN auf dem Äquator, bei „meinen" Indios. Ihre
täglichen Demütigungen durch die weißen „Eroberer",
ihr Elend, Deutsche Pädagogen sind die Plünderer
Nummer eins der uralten Kulturgüter. Und vieles andere
aus einer erwachenden Welt.

Softcover, ISBN: **978-3-7597-9702-5**

5. **Ein Sarg für die Tante**
    444 Seiten - Krimi über Habgier und Erpressung.
    Ein Bankangestellter erbeutet und veruntreut eine
Datenliste mit tausenden von Steuerhinterziehern. Seine
Frau erpresst hinter seinem Rü-cken unehrliche
„Sparer". Als Deckung inszeniert sie den Tod und
Beerdigung ihrer Tante. Der Sohn mischt dann mit.
Kann das gutgehen?

Softcover, ISBN: **978-3-7583-4001-7**

6. **Finderlohn**
    Roman in 9 spannenden Episoden über zwei Bänder.
    In Chile die Revolution, das Ende Allendes. Der junge
Raúl Rivera muss den barbarischen Folterungen seiner
Eltern durch Schergen der Militärdiktatur beiwohnen,
kommt dann nach Deutschland. Als erfolgreicher
Erfinder verteilt er nachgemachtes Geld mit
Verfallsdatum und erlebt bei seinen Beobachtungen die
haarsträubendsten Überraschungen.

Softcover, ISBNs:
Band 1: **978-3-7583-5152-5**
Band 2: **978-3-8192-0048-9**

7. **Höllenbrut**

   438 Seiten - Thriller mit Staatsterrorismus.
   Staatlich gesteuerter terroristischer Hintergrund.
Urlauberpaar aus Deutschland gerät in die perfidesten
Machenschaften von korrupten Putschisten und
Erpressern zwischen die Fronten einer zutiefst
unmo-ralischen Diktatur und Freiheitskämpfern in
einem gescheiterten Staat.

Softcover, ISBN: **978-3-7693-0958-4**

8. **Heiße Latinaliebe im Abseits**

   423 Seiten - hochemotionaler Erotikroman
   Eine Jungvermählte entdeckt, dass ihr frisch
angetrauter Ehemann impotent ist. Sie muss sich ihren
Weg im damaligen, prüden Peru selbst suchen -
Scheidung gibt es nicht. Sie lässt sich auf eine Affäre
mit einem Deutschen ein. Mit verhängnisvollen Folgen.

Softcover, ISBN: **978-3-8192-9825-7**

9. **Zahlbar in Diamanten**
   532 Seiten - Thriller
   Blutdiamanten finanzieren in Afrika Kriege. Ein
kriminell strukturiertes Kartell in den USA hat sich auf
Waffen- und Diamantenschmuggel spezialisiert.
Machtkämpfe werden mit Mafia-methoden ausgetragen.
Eine Diamantenlieferung geht „verloren". Es kommt zu
dramatischen Szenen, in denen auch ein skrupelloser und
korrupter Sheriff eine bedeutende Rolle spielt. Die Welt,
wie sie ist.

Softcover, ISBN: **978-3-7693-0611-8**

10. **...nicht begehren Deines Freundes Frau**
   496 Seiten - Kriminalroman
   Zwei Geschäftsfreunde haben viele
Gemeinsamkeiten bis einer des anderen Frau für sich
beansprucht. Die Freundschaft zerbricht und das Trio
gerät in einen Wettlauf, wer wen zuerst beseitigen kann.
Schließlich kann nur einer gewinnen - und dann aber
gleich alles.
   Softcover, ISBN: **978-3-7693-0994-2**

11. Dein Kind zurück für 2 Millionen

349 Seiten - Drama, Krimi, Hochspannung

Der einzige Sohn eines Konzernleiters wird aus einem Feriencamp entführt. Die Familie verzweifelt an unvorhersehbaren Ereignissen und Missverständnissen. Die Polizei versucht in groß angelegten Aktionen die Befreiung des Jungen, verbockt die Initiative und büßt mit Kompetenzverlust. Es endet alles mit einem riesengroßen Missverständnis.

Softcover, ISBN: **978-3-7597-7855-0**

12. Das Paradies

198 Seiten - Ein humorvoller Roman.

Die Kreationisten werden sich in dieser Schrift bestätigt fühlen. Die Niederschrift zum Handlungsablauf könnte ihr „Katechismus" werden. Der HERR hat Himmel und Erde in 6 Tagen erschaffen. Dann kam die Geschichte mit Adam und Eva und ihrem geklauten Apfel.

Softcover, ISBN: **978-3-7693-2746-5**

Mehr auf www.kurtkoch.com!